애프터

1

AFTER
by Anna Todd

애프터 1

초판 1쇄 발행 2018년 8월 30일
초판 3쇄 발행 2020년 4월 10일

지은이 | 안나 토드
옮긴이 | 강효준

발행인 | 금교돈
편집인 | 문경선
디자인 | 장선희
마케팅 | 이종웅, 김민정

발행 | 콤마
주소 | 서울시 중구 세종대로 21길 30
등록 | 2013년 11월 7일 제301-2013-205호.
내용 문의 | 02-724-7855~7
구입 문의 | 02-724-7851
인스타그램 | @comma_and_style

ISBN 979-11-88253-03-6 04840
        979-11-88253-02-9 04840(세트)

* 잘못된 책은 구입하신 곳에서 바꾸어 드립니다.

AFTER
애프터

안나 토드 지음
강효준 옮김

1 치명적인 남자

이 책을 읽는 나의 첫 독자들에게 사랑과 감사의 마음을 드립니다.
여러분은 제게 세상의 전부입니다.

우리는 이름을 묻기도 전에 사는 곳이나 학벌, 직업부터 물어보는 시대에 살고 있기에, 대학은 언제나 중요하다. 자신의 가치와 미래를 결정하는 요소로 말이다. 나는 이 이야기를 어릴 적부터 귀에 못이 박히게 들으며 엄청난 양의 과제와 시험들을 견뎌내야 했다. 고등학교는 대학을 가기 위한 징검다리에 불과했다. 당시 내가 들어갈 대학은 엄마가 이미 정해둔 상태였다. 엄마가 졸업하지 못한 모교 워싱턴센트럴대학교(WCU). 엄마는 자신이 이루지 못한 꿈을 나에게 짊어지게 했다.

솔직히 대학이 학문적 소양을 제대로 쌓을 수 있는 곳인지는 잘 모르겠다. 첫 학기에 어떤 교양 과목을 들을지 스스로 결정하긴 했지만, 사실 그런 건 아무것도 아니었다. 그때 나는 순진했고, 내 앞에 어떤 일들이 펼쳐질지 감히 상상도 하지 못했다. 기숙사 룸메이트는 놀라운 애였고, 그 친구들 또한 그동안 내가 알던 세계의 사람들과 달랐다. 근본적으로 나와는 다른 부류의 사람들이었다. 나는 그 애들을 보고 있는 것만으로도 겁이 났다. 겉모습부터 나와는 180도로 달랐다. 하루하루를 되는 대로 사는 애들 같았다. 하지만 어느새 나는 그들에게 동화되고 있었다. 그 광기 속으로 빠져들고 만 것이다.

그리고 그때, '그'가 내 마음속에 들어왔다.

그는 처음 만난 순간부터 내 삶을 송두리째 바꾸어버렸다. 학교에서는 도저히 배울 수 없는 방법으로. 나는 어느새 십 대에 봤던 로맨스 영화 속 주인공이 되어 있었고, 그 유치한 대사들은 내 현실이 되었다. 무슨 일이 일어날지 미리 알았더라면, 내 삶이 달라졌을까? 열정에 사로잡혀 헤매고 있을 때, 그가 내 곁에 있었다는 것은 그나마 다행이었다. 그와 함께한 대부분의 시간이 상처와 고통, 세상이 뒤집어진 듯한 혼란뿐이었다. 나의 판단력도 전만큼 명쾌하지 않았다.

분명한 건, 그가 내 삶 속으로 들어온 뒤로 나는 더 이상 예전의 내가 아니라는 것이다.

1

잠이 오지 않는다. 불면의 밤에는 양을 센다고들 하지만, 나는 언제나처럼 앞으로 해야 할 일들을 점검한다. 계획한 일은 반드시 해내야 한다. 오늘은 분명 내 인생에서 가장 중요한 날이 될 것이다. 예외란 없다.

"테사!"

엄마의 목소리에 눈을 번쩍 떴다. 몸을 일으켜 침대 시트를 정성껏 정리했다. 오늘이 이 집에서의 마지막 날이다. 그러니 이 방도 더 이상 내 공간이 아니다.

"테사!"

"일어났어요!"

엄마에게 소리 질렀다. 아래층에서 옷장을 쾅쾅 여닫는 소리가 들렸다. 엄마도 나만큼 긴장하고 있는 게 분명했다. 갑자기 배가 조이듯 아팠다. 샤워를 하는 내내 이 긴장감이 사라지길 기도하고 또 기도했다. 지금까지 내 삶은 오늘을 위해 존재했다고 해도 과언이 아니다. 대학교에 입학하는 바로 오늘.

지난 몇 년, 불안에 떨며 입시 준비를 했다. 친구들이 어울려 놀 때도 나는 책상머리에 앉아 공부했다. 매일 밤 엄마가 홈쇼핑 채널을 돌리며 수다를 쏟아낼 때도 나는 그 옆에서 공부를 했다. 악착같이 공부하여 워싱턴센트럴대학교(WCU)에서 합격 통지서를 받던 날은 내 인생 최고의 날이었다. 엄마는 펑펑 울었다. 나는 노력의 대가를 얻어낸 스스로가 자랑스러웠다. 유일하게 지원한 대학에 합격했고, 장학금도 많이 받았다.

뜨거운 물줄기 속에서 긴장이 조금 풀어진 듯했다. 그러나 샤워를 마칠 때쯤 마음이 한층 더 심란해졌다. 엄마는 더 이상 나를 부르지 않았다. 하긴 엄마도 긴장 되겠지.

시간을 들여 머리를 말렸다. 엄마도 나만큼 걱정이 많을 테지만 오늘을 위해 몇 달을 준비한 건 나다. 계획을 망칠 순 없었다.

원피스 지퍼를 올리는 손이 덜덜 떨렸다. 엄마가 미리 정해준 원피스다. 원피스에 몸을 구겨 넣고, 내가 제일 좋아하는 스웨터를 덧입었다. 그러자 긴장이 조금 풀어졌다. 불현듯 눈물이 스웨터 소매에 떨어졌다. 나는 다시 스웨터를 벗어 던지고 구두를 신었다. 아래층에서 엄마가 안달복달하는 소리가 들려왔다. 더 이상 여유가 없다. 엄마의 참을성도 한계에 다다른 듯 싶었다.

노아가 곧 올 거다. 학교까지 같이 가주기로 했다. 한 살 연하 남자친구인 노아는 모든 과목에서 A를 받는 모범생이다. 올해 같이 진학했더라면 좋았겠지만, 내년에 WCU에 오기로 약속했다. 자주 만나러 오겠다는 약속도 함께. 고마웠다. 모든 것이 완벽하다. 이제 착한 룸메이트만 만난다면 더할 나위 없다. 그건 내가 계획하고 준비할 수 없는 일이지만.

"테레사!"

"간다니까요, 엄마. 그만 불러요!"

아래층에서 노아와 엄마가 마주앉아 손목시계를 뚫어져라 보고 있었다. 파란색 폴로셔츠는 파란 눈동자에 금발머리를 완벽하게 단장한 노아와 아주 잘 어울렸다.

"어이, 새내기."

노아가 활짝 웃으며 나를 꽉 껴안았다. 숨을 참으려 호흡을 멈췄다. 오늘따라 향수 냄새가 역했다.

"안녕."

"머리 좀 단정하게 정리해라."

엄마가 조용히 잔소리를 했다.

엄마 말이 맞아. 오늘 같은 특별한 날에는 머리를 단정하게 빗었어야 했다.

나는 헝클어진 금발머리를 묶었다.

"짐은 차에 실어 놓을게."

노아는 가방을 들고 엄마와 함께 나갔다. 현관을 나서기 전 내 뺨에 입 맞추는 것도 잊지 않았다. 머리를 다시 빗고, 옷매무새를 매만졌다. 이제 됐다.

차까지 걸어가는데 속이 울렁거렸다.

학교까지는 2시간쯤 걸리니까 그동안 나아지겠지. 대학은 어떤 곳일까?

그러나 결국 한 가지 생각에 멈췄다.

'친구를 잘 사귈 수 있을까?'

2

워싱턴 시내에 들어서면 진정될까? 아니면 앞으로 펼쳐질 모험 같
은 일들에 더 흥분될까?

이도저도 아니었다. WCU에 가까워질수록 멍해졌다. 줄기차게 떠
들어대는 노아의 목소리도 들리지 않았다. 나는 긴장을 풀어 보려고
머릿속으로 앞으로 해야 할 일들을 차근차근 되짚었다.

"다 왔다!"

정문을 지나치며 엄마가 소리 질렀다. 캠퍼스는 홍보 책자에서 본
것만큼 멋있었고, 나는 캠퍼스를 둘러보며 흥분을 가라앉힐 수 없었
다. 넓은 캠퍼스에 살짝 주눅도 들었다. 캠퍼스 곳곳이 나 같은 신입생
들로 가득했다.

이곳도 언젠가는 집처럼 편안해지겠지.

신입생 오리엔테이션이 금세 끝났다. 엄마는 굳이 내 기숙사를 보고
가겠다며 고집을 부렸다. 그리고 오래된 기숙사 건물이 마음에 들지
않는지 내내 투덜거렸고, 노아가 그 옆에서 맞장구 쳤다.

"아아, 우리 테사가 벌써 대학생이라니! 언제 이렇게 컸니."

엄마가 울먹이는 목소리로 말하고는 눈 밑을 슬쩍 찍어냈다.

"내 방은 C동에 있는 B22호예요. 이쪽."

내가 앞장섰고, 노아가 내 짐을 들고 따라왔다. 다행히 짐은 많지 않

왔다.

방은 복도 끝에 있었다. 방문이 삐거덕 소리를 내며 열렸다. 손바닥만 한 방에는 작은 침대와 작은 책상이 2개씩 있었다. 엄마가 뒤에서 흠칫 놀라기에 얼른 방 안을 살펴봤다. 한쪽 벽에 생전 처음 보는 밴드의 공연 포스터가 더덕더덕 붙어 있었다. 멤버들은 하나같이 얼굴에 잔뜩 피어싱을 하고, 온몸에는 타투가 가득했다. 그리고 한쪽 침대에 여자애가 엎드려 있었다.

밝은 다홍색 머리에 지나치게 두꺼운 아이라이너, 팔에는 총천연색 타투까지. 설마 저 애가 내 룸메이트?

"안녕."

호기심 가득한 표정으로 미소를 지으며 여자애가 인사를 건넸다.

"내 이름은 스테프야."

스테프가 상체를 들어올려 인사했다. 레이스로 된 티셔츠 사이로 가슴골이 훤히 들여다보였다. 나는 그걸 멍하니 바라보는 노아의 발끝을 툭 걷어찼다.

"어, 아, 안녕. 나, 나는, 테사야."

나도 모르게 떨떠름한 목소리가 나왔다. 저런 애에게 예의 따위를 차릴 필요는 없어 보였다.

"테사, 반가워. 밤마다 환상의 파티가 열리는 WCU에 온 걸 환영해."

스테프가 깔깔대고 웃기 시작했다. 하긴 충격에 휩싸여 얼빠진 모습으로 서 있던 우리가 우스꽝스럽긴 했을 거다. 스테프가 다가와서 나를 껴안았다. 갑작스러운 애정 표현에 깜짝 놀랐지만, 그 애를 밀쳐낼 순 없었다. 그 모습에 노아가 깜짝 놀라 가방을 바닥에 툭 떨어뜨렸다.

이윽고 방문을 두드리는 소리가 들렸다.

'아아, 이 모든 상황이 몰래 카메라였으면….'

스테프의 들어오라는 말이 끝나기도 전에 남자애 두 명이 방으로 들이닥쳤다.

세상에, 입학 첫 날에 여자 기숙사로 들이닥친 남자들이라니! WCU는 잘못된 선택이었을까? 아니면 이게 내 룸메이트의 첫 인상인 건가?

엄마도 나와 똑같은 생각을 하고 있는지 얼굴이 점점 흙빛으로 변해 갔다.

"스테프, 얘가 네 새 룸메냐?"

갈색빛이 도는 금발 생머리를 한 남자가 물었다. 팔에는 문신이 있었고, 귀에는 5센트만 한 귀걸이가 달려 있었다.

"어… 내 이름은 테사야."

"나는 네이트. 그렇게 심각한 얼굴로 쳐다보지 마. 너도 곧 여기가 맘에 들 거야."

생각보다 말투가 다정하고 따뜻했다.

"준비 다 됐어."

묵직해 보이는 가방을 들며 스테프가 말했다. 곧 벽에 기대어 서 있는 갈색 머리 남자에게로 시선이 옮겨졌다. 그 남자는 풍성하게 늘어진 웨이브 머리를 쓸어 올렸다. 눈썹과 입술에 피어싱이 달려 있었다. 검정색 티셔츠를 입고, 팔에는 검은색으로 빼곡하게 새겨진 타투가 보였다. 키가 크고 날씬했다. 그 남자는 나를 무례할 만큼 빤히 쳐다보고 있었다. 눈이 마주쳤지만 시선을 돌리지 않았다.

이제 그 남자 차례다. 자기소개를 하길 기다렸지만 허사였다. 대신 짜증스러운 눈빛으로 블랙 스키니진 주머니에서 휴대전화를 꺼냈다. 다른 애들에 비해 까칠한 것 같았지만 매력적이었다. 알 수 없는 묘한 매력에 눈을 뗄 수가 없었다. 그런 나를 쳐다보고 있는 노아의 시선을 어렴풋이 느꼈다. 나는 짐짓 놀란 척하며 고개를 돌렸다. 한 방 얻어맞은 듯한 이 느낌은 뭐지?

네이트가 인사를 하고 셋은 곧 방에서 나갔다. 안도의 한숨이 저절로 나왔다. 그야말로 십 년 같은 십 분이었다.

"안 되겠다, 다른 방으로 옮기자!"

엄마가 버럭 화를 냈다.

"안 돼요, 엄마. 나 괜찮아요."

잘 지낼 수 있을지 자신은 없었다. 하지만 엄마가 내 대학 생활의 첫 장을 쥐락펴락하게 놔둘 순 없다.

"쟤는 방에 잘 붙어 있을 것 같지도 않은걸요, 뭐."

"절, 대, 로, 안 돼. 당장 방 바꿔!"

엄마는 제정신이 아닌 것 같았다.

"그 꼬락서니를 보고도 하는 말이니? 게다가 저 남자애들이 수시로 들락거릴 거야. 난 테사 널 저런 애랑 같이 살게 할 순 없다!"

"엄마, 제발! 좀 두고 볼게요. 그냥 놔둬요."

엄마와 노아를 번갈아 보며 애원했다. 학기가 시작하기도 전에 소동을 피우다니! 그것도 고작 기숙사 방을 바꾸겠다고 말이다. 다른 애들이 날 마마걸쯤으로 생각할 거다. 하지만 엄마는 내가 무슨 생각을 하는지 관심도 없는 듯 스테프 쪽 커튼을 신경질적으로 획 끌어당겼다. 그러고는 차가운 목소리로 말했다.

"그럼 알아서 해. 하지만 몇 가지는 다짐 받고 가야겠다."

3

그 후로 한 시간쯤 엄마는 끝없는 잔소리를 늘어놓았다. 광란의 파티는 절대 안 된다, 남자들은 죄다 늑대다 등. 이윽고 엄마의 잔소리가 끝났다. 노아에게 말할 차례를 넘겨주더니 방에서 나갔다.

"너와 함께 했던 날들이 정말 그리울 거야."

그는 부드럽게 나를 당겨 안았다. 매번 크리스마스 선물로 사주었던 향수 냄새가 났다. 이제 그 냄새에 익숙해졌는데… 이 익숙한 편안함과 작별해야 한다니.

"나도 많이 보고 싶을 거야. 매일 전화할게."

그를 꼭 끌어안으며 목에 코를 비볐다.

"너도 올해 같이 입학했더라면 좋았을 텐데."

노아가 살며시 입술을 포갰을 때였다. 밖에서 자동차 경적 소리가 들렸다. 당황한 노아가 내 뺨에 입을 맞추고 급히 방을 나섰다.

"밤에 전화할게."

이제 진짜 혼자다. 잠시 노아를 생각하다 짐을 풀기 시작했다. 서랍장에 옷들을 집어넣고 나머지는 벽장에 걸었다. 벽장에 걸린 가죽과 호피무늬 옷들을 보고 깜짝 놀랐다. 금속으로 만든 것 같은 원피스와 속이 훤히 비치는 옷들. 나는 호기심 어린 눈으로 그것들을 훑어봤다.

탈진할 것 같은 하루를 보내고 드디어 침대에 누웠다. 낯선 외로움이 덮쳐왔다. 스테프가 데려온 남자애들도 생각났다. 나만의 공간이 생길 거라고 기대했는데, 그런 대학 생활은 아닌 것 같다.

스테프는 방에 잘 오긴 할까? 아니지, 남자애들을 데리고 올 수도 있을 거야. 룸메이트가 독서나 공부를 좋아하는 애였다면 좋았을 텐데….

좀처럼 기분이 나아지지 않았다.

그래, 이제 겨우 몇 시간이 지났는걸. 내일은 더 나아질 거야. 분명.

다이어리와 교재를 뒤적거리며 수강 시간표를 적어 넣었다. 전부터 가입하고 싶었던 문학 클럽 첫 미팅에서는 무슨 이야기를 할까도 적어 보았다. 문학 클럽 자료에 학생들이 쓴 추천글을 훑어봤다. 친구가 많기를 바라지는 않는다. 가끔 밥을 같이 먹고, 대화가 통하는 친구를 찾고 싶을 뿐이다. 어쨌든 내일은 캠퍼스를 둘러보고, 필요한 물건들을 사야겠다.

이것저것 사다 나르려면 차가 있어야 할 텐데, 차부터 사야 할까? 아니야, 엄마한테 손을 내밀 게 아니라 여름방학에 아르바이트를 해서 차를 사는 거야.

빨간머리 룸메이트와 온몸을 타투로 도배한 불량한 남자애, 잡다한 생각이 꼬리에 꼬리를 물었다.

다음 날 아침, 스테프는 방에 없었다.

얼굴조차 볼 수 없는데 어느 세월에 친해질까? 어제 그 두 남자 중에 하나가 스테프의 애인일까? 둘 중에 하나라면 금발머리가 더 나을 텐데….

목욕 가방을 챙겨 샤워장으로 향했다. 남녀 공용 샤워장을 써야 한다는 게 기숙사에서 가장 불편한 점이었다. 방마다 샤워실이 있으면 적어도 남녀가 한데 뒤섞이진 않을 텐데. 아니다, 남녀가 방 안에 있는 샤워실을 같이 쓰지 않을 거라 생각하는 이 순진함이라니.

반쯤 벗은 남자와 여자들 사이를 헤치고 비어 있는 샤워 부스에 들어갔다. 맙소사, 직접 눈으로 봐도 믿을 수가 없다. 사방이 뚫려 있는 부스에서 온전히 샤워에 집중하기는 어려웠다. 샤워 커튼을 열어젖히고 벌거벗은 내 몸을 사람들이 다 볼 것 같은 망상에 시달렸다. 다들 편안하게 자기 할 일들에만 열중하고 있는데 말이다. 대학 생활은 정말 낯섦의 연속이다. 이제 겨우 이틀째다.

샤워 부스 안은 정말 좁았다. 갑자기 노아와 집 생각이 났다. 밖이 소란스러워 몸을 돌리다가 옷을 떨어뜨렸다. 젖은 바닥에 떨어진 옷들은 물에 흠뻑 젖고 말았다.

'웬일이니, 정말.'

할 수 없이 수건을 몸에 두르고, 홀딱 젖어 무거워진 옷가지를 들고 나왔다. 방으로 뛰어가면서 아무도 만나지 않기를 바랐다. 방에 들어가니 비로소 안심이 됐다.

그런데 이런, 스테프의 침대에 누군가 있다. 타투가 잔뜩 있던 재수 없는 갈색 머리 그 남자!

4

"스테프는 어디 갔어?"

나는 최대한 무게를 잡고 말했다. 몸을 감싼 수건이 떨어질까 봐 꼭 쥐고, 혹시나 빈틈이 보일까 내 몸을 살폈다.

남자가 나를 보면서 입꼬리에 희미한 미소를 띠었다. 하지만 아무 말도 하지 않았다.

"안 들려? 스테프 어디 갔냐고 묻잖아."

"글쎄, 나도 몰라."

뚱한 표정으로 중얼거리며 그는 스테프의 텔레비전을 틀었다.

'이 남자, 여기서 뭐 하는 거니? 남의 방에서.'

"근데…, 그럼…, 좀 나가 줄래? 옷 갈아 입어야 하거든."

수건만 두른 나를 모른 척하는 건가? 아니면 이 상황이 대수롭지 않은 거야?

"앞서 가지 마. 내가 널 볼 거 같냐?"

그가 콧방귀를 뀌며 엎드리면서 손으로 얼굴을 감쌌다. 영국식 억양이다. 전엔 미처 몰랐는데. 참, 그땐 무례하게 아무 말도 하지 않았지.

발끈했지만 대답할 말도 생각나지 않았다. 대체 이 예의 없는 남자는 뭐람. 그래, 내가 그에게 매력 넘치는 상대는 아니겠지. 나는 얼른 속옷을 챙겨 입고 흰색 셔츠와 카키색 반바지를 입었다.

"아직도냐?"

"넌 진짜 예의라곤 없구나. 이런 상황에서 왜 그렇게 못되게 말하는 거야?"

나는 한계에 다다라 폭발하듯 소리 질렀다. 생각보다 훨씬 더 큰 목소리였다. 그는 깜짝 놀란 듯했다. 그리고 아무 말 없이 나를 노려보았다.

사과하겠지…, 기다리고 있었다. 갑자기 그가 웃음을 터뜨렸다. 의외로 웃음 소리가 매력 넘쳐서 사랑스럽기까지 했다. 두 볼에 보조개가 움푹 팼다. 갑자기 바보가 된 것 같았다. 무슨 말을 해야 할지 머릿속이 하얘졌다. 한 가지만은 분명했다. 확실히 이 남자와 사이좋게 지낼 수는 없겠구나.

불쑥 문이 열리고 스테프가 들어왔다.

"미안 미안, 내가 늦었지? 어젯밤에 완전 필름이 끊겼어."

우리를 번갈아 보며 스테프가 으쓱거렸다.

"미안해, 테사. 하딘이 온단 걸 깜빡했어."

적어도 스테프와 같은 공간에서 지내는 것만은 나쁘지 않을 거라 생각했다. 어쩌면 우정이 생길지도 모를 일이다. 하지만 이건 좀, 아니다. 행동거지나 친구들, 어느 것도 내 취향에는 맞지 않는다.

"네 남자친구는 너무 예의 없어."

스테프가 남자를 쳐다보았다. 그러더니 그 '둘'이 웃기 시작했다.

'얘들은 왜 자꾸 실실거리는 거야?'

슬슬 짜증이 났다.

"하딘 스캇은 '절대' 내 남자친구가 아니야."

그녀는 숨넘어갈 듯 웃어댔다. 한참을 웃더니 '하딘'을 노려보았다.

"넌 애한테 뭐라고 한 거야?"

다시 나를 돌아보았다.

"있잖아, 하딘은 말이지. 그 뭐랄까…, 원래 좀 특이하게 말해."

알겠어, 그러니까 하딘은, 한마디로, 뼛속까지 재수 없는 인간이라는 거지? 그 영국 남자는 어깨를 으쓱하더니 리모컨으로 채널을 바꾸었다.

"오늘 저녁에 파티 있는데. 너도 같이 가자, 테사."

자, 이제 내가 웃어줄 차례군.

"파티라니, 관심 없어. 난 오늘 필요한 물건들을 사러 가야 해."

나는 하딘을 쳐다보았다. 그는 이 방에 저 혼자뿐인 양 행동하고 있었다.

"가자, 고작 파티 한 번인데. 너도 이제 대학생이잖아. 파티에 간다고 세상이 뒤집어지진 않아."

그녀가 졸라댔다.

"근데, 쇼핑하러 어떻게 가려고? 너 차 없지?"

"버스 타고 가려고. 그리고 파티엔 아는 사람도 없는데 뭐."

하딘이 다시 피식거렸다. 저 인간, 나를 놀리는 데 신경을 쓰고 있군.

"책도 읽어야 하고, 노아하고 통화도 해야 해."

"토요일에 버스를 탄다고? 완전 사람 많을 텐데? 하딘이 가는 길에 내려줄 수 있을 거야. 그치, 하딘? 그리고 네가 아는 사람, '나' 있잖아. 그니까 파티 가자. 꼭! 알았지?"

스테프는 영화 주인공마냥 두 손을 모으고 애원하다시피 말했다.

이 아이를 알게 된 지 딱 하루. 이 아이를 믿을 수 있을까? '파티'라는 단어에 엄마의 경고등이 켜졌다. 스테프는 지나치게 살갑게 굴어 뭔가 찜찜하지만, 사실 진짜 좋은 애일 수도 있잖아. 하지만 파티는….

"글쎄, 아직 잘 모르겠어…. 그리고 안 데려다줘도 돼."

하딘이 일어났다. 이 광경이 재미있는 듯했다.

"안 돼! 꼭 가야 해! 너랑 노는 걸 얼마나 기대했는데."

"관둬라, 스테프. 그래 봤자 얘는 안 올거라니까."

비꼬는 듯한 말투였다. 그 곱슬거리는 머리통에다 책을 던져버리고 싶었다.

그의 심한 영국 말투에 호기심이 일었다. 어디 출신인지 묻고 싶었다. 그리고 이상한 오기가 발동했다. 우쭐거리는 표정에 크게 한방 날려주고 싶어졌다. 나는 최대한 상냥하게 미소를 지었다.

"좋아, 그럼 한번 가볼까? 재미있겠다."

하딘은 믿을 수 없다는 듯 고개를 저었고, 스테프는 호들갑을 떨며 나를 끌어안았다.

"좋았어! 오늘 진짜 재밌을 거야."

제발 그녀가 옳기를 바라고 또 바랐다.

5

감사하게도 마침내 하딘이 방에서 나갔다. 스테프와 파티 얘기를 해볼 참이다. 파티에 대해 좀 더 자세히 물어봐야겠다. 그래야 긴장이 덜될 것 같았다. 그 남자가 방에서 어슬렁거리는 건 전혀 도움이 안 된다.

"파티는 어디서 해? 걸어갈 수 있어?"

"우리 학교에서 제일 잘 나가는 남학생 사교 클럽 파티야. 클럽하우스가 학교 밖이라 걸어갈 수는 없어. 이따 네이트가 데리러 올 거야."

하딘이 아니라는 사실에 안도했다. 좁은 차 안에서 그 남자랑? 생각만 해도 싫다. 그 애는 왜 그렇게 제멋대로일까? 그래, 몸 여기저기를 구멍 내어 피어싱을 하고 타투를 해댄 건 그렇다 치자. 사실 선입견을 조금 갖긴 했지만, 나는 열린 사람이니까. 다름을 인정하고 적어도 싫은 티는 안 내잖아? 피어싱이나 타투는 우리 동네에서는 있을 수 없는 일이었다. 나는 항상 단정한 차림새로 다니는 학생이었다. 내가 사는 곳에서는 그냥 그게 정석이었다.

"테사, 내 말 들었어?"

"아, 미안. 뭐라 그랬지?"

그 무례하고 엉망진창인 남자를 끊임없이 생각하고 있었군.

"얼른 파티 갈 준비 하자고. 옷 고를 건데 좀 봐줄래?"

그녀가 고른 옷들은 하나같이 고상하지 못했다. 혹시 몰래 카메라인가? 누군가 갑자기 튀어나와 이 모든 게 장난이라 말하지 않을까? 내가 당황하자 그녀는 내가 일부러 장난치는 줄 아는 듯했다.

그녀의 원피스는 망사로 만들었다. 빨간색 브래지어가 훤히 들여다보였고, 손바닥만 한 검정색 속치마가 겨우 몸을 가렸다. 길이는 허벅지보다 조금 짧았지만 치마를 위로 자꾸 치켜올렸다. 가슴 부분은 아래로 내려 가슴골이 훤히 보이게 만들었다. 하이힐도 족히 10센티미터는 되어 보였다. 아이라인은 처음 봤을 때보다 훨씬 더 두껍고 진했다.

"타투할 때 아팠어?"

"처음엔 좀. 근데 생각보다 괜찮아. 벌에 막 쏘이는 느낌이랄까?"

"듣기만 해도 아픈걸."

우리는 서로를 신기해했다. 서로를 낯선 존재라고 느낀다는 게 오히려 안심이 되었다. 그녀는 내가 고른 갈색 원피스를 보고 입을 떡 벌렸다. 놀란 듯했다.

"너, 진심 그 옷 입을 거야?"

"이게 어때서?"

갈색 원피스는 내 옷 중에 가장 좋은 옷이었다. 이렇게 좋은 옷도 많지 않은데…. 나는 속상한 마음을 숨기려 애썼다. 목까지 올라오는 옷 깃과 칠부 소매가 단정하고 고급스럽다.

"어, 아니, 그냥… 치마가 너무 길지 않아?"

"무릎에 겨우 닿는데?"

"어, 예쁘긴 한데…. 파티에서 입기에는 너무 점잖아서. 내 옷 빌려 줄까?"

그녀는 진심인 듯했다. 하지만 손수건만 한 원피스라니. 그 원피스 에 내 몸을 어떻게 구겨 넣어?

"고마운데, 괜찮아. 난 그냥 이 옷 입을래."

논란을 마무리 지으며 고데기의 코드를 꽂았다.

6

머리는 완벽했다. 자, 그럼 화장을 해야 할 텐데…, 뭐부터 할까….

"내 걸로 할래? 빌려줄까?"

스테프가 선뜻 말했고, 나는 거울을 들여다보았다. 나는 눈이 너무 크다. 평소엔 거의 화장하지 않고, 마스카라와 립밤만 살짝 발랐다.

"아이라인만 그려볼까?"

스테프는 펜슬을 3개나 건넸다. 보라색, 검정색, 갈색. 도대체 이걸 다 어디에 쓰는 거지.

"네 눈동자랑 보라색이 잘 어울릴 것 같은데."

나는 고개를 가로저으며 웃었다.

"넌 눈동자 색이 진짜 특이하고 예뻐. 나랑 바꾸자."

그녀가 농담처럼 건넸지만, 사실 그녀의 녹색 눈동자는 정말 아름다웠다. 바꾸자니, 장난해? 나는 얇게 아이라인을 그렸다. 스테프가 왠지 뿌듯해했다.

스테프의 휴대전화가 울렸다. 네이트였다. 나는 옷매무새를 가다듬고 플랫 슈즈를 꺼내 신었다. 다행히 스테프는 아무 말도 하지 않았다.

네이트는 기숙사 앞에서 기다리고 있었다. 차에서는 요란한 록 음악이 흘러나오고 있었다. 쳐다보는 사람은 없겠지, 고개를 푹 숙이고 다가갔다. 앗, 앞좌석에 그 남자가 있다! 안 보이게 숨어 있다니, 치사해.

스테프가 먼저 타고, 나는 하딘의 뒤편에 앉았다. 하딘이 나를 빤히 보다가 한마디 했다.

"넌 교회 가? 우린 파티 가는데, 테레사?"

"테레사라고 부르지 마. 테사가 더 좋아."

능글맞게 웃고 있는 그에게 쏘아붙였다. 테사가 테레사를 줄여 부르는 건 줄 어찌 알았을까. 테레사는 아빠가 부르던 이름이다. 이름 때문에 아빠 생각이 나는 게 싫다.

"알았어, 테레사."

하아, 말을 말아야지. 짜증스러워 입을 다물었다. 그와 말을 섞는 건 시간 낭비다.

차 안은 내내 시끄러웠다. 창밖만 바라보고 있는 동안 큰 집들이 늘어서 있는 번화가에 도착했다. 담쟁이넝쿨이 무성하게 자라 온 벽을 뒤덮고, 시끄러운 소리가 바깥까지 새어나오는 집, 남학생 사교 클럽 하우스였다.

"엄청 크네. 여기서 사는 학생들이 많아?"

침이 꼴깍 넘어갔다. 잔디밭에는 빨간 컵을 든 사람들이 가득했다. 춤추는 사람들도 있었다. 다른 세상에서 온 건 나 하나뿐이었다.

"벌써 다 모였어. 빨리 가자."

하딘이 서둘러 내렸다. 나는 뒷좌석에 앉아서 동태를 파악했다. 저 남자나 네이트처럼 온몸에 타투를 한 사람들은 없었다. 그래, 어쩌면 여기서 친구를 사귈 수 있을지도 몰라.

나는 고개를 한 번 끄덕이고, 차에서 내렸다.

7

하딘은 어느새 집 안으로 사라졌다. 오늘 다시 그를 만날 일은 없겠 지. 사람들이 이렇게 많은데. 스테프를 따라 거실로 들어가니 불쑥 누 군가가 빨간 컵을 건네준다. 얼떨결에 손에 쥐었지만 누가 주었는지조 차 알 수 없었다. 스테프는 사람들이 몰려 있는 소파 쪽으로 나를 끌고 갔다. 다들 스테프를 반기는 걸 보니 친구들인 모양이다. 하딘이 소파 팔걸이에 앉아 있었다. 스테프가 사람들에게 나를 소개하는 동안 나는 애써 하딘을 무시했다.

"얘는 테사, 내 룸메이트. 어제 WCU에 입성했어. 첫 주말이니 신나 게 보내야지. 그래서 데리고 왔어."

모두 나를 반기며 인사했다. 하딘만 빼고. 구릿빛 피부가 매력적인 남자가 다가와 손을 내밀었다. 미소가 따뜻했다. 살짝 보인 입 속에서 뭔가 반짝 했다. 혀 피어싱? 하지만 확실하지는 않았다. 나를 머리부터 아래위로 훑어보며 그가 물었다.

"나는 제드. 넌 전공이 뭐야?"

"영문학."

자랑스럽게 말하자 하딘이 콧방귀를 뀐다. 뭔 상관?

"오, 대단한데! 나는 화초학을 전공하려고."

제드가 웃어서 나도 따라 웃었다.

'화초학과? 그런 과도 있나?'

"뭐 마실래?"

"아니, 난 술 안 마실래."

그는 애써 웃음을 참는 것 같았다.

"내숭 떠는 재수떼기는 놔둬. 스테프가 알아서 챙기겠지."

머리카락이 온통 분홍색인 여자가 무시하듯 말했다.

일부러 못 들은 척했다. 말다툼을 하고 싶진 않으니까. 근데, 내가 '내숭 떠는 재수떼기'라고? '내숭'이라곤 내 평생 떨어본 적이 없다. 아빠 엄마가 헤어지고, 나를 뒷바라지하는 엄마를 위해, 그리고 그런 엄마로부터 독립하기 위해 열심히 공부했을 뿐.

"잠깐 바람 좀 쐬고 올게."

나는 서둘러 자리를 피했다. 이 파티에서 절대 막장 드라마를 찍어서는 안 된다. 친구도 없는 마당에 적을 만들 순 없으니까.

여기 오는 게 아니었다. 편하게 방에서 책이나 읽을걸. 보고 싶은 노아와 통화나 할걸 그랬어. 주정뱅이들이 우글거리는 이 끔찍한 곳에 오지 말았어야 했다. 마당 한쪽, 사람들이 없는 곳으로 피해 갔다. 노아에게 메시지나 보내야지.

노아, 보고 싶어.

대학 생활에 적응하는 게 만만치 않네.

재미도 없고.

돌담 위에 앉아 그의 답신을 기다렸다. 술 취한 여자들 한 무리가 키득거리며 지나갔다.

왜 그래? 힘들어?

나도 진짜 보고 싶어, 테사.

너랑 같이 있으면 좋겠다.

흐뭇해진 그 순간, 치마 위로 차가운 액체가 쏟아졌다.

"젠장, 미안!"

비틀거리며 술을 내 치마에 쏟은 남자는 겨우 몸을 가누며 담벼락을 붙잡았다.

아, 파티는 정말 최악이다. 내숭 떠는 재수떼기라는 말까지 들었는데, 이건 또 무슨 날벼락이람. 뭔데 이렇게 냄새가 심하지? 한숨이 나왔다. 할 수 없이 화장실을 찾아 안으로 들어갔다. 보이는 문이란 문은다 열어보았지만 어느 것 하나 열리지 않았다. 도대체 안에서 뭣들을하는지, 원.

2층으로 올라가서 계속 헤매고 다녔다. 드디어, 열리는 문이 있다! 하지만 그 방은 화장실이 아니었다. 하딘이 침대에 앉아 있었다. 그의다리 위에서 다리를 쩍 벌리고 앉아 키스를 퍼붓고 있는 건, 분홍 머리 그 여자였다!

8

그들은 나를 아랑곳하지 않았다. 문을 닫으려는데 여자가 휙 돌아보며 짜증스레 말했다.

"뭐야, 뭐 필요해?"

하딘은 여전히 그 여자를 끌어안고 있었다. 창피함이나 당황한 기색도 없이 무덤덤했다. 그래, 늘상 있는 일이겠지. 클럽하우스에서 처음 만난 여자들이랑 아무렇지 않게 섹스하겠지.

"아, 미안. 화, 화장실 찾는 중이었어. 내 치마에 누가 술을 쏟아서…."

옹색한 설명이 이어졌다. 어색하기 이를 데 없는 상황이었다. 여자는 다시 하딘의 목에 입술을 댔다. 고개를 돌릴 수밖에 없었다. 둘이 정말 잘 어울리네. 둘 다 타투투성이에다 뻔뻔함이 하늘을 찌르니.

"그래, 그럼 계속 찾아봐."

방문을 닫고 문에 기대섰다. 대학은 정말 엉망이다. 이런 파티가 재밌다고? 이해할 수가 없었다. 화장실 대신 부엌을 찾는 게 빠르겠지. 술에 절어 뒤엉켜 있는 혈기왕성한 남녀를 계속 보는 건 고역이다.

부엌 테이블 위에는 피자 상자와 얼음이 담긴 술잔이 잔뜩 있었다. 사람들도 가득했다. 토사물이 묻은 더러운 싱크대 서랍에서 종이타월을 찾아 물에 적셨다. 얼룩을 문지르자 희끄무레한 타월 먼지가 묻어났다. 하아, 망했다.

"어때, 재미있어?"

네이트가 불쑥 나타나 물었다. 그나마 아는 얼굴이라 안심이 된다. 그는 상냥하게 웃으며 음료수를 홀짝거렸다.

"그냥, 별로…. 파티는 언제 끝나?"

"밤새도록, 아니, 보통 다음 날 오전까지."

입이 저절로 벌어졌다. 스테프는 언제 집에 가려는 걸까?

"근데, 그럼 누가 기숙사에 데려다줘?"

"글쎄…, 몰라. 가고 싶으면 내 차 끌고 가도 돼."

"고맙지만 그건 안 될 것 같아. 가다가 사고라도 나면 큰일 나잖아."

"뭐 그닥 먼 거리도 아닌데. 그냥 내 차 몰고 가. 넌 술도 안 마셨잖아. 아님 내일까지 여기 있든가. 싫으면 데려다줄 사람을 찾아볼까?"

"아냐, 괜찮아. 내가 알아서 할게."

소득 없는 대화를 서둘러 마무리지었다. 음악 소리가 너무 시끄러웠다. 베이스가 쾅쾅 울려 가사는 비명 소리로밖에 들리지 않았다.

파티에 온 건 최악의 선택이었다. 밤이 깊어갈수록 내 선택은 점점 더 수렁으로 빠져들고 있었다.

9

손짓 발짓 다하며 스테프가 어디 있는지 네이트에게 소리쳐 물었다. 음악 소리가 좀 잦아들고 나서야 네이트는 손짓으로 옆방을 가리켰다. 네이트는 그래도 착한 것 같아. 그런데 왜 하딘 같은 애랑 어울릴까?

스테프를 찾아내고는 헉 놀랐다. 거실 테이블 위에서 여자애들과 어울려 춤을 추고 있었다. 술 취한 남자가 테이블에 올라와 스테프의 엉덩이를 움켜쥐었다. 뿌리치겠거니 했지만 스테프는 오히려 엉덩이를 더 들이밀었다.

'그럴 수도 있지.'

"쟤들 그냥 춤추는 거야, 테사."

어색해하는 나를 보며 네이트가 싱긋 웃었다.

저건 그냥 춤이 아니다. 엉겨붙어 서로 더듬어대고 있었다.

"어…, 알아."

아무렇지도 않게 어깨를 으쓱했지만 어색한 걸 숨길 수는 없다. 2년 동안 노아를 사귀면서도 저렇게 춤춰본 적이 없다. 노아… 앗, 노아! 핸드백에서 휴대전화를 꺼냈다.

테사, 뭐 해?

무슨 일 있어?

왜 답이 없어? 걱정되잖아.

제발 노아가 엄마한테만은 연락하지 않았기를. 그는 전화를 받지 않았다. 얼른 아무 일 없다는 메시지를 보냈다. 엄마한테 알리지 않아도 된다는 말도 빼놓지 않았다.

"야, 테사!"

스테프가 혀 꼬부라진 소리로 나를 부르며 내 어깨에 기댔다.

"재밌게 놀고 있는 거지, 룸메?"

스테프는 술에 잔뜩 취해서 키득거렸다.

"방이…, 도는 거 같아…."

그러더니 갑자기 앞으로 푹 고꾸라졌다.

스테프는 금세라도 토할 것 같았다. 네이트가 그녀를 어깨에 둘러메고 위층으로 올라가며 고갯짓으로 나를 불렀다. 화장실에 데려가서 내려놓자마자 스테프는 토하기 시작했다. 할 수 없이 고개를 돌리고 그녀의 머리카락을 들어올려 잡고 있었다.

스테프는 결국 어마어마한 양을 게워내고야 토하는 걸 멈추었고, 네이트는 수건을 건네주며 말했다.

"저쪽 끝방에 데려다 좀 눕히자. 한숨 자고 나면 정신이 들 거야."

방으로 데려간 스테프를 침대에 눕혔다. 네이트는 다시 오겠다고, 잠깐 쉬고 있으라며 황급히 방을 나갔다. 술 취한 친구를 두고 나 혼자 집에 가버릴 수는 없었다.

난장판에서 술 취한 친구 곁에 맨정신으로 있는 내가 한심했다. 인생의 밑바닥에 떨어진 것만 같았다. 불을 켜고 방을 둘러보다가 문득 책장으로 눈길을 돌렸다. 꽂힌 책들을 찬찬히 보았다. 누구의 것인지 모르겠지만 모두 내가 좋아하는 책들이었다. 클래식 소설들과 다양한 분야의 책들이 가득했다. 『폭풍의 언덕』을 빼 들었다. 얼마나 많이 읽었는지 책이 너덜너덜했다. 에밀리 브론테에 흠뻑 빠져 있는 바람에 누군가 들어오는 것도 몰랐다.

"내 방에서 뭐해?"

등 뒤에서 들리는 화난 목소리를 단박에 알아챘다. 하딘이었다.

"내 방에서 뭐 하는 거냐고 묻잖아."

다시 한 번 거친 목소리가 들렸다. 뒤를 돌아보았다. 그는 성큼성큼 내 앞으로 걸어오더니 손에서 책을 낚아채서 다시 책장에 꽂았다.

머리가 띵했다. 형편없는 파티였지만 지금이 가장 최악이다. 하딘의 방에 있다가 들켜버리다니. 그는 거칠게 목청을 가다듬고는 내 코앞에서 손을 흔들며 화를 냈다.

"그러니까…, 그게…, 네이트가 스테프를 여기로 데리고 와서…."

내 목소리는 점점 기어들어갔다. 그는 한 발짝 다가오더니 깊은 숨을 내쉬었다. 나는 그의 침대를 가리켰고, 그는 내가 가리키는 쪽을 쳐다봤다.

"쟤가 너무 취해서, 네이트가…."

"그건 아까 들었고."

그는 헝클어진 머리를 손으로 빗어 넘겼다. 이 남자 분명히 제대로 화가 났다. 근데 우리가 자기 방에 있으면 왜 안 되는 거야? 어, 가만 있어 봐….

"너도 이 클럽하우스에서 살아?"

그에게 물었다. 놀라움을 감출 수 없었다. 하딘은 내가 상상했던 사교 클럽 남학생의 모습이 절대 아니다!

"그런데, 왜?"

그가 한 발짝 더 다가오며 대답했다. 너무 가깝다. 나는 슬쩍 한발 물러났다. 책장에 등이 닿았다.

"그게 그렇게 놀랍나, 테레사?"

"테레사라고 부르지 마."

'나를 코너로 몰고 있어.'

"네 이름 맞잖아, 아니야?"

그가 피식 웃었다. 기분이 좀 나아지는가 보다.

나는 한숨을 쉬면서 그에게서 등을 돌렸다. 아니, 책장을 마주보고 섰다. 어디로든 도망가야 했다. 하지만 아무 생각도 나지 않았다. 계속 이러고 있다간 울음이 터져버릴지도 모르겠다. 오늘은 너무 긴 하루였다. 나를 대놓고 무시하는 그에게 따귀라도 한 대 날려주고 싶지만 그보다 먼저 눈물이 날 것만 같았다. 상상만 해도 한심한 광경이다.

나는 뒤로 돌아 그를 밀치며 빠져나갔다.

"쟤는 여기 있으면 안 돼."

옆을 지나쳐 가는데 그가 말했다. 다시 돌아보자 그의 입술에 걸려 있는 작은 링이 눈에 들어왔다. 어떻게 입술과 눈썹에 구멍을 낼 생각을 했을까? 아팠을 텐데…. 작은 피어싱이 그의 도톰한 입술을 강조해주긴 하지만.

"안 된다고? 너희 다 친구잖아."

"친구는 맞지. 그래도 내 방은 안 돼."

그는 팔짱을 꼈다. 그의 팔 타투가 눈에 들어왔다. 반쯤 가려진 팔에 그려진 문양은 꽃이었다. 꽃 그림 문신이라니! 장미처럼 생긴 흑백의 꽃은 섬세하게 그린 멋드러진 음영으로 둘러싸여 있었다.

어디서 그런 용기가 생겼는지 픽 비웃음이 나왔다. 짜증이 났다.

"그래. 너랑 그렇고 그런 여자애들만 방에 들어올 수 있다는 거지?"

내 말이 끝나기가 무섭게 그의 얼굴에 미소가 번졌다.

"아까 거긴 내 방이 아니었어. 하고 싶은 말이 뭔데? 나랑 엮이고 싶다는 뜻인가? 사양할게, 미안하지만 넌 내 타입이 아니라서."

그 순간 왜 그렇게 기분이 상했는지 나도 잘 모르겠다. 하딘도 내 스타일이 아니다. 하지만 나는 그걸 입 밖으로 내놓지는 않잖아.

"너도…, 그니까 너도…마찬가지야."

뭐라고 말해야 이 짜증스러움을 표현할 수 있을까. 밖에서 들려오는 음악 소리까지 신경을 건드렸다. 더 이상 언쟁을 벌일 힘도 없었다. 아니, 그럴 가치도 없다.

"그럼, 네가 스테프를 다른 방으로 데려가. 나는 기숙사로 돌아갈 테니까."

나는 방을 나서며 문을 쾅 닫았다. 시끄러운 파티 소음 사이로 하딘의 조롱 섞인 목소리가 뚜렷이 들렸다.

"잘 가, 테레사."

10

눈물이 찔끔 나왔다. 이런 게 대학 생활이라니, 바보 같다. 아직 개강도 안 했는데 말이다. 나와 성향이 비슷한 룸메이트를 만나는 게 그렇게 큰 욕심이었나? 내 방에서 얌전히 내일을 준비하며 일찌감치 잠자리에 들었어야 했다. 이런 애들과 어울려 이딴 파티에서 노는 건 나와 어울리지 않는다. 그래, 스테프까지는 좋아. 하지만 하딘 같은 사람은 절대 용납할 수가 없다. 하딘은 도대체 종잡을 수 없는 남자였다. 저렇게 한결같이 삐딱한 말투에 배려라곤 전혀 없는 못된 인간이 있을 수가 있나? 근데 저 책들은 뭐지? 그렇게 많은 책들이라니. 제멋대로에 재수 없는 말투, 타투투성이인 하딘이 저런 수준 높은 책들을 읽을 리 없잖아. 맥주병을 들고 책을 읽고 있는 그의 모습이 떠올랐다.

정신 차려, 테사. 나는 뺨을 톡톡 두드렸다. 이 동네가 어딘지, 기숙사로 어떻게 돌아가야 하는지 전혀 모른다. 생각하면 할수록 후회가 되고 스트레스가 쌓였다.

이런 일이 벌어질 줄 알았어야 했다. 이래서 모든 일을 미리 계획하는 거다. 파티장은 여전히 북적거렸고, 음악은 여전히 시끄러웠다. 네이트는 종적을 감췄고, 인사를 나눴던 제드도 보이지 않았다.

아무 데나 빈 방에 들어가 자야 하나? 그래도 침실이 10개는 넘는 것 같았고, 그중 하나쯤은 비어 있을 수도 있잖아. 참아 보려고 노력했지만 감정이 복받쳐 올랐다. 이런 모습을 다른 사람들에게 보여주고 싶지 않았다. 나는 내려가려던 발걸음을 돌려 스테프와 갔던 화장실을 찾아 들어갔다. 바닥에 쪼그리고 앉아 무릎 사이에 얼굴을 파묻었다.

노아에게 다시 전화를 걸었다. 벨이 두 번 울리자마자 그가 잠에 취한 목소리로 전화를 받았다.

"테스? 이렇게 늦게 웬일이야? 너, 괜찮아?"

"응, 아니. 나, 룸메이트 따라서 엉망진창인 파티에 왔어. 잘 데도 없고, 기숙사로 돌아갈 방법도 없어. 나 지금, 여기 갇혀버렸어."

엉엉 울면서 말했다. 이게 죽고 사는 상황이 아닌 건 잘 안다. 하지만 지금 이 모든 게 감당하기 힘들어 꼭 죽을 것만 같았다.

"파티라고? 그, 빨간 머리 여자애랑?"

"응, 스테프랑. 근데 걔가 술에 취해서 뻗어버렸어."

"후우, 뭐라고? 그딴 애랑 왜 어울려? 걔는, 그니까, 네가 같이 어울릴 만한 부류가 아니라고."

경멸하는 듯한 노아의 말투에 살짝 부아가 치밀었다. 냉혹한 비판을 바랐던 게 아니다. 내일이면 다 괜찮아질 거라는 격려와 위로를 받고 싶은 거였다.

"지금 그게 중요해?"

바로 그때였다. 문고리가 덜컥거렸다. 나는 머리를 들고 몸을 일으켜 앉았다.

"잠시만요!"

다급히 문밖에다 소리를 지르며 휴지로 눈가를 닦았다. 아이라이너가 더 번졌다. 이래서 이딴 걸 바르지 않는 거다.

"좀 이따 다시 전화할게. 누가 화장실 쓰려나 봐."

노아가 대꾸도 하기 전에 나는 전화를 끊어버렸다.

밖에 있던 사람이 문을 두드려대기 시작했다. 아이라이너가 번진 눈을 다시 한 번 닦으면서 문을 열었다.

"잠깐 기다리라고…!"

나를 향해 쏟아지는 녹색 눈동자를 본 순간 말문이 막혔다.

11

눈부시게 아름다운 녹색이었다. 이제야 그 녹색의 주인이 하딘이라는 걸 알았다. 아니, 이 순간까지 하딘과 한 번도 제대로 눈을 마주친 적이 없음을 깨달았다. 놀랍도록 아름답고 그윽한 녹색 눈동자. 내가 뚫어지게 바라보자 그는 얼른 시선을 피했다. 나는 그를 밀치고 나가려고 했다. 그가 내 팔을 잡았다.

"내 몸에 손대지 마!"

그의 손을 뿌리치며 소리 질렀다.

"울었어?"

호기심 어린 목소리로 그가 내게 물었다. 걱정하는 목소리였다. 하지만 그는 하딘이다.

"그냥 좀 놔줘."

그가 내 앞으로 다가왔다. 탄탄한 그의 몸이 나를 막아섰다. 오늘 밤 더 이상 누군가와 실랑이하긴 싫었다.

"하딘, 제발 부탁이야. 오늘은 그냥 좀 놔줘. 할 말 있으면 내일 해. 부탁이야."

간절함이든 수치심이든 뭐든 상관없다. 그저 그가 내게서 떨어져 내가 운 걸 들키지 않기만을 바랄 뿐이다.

그의 눈동자가 흔들렸다. 뭐라 말을 꺼내려다 멈칫하며 나를 쳐다보았다.

"저쪽에 잘 수 있는 방이 있으니 가봐. 스테프도 거기에 데려다 놨어."

그가 담담하게 말했다. 혹시 무슨 말을 더 할까 싶어 기다렸지만 아무 말도 하지 않았다. 그저 나를 뚫어지게 바라보고 있을 뿐.

"알았어."

"왼쪽에서 세 번째 방이야."

그는 턱짓으로 방을 가리키고는 자기 방으로 들어갔다.

'이건 또 뭐지? 못된 소리 한마디 안 하고 친절을 베풀어?'

내일 만나면 또 달라질지 모르지만 어쨌든 지금은 구세주 같았다.

하딘은 아마 못된 말을 정리해 적어놓은 다이어리가 있을지도 모른다. 내가 과제 리스트를 정리하듯 말이다. 왼쪽 세 번째 방은 수수하고 평범한 방이었다. 싱글 침대 2개가 있었고, 하딘의 방보다는 훨씬 작았다. 널찍한 하딘의 방보다는 기숙사 방에 가까웠다.

하딘이 회장이나 그 비슷한 뭐라도 되나? 아냐, 다들 그를 두려워하고 있는 거다. 그래서 제일 큰 방을 차지하게 됐겠지. 이게 훨씬 설득력 있다! 창가 쪽 침대에 누워 있는 스테프에게 담요를 덮어줬다. 방문을 잠그고 비어 있는 침대에 누웠다.

온갖 상념이 머릿속에 가득했다. 어느 새 잠이 들었다. 흐릿하게 보이는 장미꽃과 성난 녹색 눈동자가 밤새 꿈 속에서 떠다녔다.

12

낯선 곳에서 눈을 뜨고 잠시 어리둥절했다. 어젯밤 일들이 새록새록 떠올랐다. 스테프는 입을 벌리고 코를 골며 자고 있었다. 눈살이 저절로 찌푸려졌다. 이럴 때가 아니다. 얼른 기숙사로 돌아갈 방법을 찾아야 한다. 그러고 난 다음에 스테프를 깨워야지. 서둘러 핸드백을 챙겨 들고 방을 나섰다. 하딘의 방문을 두드려볼까? 아니면 네이트를 찾아야 할까? 그런데 네이트도 이 클럽 멤버가 맞나? 하딘이 이 클럽 멤버일 거라는 건 꿈에도 몰랐으니, 네이트도 멤버일 수 있겠지.

복도에 널브러진 사람들을 지나 계단으로 갔다.

"네이트?"

대답을 기대하며 네이트를 불러봤다. 거실에는 언뜻 봐도 스무 명이 훨씬 넘는 사람들이 자고 있었다. 바닥에는 빨간 컵과 쓰레기가 가득했다. 발 디딜 틈이 없다. 위층 복도는 여기에 비하면 양반이다. 부엌에 들어서면서 청소하지 말자고 스스로 최면을 걸었다. 이 난장판을 다 치우려면 하루가 꼬박 걸릴 거다. 애들이 돌아가고 하딘이 쓰레기 치우는 걸 내 눈으로 보고 싶었다. 그 모습을 상상하자니 키득키득 웃음이 나왔다.

"뭐가 웃겨?"

돌아보니 하딘이 부엌으로 들어오고 있었다. 쓰레기봉투를 손에 들고. 그는 한 팔로 식탁 위에 컵들을 쓰레기봉투에 쓸어 담았다.

"아무 것도 아냐. 근데 네이트도 여기 살아?"

나는 시치미를 뚝 떼며 물었다. 하지만 그는 무시하고 청소만 했다. 더 이상 내 말을 무시하는 건 참을 수가 없다.

"여기 사냐고 묻잖아! 그래야 나도 빨리 나갈 거 아냐."

"알았어, 알았어. 잘 들어, 네이트는 여기 안 살아. 넌 걔가 사교 클럽 멤버같아?"

"아니. 근데 너도 그렇게 보이지 않는 건 마찬가지야."

그는 빙글빙글 웃다가 내가 쏘아붙이자 순간 표정이 굳었다. 하지만 아무렇지도 않게 내 옆으로 와서 서랍을 열어 종이타월을 꺼냈다.

"근처에 버스 정류장 있어?"

대답을 기대하지는 않았다.

"있어. 한 블록쯤 가면."

나는 부엌에서 그를 졸졸 따라다녔다.

"어딘데? 가르쳐줘."

"말했잖아. 한 블록 가면 있다고."

그의 입꼬리가 한쪽으로 삐죽 올라갔다. 비웃는 거다.

나는 살짝 눈을 흘기며 부엌에서 나왔다. 그래, 어젯밤에 봤던 나긋

나긋한 모습은 백 년 만에 한 번 볼까 말까 한 것이었어. 역시 오늘은 다시 재수 없는 모습으로 돌아왔다. 아, 다시는 아는 체하지 말아야지.

나는 스테프를 깨우러 갔다. 놀랍게도 그녀는 벌떡 일어나 나를 보고 씨익 웃었다. 오, 드디어 이 망할 클럽하우스에서 탈출하는구나!

"하딘이 한 블록만 가면 버스 정류장이 있대."

"버스 따위를 탈 리가 있나. 이 병신들 중 하나가 우리를 모셔다줄 거야. 네가 걔 때문에 좀 괴로웠겠지만."

그녀가 내 어깨에 손을 턱 얹었다. 부엌으로 다시 들어가자 하딘이 오븐에서 맥주 캔들을 꺼내고 있었다. 스테프는 목소리에 잔뜩 힘을 주어 말했다.

"하딘, 준비 됐지? 우리 데려다줄 거잖아. 나, 머리가 깨질 것 같아."

"물론. 잠시만."

마치 기다리고 있었다는 듯 그가 말했다.

기숙사로 돌아가는 내내 스테프는 차에 틀어놓은 헤비메탈을 따라 불렀다. 하딘은 차창을 활짝 열고 달렸다. 제발 창문을 닫아 달라는 나의 정중한 요청은 개에게 줘버린 지 오래다. 그는 입을 꾹 다물고 들었는지 못 들었는지 한마디도 하지 않았다. 대신 손가락으로 드럼 리듬에 맞춰 핸들을 툭툭 건드리고 있었다. 나는 계속, 완전히, 무시 당하고 있었다.

"이따 들를게, 스테프."

스테프에게 하딘이 인사를 건넸다. 그녀는 손을 흔들었다. 나도 따라 차에서 내렸다.

"잘 가, 테레사."

그가 비실비실 웃으며 인사했다. 나는 눈을 흘기고 스테프를 따라 기숙사로 들어갔다.

13

남은 주말은 쏜살같이 지나갔다. 나는 하딘을 최대한 피해 다녔다. 그가 방에 오기 전에 쇼핑하러 나갔다가 그가 분명히 돌아갔을 시간에 돌아왔다.

새 옷들을 정리해 넣었다. 내내 하딘의 듣기 싫은 목소리가 귓가에 맴돌았다.

"넌 교회 가? 우린 파티 가는데, 테레사?"

내 새 옷들을 보고도 똑같은 소리를 해대겠지. 하지만 이제 상관없다. 앞으로 파티 따위는 절대 가지 않을 거고, 그가 있을 만한 곳에도 가지 않을 테니까. 그들과는 어울리고 싶지도 않았고, 무시 당하는 것도 지쳤다.

드디어 월요일 아침, 개강 첫날이다. 나는 완벽하게 준비를 마쳤다. 엄청 일찍 일어나 남자 애들 없는 샤워장에서 꼼꼼하게 샤워를 했다. 흰색 셔츠와 황토색 주름 치마도 빳빳하게 다려 입었다. 머리에 핀도 단정하게 꽂고, 어깨에 가방을 멨다. 예정했던 시간에서 15분이나 일찍 나설 참이었다. 늦으면 안 되니까. 그때 스테프의 알람 시계가 울렸다. 그녀는 스누즈 버튼을 누르더니 다시 잠들었다. 깨워야 하나 망설였다. 첫 수업이 나보다 늦게 시작하나 보다. 아니, 아예 안 갈지도? 상관없었다. 수업을 빼먹는 건 말도 안 되는 일이지만, 그녀는 2학년이잖아. 알아서 할 거다.

거울을 보고 첫 수업에 나섰다. 캠퍼스 지도를 미리 봐놓은 건 신의 한 수였다. 첫 수업을 들을 강의실 건물을 찾는 데 20분도 채 걸리지 않았다. 1학년 역사 수업 강의실에 들어갔다. 달랑 남학생 한 명이 앉아 있었다.

이 사람도 제시간에 맞춰 수업에 오려고 애를 썼겠지. 그 남학생 옆에 앉았다. 첫 친구가 될 수 있을지도 모르겠다.

"달랑 우리 둘뿐인 건 아니겠지?"

그가 내 말에 슬쩍 미소를 지었다. 왠지 편안해 보이는 미소였다.

"다들 제시간에 도착하려고 캠퍼스를 전력 질주하고 있을 거야."

그가 농담을 건넸다. 어쩐지 그가 마음에 들었다. 내가 생각했던 바로 그 말을 했다는 것도.

"나는 테사 영이야."

"나는 랜던 깁슨."

그는 귀여운 미소를 보냈다. 우리는 수업 전까지 대화를 나누었다. 그가 나와 같은 영문학 전공이며, 다코타라는 여자친구가 있다는 걸 알게 됐다. 내게 한 살 연하의 남자친구가 있다는 얘기를 들었을 때도 놀라거나 비웃지 않았다. 역시 친해지고 싶은 사람이었어. 강의실에 학생들이 가득 차기 시작했다. 강의가 시작되고 학생들이 서로 소개하는 시간을 가졌다.

하루가 지나기도 전에 수업을 5시간이나 신청한 걸 후회했다. 선택과목인 영국 문학 강의실로 달려갔다. 겨우 늦지 않게 강의실에 도착했다. 다행히 오늘의 마지막 수업이다. 맨 앞줄에 랜던이 앉아 있었다. 마음이 놓였다. 비어 있는 그의 옆자리로 가서 앉았다.

"안녕, 또 보네."

그가 반갑게 웃으며 인사를 건넸다.

교수님이 강의 계획서를 나눠주면서 간단한 소개를 했다. 대학교는 확실히 고등학교와 다르다. 창피하고 민망하기 짝이 없는 자기소개 따위는 시키지 않았다. 아, 나는 대학 수업이 너무 좋다.

교수님이 읽어야 할 교재 목록을 설명하는 중이었다. 갑자기 강의실 문이 끼익 열렸다. 하딘이 비틀거리며 강의실로 들어왔다. 한숨이 절로 나왔다.

"멋지군."

내가 비꼬듯 말했다.

"너, 하딘 알아?"

랜던이 물었다. 하딘이 온 캠퍼스에 떠들썩한 명성을 떨치고 있나 보다. 이렇게 단정한 랜던까지 그를 알다니.

"그렇다고 해둘게. 내 룸메이트랑 친구거든. 근데 나는 저런 애들 안 좋아해."

랜던에게 속삭이는 동안 하딘의 녹색 눈동자가 나에게 꽂혔다. 혹시 내 말을 들은 건가? 걱정이 되었다. 들었다면 또 나한테 뭐라고 해댈 텐데? 그래도 상관하지 않을 테다. 우리가 서로 신경 안 쓴다는 걸 모르는 바도 아니고, 뭐.

그런데 랜던은 어떻게 하딘을 알고 있을까?

"너도 쟤 알아?"

"응, 쟤…, 있잖아…."

그가 갑자기 말을 멈추더니 내 뒤쪽을 쳐다보았다. 나는 고개를 돌렸다. 하딘이 내 옆자리로 미끄러지듯 들어와 앉는 게 보였다. 랜던은 수업이 끝날 때까지 한마디도 하지 않았다. 옆을 돌아보지도 않았고 오로지 교수님만 뚫어지게 쳐다보았다.

드디어 수업이 끝났다.

"이 수업이 제일 재미있을 것 같아."

강의실을 나서면서 랜던에게 말했다. 랜던은 슬그머니 맞장구를 쳤다. 하지만 이내 얼굴이 어두워졌다. 하딘이 우리 옆에 바짝 붙어 걷고 있었다.

"뭐야. 나한테 할 말 있어?"

나는 그의 건방진 말투를 최대한 따라하며 물었다. 허사였다. 오히려 그는 재밌다는 듯 바라보고 있다. 더 심하게 말했어야 했나.

"그냥 우리가 다 같이 이 수업을 듣게 된 게 기분 좋아서."

조롱하듯 말하면서 그는 이마로 흘러내린 머리카락을 쓸어 올렸다. 손목에 새겨진 기묘한 모양과 무한대 기호가 보였다. 타투 문양을 자세히 보려 했지만 그가 손을 내리는 바람에 실패했다.

"나중에 보자, 테사."

랜던이 자리를 피하며 멀어졌다.

"이 수업에서 제일 찌질한 녀석을 잘도 친구로 삼았구나."

랜던이 꽁무니 빼는 모습을 보면서 하딘이 툭 던졌다.

"그딴 식으로 말하지 마. 랜던은 좋은 애야. 너 같은 부류가 아니라고."

이럴 수가, 내가 이렇게 못되게 말하다니. 충격이다. 하딘은 내 안의

악한 면을 끄집어내는 묘한 재주가 있다.

"터프함이 일취월장하는데? 매번 늘고 있어. 잘하고 있어, 테레사."

"한 번만 더 테레사라고 부르면…."

경고도 먹히지 않는다. 그가 피식 웃었다. 타투와 피어싱이 없는 그의 모습을 상상해보려 했다. 그래, 그런 게 있든 없든 그는 충분히 매력적이다. 하지만 문제는 그의 망할 성품이다. 그의 성격과 못되먹은 말투가 그를 망치고 있었다.

하딘과 나는 기숙사를 향해 걸었다. 스무 걸음 남짓 걸었을 때였다. 갑자기 그가 소리를 질렀다.

"제길, 나 좀 그만 쳐다봐!"

그는 모퉁이를 돌더니 좁은 길로 사라졌다. 무슨 일이 일어났는지 미처 알아차리기도 전에.

14

짜릿하지만 피곤한 한 주가 지나고 드디어 금요일이다. 대학생으로 보낸 첫 주가 끝나가고 있다. 그럭저럭 잘 지낸 것 같아 뿌듯했다. 주말 내내 영화를 보면서 빈둥거리기로 했다. 스테프는 보나마나 파티에 갈 거니까. 수업마다 강의 계획서를 주니 아주 편하다. 과제를 미리미리 할 수 있으니까. 아침 일찍 가방을 챙겨 방을 나섰다. 활기찬 주말의 시작은 진한 커피 한 잔으로!

"테사 아니니?"

카페에서 차례를 기다리고 있었다. 등 뒤에서 웬 여자 목소리가 들렸다. 돌아보니 파티에서 만났던 분홍 머리였다. 몰리였던가? 스테프가 그렇게 부른 것도 같다.

"어, 그래."

얼른 카운터 쪽으로 고개를 돌렸다. 대화가 더 길어지는 건 싫었다.

"오늘, 파티 올 거지?"

이건 나를 놀리는 거다. 숨을 한 번 몰아쉬고 다시 뒤를 돌았다. 거절의 고갯짓을 하려는 순간 그녀가 말했다.

"오늘 진짜 재밌을 거야. 꼭 와야 해, 알았지?"

그녀는 요정 타투로 뒤덮인 자기 팔을 만지작거리고 있었다.

나는 잠시 뜸을 들이다 고개를 가로저었다.

"안 되겠어, 선약이 있거든."

"아깝다, 제드가 너 보고 싶어 하던데."

그 말에 웃음이 픽 나왔다. 그녀는 웃지 않았다.

"왜 웃어? 걔가 어제도 네 얘기를 했단 말야."

"뭐… 그럴 수도 있지. 근데 나, 남자친구있어."

이번엔 그녀가 웃었다.

"아, 아깝다. 커플 데이트 하면 좋았을 텐데."

애매모호한 말투로 그녀는 말끝을 흐렸다. 아, 다행이다. 마침 커피가 나왔다. 허둥거리면서 컵을 쥐다가 그만 뜨거운 커피가 넘쳐버렸다. 커피에 데인 손이 화끈거렸다. 불길하다. 이것이 불행한 주말의 서곡은 아니길. 몰리가 손을 흔들며 작별 인사를 했고, 공손히 미소로 답하며 재빨리 커피숍을 빠져나왔다. 도대체 무슨 소리를 하는 거야? 그녀의 말이 자꾸만 머릿속에 맴돌았다.

'커플 데이트? 누구랑? 쟤랑 하딘이랑? 뭐야, 둘이 사귀는 거야?'

제드가 괜찮은 애인 것 같긴 했지만 나에게는 노아가 있다. 노아를 배신해서는 안 된다.

그래, 이번 주에는 노아와 통화를 별로 못 했어. 하지만 우리 둘 다 너무 바빴잖아. 오늘은 꼭 전화해야지.

커피에 손을 데고, 분홍머리를 만난 게 액땜이었나 보다. 다시 나의 하루는 나아지고 있었다. 랜던과 커피숍 앞에서 만나기로 했다. 랜던은 벽돌담에 기대어 서 있었다. 내가 다가가자 환한 미소로 반겨주었다.

"오늘 수업 끝나기 30분 전쯤에 먼저 나가려고. 주말에 집에 가려고 했거든. 다코타도 만나고. 깜박하고 너한테 미리 얘기 못 했어."

랜던이 다코타를 만나러 가는 건 축하할 일이다. 하지만 영문학 시간에 하딘 옆에 혼자 앉아 있을 생각을 하니 암담했다. 하딘이 수업에 왔을 때 얘기지만. 수요일 수업에 하딘은 결석했다. 아, 내가 신경 쓰고 있었던 건 아니다.

"이제 막 학기 시작했는데 수업을 빼먹는다고?"

"다코타 생일이야. 생일날엔 무슨 일이 있어도 간다고 한 달 전부터 약속했어."

그가 어깨를 으쓱했다.

수업 시간, 하딘은 내 옆에 앉았다. 입은 꾹 다문 채로. 랜던이 먼저 강의실을 빠져나가는 걸 보고도 일언반구 말이 없었다. 랜던이 가버리자 옆에 있는 하딘이 더 신경 쓰였다.

"다음 주는 한 주간 제인 오스틴의 『오만과 편견』으로 토론 수업을 진행하겠습니다."

수업이 끝날 무렵 힐 교수님이 예고했다. 너무 흥분한 나머지 나도 모르게 꺅 비명을 질렀다. 그 소설은 내가 가장 좋아하는 작품이다. 열 번도 넘게 읽었다.

강의실을 나서자 수업 시간 내내 거들떠보지도 않던 하딘이 곁으로 바짝 다가왔다. 무슨 소리를 할지 맞혀볼까? 저 무덤덤한 얼굴을 들이밀면서 말이지.

"너, 다아시(『오만과 편견』의 남자 주인공) 완전 사랑하지?"

"여자라면 다아시 같은 남자한테 안 넘어갈 재주 있겠어?"

눈도 마주치지 않고 대답했다. 어느새 건널목에 다다랐다. 건너기 전에 길 양쪽을 번갈아 잘 살펴보았다.

"그럴 줄 알았어."

그는 빙글빙글 웃으며 북적거리는 사람들 틈에서 나를 졸졸 쫓아왔다.

"다아시의 매력을 네가 이해할 턱이 없지."

이렇게 대답하다가 문득 하딘 방에 있던 엄청난 책들이 떠올랐다. 하딘 책? 그럴 리가 없다.

"건방지고 무례하기 짝이 없던 남자가 여자로 인해 지상 최고의 로맨티스트가 된다고? 그게 말이 되냐? 엘리자베스(『오만과 편견』의 여자 주인공)가 제정신이었다면 그런 놈은 처음 만났을 때 뺑 차버렸어야 하는 거야."

뜻밖의 단어 선택에 웃음이 나왔다. 나는 입을 막고 가까스로 참았다. 내가 지금 이 상황을 즐기고 있는 건가. 그와 문학 작품 이야기로 티격태격 하는 이 순간이 나쁘지 않았다. 정신 차려야 한다. 이게 얼마나 가겠어. 고작해야 한 3분쯤? 그가 재수 없는 말을 하기 전, 딱 거기까지. 고개를 들자 움푹 패인 그의 보조개와 미소가 눈에 들어왔다. 아, 잘생김은 인정. 피어싱마저도.

"그니까 엘리자베스가 좀 모자란 거야, 동의?"

그가 눈썹을 치켜올렸다.

"전혀. 그녀는 가장 복합적이고 강인한 캐릭터야."

나는 좋아하는 영화의 대사들을 인용해가며 그녀를 두둔했다.

그가 웃었고, 나도 따라 웃었다. 하지만 그것도 잠시, 그가 문득 나와 함께 웃고 있다는 걸 깨달은 듯 발걸음을 멈췄다. 어느새 그의 얼굴에서 웃음기가 사라졌다. 그리고 눈동자가 흔들렸다.

"또 보자, 테레사."

그는 휙 돌아, 오던 길을 되짚어 사라져버렸다.

'대체 뭐야?'

그의 돌발 행동을 생각해볼 새도 없이 전화벨이 울렸다. 노아였다. 그의 이름이 보이자 괜히 미안했다.

"테사, 잘 있었어? 문자 보내려다 통화하는 게 나을 듯해서."

노아의 목소리는 딱딱했고, 살짝 거리감이 느껴졌다.

"넌 뭐 하고 있어? 바빠?"

"아냐, 친구들 만나러 가는 길이야."

"그렇구나. 그럼 얼른 끊자. 아, 드디어 금요일이야. 살 것 같아. 주말만 손꼽아 기다렸거든!"

"또 파티에 갈 거야? 너네 엄마가 실망스러우시대."

뭐야, 엄마한테 얘기한 거야? 노아가 우리 엄마랑 사이가 좋은 건 안다. 하지만 이건 너무 하잖아. 엄마에게 내 생활을 일일이 고자질하는 남동생 코스프레는 좀 아니잖아! 이런 비유는 정말 싫지만 어쩔 수 없다. 그게 사실인걸, 뭐.

말꼬리 잡아봐야 좋을 게 없다.

"아냐, 이번 주말은 조용히 지낼 거야. 보고 싶어."

"나도 진짜 보고 싶어, 테스. 나중에 전화해, 알았지?"

우리는 '사랑해'라는 말을 주고받으며 전화를 끊었다.

방으로 돌아오니 스테프가 파티 갈 준비를 하고 있었다. 몰리가 말했던, 하딘네 클럽하우스에서 열리는 그 파티겠지. 나는 신경도 쓰지 않고, 넷플릭스에서 볼 영화를 검색했다.

"진짜, 네가 같이 갔으면 좋겠어. 오늘은 절대 밤새지 않을 거야. 맹세해. 잠깐만 있다 오자. 방구석에 틀어박혀서 영화나 보다니, 그게 뭐야."

스테프가 칭얼거렸다. 그녀는 머리를 만지고 옷을 세 번이나 입었다 벗었다 하는 내내 징징대며 매달렸다. 마침내 스테프는 손수건만 한 녹색 드레스를 입기로 했다. 선명한 녹색이 그녀의 빨간 머리카락과 잘 어울렸다. 나는 그녀의 자신감이 부러웠다. 나도 몸매에 어느 정도 자신이 있긴 하다. 그런데 골반과 가슴이 내 또래 애들보다 훨씬 컸다. 나는 그걸 어떻게든 감추려고 애쓴다. 그녀는 반대다. 어떻게든 더 드러내어 주목과 관심을 받으려고 기를 쓴다.

"그래, 알아⋯."

갑자기 노트북 화면이 까매지더니 꺼져버렸다. 나는 다시 전원 스위치를 누르고 기다렸다. 하지만 화면은 켜지지 않았다.

"봐, 봐. 컴퓨터까지 파티에 가라잖아! 내 노트북은 꿈도 꾸지 마. 네이트네 집에 있거든."

그녀가 히죽히죽 웃으며 머리를 매만졌다.

그녀를 보고 있자니 기숙사 방에 혼자 남아 있는 내 모습이 처량해졌다. 영화는 볼 수도 없게 됐다.

"좋아, 그럼 정말 12시 전에 돌아와야 해."

그녀는 손뼉을 치면서 방방 뛰었다.

15

잠옷을 벗고 한 번도 안 입은 새 청바지를 꺼내 입었다. 평소에 입던 옷들보다 살짝 더 붙는다. 어쩔 수가 없다. 빨래가 산더미처럼 밀렸으니, 선택의 여지가 없었다. 어깨에 레이스 장식이 있는 심플한 검정색 민소매 셔츠를 입었다.

"와! 너 옷 진짜 맘에 든다!"

스테프가 호들갑을 떨었다. 이번에도 아이라이너를 건네주었다.

"아냐, 이번엔 안 쓸래."

울고 나서 흉측하게 번져버린 지난주가 떠올랐다.

'어쩌자고 거길 또 가기로 한 걸까.'

"몰리가 우리 태우러 온대. 좀 전에 문자 왔는데, 금방 도착할 거래."

"걔는 나를 싫어하는 것 같던데."

거울을 보며 옷매무새를 고쳤다. 스테프는 고개를 갸우뚱했다.

"걔가 좀 그래. 싹수가 좀 없고, 가끔 막말도 하거든. 근데 너한텐 좀 쫄은 거 같던데."

"나한테? 그런 애가 나 같은 애한테 왜?"

웃음이 나왔다. 스테프가 반대로 얘기하는 걸 거야.

"넌 우리랑 완전 다른 부류잖아."

그래, 나는 그들과 다르다. 하지만 내가 아니라 그들이 '다른 부류'다.

"신경 꺼. 걔는 오늘 임자 있어."

"하딘 말야?"

툭, 속에 있던 말이 튀어나왔다. 스테프의 한쪽 눈썹이 치켜 올라갔다. 나는 거울을 보는 척하며 모른 체했다.

"아니, 제드. 남자를 주 단위로 바꾸는 애거든."

저렇게 심한 말을 아무렇지 않게 하다니. 쟤들 친구 아니었어?

그녀는 신경도 쓰지 않고 머리만 만지고 있었다.

"걔랑 하딘이랑 사귀는 거 아니었어?"

침대에서 뒹굴고 있던 둘의 모습이 떠올랐다.

"뭔 소리? 하딘은 절대 여자를 사귀지 않아. 여자들하고 재미만 보는 거지. 지금껏 누구와 사귄 적은 한 번도 없었어."

"그렇구나…."

파티는 지난 주와 판박이였다. 잔디밭이며 집 안이며 온통 술 취한 사람들로 득실댔다. 방 안에서 천장이나 쳐다보고 있을걸, 왜 또 여길 따라왔을까.

몰리는 도착하자마자 사라져버렸다. 나는 소파 구석 자리를 차지하고 한 시간이 넘도록 앉아 있었다. 하딘이 나타났다.

"너, 좀… 달라 보인다?"

그가 잠시 뜸을 들이더니 말을 꺼냈다. 그러고는 나를 다시 아래위로 훑어보았다. 맙소사, 이젠 아예 대놓고 스캔하는구나. 나와 눈이 마주치고서야 입을 열었다.

"잘 입었어, 좋아. 잘 어울려."

황당했다. 평소처럼 나다운 옷을 입었어야 했다.

"너를 여기서 또 만날 줄이야. 나를 놀라게 하는 재주가 있네."

"여기 또 오다니, 나도 놀라는 중이야."

나는 그에게서 슬금슬금 멀어졌다. 그는 쫓아오지 않았다. 왜 안 따라오지? 잠깐, 내가 지금 그걸 바라고 있는 거야? 아… 나도 내 마음을 잘 모르겠다.

몇 시간 지나지 않아 스테프는 또 취해버렸다. 뭐, 다른 애들도 다 마찬가지다.

"얘들아, 진실 게임하자."

제드가 혀 꼬부라진 소리로 친구들을 불러 모았다. 소파 주위로 사람들이 빙 둘러앉았다. 몰리가 네이트에게 술병을 건넸고, 네이트는 병째로 벌컥벌컥 마셨다. 하딘은 손이 너무 커서 들고 있는 빨간 컵도 잘 보이지 않았다. 펑크 스타일을 한 여자애 한 명도 게임에 합류했다. 하딘, 제드, 네이트, 트리스탄(네이트의 룸메이트다), 몰리, 스테프, 그리고 펑크 스타일의 여자애까지, 이제 게임 멤버들이 다 모였다.

술에 취해 하는 진실 게임이라니. 그 끝이 좋을 리 없다. 이런 생각을 하고 있던 찰나 몰리의 사악한 목소리가 들렸다.

"테사, 너도 껴야지."

"아냐, 난 됐어."

나는 카펫에 있는 갈색 얼룩만 뚫어져라 쳐다봤다.

"게임을 하면 말이지, 쟤가 고상한 척 내숭 떠는 걸 못하게 될 텐데 가능하겠어?"

하딘이 떠들어대자 스테프를 뺀 모든 사람들이 일제히 큰 소리로 웃어댔다. 분노가 치밀어 올랐다. 고상한 척이라니! 내숭이라니! 나는 내숭 떠는 재수떼기가 아니다! 그래, 내가 잘나가진 않지만, 은둔 생활을 하는 수도자도 아니란 말이다. 하딘을 노려보았다. 그리고 네이트와 펑키걸 사이를 비집고 들어가 끼어 앉았다. 하딘은 키득거리며 제드에게 뭔가를 속닥거렸다. 드디어 게임이 시작됐다.

도전을 택한 제드는 벌칙으로 맥주 한 캔을 숨도 쉬지 않고 다 마셨다. 몰리도 벌칙으로 아무 것도 입지 않은 맨 가슴을 애들에게 보여줬다. 진실을 택한 스테프는 유두에 피어싱을 했다고 고백했다.

"테레사, 진실 혹은 도전?"

하딘이 물었고, 나는 침을 꼴깍 삼켰다.

"진실."

그가 키득거리면서 중얼댔다.

"물론 그러시겠지."

나는 무시해버렸다. 네이트가 손바닥을 마주 비비는 게 보였다.

"좋아. 너…, '버진'이야?"

제드가 거침없이 물었다. 숨이 턱 막혔다. 하지만 아무도 이런 낯 뜨거운 질문에 당황하지 않았다. 오직 한 사람, 나만 빼고. 얼굴이 화끈 달아올랐다. 모두 재미있어 죽겠다는 표정이다.

"대답 안 해?"

하딘이 다그쳤다. 자리를 박차고 나가고 싶었다. 하지만 그저 고개를 끄덕일 수밖에 없었다. 그래, 나, 경험 없다. 노아와 나는 옷 위로 하는 애무가 전부였다.

다들 놀라는 것 같지는 않았다. 그저 구미가 당기는 눈빛이었다.

"뭐야, 너, 노아랑 2년이나 사귀면서 섹스를 안 했다는 거야?"

스테프가 물었고, 나는 움찔거리며 눈치를 봤다. 불편했다. 이런 사적인 얘길 이런 데서….

"하딘 차례야."

나는 고개를 저으며 겨우 말을 꺼냈다. 이제 나에게 쏟아지는 관심을 제발 거둬줘.

16

"도전."

하딘은 질문을 하기도 전에 대답했다. 그의 녹색 눈동자가 나를 바라보고 있었다. '내가 세상의 중심이야. 나는 뭐든지 할 수 있어.' 하는 강렬함과 힘이 담겨 있었다.

저런 반응이 나올 줄이야. 나는 당황했다. 벌칙으로 뭘 말해야 하지? 그는 나한테 지기 싫어서 뭐든 할 남자다.

"음…, 그러니까…, 네 벌칙은…."

"뭔데?"

그가 참지 못하고 재촉했다. 여기 있는 사람들에게 좋은 말 한마디

씩 하라고 할까, 했지만 참았다. 재밌기는 했을 텐데.

"게임 끝날 때까지 셔츠 벗고 있기!"

몰리가 외쳤고, 나는 만족했다. 물론 하딘이 셔츠를 벗기 때문은 아니었다. 순전히 그에게 곤란한 벌칙을 내려야 한다는 압박감에서 해방되었기 때문이다.

"유치하긴."

그는 투덜거리면서도 셔츠를 벗었다. 그의 탄탄한 상체와 구릿빛 피부에 그려진 검정색 타투에 자연스레 눈이 갔다. 가슴에는 새가, 그 아래 배 쪽으로 큰 나무가 그려져 있었다. 나뭇가지들은 잎 하나 없이 앙상했다. 팔 위쪽으로 생각보다 많은 문신이 있었다. 어깨에서부터 엉덩이까지는 작은 문양들이 드문드문 새겨져 있었다. 스테프가 팔꿈치로 나를 툭 쳤다. 그제야 정신을 차리고 시선을 돌렸다. 제발 아무도 내가 멍하니 하딘을 바라보던 장면을 못 봤기를.

게임은 계속 되었다. 몰리는 트리스탄에게, 또 제드에게 키스했다. 스테프는 첫 경험을 털어놓았다. 네이트는 펑키걸과 키스했다.

이 미친 듯이 노는 원기 왕성한 애들 틈바구니에서 과연 내가 살아남을 수나 있을까? 이렇게 미치광이처럼 노는 애들 사이에서 제정신으로 숨 쉴 수 있을까?

"테사, 진실 혹은 도전?"

트리스탄이 물었다. 또 내 차례다.

"물어볼 필요 있어? 쟤는 어차피 거짓말은 못해."

하딘이다. 또 시작이군.

"도전."

모두 깜짝 놀랐다. 사실 나도 말해놓고 놀랐다.

"좋아, 테사. 그럼 벌칙으로 보드카 원샷."

트리스탄이 웃으며 말했다.

"싫어, 난 술 안 마셔."

"그러니까 벌칙이지."

"벌칙 받기 싫어? 그럼 너…."

네이트가 말하자 하딘과 몰리가 눈길을 주고받으며 비웃는 게 보였다.

"좋아, 원샷."

이런다 한들 하딘은 나를 또 비웃겠지. 하지만 눈길이 마주치자 그는 신기하다는 듯 나를 쳐다보았다.

보드카가 병째로 건네졌다. 병을 기울이면서 실수로 병 주둥이에 코를 부딪쳤다. 강렬한 알코올 냄새가 코를 찔렀다. 콧속이 타들어 가는 듯했다. 코를 문지르면서 킥킥거리는 소리를 못 들은 척했다. 온갖 애들이 죄다 입을 대고 마셨던 병이라니. 생각하지 않으려고 애를 쓰며 병을 기울였다. 보드카가 닿은 혀와 뱃속이 타들어가는 것 같았지만 꿀꺽 삼켜버렸다. 아, 끔찍한 맛이다. 애들이 손뼉을 치며 웃어댔다. 단, 하딘만 제외하고.

화가 난 건가? 아님 실망했나? 어쨌거나 좀 이상한 애다.

조금 지나자 볼이 뜨거워졌다. 다음 차례에서도 나는 도전을 택하고 술을 마셨다. 몸속에 흐르는 알코올 기운이 점점 강해졌다. 어느 순간 긴장이 풀어졌다. 어쩐지 기분도 좋아졌다. 뭐든 술술 잘 풀릴 것만 같았다. 애들도 전보다 더 즐거워 보였다.

"이번에도 도전."

네이트가 웃으며 한 입 들이킨 술병을 나에게 건네주었다. 벌써 다섯 번째 라운드. 그 전에 무슨 얘기들이 오갔는지 기억조차 나지 않는다. 두 모금을 꿀꺽꿀꺽 마셨다. 누군가 술병을 낚아챘다.

"됐어, 그만 마셔."

하딘이 빼앗은 병을 네이트에게 넘겨주었다.

하딘 스캇, 네가 뭔데 나한테 술을 마시라 마라야? 다들 아직 마시고 있잖아. 나도 마실 수 있다고.

나는 네이트에게서 병을 낚아채어 다시 한 모금 마셨다. 병에 입을 대면서 하딘에게 비웃음을 날리는 것도 잊지 않았다.

"테사, 너, 술 마신 적 없다며? 믿을 수가 없다. 근데 재밌지 않아?"

제드가 물었고, 나는 키득거렸다. 문득 엄마의 잔소리가 떠올랐다. 그딴 것쯤 넣어둬. 어차피 오늘 딱 하루만이잖아.

"하딘, 진실 혹은 도전?"

"도전."

물론 그러시겠지.

"벌칙으로 테사에게 키스해."

몰리가 말했다. 짐짓 거짓 미소를 던지며.

하딘의 눈이 동그래졌다. 술기운 때문인가? 모든 게 자극적으로 다가왔다. 그저 그에게서 달아나고만 싶었다.

"싫어. 나, 남자친구 있다고 했잖아."

이로써 애들은 오늘 밤 백 번째로 나를 비웃었다.

'왜 내가 이런 애들과 어울리고 있는 거지? 나를 비웃기만 하는 애들이랑.'

"어쩌라고? 그러니까 벌칙이지. 그냥 해."

몰리가 나를 몰아붙였다.

"싫어. 나는 누구와도 키스 안 해."

딱 잘라 말하고는 벌떡 일어났다. 하딘은 컵을 들어 그대로 들이켰다. 나를 쳐다보지도 않고. 그가 화내길 바랐다. 아니, 화내든 말든 상관없다. 그가 어떻게 하든 이제 끝이다. 그는 나를 싫어하고, 너무 못되게 군다.

발을 딛고 일어서자 술기운이 훅 밀려왔다. 순간 휘청했지만 얼른 몸을 가누었다. 북적거리는 사람들 틈에서 현관문을 찾아냈다. 밖으로 나가니 선선한 가을 바람이 불어왔다. 눈을 감고 신선한 공기를 마셨다. 낯익은 돌담에 걸터앉았다. 나도 모르게 들고 있던 휴대전화로 노아에게 전화를 걸었다.

"여보세요?"

친숙한 목소리. 적당히 오른 취기 때문인지 울컥 그가 보고 싶어졌다. 무릎을 끌어당겨 안았다.

"자기야…, 잘 있었어?"

잠시 침묵이 흘렀다.

"테사, 술 마셨어?"

날 선 목소리, 아, 전화하지 말 걸 그랬다.

"아냐, 절대 안 마셨어."

거짓으로 대답하고 전화를 끊었다. 아예 전화기 전원을 꺼버렸다. 그의 전화를 또 받고 싶진 않았다. 알딸딸하게 좋아진 기분을 그가 망치고 있다. 하딘보다 더 나쁘다.

나는 비틀거리며 안으로 들어갔다. 술에 취해 휘파람을 불어대고 저질스런 말을 쏟아내는 남자들 틈을 뚫고. 부엌 식탁에 있던 갈색 병을 움켜쥐고 크게 한 모금 들이켰다. 보드카보다 더 맛이 없었다. 목이 불에 타는 것 같았다. 뭐라도 마셔야 한다. 그래서 입에 남아 있는 이 술맛을 없애야 한다. 유리컵을 꺼내 물을 받아 마셨다. 타는 것 같은 건 좀 없어졌다. 인파들 사이로 내 '친구들'이 여전히 모여 앉아 그 바보 같은 게임을 계속하고 있는 게 보였다.

'쟤들이 내 친구인가?'

그건 좀 아닌 것 같았다. 그들은 내가 어울리기를 원한다. 그래야 내 일천한 경험을 실컷 비웃을 수 있을 테니까. 몰리가 하딘더러 나에게 키스하라고 했다. 걔는 나한테 남자친구가 있다는 걸 뻔히 안다. 나는 걔처럼 아무 남자하고나 놀아나는 여자가 아니다. 지금껏 딱 두 명하고만 키스를 했었다. 노아와 주근깨투성이 자니, 걔는 3학년 때 내 정강이를 걷어찼던 애다. 근데 하딘은 그 벌칙을 하기 싫었던 건가? 갑자기 궁금해졌다. 그의 입술은 핑크색이었고, 도톰했다. 그가 나에게 다가와 키스하는 모습이 자꾸만 떠올랐다. 심장이 쿵쿵 뛰기 시작했다.

'이게 뭐야. 뭘 상상하는 거야?'

아, 앞으로 절대 술 따윈 안 마실 거다.

몇 분쯤 지나니 방이 빙빙 돌면서 어지러워졌다. 화장실을 찾아 위층으로 올라갔다. 토할 것 같아 변기 앞에 주저앉았다. 하지만 아무 일도 없었다. 끙끙대며 몸을 일으켰다. 기숙사로 돌아가고 싶었지만 스테프는 아직 멀었겠지. 여기 오지 말았어야 했다. 다시는, 절대로.

나도 모르는 사이 익숙한 방문을 열었다. 하딘의 방이다. 항상 잠그고 다닌다고 했지만 그게 아닌가 보다. 저번과 달라진 건 없었다. 그저 이번에는 내 발 아래로 방이 빙빙 돌고 있다는 것뿐. 책장 속 『폭풍의 언덕』이 있던 자리가 비어 있었다. 침대 옆 테이블에 『오만과 편견』과 같이 놓여 있었다. 하딘과 『오만과 편견』 이야기를 나눴던 장면이 떠올랐다. 분명히 그는 그 책을 읽었다. 그리고 완벽히 이해하고 있다. 이 건 정말 흔치 않은 일이다. 우리 또래, 게다가 남자애가 그 책을 읽었다니. 수업 교재로 읽었겠지. 그런데 『폭풍의 언덕』은 왜 나와 있는 거지? 나는 그 책을 집어 들고 침대에 걸터앉았다. 중간쯤을 펼쳐 들고 읽기 시작했다. 빙빙 돌던 방이 멈추었다.

방문이 열렸다. 하지만 캐서린과 히스클리프(『폭풍의 언덕』의 여자 주인공과 남자 주인공)에 푹 빠져 있어서 문 여는 소리도 듣지 못했다.

"내 방에 들어오지 말란 말이 이해가 안 돼?"

하딘이 소리쳤다. 그는 머리끝까지 화가 났고, 나는 무서웠다. 하지만 동시에 좀 웃겼다.

"아, 미…, 미안. 나… 나는….'"

"꺼져."

그가 거칠게 내뱉었고, 나는 그를 노려보았다. 술 기운이었다. 함부로 소리치는 그를 내버려둘 수 없게 만든 건.

"그렇게 재수 없게 말할 건 없잖아!"

생각했던 것보다 더 큰 목소리가 나왔다.

"내 방에 들어오지 말라고 했잖아. 그런데 넌 또 들어왔고. 그러니까 꺼지라고!"

그가 나에게 다가오며 소리쳤다.

그는 분노에 찬 모습으로 내 앞에 우뚝 섰다. 나는 세상에서 가장 나쁜 인간이 된 것 같은 기분이 들었다. 부글부글 화가 끓어올랐다. 침착해야 해, 침착해야 해. 속으로 다짐하면서도 나도 모르게 마음에 담고 있던 질문이 툭 터져 나왔다.

"왜 날 싫어해?"

나는 그를 노려보았다.

합당한 질문이긴 했다. 하지만 솔직히 말해서, 상처 받은 내 자존심이 그의 대답을 받아들일 수 있을지는 잘 모르겠다.

17

하딘이 나를 빤히 쳐다보았다. 적개심이 가득했지만 눈빛은 흔들렸다.

"왜 그런 걸 묻지?"

"잘 모르겠어…. 처음 만났을 때부터 너는 못되게만 굴었잖아. 사실 여기 와서 잠깐이나마 너와 친구가 될 수도 있지 않을까 생각했었어."

말도 안 되는 소리를 지껄인 것 같아서 콧잔등을 손가락으로 살짝 꼬집었다. 그의 대답을 기다리면서.

"우리가? 친구라고?"

그가 손사래를 치며 웃었다.

"우리가 친구가 될 수 없다는 건 더없이 명백한데?"

"난 모르겠는데?"

"하나만 말해볼까? 너는 너무 고리타분해. 넌 완벽한 모델 하우스 같은 집에서 자랐겠지. 너네 부모님은 네가 원하는 거라면 뭐든지 사 주셨을 거고. 더 바랄 것 없이 자랐을 거야. 구린 네 주름치마처럼 빳빳하게 말이야. 솔직히 스무 살짜리 여자애가 그런 치마를 입겠어?"

입이 떡 벌어졌다.

"아무 것도 모르면서 막말하지 마. 이 잘난 척만 하는 나쁜 놈아! 나는 그렇게 고상하게 살지 않았어! 알코올 중독자 아빠는 내가 열 살 때 집을 나갔고, 나를 대학교에 보내려고 우리 엄마는 매일매일 뼈 빠지게 일했어. 나는 고등학생이 되자마자 생활비에 보태려고 열심히 알바를 했어. 그리고 난 내 스타일이 좋아. 정말 미안하게 됐다. 내가 네 주위에 있는 난잡한 여자애들처럼 입지 않아서! 난 열심히 살았어. 단지 다른 사람들과 달라 보인다고 해서 네 맘대로 판단해도 되는 건 아니야!"

눈물이 흐르고 있었다.

얼른 뒤로 돌아섰다. 이런 모습을 보이는 건 싫었다. 그가 주먹을 꽉 쥐는 게 보였다. 이런 상황이 화가 나는 모양이었다.

"근데 이거 알아? 이제 너랑 친구가 되고 싶은 생각이 손톱만큼도 없어, 하딘."

나는 방문 손잡이를 잡았다. 나에게 용기를 줬던 보드카는, 나를 소리 지르게 하더니 이제 나를 슬퍼지게 만든다.

"어디 가?"

그의 목소리는 예상치도 못하게 침울했다.

"버스 정류장. 기숙사로 돌아갈래. 다시는, 절대로, 여기 오지 않을 거야. 너 같은 애들과 친구가 되려고 노력하는 것도 이제 지친다. 그만할래."

"혼자 버스 타고 가기엔 너무 늦었어."

몸을 돌려 그의 얼굴을 보았다. 목소리만으로는 진심을 알 수 없었다.

"설마 나한테 무슨 일이 생길까 봐 걱정하는 건 아니지?"

"걱정하는 게 아니라…, 경고하는 거야. 좋은 생각이 아니라고."

"하지만 방법이 없잖아. 다들 취했고, 나도 그렇고."

눈물이 흘러내렸다. 하딘 앞에서 또 눈물을 보이다니. 하지만 창피하다는 생각조차 들지 않았다. 누가 있었대도 마찬가지다. 이미 아무 생각도 나지 않았다.

"파티만 오면 우는 거냐?"

그가 슬며시 웃으며 머리를 앞뒤로 까딱였다.

"아무래도 네가 있는 파티가 안 맞나 봐. 사실 파티도 여기 와본 게 전부고."

나는 다시 문 쪽으로 다가가서 방문을 열었다.

"테레사."

들릴락 말락 한 목소리였다. 하지만 더없이 부드러웠다. 그의 표정을 읽을 수가 없었다. 방이 다시 빙빙 돌기 시작했다. 문 옆 서랍장을 붙잡았다.

"괜찮아?"

고개를 끄덕였지만 속이 메스꺼웠다.

"잠깐 앉아 있어. 쉬었다가 버스 타러 가."

"네 방에 있으면 안 된다며."

나는 바닥에 주저앉았다. 딸꾹질이 나기 시작했다.

"너, 내 방에서 토하면…."

"물 좀 마시면 괜찮을 것 같아."

내가 일어섰지만 그가 빨간 컵을 건네며 어깨를 눌러 앉혔다.

"이거 마셔."

짜증이 확 치밀어 올라 그가 건넨 컵을 밀쳤다.

"물, 술 말고."

"이거 물이야. 나, 술 안 마셔."

한숨인지 웃음인지 모를 소리가 내 입에서 튀어나왔다. 말도 안 돼. 하딘이 술을 안 마신다니.

"웃긴다. 왜, 네가 여기서 아기 보듯 나를 돌봐주려고?"

진심으로 혼자 있고 싶었다. 술이 슬슬 깨고 있었고, 하딘에게 소리 지른 것도 미안해졌다.

"넌 정말 나를 최악으로 만드는 재주가 있어."

큰 소리로 웅얼거렸지만 나쁜 뜻은 아니었다.

"심한데."

그의 목소리는 심각해졌다.

"그래, 여기서 아기 돌보듯 돌봐주려고 했지. 취한 게 처음이니까. 그리고 나만 없으면 내 물건에 손 대는 습관이 있잖아, 네가."

그는 침대에 깊숙이 올라 앉았다. 나는 컵을 꽉 쥐고 물을 마셨다. 컵에서 민트 맛이 났다. 하딘의 입술에서는 어떤 맛이 날까? 이 생각이 떨쳐지질 않았다. 다행히 마신 물이 알코올을 묽게 만들었다. 더 이상 속에서 불이 나지 않았다.

'맙소사, 이제 절대 술은 안 마실 거야.'

또 한 번 되뇌며 바닥에 앉았다.

얼마쯤 지났을까, 하딘이 입을 열었다.

"뭐 하나 물어봐도 돼?"

표정만 본다면 싫다고 했어야 했다. 하지만 아직 취기가 남아 있었고, 얘기를 하다 보면 술이 좀 깰 것도 같았다.

"좋아."

"대학교 졸업하면 뭘 하고 싶어?"

놀란 눈으로 그를 올려다 보았다. 생각지도 못한 질문이었다. 왜 아직도 경험이 없는지, 아니면 왜 술을 한 번도 안 마셔봤는지, 뭐 이딴 질문을 할 줄 알았다.

"글쎄, 난 작가가 되거나 출판사에서 일하고 싶어. 어떤 게 먼저일지는 모르겠지만."

솔직히 말하지 말걸 그랬나. 이걸로 나를 놀릴 게 뻔하다. 하지만 그는 아무 말이 없었다. 어디서 그런 용기가 생겼는지 나도 그에게 같은 질문을 했다. 눈을 부라릴 거라 생각했지만 그는 아무 말도 하지 않았다.

"저거 다 네 책이야?"

마침내 내가 입을 열었다. 하찮은 질문이었지만.

"응, 내 책이야."

"제일 좋아하는 책은 뭐야?"

"좋아하는 책 따위는 없어."

그럼 그렇지. 나는 바지에 붙은 먼지를 떼어냈다.

"로저스 씨는 네가 또 파티에 온 걸 알아?"

"로저스 씨?"

무슨 소리인지 알 수가 없었다.

"남자친구 말이야. 내가 본 중에 제일 자뻑이 심한 녀석이었어."

"그렇게 말하지 마. 걔는…, 걔…, 착해."

말을 더듬었다. 하딘이 웃었고, 나는 벌떡 일어났다. 그는 노아를 모른다.

"걔처럼 좋은 남자가 되는 꿈이나 꾸시지 그래."

"좋은 남자? 남자친구가 고작 '좋은 남자'라 이거지? '좋은 남자'라는 건 시시하단 뜻이야."

"넌 노아를 모르잖아."

"글쎄, 뭐, 시시한 녀석이란 건 알지. 구닥다리 카디건이랑 로퍼만 봐도 딱 알 수 있어."

그가 머리를 젖히며 크게 웃었다. 보조개, 그의 보조개를 못 본 척하기는 힘들었다.

"걘 그런 로퍼 안 신어."

이렇게 말했지만 손으로 입을 막아야 했다. 그를 따라 내 남자친구를 비웃지 않으려면. 다시 물 한 모금을 들이켰다.

"2년이나 사귀었는데 섹스도 안 했다며. 그러니 꽉 막힌 시시한 녀석이지."

나는 마셨던 물을 다시 컵에 뿜었다.

"너, 지금 뭐라고 했어?"

저딴 소리를 하다니. 어쩌면 우리가 잘 지낼 수 있을지도 모른다고 생각하던 찰나였다.

"들었잖아."

"하딘, 이 거지 같은 자식."

나는 반쯤 물이 찬 컵을 그에게 던졌다. 역시 생각한 그대로의 반응이다. 제대로 놀랐다. 물 묻은 얼굴을 닦는 동안 나는 비틀거리며 일어나 책장을 붙들었다. 책 몇 권이 우르르 떨어졌지만 개의치 않고 방을 뛰쳐나왔다. 비틀거리며 아래층으로 내려가 인파를 헤치고 부엌으로 들어갔다. 분노가 끓어올랐다. 하딘의 악마 같은 미소를 머릿속에서 지우고 싶었다. 다른 방에 있는 제드의 검은색 머리가 보였다. 그는 말쑥한 귀공자 같은 남자와 같이 있었다.

"여어, 테사. 이쪽은 내 친구 로건."

로건은 웃으며 들고 있던 병을 건넸다.

"마실래?"

병을 받아들었다. 불타는 것 같은 느낌도 이제 괜찮았다. 하지만 다시 취기가 오르며 하딘 따위는 금세 머릿속에서 지워졌다.

"스테프 봤어?"

"걔, 트리스탄이랑 가는 거 같던데?"

'뭐? 갔다고?'

아, 내가 더 신경 썼어야 했다. 보드카 때문이다. 보드카가 판단력을 잃게 만들었다. 이 와중에도 스테프와 트리스탄은 왠지 잘 어울리는 한 쌍인 것 같다는 생각이 들었다. 몇 잔 더 마시자 기분이 날아갈 듯 좋아졌다.

이래서 사람들이 술을 마시는구나. 다시는 술을 마시지 않겠다고 맹세했던 게 어렴풋이 기억났다. 근데 뭐 술도 그렇게 나쁘진 않은 것 같아.

15분쯤 지났을까, 제드와 로건은 진짜 웃긴다. 너무 웃어서 배가 당길 지경이다. 애들은 하딘보다 훨씬 나은 애들이다.

"하딘은 정말 거지같은 자식이야."

제드와 로건은 내 말에 빵 터져 마구 웃어댔다.

"맞아, 걔가 좀 그럴 때가 있지."

제드가 내 어깨에 팔을 둘렀다. 냅다 팔을 치우고 싶었지만 괜히 어색해지는 건 싫었다. 그냥 두기로 했다. 좀 지나니까 사람들이 하나둘 바닥에 뻗기 시작했다. 갑자기 피곤이 몰려왔다. 이제 집에 갈 방법이 없다!

"버스가 밤에도 다니나?"

혀 꼬부라진 소리였다. 제드가 어깨를 으쓱했다. 바로 그때 내 앞에 하딘의 곱슬머리가 나타났다!

"이젠 또 제드냐?"

감정을 알 수 없는 딱딱한 목소리였다.

나는 그를 밀치며 일어났다. 하딘이 나를 붙잡았다. 도대체 종잡을 수가 없다.

"놔."

컵을 찾았다. 집어던질 테다.

"버스 타러 갈 거야."

"참으시지…. 새벽 3시야. 버스가 있겠어? 음주 인생의 신세계를 열었으니 그냥 여기 계시지 그래."

조롱을 가득 담은 눈빛이었다. 한 대 때리고 싶었다.

"아니면 제드랑 같이 나가고 싶었던 건가…?"

그가 내 팔을 놓았다. 제드와 로건과 어울려 소파로 갔다. 그를 괴롭혀주고 싶었다. 하딘은 그 자리에 서서 씩씩거리기 시작했다. 지난주에

잤던 그 방이 비어 있기를…. 제드에게 같이 올라가 달라고 부탁했다.

18

그 방을 찾아 들어갔다. 술이 떡이 된 남자 하나가 코를 골며 곯아떨어져 있었다.

"그래도 침대 하나는 남아 있잖아!"

제드가 웃으며 말했다.

"지금 집에 갈 건데, 같이 갈래? 난 소파에서 자면 되는데."

정신을 차려보려고 애를 썼다. 제드도 하딘이랑 똑같은 애다. 애도 이 여자 저 여자 멋대로 바꿔가며 데리고 논다. 같이 집에 간다는 건 키스쯤은 허락한다는 의미일 것이다. 제드는 잘생겼다. 원한다면 얼마든지 그 이상의 것을 주겠다는 여자애들이 널렸을 거다.

"그냥 여기 있을게. 스테프가 돌아올지도 모르잖아."

그의 얼굴에 살짝 실망스러운 빛이 스쳤다. 하지만 금세 웃으며 조심하라고 당부했다. 꼭 안아주며 작별 인사도 잊지 않았다. 제드가 나가자마자 얼른 방문을 잠갔다. 누가 들어올지 알게 뭐람? 코를 골며 혼수상태에 빠져 있는 남자를 찬찬히 살펴봤다. 안심이다. 조만간 일어나지는 못할 것 같다. 이상하게 더 이상 피곤하지 않았다. 하딘과 나눴던 이야기만이 또렷이 떠올랐다. 노아와 아직까지 밤을 보내지 않은 내가 그렇게 신기한가? 매번 상대를 갈아치우는 하딘 같은 애한테는 이상하겠지. 하지만 노아는 신사였다. 우리는 굳이 섹스할 필요가 없었다. 그와 함께 한 모든 시간들이 즐거웠으니까. 영화를 보거나, 산책을 하는 것 같은….

이런 저런 생각에 쉽게 잠이 들지 않았다. 천장에 있는 타일을 세며 잠을 청했다. 곯아떨어진 남자는 가끔 몸을 뒤척였다. 나도 잠에 빠져들었다.

"처음 보는 얼굴인데…?"

혀 꼬인 남자 목소리가 들렸다. 벌떡 몸을 일으켰다. 그의 머리에 턱을 세게 부딪치면서 혀를 깨물었다. 그의 손이 내 허벅지 바로 옆에 있었다. 술 냄새와 역겨운 토사물 냄새가 동시에 훅 끼쳤다.

"우리 섹시 걸은 이름이 뭐지?"

그가 숨을 내뱉자 욕지기가 올라왔다. 팔을 들어 그를 밀쳐냈지만 꼼짝도 하지 않았다. 그가 징그럽게 웃었다.

"해치려는 게 아냐. 서로 좀 즐겨보자고."

그가 입맛을 다시듯 입술을 핥자 턱으로 침이 흘렀다.

나는 돌려 눕혀졌다. 어떻게 해야 하지? 그래, 무릎으로 세게 차는 거다. 정확하고 강하게 그의 '거기'를. 그가 사타구니를 움켜쥐며 뒤로 물러섰다. 빠져나갈 찬스다. 떨리는 손으로 잠긴 문을 열고 복도로 뛰쳐나갔다. 몇몇 애들이 나를 이상하게 쳐다봤다.

"이리 와. 이리 안 와?!"

구역질나는 목소리가 들렸다. 바로 뒤에서였다. 여자가 쫓기고 있는데 누구 하나 신경 쓰지 않았다. 그가 내 뒤를 바짝 쫓고 있었지만 다행히도 술에 취한 나머지 벽에 쾅쾅 부딪혔다. 나는 미친 듯이 한 곳을 향해 달려갔다. 이 빌어먹을 클럽하우스에서 유일하게 아는 남자가 있는 바로 그곳.

"하딘, 하딘! 문 좀 열어줘!"

문을 쾅쾅 두드리며 소리 질렀다. 한 손으로는 잠겨 있는 손잡이를 덜컥거리며 계속 돌렸다.

"하딘!"

다시 한 번 소리 지르자 문이 활짝 열렸다. 왜 그의 방에 들이닥칠 생각을 했는지는 잘 모르겠다. 하지만 술 취한 남자에게 끌려가는 것보다 하딘한테 도움을 청하는 게 나을 것 같았다.

"테사?"

하딘은 혼란스러워 보였다. 손으로 눈을 비비며 서 있었다. 검정색 박서 팬티 차림인 그는 머리가 제멋대로 헝클어져 있었다. 나는 깜짝 놀랐다. 이런 모습마저도 저렇게 잘생길 수 있을까 하는 건 아니었다. 나를 처음으로 '테레사'가 아닌 '테사'라고 불렀기 때문이다. 기분이 묘해졌다.

"하딘, 나 좀 들여보내줘. 저 남자가…."

뒤를 돌아보며 다급하게 말했다. 그가 나를 밀치고 복도를 내다보았다. 쫓아오던 남자와 눈이 마주쳤다. 소름 끼치던 그 남자가 갑자기 겁먹은 것처럼 보였다. 나를 흘낏 한 번 보고는 돌아서서 복도 저편으로 사라졌다.

"쟤 알아?"

내 목소리는 떨리고 있었다.

"어, 알아. 어서 들어와."

그가 내 팔을 잡아끌었다. 침대로 걸어가는 그의 뒷모습을 보았다. 성난 등 근육이 움직였다. 눈을 뗄 수가 없었다. 팔, 가슴, 배, 온몸이 타투로 뒤덮였지만 등만은 예외였다. 등에는 문신이 하나도 없었다. 낯설었다. 그는 다시 눈을 문지르며 물었다.

"진짜 괜찮아?"

방금 잠에서 깬 듯 쉰소리가 났다.

"으응…, 미안해. 갑자기 잠을 깨워서. 근데 어떻게 해야 할지 아무 생각이 안 나서….."

"괜찮아."

하딘이 깊은 숨을 내뱉으며 머리카락을 쓸어 올렸다.

"걔가 널 건드렸어?"

빈정거림이나 웃음기가 전혀 없는 목소리였다.

"아니, 근데 그러려고 했어. 내가 미쳤지. 술 취한 남자랑 한 방에서 문을 잠그고 있었으니까…. 다 내 잘못이야."

소름 끼치는 그 남자가 날 덮치려고 했던 순간이 떠오르자 다시 울고 싶어졌다.

"그놈이 그런 건 네 잘못이 아니야. 이런 상황에 익숙치 않잖아."

평소답지 않게 친절한 목소리였다. 그의 침대로 갔다. 앉아도 될지 조용히 물어보자, 그는 침대를 툭툭 두드렸다. 나는 침대에 걸터앉아 두 손을 다리 사이에 집어넣었다.

"이런 상황에 익숙해지고 싶지 않아. 나, 진짜 절대 여기에 오지 않을 거야. 다른 파티도 절대 안 갈래. 내가 왜 여기엘 또 왔는지 모르겠어…. 아까 그 남자가…, 걔는…."

"울지 마, 테스."

하딘이 속삭였다.

나는 내가 울고 있는 줄도 몰랐다. 그는 내 뺨을 잡고 엄지손가락으로 흐르는 눈물을 닦아주었다. 미처 피할 틈도 없이. 그의 손길은 너무도 부드러웠다. 아무 말도 할 수 없었다.

'빈정거리기만 하던 재수 없는 하딘은 어디 간 거야? 이 남자는 대체 누구지?'

나는 고개를 들어 그의 녹색 눈을 바라보았다. 그의 눈동자가 점점 커졌다.

"네 눈동자가 이렇게 깊은 회색인 줄 몰랐어."

그의 목소리가 낮게 울려 퍼졌다. 나는 뭐라는지 들으려고 그에게 몸을 기울였다. 그의 손이 아직 내 뺨을 감싸 쥐고 있었다. 심장이 요동치기 시작했다. 그는 아랫입술을 살짝 당겨 피어싱을 깨물었다. 눈이 마주치자 나는 어쩔 줄 몰라 시선을 아래로 떨어뜨렸다. 그가 손을 내렸다. 다시 그의 입술을 바라보았다. 내 안에서 이성과 본능이 사투 중이었다.

결국 이성이 지고 말았다. 무방비 상태인 그의 입술에 내 입술을 포개었다.

19

내가 지금 무슨 짓을 하는 거지? 하지만 멈출 수 없었다. 내 입술이 하딘의 입술에 닿자 그가 얕게 숨을 들이쉬는 게 느껴졌다. 하딘의 입술은 내가 상상했던 딱 그 맛이 났다. 그가 입을 열고 키스하자 그의 혀에서 옅은 민트향이 났다. 그도 나에게 키스를 했다. 그의 따뜻한 혀가 내 입 안에서 움직였다. 피어싱에서 서늘한 느낌이 났다. 온몸이 후끈해지는 것 같다. 지금껏 이런 느낌은 처음이다. 그의 손이 달아오른 내 볼을 감싸 쥐었다. 그는 내 엉덩이에 다른 손을 올리며 살짝 몸을 뺐다. 그러고는 내 입술에, 쪽, 입을 맞추었다.

"테사."

그가 깊은 숨을 내쉬며 다시 입을 맞추었다. 그의 혀가 밀려들어 왔다. 이성이 완전히 무너져 내렸다. 온몸의 감각이 모두 깨어나는 것만 같았다. 하딘이 키스를 퍼부으며 나를 끌어당겼다. 우리는 자연스레 침대에 누웠다. 어찌할 바를 모르고 헤매던 두 손을 하딘의 가슴에 얹었다. 그의 몸을 더듬으며 만졌다. 그는 뜨거웠고 가파른 숨소리에 맞춰 가슴이 빠르게 뛰고 있었다. 그가 입술을 떼었다. 나는 아쉬움에 숨을 헐떡였다. 그가 내 목에 입을 맞추었다. 그의 혀 움직임이 고스란히 느껴졌다. 거친 숨소리가 나를 휘감았다. 그의 손은 내 머리카락을 움켜쥐고 있었다. 목에 입을 맞추는 동안 나는 꼼짝 할 수가 없었다. 입술이 쇄골에 스칠 때마다 신음소리가 저절로 나왔다. 그가 내 몸을 부드럽게 빨았다. 총에 맞은 듯 온몸이 마비되는 것 같았다. 술에 취하고, 하딘에 취하지 않았더라면 창피해서 견딜 수 없었을 거다. 누구와도 이런 키스를 해본 적이 없다. 노아와도.

'앗, 노아!'

"하딘…, 그만."

목소리가 제대로 나오지 않았다. 낮고 갈라진 소리였다. 입은 바짝 말라 있었다.

하딘은 멈추지 않았다.

"하딘!"

날카롭고 카랑카랑한 소리가 나왔다. 그가 내 머리를 잡았던 손을 풀었다. 그의 눈을 들여다보았다. 더 깊고, 더 부드러워져 있었다. 그의 입술은 더 붉어졌고, 살짝 부풀이 올랐다.

"우리, 이러면 안 되잖아."

그와 계속 키스하고 싶었지만 이래서는 안 되는 거다.

그의 눈빛이 다시 차가워졌다. 그는 몸을 일으켜 나를 침대 한쪽으로 밀쳤다.

'뭐지, 화난 거야?'

"미안해, 미안해."

생각나는 말이 이것밖에 없었다. 심장이 터져버릴 것만 같았다.

"미안하다고? 뭐가?"

그는 옷장 쪽으로 가더니 검정색 셔츠를 뒤집어쓰듯 입었다. 그의 박서 팬티로 눈길이 갔다. 앞섶이 눈에 띄게 불룩해져 있었다.

나는 얼굴을 붉히며 다른 곳으로 시선을 돌렸다.

"너한테 키스한 거…."

하지만 솔직히 사과하고픈 마음은 없었다.

"왜 그랬는지 나도 잘 모르겠어."

"그냥 키스야. 남들도 다 해."

그의 말에 살짝 마음이 상했다. 왜 그런지는 잘 모르겠다. 같은 감정이 아니었더라도 상관없다.

'무슨 감정이었던 거지?'

마음 속 저 깊은 곳에 숨겨둔 마음이었나? 이런 일이 일어나기를 바랐던 건가? 아니, 나는 그를 좋아하지 않는다. 나는 취했을 뿐이고, 그는 조금 매력적이었으니까. 밤은 너무 길었고, 술기운 때문이었다. 그리고 그가 너무 친절했기 때문이다. 그래, 그거다.

"그럼 대수롭지 않게 생각해도 되지?"

그가 다른 사람들에게 떠벌리면 너무 창피할 거다. 이건 나답지 않다. 나는 술 취하면 안 된다. 파티에서 남자친구 몰래 바람을 피워서도 안 된다.

"걱정 마. 나도 다른 애들이 아는 건 싫으니까. 됐어, 그만 얘기하자."

딱 잘라 말하더니 그는 다시 거만해졌다.

"그래, 너는 다시 예전의 너야, 그치?"

"내가 다른 사람이었던 적은 없어. 너와 아무 의미 없이 키스했다고 우리가 뭐라도 되는 것처럼 생각하지는 말아줘."

'맙소사, 아무 의미 없다고?'

내 머리카락을 움켜쥐던, 나를 끌어당기던 손길을 아직도 기억하는데. 키스하기 전 '테사'라고 나지막이 부르던 그의 입술이 아직도 생생한데.

나는 침대에서 벌떡 일어났다.

"네가 그만할 수도 있었잖아."

"그랬나?"

그가 빈정거렸고, 나는 다시 울고 싶어졌다. 또 나를 욱하게 만드는구나. 너무 창피하고 고통스러웠다. 내가 억지로 키스한 거라니. 잠시 머리를 감싸 쥐었다. 그리고 방문을 향해 갔다.

"갈 데도 없잖아. 오늘 밤은 그냥 여기 있어."

나는 고개를 가로저었다. 그의 곁에 있을 수 없었다. 그가 시작한 게임에 말려들면 안 된다. 그는 기꺼이 이 방에 있게 해줄 거다. 그럼 나는 그를 좋은 사람이라 생각하겠지. 하지만 그런 다음 그는 내게 헤픈 여자라는 낙인을 찍을 거다.

"고마운데, 괜찮아."

굳이 사양하며 방을 나섰다. 나를 부르는 소리가 들렸지만 돌아보지 않았다. 밖으로 나서니 서늘한 바람이 불었다. 상쾌했다. 이제는 익숙해진 돌담에 걸터앉아 휴대전화를 켰다. 새벽 4시가 다 됐다. 일어나서 샤워하고 새벽 공부를 시작할 시간이 머지않았다. 이딴 돌담에 혼자 우두커니 앉아 있을 때가 아니었다.

뭘 할지 몰라 어슬렁거리는 패거리들 틈에서 휴대전화를 꺼내 문자 메시지를 확인했다. 노아와 엄마였다. 노아는 '당연히' 엄마에게 다 일러바쳤다. 그렇겠지, 그게 그가 하는 일이니까…. 하지만 그에게 화낼 자격도 없다. 그를 배신한 건 나니까. 이제 나에게도 그를 탓할 권리 따위는 없는 거다.

20

클럽하우스에서 한 블록 쯤 걸어왔다. 길은 조용하고 어두웠다. 다른 클럽하우스들은 하딘네처럼 크진 않았다. GPS와 씨름을 하며 한 시간 반쯤 걸었다. 술이 완전히 깼다. 편의점에 들러 커피를 샀다.

카페인이 들어가니 정신이 들었다. 하딘에 대해 도무지 이해 안 되는 게 있었다. 불량스러운 그가 어떻게 부잣집 도련님들만 모여 있는 그런 클럽하우스에서 사는 걸까? 게다가 왜 그렇게 이랬다 저랬다 종잡을 수 없이 변덕이 심할까? 그를 생각하는 것조차 이젠 시간 낭비다. 이게 아무리 학구적인 사색일지라도. 할 만큼은 했다. 오늘 이후로 그와 친구가 되겠다는 생각은 끝이다. 하딘과 키스를 하다니, 어이가 없다. 일생일대의 실수였다. 그가 다가왔을 때 경계심을 늦춘 내 탓이다. 그가 다른 애들한테 떠벌리지 않으리라 믿을 만큼 순진하지는 않다. 하지만 믿어보는 수밖에. '버진'에게 키스를 당했다고 말하고 다니기에는 그도 창피할 테니. 누가 묻더라도 이 사건은 무덤까지 가져갈 테다.

노아와 엄마에게 어젯밤 일을 설명할 변명거리가 필요했다. 키스가 아니다. 그건 절대 모르게 해야 한다. 난장판 같은 파티 얘기 말이다. 노아와도 얘기를 해봐야겠다. 엄마한테 죄다 쫑알거리는 건 좀 너무했다. 엄마도 그렇다. 나를 진짜 성인으로 대접한다면 내 일거수일투족을 엄마가 알 필요는 없다.

드디어 기숙사에 도착했다. 다리가 아파 죽을 지경이었다. 안도의 한숨을 쉬며 방문을 열었다. 내 침대에 하딘이 앉아 있었다. 나는 펄쩍 뛸 듯이 놀랐다.

"너, 뭐야?"

놀란 가슴을 겨우 진정시켰다.

"어디 있었던 거야? 두 시간도 넘게 찾아 돌아다녔잖아."

그의 목소리는 차분했다.

"뭐? 왜?"

저럴 거면 애초에 나를 데려다줄 것이지. 아니다, 하딘이 술을 안 마셨다는 걸 알았을 때 나는 왜 데려다 달라고 하지 않았을까?

"혼자 다니게 하기 싫었어. 밤이잖아."

그냥 웃어버렸다. 스테프가 어디 있는지도 모르는 이 마당에, 위험한 하딘과 내가 단 둘이 한 방에 남겨진 이 마당에, 뭘 더 어쩌겠어. 웃기지도 않는 웃음이었다. 이 상황이 재미있어서가 아니다. 뭘 더 생각하고 말하기엔 너무 진이 빠졌다.

하딘이 미간을 찌푸리며 나를 언짢게 쳐다봤다. 나는 더 크게 웃었다.

"꺼져, 하딘. 그냥 꺼지라고!"

하딘은 나를 쳐다보더니 머리를 쓸어 올렸다. 하딘 스캇이라는 이 남자, 잘은 모르지만 짜증이 나거나 불편할 때 머리를 쓸어 올린다. 지금은 그 둘 다이길.

"테레사, 난 말이야…."

누군가 갑자기 엄청나게 큰 소리로 문을 두드리는 바람에 그의 말이 끊겼다.

"테레사! 테레사 영! 당장 문 열어!"

맙소사, 엄마였다. 새벽 6시에…, 내 방에 남자가 있는 이 시점에….

즉각 방어 태세에 돌입했다. 엄마가 폭발할 때마다 그랬던 것처럼.

"못 살아, 정말. 하딘 빨랑 옷장 안으로."

나는 쉿, 속삭이고는 하딘의 팔을 획 잡아당겨 일으켰다. 내가 그렇게 힘이 셀 줄이야. 우리 둘 다 깜짝 놀랐다. 그가 나를 쳐다보았다.

"난 옷장 따위에 숨지 않아. 너도 이제 어린애가 아니고."

그래, 안다, 알아. 네 말이 다 맞아. 하지만 넌 우리 엄마를 모르잖아. 한숨이 터져 나왔다. 엄마가 다시 문을 두들겼다. 그는 팔짱을 끼고 내 앞에 버티고 섰다. 한 발짝도 움직일 수 없다는 몸짓이었다. 할 수 없다. 얼른 거울을 보고 클렌징 티슈를 꺼내 눈 화장을 지웠다. 그리고 치약을 혀에 문질러서 보드카 냄새를 숨겼다. 좀 전에 마신 커피 냄새까지, 엄마는 뒤섞인 이 냄새들을 알아채지 못하겠지?

활짝 웃는 얼굴로 문을 열었다. 앗, 엄마 혼자가 아니다. 노아가 엄마와 함께 서 있었다. 당연하겠지. 엄마는 무지하게 화난 것 같았다. 노아는, 글쎄…. 걱정한 건가? 아님 마음이 상했나?

"웬일들이세요?"

엄마는 들은 척도 하지 않고 곧장 하딘 앞으로 갔다. 노아는 엄마 뒤를 슬쩍 따라 들어왔다.

"이래서 네가 밤새도록 전화를 안 받은 게로구나. 이, 이놈 때문에…?!"

엄마가 하딘을 향해 팔을 휘둘렀다.

"이, 이 타투투성이 양아치랑 새벽 6시에 한방에서 뭘 한거야?"

피가 거꾸로 솟구쳤다. 엄마가 화를 낼 때면 나는 늘 심장이 쪼그라들며 겁을 먹었었다. 때리지만 않을 뿐 엄마는 신랄한 독설가였다.

'그렇게 너저분하게 입고 나갈 건 아니지, 테사?'

'머리가 길고양이 털 같구나. 다시 빗어야겠다, 테사.'

'내가 다 창피하구나. 시험을 더 잘 봤어야지, 테사?'

엄마는 매사에 완벽해야 한다고 나를 들볶았다. 이제 그것도 지친다.

노아는, 그저 하딘을 노려보며 서 있을 뿐이었다. 그 둘에게 소리 지르고 싶었다. 아니다, 저 세 명 모두에게. 엄마는 나를 어린애 다루듯 한다. 그리고 노아는 고자질쟁이다. 하딘은, 어쨌든 그냥 하딘이다.

"대학생이라는 게 고작 이딴 짓을 하는 거였니? 밤새 놀다가 기껏 남자를 방으로 끌어들이는 거? 노아는 밤새 너를 걱정했는데, 새벽같이 달려왔더니 고작 이런 애랑 어울려서 시시덕거리고 있어?"

나는 말문이 막혔다.

"저는 지금 막 도착한 거예요. 그리고 얘는 잘못한 게 없어요."

하딘의 말에 나는 깜짝 놀랐다. 하딘은 자신이 말대꾸를 한 상대가 누구인지 모를 거다. 아직까지는 말이다. 그는 꼼짝 않는 고집불통이고, 엄마는 폭주 기관차다. 일촉즉발의 상황이었다. 팝콘 한 봉지를 들고 싸움 구경이라도 해야 하는 걸까?

엄마의 얼굴이 일그러졌다.

"뭐라고 그랬니? 너한테 한 말이 아니었는데. 너 같은 애가 어떻게 감히 내 딸 주위를 어슬렁거리는지 도무지 알 수가 없구나."

하딘은 가만히 있었다. 그저 조용히 엄마를 노려보고 있을 뿐이다.

"엄마!"

이를 꽉 물고 엄마를 불렀다.

왜 그랬을까? 어느새 하딘과 나는 한편이었다. 엄마가 하딘을 대하는 게 꼭 내가 하딘을 처음 만났을 때 같아 보여서였을까? 노아는 하딘과 나를 번갈아 보고 있었다. 하딘과 키스했다는 걸 알아채기라도 한 걸까? 잊고 있던 기억이 새록새록 떠올랐다. 생각만 해도 온몸이 짜릿하다.

"테사, 정말 구제불능이구나. 방 안이 술 냄새로 진동하는데. 잘 하는 짓이다. 이게 다 어여쁜 네 룸메이트와 '저 분' 덕이지?"

엄마는 '저 분'이란 말을 특히 강조했다.

"엄마, 나도 이제 어린애가 아니에요. 지금껏 술 한 번 마셔 본 적 없고, 나쁜 짓을 한 적도 없어요. 평범한 대학생들처럼 살고 싶은 게 잘못은 아니잖아요. 휴대전화를 밤새 꺼놓은 건, 그래서 엄마를 새벽같이 뛰어오게 한 건, 죄송해요. 그치만 아무 일도 없잖아요. 그거면 된 거 아니에요?"

지난밤의 피곤함이 갑자기 밀려왔다. 말을 마치자마자 털썩, 의자에 앉았다. 엄마는 한숨을 내쉬었다.

어쨌든 될 대로 되라는 심정으로 한바탕 속마음을 쏟아놓고 나니 엄마는 좀 잠잠해졌다.

역시 우리 엄마가 그렇게까지 막장은 아니었어.

"저기, 청년! 우리 얘기 좀 하게 잠깐 자리 좀 비켜주겠어요?"

엄마가 하딘을 돌아보며 말했다. 약간 차분해진 목소리였다.

하딘이 괜찮겠냐는 눈빛을 보내며 나를 바라보았다. 서로 고개를 끄덕였고 하딘은 방을 나섰다. 노아가 잽싸게 문을 닫았다. 눈으로는 계속 하딘을 노려보고 있었다. 이상한 느낌이다. 나와 하딘이 한편, 엄마와 노아가 한편이라니. 하딘은 분명 엄마와 노아가 돌아갈 때까지 문밖에서 기다릴 거다.

그 후 20분 동안 엄마의 폭풍 잔소리가 쏟아졌다. 배움의 전당에서 헛짓을 하느라 공부를 못할까 봐, 또 술 마시고 돌아다닐까 봐 걱정이 한 보따리였다. 또 스테프나 하딘 같은 애들에 휩쓸리지 말라고 신신당부했다. 엄마는 다시는 그 애들과 어울리지 말라는 약속을 받아내고야 말았다.

그래, 뭐 어차피 나도 다시는 하딘과 어울릴 생각도 없고, 스테프랑 파티 따위는 가지 않기로 했으니까. 이제 내가 스테프랑 어떻게 지내든 엄마가 알 도리는 없겠지.

드디어 끝났다. 엄마가 자리에서 일어나서 두 손을 맞잡았다.

"이왕 여기까지 왔으니, 다들 나가서 아침 먹자. 나선 김에 쇼핑도 좀 할까?"

마지못해 고개를 끄덕였다. 문에 기대선 노아는 그저 싱글벙글이었다.

잘됐네, 뭘. 어차피 배도 고프고. 아직 남아 있는 취기와 피곤 때문에 머리가 멍했다. 하지만 걸어오느라, 커피를 마셔서, 무엇보다 엄마의 잔소리 덕분에 정신이 번쩍 들었다. 문을 나서려는데 엄마가 헛기침을 한다.

"너, 당연히 좀 씻고 옷도 갈아입을 거지, 테사?"

엄마가 억지 미소를 지었다. 나는 얼른 새 옷을 꺼내 벽장 안에서 갈아입고 화장을 고쳤다. 이제 나갈 준비 끝. 노아가 방문을 열자, 맞은편 문에 기대어 앉아 있는 하딘이 보였다. 그가 우리를 올려다보자 노아는 내 손을 힘주어 꽉 잡았다.

웬지 그 손을 뿌리치고 싶었다.

'나, 왜 이러는 거니?'

"우리, 시내 나가려고."

내가 하딘에게 말했다.

하딘은 고개를 끄덕였다. 스스로 한 질문에 스스로 대답하는 것 같았다. 처음으로 그가 애처로워 보였다. 어쩐지 마음이 상한 것처럼 보였다.

'무시해, 그는 매번 네 자존심을 짓뭉갰잖아.'

마음의 소리가 들렸다. 사실이다. 하지만 미안한 마음이 드는 건 어쩔 수 없었다. 노아가 내 손목을 잡아끌고 하딘 앞을 지나쳐 갔다. 엄마는 의기양양하게 하딘을 쳐다봤고, 하딘은 시선을 돌렸다.

"저 자식, 진짜 마음에 안 들어."

"나도."

노아가 말했고, 나는 고개를 끄덕이며 중얼거렸다.

하지만 나는 안다. 나는 지금 거짓말하고 있다.

21

아침 식사는 지루할 정도로 더디기만 했다. 엄마는 내내 잔소리를 해댔다. 그러면서 혹여라도 내가 피곤한지, 숙취가 있는지 끊임없이 물어봤다. 그래, 어젯밤은 나답지 않았던 거 인정. 하지만 언제까지나 이 잔소리를 듣고 있을 순 없다. 엄마가 늘 이랬던가? 내가 최고이길 바라는 마음은 이해한다. 대학생이 되고 나니 오히려 전보다 더 심해진 것 같았다. 아니 지난 일주일 사이에 엄마의 인생관이 바뀌기라도 한 걸까?

"우리, 쇼핑은 어디서 할까?"

노아는 입에 한가득 팬케이크를 물고 말했다. 나는 그저 어깨를 으쓱했다. 노아가 혼자 왔으면 좋았을걸. 그와 단둘이 있고 싶었다. 엄마한테는 털어놓을 수 없는 일들, 특히 괴로웠던 일들도 모두 재잘거리고 싶었다. 우리 둘뿐이었다면 더 편하게 얘기했을 텐데….

"글쎄, 쇼핑몰로 가볼까? 나도 아직 이 동네를 잘 몰라."

조금 남은 프렌치토스트를 잘게 자르며 말했다.

"아르바이트는 어디서 할지 생각해봤어?"

"아직 잘 모르겠어. 서점이 좋을까? 인턴십으로 일할 수 있는 곳이나, 출판 아니면 작가 보조 같은 일이면 좋겠는데."

노아와 내가 주고받는 말을 들은 엄마는 뿌듯한 표정을 지었다.

"학교 졸업할 때까지 쭉 일할 수 있는 곳이면 좋겠구나. 졸업하고 바로 거기 정직원이 될 수 있는 곳 말이다."

엄마의 얼굴에 다시 미소가 번졌다.

"예, 예. 그렇죠."

속이 뒤틀리는 걸 겨우 참았다. 노아가 알았는지 테이블 밑에서 내 손을 슬쩍 쥐었다 놓았다.

포크를 입에 넣자 서늘한 금속성이 느껴졌다. 순간 하딘의 입술 피어싱이 떠오르며 몸이 얼어붙었다. 노아가 의심의 눈초리로 쳐다봤다.

'하딘 생각을 떨쳐버려야 해. 당장.'

나는 노아의 손을 끌어당겨 손등에 입을 맞추었다.

식사를 마치고 쇼핑몰로 갔다. 쇼핑몰은 엄청 컸고, 사람들로 북적였다.

"나는 백화점에 다녀오마. 이따 나오면서 전화할게."

휴, 드디어 엄마 탈출. 노아는 내 손을 잡고 이 가게 저 가게 돌아다녔다. 노아가 금요일 축구 경기에서 넣은 결승골 얘기를 했고, 나는 그에게 집중했다. 잘했다는 칭찬도 잊지 않았다.

"너, 오늘 정말 멋있어."

노아는 미소를 지었다. 그의 환한 미소는 정말 사랑스럽다. 그는 갈색 카디건에 카키색 바지, 단정한 구두를 신고 있었다.

그래, 맞아, 노아는 로퍼를 신어. 그치만 그게 뭐 어때? 로퍼는 예쁘고 그에게 잘 어울리는데.

"너도 정말 예뻐, 테사."

내 꼴이 엉망이라는 건 잘 안다. 그렇다 해도 착한 노아가 그걸 곧이곧대로 말할 남자는 아니다. 노아는 그런 사람이다. 하딘과는 비교할 수도 없다.

'이런, 또 하딘 생각이라니.'

노아의 목을 끌어당겨 안았다. '무뢰한'을 머릿속에서 지우려는 필사적인 몸짓이었다. 노아에게 키스하려 하자 노아는 웃으며 슬쩍 뒷걸음질을 쳤다.

"테사, 왜 이래. 사람들이 쳐다보잖아."

노아는 가판대에서 선글라스를 써보느라 정신없는 한 무리의 사람들을 가리켰다.

"아무도 안 봐. 그리고 보면 좀 어때?"

장난스럽게 말했지만 진심이었다. 평소라면 신경이 쓰였겠지만, 지금은 너무도 절실히 그의 키스가 필요했다.

"키스해줘, 응?"

나는 필사적으로 매달렸다. 그는 내 턱을 감싸 쥐더니 입을 맞추었다. 아마 내 절실함을 눈치 챘겠지. 부드럽고 여유로운 키스였지만 열렬함은 없었다. 그의 혀가 닿을락 말락 하는 것도 좋았다. 익숙하고 따뜻했다. 하지만 내 안에서 뭔가 타오르지는 않았다. 그렇다 해도 노아와 하딘을 비교할 순 없다. 노아는 내 남자친구다. 그리고 나는 그를 사랑한다. 하딘은, 하딘은, 번호표 들고 기다리는 여자들과 이리저리 놀

아니는, 나쁜 남자일 뿐이다.

"뭘 생각하는 거야?"

노아가 나를 바짝 끌어당기며 놀리듯 말했다. 고개를 젓는데, 얼굴이 달아올랐다.

"아무 것도 아냐. 너무 보고 싶었어."

'사실 어젯밤, 다른 남자랑 키스했어.'

마음속의 고백을 애써 무시했다.

"근데, 노아. 내 얘기를 엄마한테 전하는 건 좀 자제해줄래? 그것 때문에 좀 힘들어. 엄마랑 너랑 잘 지내는 건 좋지만, 네가 그럴 때마다 내가 꼭 어린애 취급 받는 것 같았어."

"테사, 정말 미안해. 너무 걱정 돼서 그랬어. 다시는 안 그럴게. 진짜로 약속해."

노아는 내 어깨를 감싸 안으며 이마에 입을 맞췄다. 그래, 나는 노아를 믿는다.

그 뒤 몇 시간은 아침보다 나아졌다. 엄마와 함께 미용실에 갔다. 층을 내어 머리를 다듬었다. 여전히 긴 생머리지만 제법 볼륨이 살아나 그럴 듯해 보였다. 기숙사로 돌아오는 내내 노아가 예쁘다고 호들갑을 떨었다. 이제 모든 게 제대로 돌아가는 것 같았다. 방 앞에서 엄마는 문신한 애들 근처에도 가지 말라고 다시 한 번 신신당부했다. 엄마와 노아를 겨우 돌려보내고 방문을 열었다. 방은 텅 비어 있었다. 왠지 모를 실망감이 밀려왔다. 스테프가 있기를 바랐던 걸까? 아니면 다른 누구?

신발도 벗지 못하고 침대에 누웠다. 기진맥진했고, 잠이 쏟아졌다. 다음 날 낮 12시까지 줄곧 잠을 잤다. 일어나 보니 스테프가 들어와 자고 있었다. 일요일 오후는 내내 공부를 하며 보냈다. 다시 방으로 돌아오니 그새 스테프는 나가고 없었다. 월요일 아침까지도 그녀는 돌아오지 않았다. 도대체 주말 내내 뭘 하고 다니는 건지, 물어봐야겠다.

22

첫 수업에 들어가기 전에 커피숍에 들렀다. 랜던이 웃으며 나를 기다리고 있었다. 인사를 막 나누는데, 어떤 여학생이 복잡한 길을 물어보는 바람에 대화가 멈췄다. 그래서 마지막 수업에서나 다시 만나 얘기할 수 있었다. 하루 종일 살짝 두렵기도, 기다리기도 했던 바로 그 수업이다.

"주말은 어땠어?"

랜던이 먼저 물었고, 나는 우물쭈물했다.

"진짜 엉망진창이었어. 스테프랑 또 파티에 갔었거든."

랜던은 얼굴을 찌푸리더니 이내 웃었다.

"너는 환상적이었겠지? 다코타는 잘 있어?"

다코타의 이름이 불리자 그의 얼굴에 미소가 번졌다. 그러고 보니 나는 지난 토요일에 노아를 만났다는 얘기조차 꺼내지 않았구나. 랜던이 다코타가 뉴욕에 있는 발레단에 지원했다는 소식을 들려줬다. 그래서 진짜 기쁘다는 얘기도 빼놓지 않았다. 노아도 내 이름을 말하면서 저렇게 눈빛을 반짝일까? 문득 궁금해졌다.

아빠와 새엄마가 엄청 반가워했다는 랜던의 얘기를 귓등으로 들었다. 강의실에 들어가면서 안을 살피느라 정신이 팔렸나보다. 하딘의 자리는 비어 있었다.

"결국 너랑 다코타가 멀어지는 건데 괜찮겠어?"

의자에 앉으며 겨우 입을 뗐다.

"글쎄, 이미 장거리 연애 중인걸. 우린 괜찮아. 나는 진짜 다코타가 잘됐으면 좋겠어. 그 첫걸음이 뉴욕이라면, 당연히 가야지."

교수님이 들어왔고, 강의실이 잠잠해졌다.

'하딘은 왜 안 오지? 설마 나는 피하려고 수업에 빠지는 거야?'

우리는 『오만과 편견』 - 여러분도 꼭 읽어보시길 -, 이 마법 같은 책에 푹 빠져서 수업이 끝나는지도 몰랐다.

"헤어스타일이 바뀌었네, 테레사?"

뒤를 돌아보니 하딘이 나를 보며 웃는다. 하딘과 랜던은 어색한 눈길을 교환했다. 뭐라 대답해야 하지? 열심히 머리를 굴렸다. 설마 랜던 앞에서 키스 사건을 꺼내는 건 아니겠지? 더 깊어진 보조개가 '말할 거야, 말할 거야.'하며 나를 놀리는 것 같았다.

"안녕, 하딘?"

"주말은 어땠어?"

하딘이 점잖은 척하며 물었다.

나는 랜던의 팔을 잡아당겼다.

"좋았어, 잘 지냈어. 그럼 담에 또 봐!"

신경질적으로 대답했지만 하딘은 웃어줬다.

밖으로 나왔을 때 랜던이 내 행동이 이상하다는 듯 물었다.

"무슨 일이야?"

"아냐, 그냥. 하딘이 좀 싫어서."

"넌 적어도 쟤를 자주 볼 필요는 없잖아."

분명 말 뒤에 뭔가를 숨기고 있다. 왜 이런 얘길 하는 걸까? 혹시 우리가 키스한 걸 알기라도 하나?

"어, 그래. 뭐…, 다행이지."

나는 슬쩍 얼버무렸다. 그가 잠시 멈칫 했다.

"하딘에 대해서는 아무 말도 하고 싶지 않았어. 별로 엮이고 싶지 않았거든. 그렇지만…"

그가 초조하게 웃는다.

"음, 뭐랄까, 하딘 아빠랑 우리 엄마랑 데이트 비슷한 걸 하고 있거든."

"뭐라고?"

"그러니까, 하딘네 아빠랑…."

"알았어, 근데 하딘네 아빠가 여기에 산다고? 하딘은 영국 사람인 줄 알았는데? 그리고 아빠가 여기에 사는데 하딘은 왜 같이 안 살고 클럽하우스에서 살아?"

멈출 새도 없이 폭풍 질문을 퍼부었다. 랜던은 어안이 벙벙해진 표정이었다. 다행히 조금 전만큼 초조해 보이진 않았다.

"맞아, 하딘은 런던에서 왔어. 걔네 아빠랑 우리 엄마는 캠퍼스 근처에 사시는데, 하딘은 아빠랑 사이가 별로 안 좋거든. 내가 얘기한 거 하딘한테는 비밀이다. 걔랑 나랑도 사이가 별로야."

"당연하지, 걱정 마."

수천 개의 질문이 입 속에서 맴돌았지만 입을 다물었다. 내 친구가 다시 눈을 반짝이며 여자친구 얘기를 꺼냈기 때문이었다.

하루가 끝났다. 방으로 돌아왔지만 스테프는 여전히 없었다. 나는 공부를 해볼까 책을 펴다가 노아에게 전화하기로 했다. 받지 않았다. 노아가 나와 함께 대학을 다니면 좋았을걸. 그럼 더 즐겁고 편한 대학 생활이 되었을 텐데 말이다. 지금쯤 같이 공부하고 영화 보며 즐거운 시간을 보내고 있겠지.

하딘과 아찔한 키스의 죄책감으로 자꾸 이런 생각을 하는 것만 같다. 노아는 정말 착한데, 배신 같은 건 당하면 안 되는데. 노아 같은 남자친구가 있다는 건 일생일대의 축복이다. 그는 항상 내 편이었고, 누구보다 나를 잘 이해해주었다. 우리는 어렸을 적부터 아는 사이였다. 노아가 우리 동네로 이사 왔을 때, 같이 놀 또래 친구가 생겨서 정말 좋았다. 진지하고 성숙해서 알면 알수록 점점 더 좋아하게 됐다. 우리는 함께 책을 읽거나 영화를 봤고, 엄마가 뒷마당에 꾸며 놓은 온실을 가꾸며 시간을 보냈다. 온실은 아빠가 술주정을 부리면 몰래 숨어 있곤 했던 내 안식처였다. 내가 온실에 숨는다는 건 오직 노아만이 알고 있었다. 아빠가 집을 나가버린 날, 그날은 세상에서 가장 끔찍한 날이었다. 엄마는 그날 일을 두 번 다시 입 밖으로 꺼내지 않았다. 그날 엄마의 완벽한 인생은 산산조각 나버렸지만, 가끔씩 나는 그날 일을 얘기하고 싶었다. 아빠가 술을 마시고 엄마에게 행패를 부리는 건 몸서리치게 싫었지만, 나는 아직도 아빠가 있었으면 하고 바랐다. 마음 속 깊은 곳에서 남몰래. 그날 밤, 나는 온실 한구석에 숨어서 아빠가 소리치며 난동 부리는 걸 듣고 있었다. 부엌에서는 유리 깨지는 소리가 끊임없이 들렸다. 그러다 일순간 잠잠해졌다. 그리고 발소리가 들렸다. 술취한 아빠가 나를 찾는 건가? 공포가 엄습했다. 하지만 노아였다. 내 인생 처음, 죽었다 살아난 것 같은 안도감이 들었다. 절대 해치지 않을 사람이었으니까. 그날 이후 우리는 뗄래야 뗄 수 없는 사이가 되었다. 그리고 몇 해에 걸쳐 우리의 우정은 사랑으로 변했고, 우리는 지금까지 다른 누구와도 데이트하지 않았다.

노아에게 공부하기 전에 20분쯤 잠깐 눈을 붙일 거라 문자메시지를 보냈다. 사랑한다는 말도 빼먹지 않았다. 다이어리를 꺼내 과제를 다시 한 번 체크했다. 괜찮다, 여유가 있을 것 같다.

잠든 지 10분이나 지났을까? 노크 소리가 들렸다. 스테프가 열쇠를 두고 갔나? 비틀거리며 방문을 열었다.

스테프가 아니었다. 하딘이었다!

"스테프, 아직 안 왔어."

그대로 다시 침대로 돌아왔다. 문을 열어둔 채였다. 조금 놀랐다. 그가 노크를 하다니. 스테프가 준 방 열쇠가 있을 텐데? 아무래도 이것도 스테프랑 얘기를 해봐야겠다.

"괜찮아, 기다릴게."

하딘은 터벅터벅 들어와서 스테프 침대에 앉았다.

"편하게 있어."

그가 웃는 걸 못 본 척하고 담요를 끌어올려 덮고 눈을 감았다. 아니다, 못 본 척하려 애썼다는 표현이 더 맞는 것 같다. 잠이 올 리가 없지. 하딘과 한방에 있는데. 하지만 하딘과 엮여 어색하고 기분 나쁜 말싸움을 하느니 차라리 자는 척하는 게 나을 거다. 하딘이 침대 헤드를 두드리는 소리가 들렸다. 알람이 울릴 때까지 그 소리를 무시하느라 무던히도 애를 썼다.

"어디 가려고?"

"아니, 20분만 딱 자고 일어나려고."

나는 침대에 일어나 앉았다.

"겨우 20분 자려고 알람을 맞춘 거야?"

"응, 난 원래 그래. 근데 어쩐 일이야?"

나는 시간표대로 책을 가지런히 쌓고, 그 위에 필기한 노트들을 얹었다.

"너 무슨 강박 같은 거 있나?"

"물론 아니지. 자기 방식대로 사는 게 미친 건 아니잖아. 정리 잘 해서 나쁠 건 없으니까."

딱 부러지게 말했다.

역시나 그가 웃었다. 쳐다보지는 않았지만 그가 침대에서 일어나는 게 힐끗 보였다.

'가까이 오지 마라⋯, 오지 마⋯, 제발⋯.'

그는 내 앞에 우뚝 서더니 침대에 앉은 나를 내려다보았다. 그러고는 영문학 강의 노트를 집어 들춰보았다. 무슨 진귀한 공예품이라도 보는 듯 과장된 동작이었다. 잡으려 했지만, 재수 없는 이 인간은 노트를 더 위로 올렸다. 일어나 낚아채려 했다. 하지만 그 순간 그가 노트를 던졌고, 노트에 끼워두었던 낱장 종이들이 날려 바닥에 흩뿌려졌다.

"다 주워놔!"

그가 빙글빙글 웃었다.

"알았어, 알았다고."

그렇게 말하면서도 그는 사회학 노트도 똑같이 공중에 던졌다. 나는 얼른 몸을 굽혀 떨어진 종이와 노트를 줍기 시작했다. 그가 밟기 전에 주워야 한다.

"하딘, 그만 좀 해!"

다른 노트를 또 던지려는 걸 보고 소리 질렀다. 화가 머리끝까지 솟구쳐서 있는 힘껏 그를 밀쳤다.

"그러니까, 넌 엉망진창으로 어질러진 꼴은 못 본다, 이거지?"

그는 여전히 웃고 있었다. 이 남자는 왜 항상 나를 비웃는 걸까?

"아냐, 그게 아니란 말이야!"

소리 지르며 그를 다시 밀쳤다. 그는 꿈쩍도 하지 않았고, 내 앞으로 한 걸음 다가왔다. 내 손목을 붙잡고 벽으로 밀어붙였다. 그의 얼굴이 코앞까지 다가왔다. 갑자기 내가 숨을 몰아쉬고 있다는 걸 깨달았다. 나는 소리 치고 싶었다. 내게서 떨어지라고, 나를 좀 내버려 두라고, 그리고 내 노트를 다 주워놓으라고. 하지만 그럴 수가 없었다. 나는 벽에 기댄 채 얼어붙었다. 그의 녹색 눈동자에 최면이 걸린 듯했다.

"하딘, 제발."

고작 이 말밖에 나오지 않았다. 하지만 내 목소리는 부드럽기만 했다. 나도 나를 잘 모르겠다. 그가 놓아주길 원하는 건지, 아님 키스해주길 원하는지. 내 숨소리는 여전히 거칠었다. 그의 몸에도 힘이 들어갔다. 그의 호흡도 거칠어지는 게 느껴졌다. 아주 잠깐이었지만 한 시간도 넘는 것만 같았다. 그가 손목을 잡았던 한 손을 놓았다. 다른 한 손으로 내 두 손목을 잡기에도 충분했다.

그 순간 나는 그가 때리려는 줄만 알았다. 하지만 그는 손을 올려 내 뺨을 쓰다듬었다. 그러더니 흘러내린 내 머리카락을 귀 뒤로 쓸어 넘겼다. 분명히 그의 심장 박동을 느낄 수 있었다. 그의 입술이 내 입술에 포개어졌다. 내 안에서 뜨거운 불길이 솟구쳤다.

토요일 밤부터 나는 이 순간만을 바라고 있었다. 남은 인생, 오직 단 하나만을 원한다면, 바로 이 순간이다.

아무 생각도 들지 않았다. 왜 이 남자와 또 키스를 하는 건지, 어떤 후환이 기다리고 있을지조차. 그가 내 손목을 놓고 나를 벽으로 밀어 붙이던 순간, 내가 원한 건 오로지 밀착해오는 몸의 감각에 집중하는 거였다. 그리고 그의 입에서 나는 민트 향도. 내 혀는 그의 혀를 따라 움직였다. 나는 두 손으로 그의 넓은 어깨를 쓸어내렸다. 그는 양손으로 내 허벅지를 받쳐 나를 들어올렸다. 나는 본능적으로 다리를 들어 그의 허리를 감쌌다. 내 몸이 그에게 이렇게 반응할 줄이야. 나 자신도 놀라웠다. 손으로 그의 머리카락을 부드럽게 움켜쥐었다. 그는 나를 침대로 데려갔다. 입술은 떼지 않은 채였다.

내 안에서 이성이 부르짖는 소리가 들렸다. 이건 끔찍한 일이라고. 하지만 나는 그 소리를 밀쳐냈다. 이번만큼은 '절대' 멈추지 않으리라. 하딘의 머리카락을 더 세게 움켜쥐었다. 하딘의 신음소리가 들렸다. 내 신음소리와 묘하게 엉키며 천상의 하모니를 만들어냈다. 지금껏 들었던 가장 짜릿한 소리였다. 이 소리를 또 들을 수만 있다면 나는 영혼까지 버릴 수 있을지도 모른다. 그는 내 침대에 앉으면서 나를 당겨 허벅지 위에 앉혔다. 그의 긴 손가락이 내 몸을 파고들었고, 그 고통마저 감미로웠다. 나도 모르게 몸을 앞뒤로 움직이기 시작했다. 그의 다리에 앉은 채였다. 그는 더 세게 나를 껴안았다.

"이런!"

그가 나지막이 내뱉었다. 하딘의 그곳이 단단해지는 게 옷 위로도 느껴졌다. 그러자 지금껏 느껴보지 못했던 강렬한 자극이 밀려왔다.

'이렇게 더 가도 되는 걸까?'

스스로에게 물어봤지만 허사였다. 이미 이성은 마비된 지 오래다.

그가 내 셔츠를 잡아당겨 위로 들어올렸다. 내가 이럴 수 있다니 믿을 수가 없었다. 하지만 그만두고 싶지는 않았다. 그가 내 머리 위로 셔츠를 벗겨냈다. 열정의 키스는 잠시 멈추어야 했다. 그가 내 눈을 바라보았다. 그리고 내 가슴으로 시선을 옮겼다. 그가 입술을 깨문다.

"제기랄! 너무 섹시해, 테스."

지금까지 이런 말 따위는 들어본 적도 없었다. 어쩐 일인지 하딘의 말 한 마디 한 마디는 미치게 관능적이다. 나는 지금껏 속옷에 신경 써본 적도 없다. 그건 문자 그대로, 그 누구에게도 보여줄 일이 없었기 때문이다. 하지만 지금 이 순간, 심플한 검정색 브래지어 말고 다른 걸 입었으면 좋았을 걸, 하는 생각을 하고 있다.

'하딘은 온갖 속옷을 다 봤겠지.'

성가신 목소리가 또 들렸다. 이런 생각을 떨쳐버리려 나는 몸을 더 격렬하게 움직였다. 그가 내 허리를 바짝 끌어안았다. 그의 가슴과 내 가슴이 맞닿았다.

그때 방문 손잡이가 덜컥거렸다.

나는 하딘의 다리 위에서 얼른 일어나 던져놓은 셔츠를 쥐었다. 황홀했던 순간이 순식간에 산산조각 났다.

스테프가 들어왔다. 그녀는 하딘과 나를 보고 멈칫했다. 눈앞에 펼쳐진 광경을 보고 입을 다물지 못한 채였다.

그래, 나도 안다. 내 볼이 빨갛게 달아올라 있다는 걸. 당황스럽기도 했고, 하딘이 내 이성을 마비시켜 이런 상태로 만들었다는 게 창피하기도 했다.

"이런, 이런…. 뭔가 엄청난 일이 있었던 모양인데?"

그녀가 우리를 번갈아 보며 씨익 웃었다. 그 눈빛에서 환호의 박수 갈채가 엿보였다.

"별일 없었어."

하딘이 일어나며 대답했다. 그는 뒤도 돌아보지 않고 방을 나갔다. 아직도 헐떡거리는 나와 웃고 있는 스테프를 남겨둔 채.

"쟤, 왜 저래?"

그녀가 뜨악한 표정으로 물었다. 그러곤 이내 신나 죽겠다는 표정으로 돌아왔다.

그럼 그렇지, 이런 좋은 가십 거리를 그녀가 놓칠 리 없다.

"너랑 하딘 말인데…, 그러니까 둘이 즐기기로 한 거야?"

나는 얼른 돌아서 책상을 정리하는 척했다.

"아냐, 말도 안 돼! 즐기다니, 절대 아냐!"

'우리 진짜 그런 건가?'

아니다, 어쩌다 딱 두 번 키스했을 뿐이다. 그리고 하딘이 내 셔츠를 벗겼을 뿐이다. 또 내가 그에게 엉겨 붙었을 뿐이고…. 하지만 절대 우리가 즐기는 사이는 아니다.

"나, 남자친구 있어. 알잖아."

그녀가 다가와 나를 정면으로 쳐다봤다.

"그니까…, 그렇다고 해서 하딘이랑 그러면 안 된다는 건 아니잖아.

난 그냥, 믿기지가 않아. 너희 둘 서로 죽도록 싫어했잖아. 하기야 하딘은 누구도 안 좋아하니까. 게다가 너를 다른 애들보다 '훨씬' 더 싫어하는 줄 알았는데 말이야."

그녀는 기가 찬 듯 웃었다.

"그러니까, 이게 언제부터…, 아니, 어떻게 이렇게 된 거야?"

나는 그녀의 침대에 걸터앉았다. 그리고 머리카락을 쓸어 올렸다.

"나도 잘 모르겠어. 토요일 새벽에 네가 날 두고 가버렸잖아. 그 담에 내가 하딘 방에 갔어. 어떤 미친 놈이 나를 덮치려고 했거든. 그러다가 하딘에게 내가 키스를 했어. 그 얘긴 절대 다시 꺼내지 않기로 약속했는데…. 근데 오늘 걔가 또 여기 왔어. 그러더니 막 어지르기 시작하는 거야. 아, 내 말은 나를 어지럽혔단 게 아니라…."

내가 침대를 가리키자 스테프는 키득거렸다.

"하딘이 내 물건들을 막 던졌거든. 내가 못하게 막았는데, 정신 차리고 보니 우리가 침대에 앉아 있는 거 있지."

내 입으로 말하고 보니 진짜 나쁜 짓을 한 것처럼 들렸다. 또 나답지 않은 짓을 저질렀다. 엄마가 말했던 것처럼, 정말로 '나답지' 않다. 손으로 얼굴을 감쌌다. 노아에게 또 나쁜 짓을 하다니.

"와우, 진짜 화끈한데?"

스테프에게 눈을 흘겼다.

"엄청 잘못한 거지. 난 노아를 사랑한단 말이야. 하딘은, 재수 없는 나쁜 남자일뿐이야. 난 걔가 정복한 여자 중 하나가 되고 싶진 않아."

"하딘한테 많이 배울 수 있을 거야. 그 뭐랄까, 성적인 면이랄까, 기술적인 면에서?"

입이 떡 벌어졌다.

'얘는 이게 진심이야? 자기는 그랬단 거야, 뭐야⋯. 앗, 그럼 스테프도 하딘이랑?'

"말도 안 돼. 하딘한테 뭘 배워. 노아 말곤 싫어."

말은 이렇게 하면서도 노아와 그런 장면을 연출하는 건 상상도 되지 않았다. 머릿속으론 끊임없이 하딘의 말이 떠올랐다.

'너무 섹시해, 테스.'

노아는 나한테 그렇게 말할 수 없을 거다. 아니, 누구도 지금껏 그렇게 말한 적은 없었다. 생각하는 것만으로도 다시 볼이 달아올랐다.

"너도 해봤어?"

스테프에게 소심하게 물어봤다.

"하딘이랑? 아니."

그 대답을 들으니 어쩐지 기분이 나아졌다. 하지만 그녀는 말을 덧붙였다.

"뭐⋯, 하딘이랑 섹스한 적은 없지만⋯. 처음 만났을 때 좀 즐기긴 했지. 이렇게 말하니까 좀 민망하네. 근데 그 이상은 아니야. 일주일에 한 번쯤 만나서 즐기는 그런 친구였달까?"

그녀는 아무렇지도 않게 얘기했다. 속에서 질투의 소용돌이가 끓어올랐다.

"그래⋯, 어땠어? 뭔가 도움이 됐어?"

입이 바짝바짝 타들어 갔다. 갑자기 스테프가 확 짜증스러워졌다.

"대단한 건 아니고. 애무하는 거 조금? 여기저기 애무하는 거 정도? 별건 아녔어."

마음이 아팠다. 물어보지 않았으면 좋았을 뻔했다.

"하딘은 그렇게 어울리는 여자가 많아?"

대답을 듣고 싶진 않았지만 물어봐야만 했다.

그녀가 코웃음을 치며 자기 침대로 돌아가 앉았다.

"응, 제법 있지. 엄청 많지는 않고, 그럭저럭? 걔가 좀…, 적극적이긴 하지."

나는 알고 있었다. 내가 어떻게든 그의 행동을 달콤하게 포장해보려고 애쓰고 있다는걸. 그리고 그녀도 내 반응에서 그걸 빤히 보고 있다는걸. 백 번도 넘게 그에게서 멀어져야 한다고 마음속으로 다짐하고 있었다. 하딘이 즐기는 여자 중 하나가 되지는 않을 테다, 절대로.

"그래도 걔가 못되게 굴거나 여자애들은 이용해먹지는 않아. 여자애들이 덤비는 거지. 그리고 하딘은 애초에 여자는 안 사귄다고 딱 부러지게 얘기하거든."

아, 맞아. 그제야 기억이 났다. 스테프가 전에 얘기해줬다. 그치만 그가 나한테 했던 말과는 다르다. 우리가 그랬을 때….

"왜 안 사귀는 건데?"

어째서 이런 질문을 계속 하고 있는 건지, 정말 한심하다.

"글쎄, 잘은 모르겠지만…. 있잖아, 테사."

걱정이 가득한 목소리였다.

"하딘이랑 재미 보는 건 좋은데, 너만 상처받을 수 있어. 나라면 마음은 주지 않을 거야! 단단히 맘 먹지 못할 거면, 안 어울리는 게 나아. 전에도 여자애들이 걔한테 엄청 질척거렸거든. 못 볼 꼴 많이 봤어."

"걱정 마. 난 걔한테 손톱만큼도 마음 없어. 내가 무슨 생각으로 그런 건지 모르겠다니까."

웃고 말았다. 제발 내 말이 진심으로 들렸기를.

"그래, 그럼. 근데 너네 엄마랑 노아랑 널 얼마나 괴롭히고 간 거야?"

엄마의 잔소리 폭풍 해프닝을 스테프에게 죄다 얘기했다. 아, 물론
스테프 같은 친구랑 어울리지 말라는 얘긴 빼고. 이야기는 밤 늦도록
이어졌다. 강의, 트리스탄, 그리고 온갖 자질구레한 얘기들. 단, 하딘과
엮인 얘기만 빼고.

23

다음날 아침, 커피숍에서 랜던과 만났다. 사회학 강의 전에 노트 필
기를 비교해 보기로 했다. 어제 하딘이 엉망으로 만들어놓은 노트를
챙기는 데 한 시간이나 걸렸다. 랜던한테 다 일러바치고 싶었다. 하지
만 혹시라도 나를 안 좋게 보는 건 싫었다. 특히나 하딘의 아빠와 랜던
의 엄마 얘기를 듣고 난 지금은 더욱. 랜던은 하딘을 아주 잘 알겠지.
그렇다고 그에게 하딘에 관한 걸 묻지는 않을 거다. 게다가 나는 이제
걔가 뭘 하든 관심도 없다.

하루가 쏜살같이 지나갔다. 영문학 강의 시간이었다. 평소처럼 하딘
이 내 옆 자리에 앉았다. 하지만 그 또한 나를 본척도 하지 않았다.

"오늘은『오만과 편견』마지막 수업입니다."

교수님이 말했다.

"여러분 모두 재미있었기를 바랍니다. 다들 책을 읽었으니, 작품에
서 오스틴이 사용한 복선에 대해 토론해봅시다. 내가 먼저 질문을 던

지겠습니다. 여러분은 여주인공과 다아시가 종국에 맺어질 거라 생각하나요?"

몇몇이 웅성거렸다. 또 몇몇은 책에 답이라도 있는 양 책을 뒤적거렸다. 평소처럼 나와 랜던이 손을 들었다.

"테사 영, 말해봐요."

교수님이 나를 지목했다.

"처음 이 소설을 읽었을 때는, 두 주인공이 맺어질지 아닐지 조마조마했습니다. 이 책을 열 번도 넘게 읽은 지금은, 그들의 첫 만남부터 불안감이 엄습합니다. 미스터 다아시는 너무 무자비했고, 엘리자베스와 그 가족들에게 증오에 넘치는 말을 퍼부었습니다. 그래서 그녀가 그를 용서하고 사랑할 수 있을 거라 생각하진 않습니다."

랜던은 내 대답에 고개를 끄덕였고, 나는 만족의 미소를 지었다.

"말도 안 되는 헛소리입니다."

침묵을 깨는 목소리, 하딘이었다.

"스캇 군인가? 더 하고 싶은 말이 있나요?"

교수님은 하딘의 토론 참여가 놀라운 듯했다.

"말했듯이 그건 헛소리입니다. 여자들은 자신이 가질 수 없는 걸 원합니다. 엘리자베스가 다아시에게 끌린 건 그가 그녀를 함부로 대했기 때문입니다. 그들은 분명 연결될 겁니다."

하딘이 말했다. 그러더니 이 토론에는 관심도 없다는 듯 손톱을 뜯었다.

"아닙니다. 여자들이 가질 수 없는 걸 원한다니요. 다아시는 엘리자베스에게만 거칠게 대했습니다. 자기가 그녀를 사랑한다는 사실을 인정하기에, 그는 너무나 오만했던 겁니다. 그가 증오로 가득한 행동을 그만두자 그녀는 곧 알아차렸습니다. 그가 자신을 진심으로 사랑한다는 사실을 말입니다."

내 목소리는 생각했던 것보다 훨씬 컸다. 강의실을 둘러보았다. 모두가 하딘과 나를 쳐다보고 있었다. 하딘이 한숨을 내쉬었다.

"그동안 네가 어떤 남자들과 어울렸는지 모르겠지만, 다아시가 그녀를 사랑했다면 그렇게 못되게 굴진 않았을 거야. 그가 그녀에게 청혼한 유일한 이유는, 그 여자가 남자에게 혼신을 다해 매달렸기 때문이라고."

강한 어조였다. 가슴이 쿵쿵 뛰었다. 이제야 하딘이 어떤 생각을 가진 남자인지 정확히 알았다.

"그녀가 매달린 게 아니야. 그가 그녀를 조종한 거지. 마치 자신이 친절한 사람인 것처럼 굴면서 현혹시켰다고. 그는 마음 약한 그녀를 이용했을 뿐이야!"

내가 소리를 지르자 강의실은 쥐 죽은 듯 조용해졌다. 하딘은 화가 머리끝까지 솟구친 얼굴이었다. 나도 별반 다르지 않았을 거다.

"그 여자를 '조종'했다고? 다시 말해볼까? 그 여자는, 세상 지루하고 재미없게 사는 여자였어. 어디서든 짜릿한 걸 찾고 싶었겠지. 그래서 그에게 죽기 살기로 매달린 거야, 알아?"

그는 책상을 꽉 움켜잡고 있었다.

"그러시겠지. 그가 호색한이 아니었다면 처음 한 번 그런 다음에 바로 멈췄어야지. 그녀의 방에 또 나타나는 게 아니라!"

맙소사, 내가 지금 무슨 소릴 하는 거야? 내가 내 입으로 모든 걸 다

고백해버렸잖아!

강의실 여기저기에서 키득거리는 웃음소리와 탄식이 들렸다.

"좋아요, 생생한 토론이었어요. 오늘 주제 토론은 이걸로⋯."

나는 교수님의 마무리 발언이 채 끝나기도 전에 가방을 쥐고 강의실을 뛰쳐나갔다.

등 뒤로 복도 끝 저편에서 하딘의 성난 목소리가 들렸다.

"이번엔 빠져나가지 못할 거야, 테레사!"

나는 밖으로 뛰쳐나가 잔디밭을 가로질러 달렸다. 강의동 코너에 도착하기 직전 하딘에게 팔을 붙잡혔다. 나는 거칠게 뿌리쳤다.

"넌 왜 나를 이딴 식으로 자극해? 한 번만 더 내 팔을 잡으면, 따귀를 때려줄 거야!"

있는 힘껏 소리 질렀다. 이런 말을 할 수 있다니 나 스스로도 깜짝 놀랐다. 하지만 이제 어쩔 수 없다. 나도 그의 무례한 행동을 봐줄 만큼 봐줬다.

그는 내 팔을 다시 잡았지만 말했던 대로 할 수는 없었다.

"하딘, 뭘 원해? 또 키스를 허락한 나를 비웃고 싶은 거야? 여자들은 가질 수 없는 걸 원한다고? 난 더 이상 너한테 놀아나지 않을 거야. 내겐 나를 사랑해주는 남자친구가 있어. 난 남자친구를 두고 아무하고나 즐기는 그런 여자가 아니라고. 그리고 넌, 정말, 형편없는 인간이야. 너랑 다시는 엮이고 싶지 않아. 그러니까 게임은 다른 여자랑 해. 난 사절이야."

"내가 널 최악으로 만드는구나, 그렇지?"

하딘이 말했지만 나는 돌아섰다. 우리 앞을 분주히 지나가는 사람들에게 집중하려 애썼다. 몇몇이 하딘과 나를 의아한 눈으로 쳐다보고 있었다. 하딘을 다시 돌아보았다. 그는 입고 있는 셔츠에 난 작은 구멍에 손가락을 집어넣어 돌리고 있었다.

비웃고 있을 거라 생각했지만, 아니었다. 그를 잘 몰랐더라면, 상처받은 건가, 생각했을지도 모른다. 허나 나는 그를 아주 잘 알고 있다. 그는 대수롭지 않게 여기는 것 같았다.

"너랑 게임하고 있는 거 아닌데."

그가 손을 올려 이마를 문질렀다.

"그럼 대체 뭐야. 너 때문에 머리가 아파 죽겠어."

한 무더기의 사람들이 우리 주위로 모여들었다. 쥐구멍에라도 들어가 숨고 싶었다. 그래도 그가 뭐라고 하는지 꼭 듣고 싶었다.

'나는 왜 이 남자에게서 벗어나지 못하고 있는 거지?'

안다, 그는 위험하다. 나는 지금껏 누구한테도 이렇게 못되게 굴었던 적이 없다. 하지만 나 또한 누구한테 이런 대접을 받았던 적이 없다. 나는 원래 이런 거 정말 싫어하는 사람이었는데….

하딘이 내 팔을 잡고 사람들을 피해 건물 틈 사이로 끌고 갔다.

"테스, 나 말인데…, 지금 뭐 하고 있는 건지 모르겠어. 네가 먼저 키스했잖아, 기억나지?"

"기억나… 근데 나 그때 취했었잖아. 그리고 어제는 네가 먼저 키스했잖아."

"그렇긴 하지…. 너도 그만두진 않았잖아."

하딘이 잠깐 말을 멈추었다.

"힘들 거야, 분명."

"힘들다니, 뭐가?"

"나를 원하지 않은 척하는 거 말이야. 네가 날 원한다는 거, 우리 둘 다 알고 있잖아?"

하딘이 한 발짝 다가왔다.

"뭐라고? 내가 널 원할 리 없잖아. 난 남자친구가 있어."

내뱉고 나니 말도 안 되는 소리인 것 같았다. 그가 웃었다.

"지루하고 재미없는 그 남자? 이제 인정하시지, 테스. 나 말고 너 자신한테 말이야. 넌 남자친구가 지루해 죽겠잖아."

그의 목소리는 낮고 느릿느릿했다. 관능적이었다.

"네 남자친구가, 내가 했던 것처럼 널 느끼게 해준 적 있어?"

"뭐, 뭐라고? 당연히 있지."

거짓말이었다.

"아니…, 없을걸. 분명히 말하는데, 너는 느껴본 적 없어. '진짜' 짜릿함 말이야."

어느덧 익숙해진 그의 비아냥거림이 온몸을 관통했다.

"네가 상관할 바 아니잖아."

몸을 돌렸지만, 그가 성큼 다가왔다.

"그게 얼마나 좋은지 모르잖아."

한숨이 나왔다. 이 남자는 어떻게 이런 말을 아무렇지도 않게 할까? 나는 또 왜 그런 말을 듣고도 가만히 있는 걸까? 하딘의 말투와 낯 뜨거운 표현에 나는 마음이 약해지고, 꼼짝 못하게 되고, 혼란스러워진 다. 마치 여우 덫에 걸려 꼼짝 없이 죽을 때를 기다리는 토끼 같다.

"좋아, 인정 안 해도 돼. 내가 널 깨워줄게."

그의 목소리에 거만함이 묻어 있었다.

부정도 긍정도 할 수 없었다. 그저 고개만 가로저을 뿐. 그의 얼굴에 사악한 미소가 번졌다. 나는 본능적으로 벽 쪽으로 뒷걸음질 쳤다. 그가 내 앞으로 성큼 다가섰다. 기대감과 두려움이 뒤섞인 깊은 한숨이 나왔다. 더 이상은 안 돼.

"벌써 심장이 빨리 뛰고 있잖아. 입은 바짝 마르고. 내 몸을 생각하고 있겠지. 그리고 느낌이 올 거야… 저 아래쪽에서부터. 불처럼 뜨거운… 그렇지, 테레사?"

한 마디 한 마디가 모두 사실이었다. 그의 말처럼 내 몸이 그를 원했다. 누군가를 증오하는 동시에 갈망할 수 있나? 이상했다. 지금 이 느낌은 오로지 육체적인 끌림일 뿐이다. 정말 놀랍다. 어떻게 이렇게 노아와 정반대일 수가 있는 걸까. 그 누구에게도 이토록 끌렸던 적은 없다. 노아를 빼고는.

아무 말도 하지 않으면 그가 이기는 거다. 그가 나를 지배하게 둘 순 없다.

"아냐, 틀렸어."

중얼거렸지만, 그가 미소를 지었다. 그 미소를 보자 온몸에 찌르르 전류가 흐르는 것 같았다.

"나는 절대 틀리지 않지. 특히나 이런 면에서는."

나는 옆으로 살짝 비켜섰다. 그가 나를 더 밀어붙여 벽 사이에 갇히기 전에.

"자꾸 내가 너한테 엉겨 붙는 것처럼 말하지 마. 지금도 밀어붙이는 건 너잖아."

화가 났다. 순간 이 타투투성이 구타 유발자에게 솟구쳤던 몸의 욕구가 사그라들었다.

"네가 나를 그렇게 만들잖아. 내 잘못이 아니라고. 너만큼 나도 놀랐어."

"그날 밤은 내가 취했고, 힘든 상황이었어. 너도 알잖아. 그리고 이상하게 그날은 네가 잘해 주기도 했고. 뭐, 네 스타일로 잘해준 거지만."

나는 그를 밀치고 건물 사이에서 나가 길모퉁이에 앉았다. 비로소 그가 지배하는 공간에서 탈출했다. 그와 얘기하는 것만으로도 진이 다 빠진다.

"내가 그렇게 못되게 굴진 않았잖아."

그가 내 앞을 가로막고 섰다. 확신이 담긴 말투는 아니었다.

"아니, 네 방식대로 나를 괴롭혔잖아. 나뿐만 아니라 다른 사람들한테도 그랬어. 나한텐 특히 심했고."

그에게 속내를 다 털어놓다니, 믿기 힘들었다. 그가 언제 다시 폭발할지 모른다.

"아니. 너한테는 심하게 굴지 않았어."

더 이상은 못 참겠다. 그래, 이 남자와는 정상적인 대화 자체가 불가능하다.

"도대체! 내가 지금 왜 너랑 이런 시비를 벌이고 있지?"

소리를 팩 지르고 큰 길을 향해 걸어갔다.

"저기, 미안. 잠깐만 이리 와봐."

한숨이 나왔지만 발길은 어느새 그쪽을 향하고 있었다. 그에게 몇 걸음 떨어져 섰다.

그는 내가 앉았던 그 자리에 앉아 있었다.

"앉아봐."

그 자리에 앉았다.

"참 멀찍이도 떨어져 앉네. 내가 그렇게 못 미더워?"

"당연하지. 내가 널 믿어야 해?"

하딘의 표정이 기분 상한 듯 살짝 변했다가 금세 멀쩡해졌다.

"우리, 친구가 되든지 아님 서로 모른 척하든지 둘 중 하나를 정하자."

내가 한숨을 내쉬며 말했다. 그가 내 곁으로 슬쩍 다가왔다. 그도 말을 꺼내기 전에 깊은 숨을 내쉬었다.

"널 모르는 척하기는 싫어."

'뭐?'

가슴이 다시 방망이질 치기 시작했다.

"그러니까…, 너랑 떨어질 순 없을 것 같다는 거야. 네 룸메이트가 내 절친 중 하나니까 어쩔 수 없잖아. 그니까 우린 친구가 되도록 노력하는 걸로."

실망이 거품처럼 피어올랐다.

'넌 이걸 원했던 거야, 안 그래? 하딘과 몰래 키스하면서 노아를 배신할 순 없잖아.'

"좋아, 그럼 친구다?"

감정의 찌꺼기를 떨쳐내며 말했다.

"알았어, 친구."

그가 악수하듯 손을 내밀었다.

"재미 보는 그런 친구 말고."

그의 손을 잡으며 다짐을 받았다. 그가 호기심 어린 눈으로 바라보자 온몸의 피가 두 뺨으로 쏠리는 듯했다.

그는 눈썹 피어싱을 만지작거렸다.

"무슨 뜻이야?"

"모르는 척하지 마. 스테프가 다 말해줬어."

"뭘? 걔랑 내 얘기?"

"그래, 너랑 걔. 그리고 너랑 다른 모든 여자애들."

억지웃음이라도 지어보려 했지만 도리어 기침이 나왔다. 몇 차례 기침하는 척했다.

그는 나를 향해 한쪽 눈썹을 찡긋 올렸지만 무시했다.

"그래…, 뭐…, 나랑 스테프…, 재밌었지."

좋은 기억이라도 되는 듯 그가 싱긋 웃었다. 목구멍에서 뭔가 울컥 치밀어 오르는 걸 꿀꺽 삼켰다.

"그래, 난 같이 자는 여자들 많아. 그래서 신경 쓰이나, 친구?"

그는 이 모든 상황을 너무도 천연덕스럽게 얘기하고 있다. 충격이었다. 그가 어떤 여자애들과 자고 다니든 상관할 바 아니다. 하지만 계속 신경이 쓰인다. 그는 내 남자친구도 아닌데.

'노아가 내 남자친구야.'

스스로 마음을 다잡았다.

"절대. 난 그냥, 혹시나 네가 나를 그런 여자들 중 하나로 취급할까 봐."

"아…. 질투하는구나, 테레사?"

그가 나를 놀렸다. 그를 세게 밀쳤다. 무슨 일이 있어도 절대 인정하지 않을 거다.

"아니야. 그 여자애들이 불쌍해서 그런 거지."

그가 장난스럽게 한쪽 눈썹을 찡긋 올렸다.

"아하, 그렇게까지 생각할 필요 없어. 걔들도 즐기는걸, 뭐."

"잘 알겠다고. 이제 주제를 좀 바꾸면 안 될까?"

나는 고개를 들어 하늘을 올려다보았다. 하딘과 그녀들에 대한 영상을 지워내고 싶었다.

"그럼, 이제 나한테 잘해줄 거지?"

"당연하지. 너도 까칠하게 굴지 않을 거지?"

구름을 바라보며 꿈처럼 대답했다.

"내가 까칠한 게 아니지. 네가 역겨운 거였지."

그를 쳐다봤다. 웃음이 터져나왔다. 다행히 그도 따라 웃고 있었다. 이런 변화, 꽤 괜찮다. 소리소리 지르던 사이에서 함께 웃는 사이로. 진짜 중요한 문제는 아직 해결하지 못했다. 내가 그를 좋아하는지 아닌지. 그치만 그가 더 이상 키스하지 못하게 한다면 나는 다시 노아에게 집중할 수 있을 거다. 그러면 이 끔찍한 악순환의 고리를 끊을 수 있겠지.

"우리는 사이좋은 친구."

그는 무례하지 않았다. 영국식 액센트가 귀여웠다. 사실 무례할 때도 그의 액센트는 귀여웠다. 그가 부드러운 목소리로 말할 때면, 액센트가 벨벳처럼 더 부드러웠다. 입 속에서 맴돌다가 분홍빛 입술 사이로 쏟아지는 말들… 아, 그 입술을 생각하면 안 된다. 나는 그의 얼굴에서 시선을 돌리려고 일어섰다. 치마를 탁탁 털었다.

"근데, 그 치마는 진짜 별로야, 테스. 우리가 친구가 된다면 말야, 앞으로 그 치마는 절대 입지 마."

살짝 마음이 상했지만, 그는 웃고 있었다. 그는 농담도 이런 식인가 보다. 여전히 무례했지만, 이젠 악의 없는 농담쯤은 받아줄 수 있다.

전화기에서 알람이 울렸다.

"나, 공부하러 가야 해."

"공부하러 가려고 알람을 맞춰?"

"나는 이것저것 필요한 건 다 알람을 맞춰. 습관이야."

이걸로 또 말꼬리 잡지 말기를.

"그럼 내일 강의 마치고 우리가 재밌게 놀 거라고 알람 맞춰 놔."

'이 사람 대체 누구야? 내가 알던 하딘은 어디 간 거야?'

"그 '재미' 말이야, 너랑 나랑 의미가 다를 것 같은데."

하딘이 말하는 '재미'가 무엇일지 도통 감이 잡히지 않았다.

"뭐, 고양이 몇 마리 패주고, 건물 몇 개 불 지르는 정도랄까?"

웃음이 터져나왔다. 그도 따라 웃었다.

"너도 재밌는 거 있으면 내놔봐. 우리 이제 친구가 됐잖아? 같이 재밌는 걸 해야지."

나는 잠시 망설였다. 우리가, 그러니까 하딘과 내가 단둘이?

하지만 내가 대답을 하기도 전에 그가 돌아서서 걸어가기 시작했다.

"좋았어. 친구가 되니까 진짜 기분 좋은데? 내일 보자."

그러고는 진짜로 가버렸다.

나는 아무 말도 하지 못했다. 그저 길모퉁이에 앉아 있었다. 20분 전부터 머릿속이 빙글빙글 돌고 있었다. 처음엔 느끼게 해주겠다며 아무렇지도 않게 섹스를 얘기하더니, 좀 있다가는 친구가 되어 앞으로 잘 해주겠단다. 그래서 우리는 함께 웃고 우스갯소리를 했다.

그래, 좋았던 거 인정. 그래도 아직 그에게 묻고 싶은 게 산더미 같다. 하지만 하딘과 친구가 될 수도 있을 것 같다. 스테프처럼 말이다. 아니다, 스테프 같은 친구는 아니다. 네이트나 아님 그가 어울려 다니는 친구들처럼.

완전 최고다. 더 이상의 키스도, 더 이상의 진도도 없다. 우리는 친구니까.

기숙사를 향해 걸어가면서 불현듯 하딘에 대해 아는 게 너무 없다는 생각이 들었다. 다른 애들처럼 그에게 질질 끌려가는 건 아닐까? 그가 쳐놓은 또 다른 덫에 걸린 건 아닐까? 엄습하는 두려움을 떨치려 혼자 고개를 가로저었다.

24

방으로 돌아와 공부를 해보려 했다. 집중할 수가 없었다. 노트의 같은 페이지를 몇 시간째 보고 있었지만 단 한 줄도 제대로 눈에 들어오지 않았다. 샤워를 하면 좀 나아질까? 샤워장에 사람이 북적거리는 게 아직까지는 너무 불편했다. 하지만 다들 서로를 신경 쓰지 않았고, 나도 슬슬 적응이 되어가는 중이다.

뜨거운 물이 닿자 긴장했던 온몸의 근육이 풀어졌다. 기분이 좋아졌다. 마침내 하딘과 긴 싸움을 끝냈으니, 분명 안도하고 기뻐해야 한다. 그런데도 이 긴장감과 혼란스러움을 대체 뭘까. 어쩌자고 하딘과 내일 '즐겁게' 보내자고 약속해버린 걸까. 덜컥 겁이 났다. 그저 별 일이 없기만을 바랄 뿐이다. 그래, 그와 절친이 될 수 있을 거란 기대 따위는 없다. 다만 마주칠 때마다 언성 높이며 싸우지만 않기를.

한참 동안 뜨거운 물을 맞으며 서 있었다. 방으로 돌아와보니 그새 스테프가 왔다 간 모양이다. 스테프는 트리스탄과 저녁 먹으러 나간다고 메모를 남겼다. 스테프는 참 괜찮은 아이다. 아이라인과 패션이 좀 과하긴 하지만 착한 애다. 스테프와 트리스탄이 계속 만날 거라면, 노아가 왔을 때 같이 더블 데이트를 할 수도 있겠지? 하지만 노아는 이런 애들과 어울리지 않을 거야. 하긴 나도 불과 3주 전까지도 이들이 친구가 되리라고는 꿈에도 생각하지 못했다.

자기 전에 노아에게 전화를 했다. 오늘 한 번도 통화하지 못했다. 그는 여전히 깍듯한 목소리로 별일 없는지 물었다. 잘 지냈다고만 대답했다. 내일 하딘과 놀러 갈 거란 얘기를 해야 했지만, 하지 않았다. 그는 시애틀 고등학교를 축구 시합에서 완파했다고 얘기했다. 시애틀은 엄청 강한 팀인데…. 축구 실력을 뽐내며 기분 좋아하는 그를 보니 나도 기분이 좋아졌다.

다음날은 눈 깜짝 할 새에 지나갔다. 랜던하고 영문학 강의실에 들어서니 하딘은 벌써 자리에 와 앉아 있었다.

"오늘 데이트할 준비는 돼 있겠지?"

입이 떡 벌어졌다. 랜던도 마찬가지였다. 갑자기 머릿속이 복잡해졌다. 저런 식으로 말하는 건 무슨 의도지? 게다가 랜던이 나를 어떻게 생각할 거냔 말이다. 그런데 나는 둘 중 무엇 때문에 더 심난한 걸까. 친구로서의 첫날은 시작이 좀 별로다.

"데이트 아니잖아."

하딘을 신경 쓰지 않는 척 랜던에게 몸을 돌려 담담하게 말했다.

"랜던, 우리 친구로 어울리는 거야."

"그게 그거지."

하딘이 나섰다.

나는 수업 시간 내내 그를 외면했다. 그러지 않아도 될 뻔했다. 하딘은 그 뒤로 나한테 한마디도 안 했으니까.

수업이 끝나자 랜던은 가방을 챙기면서 나에게 조용히 말했다. 하딘에게 눈을 떼지 않은 채로.

"오늘, 조심해."

"괜찮을 거야. 내 룸메이트랑 하딘이 친하거든. 그래서 나도 그냥 잘 지내보려고."

혹시 하딘이 내 말을 듣진 않았겠지?

"너는 진짜 좋은 애야. 문제는 하딘이지. 걔는 네 호의를 받을 자격이 있는 인간이 아니란 말이지."

랜던을 일부러 큰 소리로 말했다. 나는 깜짝 놀라 그를 쳐다보았다.

"넌 할 일이 그렇게 없냐? 뒷담화나 까고 있게? 꺼져, 이 자식아."

하딘이 달려들었다.

랜던은 눈살을 찌푸리며 나를 바라보았다.

"내 말 명심해."

랜던이 서둘러 가버렸다. 혹시 나 때문에 화난 건 아닌지 걱정이 됐다.

"하딘, 랜던한테 못되게 굴지 좀 마. 너희들 형제나 다름없잖아."

하딘의 눈이 점점 커졌다.

"지금 뭐라고 했어?"

"그러니까, 너네 아빠랑 랜던네 엄마 말이야."

랜던이 혹시 거짓말한 건가? 아님 내가 알면 안 되는 거였나? 랜던이 하딘과 아빠와의 관계를 모른 척하라고 하긴 했다. 근데 그게 하딘에 관련된 거면 뭐든 아는 척하면 안 된다는 의미였나?

"네가 상관할 바 아니니까, 신경 끄시지."

하딘은 갑자기 분노에 가득 찬 눈으로 랜던이 사라진 문을 노려봤다.

"거지 같은 자식, 쓸데없는 소리를 지껄이고 다녀. 입을 좀 닥치게 만들어줘야겠군."

"랜던한테 뭐라 하지 마. 말하지 않으려고 한걸 내가 궁금하다고 졸라서 들은 것뿐이야."

하딘이 랜던에게 해코지할 거라고 생각하니 아찔해졌다. 얼른 다른 주제를 꺼내자.

"우리 오늘 어디 갈 거야?"

하딘이 나를 무섭게 노려봤다.

"아무 데도 안 가! 이건 정말 바보 같은 생각이었어. 내가 널 잘못 본 것 같다."

하딘은 단호하게 말하더니 뒤도 돌아보지 않고 가버렸다. 나는 그 자리에 한동안 멍하니 서서 기다렸다. 혹시나 잘못을 깨달은 하딘이 다시 돌아올까 싶어서. 나한테 사과하러 오지 않을까 싶어서.

'뭐지, 이 상황은?'

하딘은 정말 싸이코가 확실하다.

방으로 돌아왔다. 스테프와 제드가 트리스탄과 함께 침대에 앉아 있었다. 트리스탄의 눈은 온통 스테프에게 꽂혀 있었다. 제드는 손가락으로 메탈 라이터를 계속 튕기고 있었다. 나는 원래 갑작스럽게 들이닥치는 방문객을 좋아하지 않는 편이다. 하지만 오늘은 예외다. 제드와 트리스탄은 괜찮은 애들이니까. 그리고 어이없게 바람맞은 이 더러운 기분을 날려버려야 하니까.

"테사, 안녕? 강의는 어땠어?"

스테프는 나를 보고 환하게 웃었다. 그와 동시에 스테프를 바라보던 트리스탄의 얼굴도 환하게 밝아지는 걸 눈치챘다.

"들을 만했어. 너는?"

스테프는 오늘 교수님이 커피를 쏟는 바람에 수업이 일찍 끝났다고 했다.

"테사, 너 오늘 예뻐 보인다."

제드한테 고맙다는 인사를 건네며 애들 틈에 끼어 앉았다. 좁았지만 그럭저럭 앉을 만했다. 과마다 있는 이상한 교수님들 얘기에 정신이 팔려 있던 중에 갑자기 방문이 활짝 열렸다. 우리는 일제히 문 쪽으로 고개를 돌렸다.

하딘이었다. 이런 맙소사.

"어이, 친구! 노크 정도는 해야 하는 거 아냐?"

스테프가 한마디 하자 그가 어깨를 으쓱했다.

"내가 홀딱 벗고 뭐라도 하고 있었으면 어쩌려고?"

스테프는 웃고 있었다. 하딘의 비매너가 기분 나쁘지도 않은가 보다.

"볼 거 못 볼 거 다 본 사이에 뭘?"

하딘이 농담조로 말했지만 트리스탄의 표정이 순식간에 변했다. 다른 애들은 키득거렸다. 하나도 재미없었다. 스테프랑 하딘이랑 뒤엉켜 있는 장면 따윈 생각하기도 싫었다.

"닥쳐."

스테프가 여전히 웃으며 대꾸했다. 그러면서 트리스탄의 손을 쓰윽 잡았다. 그러자 트리스탄이 그녀 곁으로 바싹 다가앉았다.

"친구님들은 뭘 하실 건가?"

하딘이 맞은편에 있는 내 침대에 앉으며 물었다.

당장 거기서 일어나라고 말하고 싶었지만 잠자코 있었다. 아주 잠깐이지만 그가 나에게 사과하러 온 게 아닐까 하는 생각을 했다. 하지만 이제 알겠다. 그는 친구들이랑 어울리려고 온 거고, 그 친구 안에 나는 없었다.

제드가 씩 웃었다.

"우리 영화 보러 가려던 참이었어. 테사, 너도 가자."

하딘이 재빨리 내 대답을 가로챘다.

"테사는 나랑 다른 계획이 있어."

잔뜩 날이 선 목소리였다. 이상한 인간…. 이랬다저랬다, 정말 제멋대로다.

"뭐?"

제드와 스테프가 동시에 말했다.

"그래서 데리러 온 거야."

하딘이 일어나더니 양손을 주머니에 집어넣었다. 날 바라보며 몸짓으로 문을 가리켰다.

"준비 됐지?"

'안 돼!'

마음속으로 끊임없이 소리쳤지만, 내 몸은 어느새 고개를 끄덕이며 스테프의 침대에서 일어섰다.

"그럼, 나들 나중에 봐!"

그는 나를 밀다시피 문밖으로 데리고 나왔다. 밖으로 나오자 그는 차로 가더니 조수석 문을 열어주었다.

'아이쿠, 깜짝이야!'

나는 팔짱을 끼고 버티고 서서 그를 쳐다보았다.

"알았어, 다시는 문을 열어주지 않을게. 됐지?"

나는 고개를 저으며 말했다.

"대체 이게 무슨 짓이야? 나를 데리러 온 거라고? 나랑 친하게 지내고 싶지 않댔잖아."

아, 우리는 다시 소리치며 싸우는 사이로 돌아갔다. 그는, 말 그대로, 나를 돌게 만든다.

"그래, 그랬지. 그러니까 이제 차에 타."

"싫어! 날 보러 온 게 아니라고 인정해. 안 그러면 돌아가서 제드랑 영화 보러 갈 거야!"

그는 입을 꾹 다물고 이를 악물었다.

'이럴 줄 알았어.'

딱 걸렸다. 하딘은 그냥 내가 제드와 영화 보러 가는 게 싫었던 거다. 그래서 아무런 계획도 없이 나를 데리고 나온 것이다.

"하딘, 어서 인정해. 아니면 나는 갈 거야."

"맞아, 인정할게. 그러니까 이제 차에 타라고. 두 번은 얘기 안 한다."

그는 휙 돌아서서 운전석에 올랐다. 내 몸은 또 다시 내 의지와 달리, 차에 탔다.

주차장을 나오는 내내 하딘은 화가 나 있었다. 그는 라디오를 틀어 꽥꽥 소리 지르는 음악의 볼륨을 최대로 올렸다. 나는 손을 뻗어 라디오를 꺼버렸다.

"내 라디오에 손 대지 마!"

그가 버럭 화를 냈다.

"그렇게 신경질 부릴 거면 난 그냥 영화 보러 갈게."

진심이었다. 내 행동 하나하나를 제약할 거면 더 이상 같이 있고 싶지 않다. 여기가 어디든, 내려서 다른 차를 얻어 타고라도 기숙사로 돌아갈 거다.

"알았어. 내 말은, 마음대로 만지지 말라는 거였어."

문득 하딘이 내 노트들을 공중에 날렸던 생각이 났다. 이제 내 차례다. 저놈의 라디오를 확 뜯어내서 창밖으로 집어던질까 보다. 라디오를 뜯어낼 줄 알았다면 진짜 그랬을 거다.

"근데 넌 내가 제드랑 영화를 보든 말든 무슨 상관이야? 스테프랑 트리스탄도 같이 간다는데."

"제드는 다른 꿍꿍이가 있는 녀석이니까 그렇지."

하딘이 나지막이 말했다. 시선을 정면에 고정한 채였다.

내가 피식 웃자 그가 인상을 팍 썼다.

"아하, 그래? 그래도 제드는 나한테 잘해주던데."

웃음이 멈추지 않았다. 날 위해서 그랬다고? 웃기는 소리, 제드는 그냥 친구다, 하딘 너처럼.

하딘은 어이없어 하면서 아무 말도 하지 않았다. 다시 음악 소리를 키웠다. 기타와 베이스 소리에 귀청이 찢어질 것만 같았다.

"부탁인데, 음악 소리 좀 줄여줄래?"

오, 놀라워라. 그가 소리를 줄였다! 배경 소음처럼 약하게 남겨두긴 했지만.

"이 음악들은 정말 별로야."

그는 웃으며 핸들을 툭툭 두드렸다.

"그럼 어떤 게 좋은 음악인지 네 의견을 들어보고 싶은데?"

또 저렇게 웃을 때 보면 근심걱정 하나 없어 보인다. 특히나 열린 창문으로 불어오는 바람에 머리카락이 살짝 날릴 때면. 그가 머리카락을 뒤로 쓸어 넘겼다. 아, 저 모습이 미치도록 좋다. 내가 대체 무슨 생각을 하는 거지? 고개를 흔들어 머릿속 잡념을 날렸다.

"음, 나는 본 이베어(Bon Iver)랑 더 프레이(The Fray)를 좋아해."

"물론 그러시겠죠."

그가 키득거렸다.

어떻게든 내가 좋아하는 밴드의 음악을 두둔하고 싶었다.

"왜, 어때서? 완전 재능 있고, 연주도 잘하는 밴드야. 음악이 얼마나 좋은데."

"그래…, 재능이 있긴 한다. 사람들을 잠에 빠뜨리는 재능."

나는 장난스레 그의 어깨를 찰싹 때렸다. 그는 움찔하는 척하더니 웃었다.

"어쨌든 나는 좋아해."

저절로 미소가 지어졌다. 이런 장난스럽고 즐거운 분위기라면 진짜 재미있는 시간을 보낼 것도 같다. 처음으로 창밖을 내다보았다. 어디로 가는 건지 도대체 알 수가 없었다.

"우리 지금 어디 가는 거야?"

"내가 진짜 좋아하는 데."

"거기가 어딘데?"

"넌 어디 가서 뭘 할지, 시시콜콜 미리 다 계획해야 하잖아, 그치?"

"응…, 그리고 또…"

"죄다 그 계획대로 차질 없이 해야 하잖아."

할 말이 없었다. 그의 말이 다 맞다. 어쩔 텐가, 내가 그런 사람인걸.

"이번엔 아냐. 도착할 때까지 안 가르쳐줄래…. 5분만 더 가면 돼."

가죽 시트에 몸을 기댔다. 그러다 뒷좌석을 힐끗 보았다. 한쪽에는 교재 무더기와 흐트러진 리포트 뭉치가 널려 있었고, 다른 쪽에는 두툼한 검정색 운동복이 있었다.

"뒷자리에 뭐 탐나는 거라도 있어?"

내가 두리번거리는 게 거북한 모양이었다.

"이 차는 종류가 뭐야?"

이슈를 딴 데로 돌려야 한다. 안 그러면 어디로 가는 건지 자꾸 신경이 쓰일 거다. 그러면 꼬치꼬치 묻고 싶어지겠지.

"포드 카프리(Ford Capri)야. 클래식 카의 정석이지."

그가 어깨를 으쓱하며 뽐낸다. 자랑스러운 모양이다. 곧이어 클래식 카에 대한 강의가 이어졌다. 무슨 소린지 하나도 못 알아듣겠는데. 말할 때마다 달싹이는 그의 입술이 자꾸만 눈에 들어왔다. 느릿느릿한 말투를 따라 움직이는 그의 입술이 좋았다. 강의 도중 슬쩍 나를 보던 하딘이 제법 엄격한 말투로 한마디 한다.

"자꾸 그렇게 쳐다보면 혼난다."

얼굴에 여전히 미소를 띤 채였다.

25

포장도로를 벗어나 자갈길로 접어들었다. 하딘이 음악을 껐다. 바퀴 아래서 튕기는 자갈 소리만이 주변을 맴돌았다. 문득 어딘지도 모르는 곳에 와 있다는 생각이 들었다. 불안감이 엄습했다. 우리 둘뿐이다. 오로지 단둘. 지나가는 차도, 건물도, 사람도, 아무 것도 없었다.

"걱정 마. 죽이진 않을게."

숨이 턱 막혔다. 그게 지금 농담이야, 뭐야? 날 해치려고 덤비는 것보다 단둘이 있는 지금이 훨씬 두렵다는 걸 알기나 할까?

1킬로미터쯤 더 갔을까, 그가 차를 세웠다. 창밖을 내다봤지만 풀과 나무들밖에 없었다. 노란 야생화가 들판 가득 피어 있고, 따뜻한 바람이 불어왔다. 멋진 곳이다. 잔잔하고 평온하다. 하지만 왜 이런 곳에, 나를?

"우리 이제 여기서 뭐해?"

차에서 폴짝 뛰어내렸다.

"글쎄, 일단 좀 걸을까?"

한숨이 나왔다.

'운동하자고 여기까지 온 거야?'

내 한숨 소리를 들은 걸까? 그가 덧붙였다.

"오래 걷진 않을 거야."

우리는 풀밭을 따라 걷기 시작했다. 제법 여러 번 와봤던 길인 모양이다. 풀이 밟혀 편편한 길이 나 있다.

우리는 걷는 내내 아무 말도 하지 않았다. 내가 너무 느리게 걷는다고 투덜댄 것 빼고는. 나는 그를 잊고 주변 경치에 푹 빠졌다. 얼핏 봐선 아무 데도 아닌 이곳을 하딘이 좋아하는 이유를 알겠다. 이곳은 조용하다. 그리고 평화롭다. 책 한 권만 있다면 하루 종일 시간을 보낼 수 있을 것만 같았다. 하딘이 풀밭 길을 벗어나 숲으로 들어갔다. 본능적으로 경고등이 켜졌다. 어쩔 수 없다. 그를 따라갔다. 얼마쯤 걸었을까? 우리는 숲을 빠져나와 개울가에 다다랐다. 아니, 개울이라기보다 작은 강이었다. 여전히 어디쯤인지 오리무중이었지만, 강물은 제법 깊어 보였다.

하딘은 아무 말 없이 검정 티셔츠를 벗었다. 타투가 가득한 그의 상반신이 눈에 들어왔다. 밝은 태양빛 아래라서 그럴까. 죽은 나무의 앙상한 가지를 그린 타투마저 생명력을 가진 듯 매력적이었다. 그는 몸을 굽혀 낡은 워커의 신발끈을 풀다가 흘끗 나를 보았다. 벗은 상반신을 훑고 있는 내 시선을 눈치 챈 모양이다. 나는 얼른 강가로 시선을 돌렸다.

"잠깐, 옷은 왜 벗는 건데?"

나는 강물을 가리켰다.

"여기서 수영이라도 하려고?"

"응, 너도 같이 할 거야. 난 올 때마다 하는걸."

그는 바지 단추를 풀고 몸을 굽혀 바지를 벗었다. 다리를 들 때마다

움직이는 그의 등 근육이 빛에 반짝였다. 나는 억지로 눈길을 돌려야
했다.

"난 수영 안 할래."

수영을 좋아하긴 하지만, 이런 낯선 곳에서 어떻게?

"왜 어때서?"

그가 강물을 지그시 바라봤다.

"여기 물이 완전 맑아서 바닥까지 다 보여."

"그래…, 알지. 물고기도 있을 테고, 또 뭐가 있을지는 신만 아시겠지."

나도 안다. 얼마나 말도 안 되는 소리인지. 하지만 상관없다.

"게다가 미리 얘기도 안 해줬잖아. 갈아입을 옷도, 수영복도 없어."

이건 피해 갈 수 없겠지.

"너는 속옷도 안 입고 다니는, 그런 여자라는 얘기야?"

어이가 없었다. 기가 막혀 그를 쳐다봤다. 그의 보조개가 눈에 들어
왔다.

"속옷 입고 하면 되잖아."

'이 남자는, 내가, 여기서, 속옷만 달랑 입고, 자기랑 수영할 거라고
생각했던 거야?'

머릿속이 빙빙 돌았다. 벗은 몸으로 수영을 하다니, 그것도 하딘이
랑. 생각만으로도 몸이 후끈 달아올랐다. 대체 뭘 어쩌려고 이러는 거
지? 이런 생각을 해내다니, 나한테는 절대 있을 수 없는 일이다.

"난 절대 속옷 입고 수영 안 해, 이 엉큼한 놈. 여기서 보기만 할게."

나는 부드러운 잔디 위에 앉았다.

그가 얼굴을 찌푸렸다. 이제 그는 팬티 차림이다. 검정색에 몸에 딱

달라붙는. 그의 벗을 몸을 보는 게 벌써 두 번째다.

오늘은 좀 더 나아 보이는군. 탁 트인 곳이라서 그런가?

"그럼 넌 재미없잖아. 진짜 재밌는 걸 놓치는 거야."

심드렁한 목소리였다. 그는 곧장 물속으로 뛰어들었다.

나는 줄곧 풀밭만 들여다보고 있었다. 풀잎 사이에 손을 넣어 만지다가 잎 몇 가닥을 잡아 뜯고 있었다. 하딘의 목소리가 들렸다.

"테스, 물이 따뜻해."

멀찌감치 앉아서도 그의 머리카락에서 떨어지는 물방울이 선명히 보였다. 그는 물에 젖은 머리카락을 쓸어 올리며 얼굴을 닦았다. 분명 웃고 있었다.

아주 잠깐, 지금 내가 다른 사람이기를 바랐다. 남의 눈을 신경 쓰지 않는 용기 있는 사람. 스테프처럼 말이다.

스테프였다면 당장 벗고 하딘한테 뛰어들었을 텐데. 물장구도 치고 강둑에서 다이빙도 하면서. 흠뻑 젖은 채로 아무 생각 없이 이 상황을 즐겼겠지?

하지만 나는 스테프가 아니다. 나는 테사다.

"별 볼일 없는 우리 우정보다 훨씬 재미있다고…."

내가 눈을 흘기자 그는 싱긋 웃었다. 하딘은 강둑 쪽으로 헤엄쳐갔다.

"신발 벗고 들어와서 발이라도 담가봐. 진짜 좋아. 이제 좀 있으면 추워져서 수영도 못 할 거라고."

발만 담그는 건 나쁘진 않겠다. 신발을 벗고 바지를 걷어 올렸다. 딱 강가에서 발을 담글 만큼이다. 하딘 말이 맞았다. 물은 맑고 따뜻했다. 발가락을 꼼지락거려봤다. 미소가 저절로 나왔다.

"좋지?"

인정하기 싫은데… 고개를 끄덕이고 말았다.

"그러니까 들어와봐."

나는 기겁하여 고개를 저었다. 하딘이 내게 물을 튀겨 몸을 뒤로 빼면서 눈을 흘겼다.

"물에 들어오면 뭘 묻든 다 대답해줄게. 사적인 것도 괜찮아. 근데 딱 하나만이다."

그는 비밀이 많은 사람이고, 지금이야말로 그중 하나를 풀 수 있는 기회인데….

호기심이 발동했다.

"1분 안에 대답 안 하면 무효야."

그는 다시 물속으로 미끄러져 들어갔다. 투명한 물 아래로 유영하는 미끈한 몸이 보였다.

내가 거절하지 못할 거라고 생각한 건가?

자유롭게 물에서 노는 하딘의 모습을 보자니 정말 재미있을 것 같았다. 그는 내 호기심을 자극하는 방법을 정확하게 알고 있었다.

"테사."

그의 머리가 물 위로 쏙 올라왔다.

"모든 걸 너무 복잡하게 생각하지 마. 그냥 뛰어드는 거야."

"난 갈아입을 옷도 없잖아. 옷 입고 들어갔다가는 흠뻑 젖은 채로 차에 타야 할 거라고."

우는 소리를 했다. 나도 물에 뛰어들고 싶다. 진짜다. 정말 그러고 싶었다.

"내 티셔츠 입으면 되잖아."

그의 제안에 순간 얼어붙었다. 잠시 기다렸다. 농담이라고 할 줄 알았는데, 그는 아무 말도 없었다.

"어서 들어와. 내 티셔츠 입으면 된다고. 길어서 괜찮을 거야. 속옷 입고 그 위에 걸치면 되잖아. 아, 물론 그대가 원하신다면."

그는 웃고 있었다. 그래, 하딘 말은 듣자. 생각은 이제 그만.

"알았어. 잠깐만 뒤돌아 있어. 옷 갈아입을 동안 절대 보면 안 돼. 농담 아니다!"

겁 먹일 요량으로 으르렁댔지만 그는 그저 웃을 뿐이었다. 그는 돌아서서 반대편을 보고 섰다. 나는 최대한 빨리 셔츠를 벗고 그의 티셔츠를 잡아챘다. 입고 보니 하딘 말이 맞았다. 그의 티셔츠는 허벅지 절반에 딱 내려오는 길이였다. 셔츠에서 좋은 향기가 났다. 아···. 짧은 탄성이 나왔다. 하딘의 향기라고 말할 수밖에 없는, 향수와 체취가 적당히 섞인 냄새였다.

"빨리 입어, 나 뒤돌아본다."

뭐 던질 만한 거 없나, 저 뒤통수다. 바지를 벗고, 셔츠와 함께 얌전히 개서 신발 옆에 놓았다. 하딘이 뒤를 돌았다. 나는 티셔츠를 자꾸만 아래로 끌어내렸다.

그의 눈이 동그래졌다. 내 몸을 아래에서부터 살살이 훑어보는 게 느껴졌다. 그가 입술 피어싱을 살짝 깨물었다. 그의 뺨이 붉게 물드는 것도 놓치지 않았다. 추운 모양이었다. 나 때문에 나온 반응은 아닐 거다.

"자, 이제 물로 뛰어든다, 실시!"

쇳소리 섞인 목소리였다. 분명 평소와는 톤이 달랐다. 나는 고개를 주억거리며 강둑으로 천천히 걸어갔다.

"얼른 점프하라니까!"

"알았어, 들어갈게!"

내 목소리에 긴장감이 잔뜩 배어 있었다. 그는 웃었다.

"뛰어들어 볼래?"

"좋았어!"

나는 몇 걸음 뒤로 물러났다가 뛰기 시작했다. 너무 깊게 생각하지 않길, 그래서 이 순간을 망치지 않길. 바보가 된 것 같은 느낌이지만, 나름 괜찮았다.

마지막 발돋움을 하려는 찰라, 강물이 눈에 들어왔다. 순간 발이 저절로 멈칫하더니, 물에 닿기 직전 멈춰버렸다.

"뭐야! 실컷 달려와 놓고는?"

그가 고개를 젖히고 깔깔댔다. 그 모습이 어쩐지 사랑스러웠다.

'하딘이 사랑스러워?'

"나, 못하겠어!"

뭣 때문에 주저한 건지 나도 잘 모르겠다. 강물은 너무 깊지도, 너무 얕지도 않고 다이빙하기 딱 좋았는데. 하딘이 저기 있고, 물은 겨우 가슴께까지 차는 깊이일 뿐인데.

"무서운 거야?"

그의 목소리는 차분했지만 진지했다.

"아냐…, 잘 모르겠어…. 좀 무서운 거 같아."

인정할 수밖에 없었다. 그가 물 밖으로 걸어 나왔다.

"거기 앉아 있어. 내가 도와줄게."

나는 다리를 꼭 붙이고 앉았다. 하딘이 내 팬티를 보면 안 되니까. 그걸 알아차렸는지 하딘이 활짝 웃으며 다가왔다. 두 손으로 내 허벅지를 단단히 잡았다. 몸이 뜨거워졌다.

'이 남자 손길에만 내 몸이 반응하는 건가?'

우리는 친구가 되어야 한다. 그러니까 이런 뜨거움은 모른 척해야 한다. 그는 내 허리로 손을 옮겼다.

"준비됐지?"

내가 고개를 끄덕이자마자 그는 나를 번쩍 들어 올려 강물로 들어갔다. 물은 따뜻했고 놀랍도록 황홀한 기분이었다. 하딘이 금세 내려놓는 바람에 나는 물속에 서 있었다. 강둑 근처였다. 물이 가슴까지 차올랐다.

"거기 그렇게 서 있기만 할 거야?"

그가 약올렸다. 못 들은 척하면서 살살 걸어봤다. 티셔츠에 공기가 차서 풍선처럼 부풀어올랐다. 꺅 소리를 지르며 얼른 끌어내렸다.

"그까짓 거, 벗어버려!"

그가 점잔 빼며 웃었고, 나는 그에게 물을 튕겼다.

"나한테 물 튕긴 거야, 지금?"

그는 웃고 나는 고개를 끄덕였다. 그러곤 다시 물을 튕겼다. 그가 젖은 머리를 흔들더니 물속으로 내게 돌진해왔다. 긴 팔로 내 허리를 휘어잡고 나를 물속으로 끌어들였다. 얼른 손으로 코를 틀어막았다. 나는 코마개 없이 수영해본 적이 없었다. 물 위로 올라오자 하딘은 자지러지듯 웃었고, 나도 그를 따라 웃었다. 어느새 나는 진짜로 즐기고 있었다. 감동적인 영화를 봤을 때의 재미와는 비교도 되지 않는, 그런 진짜 재미.

"어떤 게 더 놀라운 건가? 네가 진심으로 즐기고 있다는 거, 아니면 네가 물속에서는 꼭 코를 막아야 한다는 거?"

어디서 생겨난 용기인지 나는 그에게 다가갔다. 티셔츠가 다시 부풀어 둥둥 뜨는데도 말이다. 가서 그의 머리를 물속에 밀어넣으려 했다.

될 리가 없다. 그는 힘이 너무 셌다. 그는 눈부신 흰 이가 드러나도록 환히 웃었다. 만날 이렇게 웃으면 얼마나 좋을까.

"너, 나한테 빚진 거 알지?"

내가 말했다. 그가 강둑을 바라보았다.

"질문 딱 한 개야."

뭘 물어봐야 할까. 알고 싶은 게 너무 많은데. 망설이고 또 망설이다가 마음이 이끄는 대로 따라가기로 했다.

"넌 세상에서 제일 사랑하는 사람이 누구니?"

'이런 걸 왜 물어보는 거야? 뭔가를 꼭 집어 물어봐야지! 이를 테면 넌 왜 그렇게 재수가 없니, 라거나 왜 미국에 온 거니, 같은?'

그는 의심스러운 눈초리로 나를 쳐다보았다. 내 질문에 머리가 복잡해진 모양이다.

"나 자신."

그가 다시 물속으로 들어가버렸다.

물 밖으로 튀어나오자 나는 그에게 고개를 저었다.

"아냐, 거짓말 마."

어디서 그런 용기가 나왔을까. 그래, 이 남자, 지나치게 오만하긴 하지. 하지만 누군가 하나쯤은 사랑하는 사람이 있어야 하잖아.

"부모님은 아니고?"

말이 떨어지자마자 후회가 밀려왔다.

금방 표정이 일그러지더니 사랑해 마지않던 부드러운 눈빛이 사라졌다.

"내 앞에서 다시는 부모님 얘기 꺼내지 마, 알겠어?"

그가 매섭게 쏘아붙였다. 내 발등을 내가 찍었다. 이 좋은 시간을 망치다니.

"미, 미안해. 난 그냥 궁금해서⋯. 뭐든 물어보면 말해주겠다고 그랬잖아."

풀이 죽어 구시렁거렸다. 표정이 조금은 풀린 듯하더니 그가 내 앞으로 다가왔다. 잔물결이 일렁였다.

"미안해, 하딘. 다신 부모님 얘기 안 할게, 약속이야."

이곳에서 그와 다투고 싶진 않았다. 화가 머리끝까지 솟구치면, 그는 나를 여기 버리고 갈 테니까.

갑자기 그가 내 허리를 잡고 번쩍 들어올렸다. 깜짝 놀랐다. 버둥거리며 내려달라고 소리쳤다. 하지만 그는 웃으며 나를 물속에 집어던졌다. 물 위로 올라오자 그가 환희에 겨워 활짝 웃는 게 보였다.

"너, 이런 식으로 나온다 이거지?"

그가 하품하는 시늉을 하며 나를 놀렸다. 나는 그에게 헤엄쳐갔다. 그가 나를 붙들었다. 하지만 이번엔 다르다. 순식간에 허벅다리로 그의 허리를 조였다. 내가 무슨 짓을 하는지 알아차릴 새도 없이. 그의 입에서 탄성이 흘러나왔다.

"아, 미안."

중얼거리면서 다리를 풀었다.

하지만 그가 내 다리를 잡더니 다시 허리에 감았다. 짜릿한 기운이 오갔다. 지금껏 느꼈던 것보다 훨씬 더 강렬한 짜릿함이었다.

'도대체 왜 이 남자하고 자꾸만 이런 일이 벌어지는 거지?'

생각으로 가득 찬 머리는 잠시 스위치를 꺼놓기로 했다. 나는 그의 목에 팔을 둘러 단단히 매달렸다.

"테스, 뭐 하는 거야?"

목소리는 부드러웠다. 그는 엄지손가락으로 내 아랫입술을 쓰다듬었다.

"나도… 잘 모르겠어….

여전히 내 입술을 쓰다듬고 있는 그의 손가락 사이로 진심이 새어 나왔다.

"이 입술…, 많은 걸 할 수 있을 텐데….

그가 느릿느릿 말했다. 고혹적이다. 아래에서부터 뭔가 뜨거운 느낌이 들었다. 더 가까이 그에게 매달렸다.

"그만할까?"

그가 내 눈을 들여다보았다. 짙은 녹색의 눈동자가 더 팽창되어 있었다.

이성이 개입하기 전에 나는 고개를 가로저었다. 그리고 내 몸을 그에게 더 밀착시켰다.

"우린 친구가 될 수 없어. 너도 알잖아, 그렇지?"

그의 입술이 턱 끝에 닿았다. 몸이 떨려왔다. 그는 내 턱선을 따라 입을 맞추었고, 나는 고개를 *끄덕*였다. 그가 옳았다. 우리가 무슨 사이인지는 잘 모르겠다. 하지만 분명한 건 나와 하딘이 절대 친구가 될 수 없다는 사실이다. 하딘의 입술이 내 귓바퀴 아래에 닿았다. 신음이 흘러나왔다. 그의 숨결을 한 번 더 느끼길 바라는 마음이 간절했다.

"아, 하딘."

나는 다리를 더욱 세게 감았다. 그의 등을 세게 움켜잡으며 훑어 내렸다. 그가 내 목에 입을 맞추자 나는 폭발해버릴 것만 같았다.

"네 목소리로 내 이름 부르는 걸 듣고 싶어, 테사. 멈추지 말고 계속. 해줄 거지?"

간절한 목소리였다. 거부할 수가 없었다.

"말해줘, 테사."

그가 내 귓불을 살짝 깨물었다. 나는 더 강하게 끄덕였다.

"네가 말하는 걸 듣고 싶어, 더 크게. 네가 날 진심으로 원한다는 걸 느끼고 싶어."

그의 손이 티셔츠 안으로 들어왔다.

"널 원해…, 하딘."

내 입에서 말이 터져 나오자 그는 내 목에 기대어 미소를 지었다. 입술로는 부드러운 공격을 멈추지 않은 채. 그는 아무 말 없이 내 허벅지를 잡았다. 그리고 나를 더 높이 들어 올리더니 물 밖으로 걸어 나왔다. 강둑에 다다르자 나를 내려놓고 먼저 올라갔다. 나는 흐느끼듯 몸을 떨었고, 그는 점점 더 불타오르는 듯했다. 이제 아무래도 상관없다. 지금 나는 그를 원할 뿐이다. 그가 필요할 뿐이다. 그가 손을 뻗어 나를 강둑 위 그의 곁으로 끌어올렸다.

뭘 하려는 걸까. 나는 우두커니 풀밭에 서 있었다. 물에 젖어 잔뜩 무거워진 하딘의 셔츠가 어깨를 짓눌렀다. 멀찌감치 서 있던 그와 눈이 마주쳤다.

"여기가 좋아? 아님 내 방?"

긴장감에 몸이 움츠러들었다. 그의 방으로 가고 싶지는 않았다. 너무 멀다. 가는 내내 무슨 일이 일어날지 백만 번도 더 생각하게 될 게 분명하다.

"여기가 좋아."

나는 주위를 둘러보았다. 아무도 눈에 띄지 않았다. 그리고 아무도 오지 않기를 바랐다.

"그렇게 간절해?"

그는 미소 지었고, 나는 눈을 흘겼다. 하지만 이마저도 갈망의 몸짓으로 보였다. 달아올랐던 몸이 천천히 식어간다. 하딘의 손길이 필요하다.

"이리 와."

그의 낮은 목소리가 꺼져가던 내 몸에 다시 불을 지폈다.

부드러운 풀밭을 가로질러 그에게로 사뿐사뿐 걸어갔다. 그가 젖은 티셔츠를 벗겼다. 나를 바라보는 그의 눈길이 미치도록 좋았다. 자제력은 잃은 지 오래다. 그는 내 몸을 스캔하듯 훑어내렸다. 맥박이 요동쳤다. 그가 내 손을 잡았다.

그가 벗긴 셔츠를 풀밭에 담요처럼 펼쳤다.

"여기 누워봐."

그가 셔츠 위에 나를 눕혔다. 자신도 팔을 괴어 내 쪽으로 몸을 세워 누웠다. 지금껏 누구도 내 벗은 몸을 본 적이 없었다. 하딘은 여자애들을 엄청 많이 봤을 테지만. 다들 나보다는 훨씬 예쁜 애들이었겠지. 왠지 부끄러워 손으로 몸을 가리려 했다. 하딘이 일어나 앉아 내 양 손목을 붙잡고 아래로 내렸다.

"가리지 마. 내 앞에선 괜찮아."

그는 내 눈을 바라보았다.

"난 있잖아…."

그가 내 말을 잘랐다.

"아냐, 가리지 마. 내 앞에서 부끄러워하지 마, 테스."

'진심인 걸까?'

"진심이야, 테스. 네 모습을 봐."

그가 내 마음을 읽어 내리는 것만 같았다.

"그렇지만, 넌 다른 여자애들이랑 많이 해봤을 거 아냐."

불쑥 말이 튀어나왔다. 그가 인상을 썼다.

"너 같은 여자는 없었어."

그래, 나도 안다. 그 말이 여러 가지 의미로 해석될 수 있다는 사실을. 하지만 지금은 생각하지 말자.

"콘돔은 있어?"

일단 나는 성교육 시간에 배웠던 지식을 총동원하는 중이다.

"콘돔이라고?"

그가 웃는다.

"나, 너랑 섹스 안 할 건데?"

아아아… 뭐야, 그럼 나 창피 주기 게임이었던 거야?

"아, 그렇구나."

할 수 있는 말이란 오직 이것뿐이었다. 나는 몸을 일으켰다. 그는 내 어깨를 잡고 다시 부드럽게 눕혔다. 얼굴이 빨개졌겠지. 비웃음이 담긴 그의 눈에 이런 모습이 보이면 안 되는데.

그는 그제야 뭔가를 알아차린 듯했다.

"아…, 테스, 아니야. 그런 뜻이 아니었어. 나, 나는, 그러니까, 네가 이런 경험이 없었잖아…. 그래서 섹스는 하지 않겠다는 뜻이었어."

그는 잠깐 동안 나를 물끄러미 바라보았다.

"오늘은 말이야."

마음을 짓누르던 압박감과 묘한 모욕감이 점점 사그라들었다.

"그보다 너에게 먼저 해주고 싶은 것들이 많아."

그가 내 위로 올라와 몸을 포갰다. 팔 굽혀 펴기를 하는 것처럼 팔로 몸을 버틴 자세였다. 그의 젖은 머리에서 물방울이 똑똑 떨어져 내 얼굴을 타로 흘러내렸다. 나는 몸을 비틀었다.

"네가 아직도 경험이 없다는 게 믿어지지 않아."

그는 속삭이며 다시 내 곁에 옆으로 몸을 세운 채 누웠다. 내 목에 손을 올리더니 천천히 아래로 아래로 향했다. 손가락 끝으로 내 몸을 스치듯 만지면서 가슴과 배를 지나 팬티 위에서 멈추었다.

'뭘 하려는 걸까? 아플까?'

수백 가지 생각이 머릿속을 떠다녔다. 그의 손이 팬티 속으로 들어왔다. 그가 숨을 들이마시는 소리가 들렸다. 그의 입술이 귓가에 가까이 다가왔다. 그가 손가락을 움직였다. 짜릿한 충격이 온몸에 퍼졌다.

"어때?"

'만지기만 하는 건데… 어떻게… 기분이 좋아질 수 있지?'

고개를 끄덕였다. 그의 손가락이 천천히 더 아래쪽을 향해 내려갔다.

"혼자 할 때보다 더 좋지?"

무슨 말을 하는 거지?

"안 그래?"

"뭐, 뭐라고?"

대답하려 애썼지만 이미 몸과 마음이 모두 내 통제를 벗어났다.

"혼자 할 때 말이야. 그때랑 비슷한 느낌이야?"

무슨 말을 해야 할지 모르겠다. 그의 눈빛에 뭔가가 스쳐 지나갔다.

"잠깐…, 너, 설마, 해본 적 없구나?"

놀라움이 가득한 목소리였다. 내 입술 위로 그의 입술이 포개졌다. 그의 손가락은 부드럽지만 쉴 새 없이 움직였다.

"나에게 반응하고 있어. 너, 젖었어."

신음이 나왔다. 외설스러운 말도 하딘이 하면 섹시하게 들렸다. 부드럽게 조이는 느낌이 들더니 온몸으로 짜릿함이 퍼져나갔다.

"이거… 이거, 뭐야?"

신음 섞인 소리로 내가 물었다. 그는 대답 없이 웃기만 했다. 다시 그 느낌이 들었다. 풀밭 위에서 내 등이 활처럼 구부러졌다. 목에서부터 내려가기 시작한 그의 입술이 가슴께에서 멈췄다. 혀가 브래지어 속으로 들어왔고, 다른 한 손으로는 내 가슴을 주물렀다. 아랫배에서 묵직한 무언가가 차오르기 시작했다. 눈을 꼭 감은 채로 입술을 꽉 물었다. 아래에서 시작된 긴장감이 허리를 타고 올랐다. 다리가 부르르 떨렸다. 떨림과 함께 환희가 몸 안으로 퍼져나갔다.

"그래, 그렇게 느끼는 거야."

하늘이 빙빙 도는 듯하더니 정신이 혼미해졌다.

"테사, 나를 좀 봐."

눈을 떴다. 그가 내 젖꼭지를 입에 물고 있는 모습이 눈에 들어왔다. 또 다시 극치감이 밀려왔다. 눈앞이 잠깐 동안 하얗게 보였다.

"오, 하딘."

나는 하딘의 이름만 계속해서 불렀다. 하딘의 뺨이 새빨갛게 물들었다.

'내가 이렇게 불러주는 게 좋은 건가?'

그가 천천히 손을 빼서 아랫배에 올려놓았다. 나는 가쁜 숨을 골랐다.

내 몸이 이만큼 짜릿한 쾌감에 빠졌던 적이 있던가? 이만큼 나른했던 적은?

"진정될 때까지 기다려줄게."

그가 내게서 떨어지면서 웃어 보였다. 난 울상을 지었다. 그가 계속 곁에 있었으면 했는데. 이상하게 입이 떨어지지 않았다. 내 생애 가장 황홀했던 몇 분이 지나고, 나는 일어나 앉았다. 하딘은 이미 청바지를 입고 신발을 신었다.

"우리, 벌써 가는 거야?"

내 목소리에는 당혹스러움이 담겨 있었다. 분명히 그도 나의 애무를 바랄 거라 생각했다. 내가 서툴더라도 그가 원하는 걸 이야기할 수도 있을 테니까.

"응, 더 있고 싶어?"

"난, 그냥… 뭐랄까, 잘 모르겠어. 너도 하고 싶은 게 있을 줄 알았거든…."

뭐라고 표현해야 할지 잘 생각나지 않는다. 다행히도 그가 알아들었다.

"아, 아냐. 지금은 괜찮아."

그의 얼굴에 웃음이 번졌다.

또 재수 없는 캐릭터로 돌아가는 건가? 제발 그러지 않기를. 이토록 가까워진 느낌을 처음 경험한 지금은 더욱. 나는 견딜 수 없을지도 모른다. 그가 다시 나를 잔인하게 대하는 걸 말이다.

하던이 분명 '지금은'이라 했어. 그렇다면 나중엔 원한다는 뜻일까?

벌써부터 후회가 밀려오기 시작했다. 젖은 속옷 위로 주섬주섬 옷을 입었다. 가랑이 사이가 축축한 느낌을 애써 외면했다. 하던이 젖은 셔츠를 주워 나에게 건넸다.

이걸로 뭘 어쩌라고? 그가 어리둥절해 하는 내게 툭 던졌다.

"닦으라고."

그가 눈짓으로 내 허벅지 사이를 가리켰다.

아, 그렇구나. 나는 바지를 다시 벗었다. 아래쪽 민감한 부분을 닦는 동안 그는 뒤로 돌지 않았다. 나를 바라보면서 혀로 아랫입술을 쓱, 닦는 것을 놓치지 않았다. 그는 바지 주머니에서 휴대전화를 꺼내 엄지로 화면을 획획 넘겼다. 그에게 옷을 건네주었다. 걸음을 옮기면서 분위기가 열정에서 서먹함으로 바뀌었다는 걸 알았다. 할 수만 있다면 그에게서 멀리 도망가고 싶었다.

차로 돌아가면서 그가 무슨 말이라도 해주길 기다렸다. 그는 아무 말도 없었다. 머릿속에선 이미 다음에 벌어질 온갖 최악의 시나리오들이 펼쳐지고 있었다. 그가 자동차 문을 열어주었다. 인사 대신 고개를 까딱했다.

"뭐, 문제라도 있는 거야?"

자갈길을 돌아가면서 그가 물었다.

"잘 모르겠어. 근데 너 지금 좀 이상한 거 알아?"

뭐라고 해야 할지 겁이 났지만 물어봐야 했다. 그의 얼굴을 똑바로 쳐다보지도 못하겠다.

"내가 아니지, 네가 이상하잖아."

"아니야, 아까부터 아무 말도 안 하잖아. 그때부터…, 그러니까, 그때…부터."

"네게 첫 오르가슴을 선사하고 나서부터?"

입이 떡 벌어지고 얼굴이 빨개졌다.

'저런 말에 이제 익숙해질 때도 됐잖아?'

"음, 그래. 그때부터 넌 한마디도 안 하고 있었잖아. 먼저 옷 입더니 가자고 하고."

지금이야말로 솔직해져야 하는 타이밍이다. 나는 이어 말했다.

"네가 날 이용한 것 같은 느낌이 든단 말이야."

"말도 안 돼. 널 이용했다니. 누군가를 이용하는 건 그걸로 뭔가 얻었을 때나 어울리는 말이야."

퉁명스러운 말투였다. 갑자기 눈물이 솟구쳤다. 눈물이 비어져 나오는 걸 억지로 참았지만 한 방울이 툭 떨어졌다.

"너 울어? 내가 뭐랬다고?"

그는 한 손을 내 허벅지 위에 올려놓았다. 놀랍게도 진정이 되는 것 같았다.

"울리려고 한 말이 아니야. 정말 미안해. 이런 게 익숙하지 않아서 그래. 같이 어울린 다음 뭘 어떻게 해야 할지 잘 모르겠어. 그냥 너를 데

려다주고 집에 가버리고 싶지는 않아서. 저녁을 같이 먹든가 하려고
했지. 배 안 고파?"

그가 내 다리를 살며시 쥐었다.

그렇게 얘기하니 안심이 되었다. 나는 눈물을 훔치며 그에게 웃어
보였다. 그와 함께 걱정도 날아가버렸다.

도대체 무엇 때문에 하딘에게는 이렇게 감정적이 되는지 모르겠다.
하딘이 나를 이용했다고 생각하니 화가 치밀어 올랐다. 그건 전혀 나
답지 않았다. 하딘에 대한 나의 감정은 도통 종잡을 수가 없다. 죽도록
밉다가도 한순간에 키스하고 싶어진다. 절대로 내가 느낄 수 없을 것
같던 감정까지 느끼게 만든다. 성적으로 자극적인 느낌뿐만이 아니다.
그는 나를 웃기다가 울리고, 화내고, 소리지르게 한다. 하지만 그 무엇
보다도 그는 내가 살아 있음을 느끼게 한다.

26

하딘은 여전히 내 허벅지에 손을 올려놓고 있었다. 이 손을 영원히
거두지 않기를. 하딘의 팔에 있는 타투를 찬찬히 살필 수 있었다. 손목
에 있는 무한대 기호가 눈에 들어왔다. 그에게 무슨 의미라도 있는 걸
까 궁금했다. 손 바로 위 속살에, 그것도 검정 잉크로, 굉장히 은밀하고
사적인 느낌이 들었다. 반대쪽에도 짝이 되는 다른 기호가 있나 힐끔
거렸지만 없었다. 무한대 기호는 보통 여자들이 많이 하는 타투다. 게
다가 두 고리 끝에 그려진 하트라니. 점점 더 궁금증이 일었다.

"넌 무슨 음식 좋아해?"

갑작스러운 질문에 침묵이 깨졌다. 나는 헝클어진 머리를 빗어 동그랗게 말아 묶었다. 잠깐 동안 뭘 먹고 싶은지 생각해봤다.

"재료가 뭔지 알 수 있는 거면 아무 거나 괜찮아. 아, 케첩은 빼고."

"케첩을 싫어한다고? 미국 사람들은 죄다 케첩에 환장하지 않아?"

"그건 잘 모르겠고. 어쨌든 난 그 맛이 좀 메스꺼워."

우리는 웃음이 터졌다. 나는 하딘을 쳐다보았다.

"그럼 오늘은 평범한 저녁을 먹으러 가볼까?"

고개를 끄덕였다. 그가 오디오 볼륨을 높이고 다시 손을 내 허벅지 위에 올렸다.

"넌 대학 졸업하고 뭘 할 거야?"

이건 이미 했던 질문이다. 그의 방에서.

"졸업하고 나서 시애틀로 갈 거야. 출판기획자나 작가가 되고 싶거든. 좀 시시하지?"

내 원대한 포부가 갑자기 초라해지는 것 같았다.

"근데, 이거 전에도 물어봤잖아. 기억 안 나?"

"시시하긴. 맞다! 반스 출판사에 건너건너 아는 사람이 있어. 거기 인턴십에 지원해볼래? 내가 말해 놓을게."

"진짜? 그렇게 해줄 수 있어?"

목소리가 한 톤 높아졌다. 너무 놀랐다. 그가 지금껏 나한테 잘해주긴 했지만, 이건 기대 이상이다.

"별것도 아닌데."

그가 쑥스러워했다. 이런 호의를 베푸는 게 어쩐지 어색한 모양이다.

"와, 정말 고마워. 나 진짜 아르바이트 자리 구해야 했거든. 이건 내

일생일대의 꿈이 이루어지는 거나 마찬가지야!"

내가 손뼉을 치면서 좋아하자 그가 웃으면서 고개를 저었다.

"네가 좋다니까 나도 좋네."

우리는 낡은 벽돌 건물 옆에 차를 세웠다.

"이 집 음식, 정말 맛있어."

그가 먼저 차에서 내려 트렁크를 열고는 검정색 티셔츠를 새로 꺼냈다.

저 트렁크는 화수분 같다. 그의 벗은 몸을 감상하느라 정신이 팔렸나 보다. 그래, 그도 옷을 입어야지? 깜빡했네.

안으로 들어가 붐비지 않는 쪽에 자리를 잡았다. 나이 든 웨이트리스가 와서 메뉴를 건네주었다. 그는 손사래를 치더니 햄버거와 감자튀김을 시켰다. 내게도 같은 걸 시키라고 손짓한다. 그를 믿고 나도 똑같이 주문했다. 물론 케첩은 빼고.

음식이 나올 때까지 하딘에게 내가 자란 리치랜드 얘기를 해주었다. 영국 출신인 그는 한 번도 들어보지 못한 곳일 테니까. 근데 막상 들려줄 얘기가 별로 없었다. 소도시고, 거기 사람들 대부분은 고향을 떠나지 않는다. 그래서인지 다들 비슷비슷한 일을 했다. 물론 나는 예외였지만. 나는 절대로 그곳으로 돌아가지 않을 거다.

하딘은 자기 얘기를 거의 하지 않았다. 그래도 괜찮다. 나는 희망을 품고 진득하게 기다릴 줄 아는 사람이다. 그는 내 어린 시절 얘기를 듣고 싶어 했다. 술주정뱅이 아빠 얘기를 했을 땐 살짝 얼굴을 찌푸리기도 했다. 우리가 싸울 적에 한 번 했던 얘기지만, 이번엔 좀 더 자세하게 말해줬다. 화제가 떨어졌을 무렵 음식이 나왔다. 맛있어 보였다.

"어때, 맛있지?"

한 입 베어 물자마자 하딘이 물었다. 입을 닦으며 고개를 끄덕였다. 음식은 엄청 맛있었다. 우리는 하나도 남김없이 접시를 싹싹 비웠다. 그 어느 때보다 배가 고팠던 것 같다.

기숙사로 돌아오는 길은 편안했다. 그는 긴 손가락으로 내 다리 위에 원을 그리고 있었다. 학교 정문이 보이자 아쉬운 마음이 들었다. 캠퍼스 안 주차장에 차를 멈췄다.

"오늘 어땠어?"

그가 먼저 말을 꺼냈다. 불과 몇 시간 전보다 훨씬 가까워진 느낌이다. 맘만 먹으면 그도 좋은 남자가 될 수 있었던 거다.

"아주 좋았지."

그가 조금 놀란 듯했다.

"있잖아, 방까지 데려다주고 싶은데, 가서 스테프랑 스무고개 하고 싶진 않아…."

그가 내 쪽으로 몸을 돌리며 미소 지었다.

"어, 괜찮아. 내일 봐."

작별 키스를 해도 될까?

우물쭈물 하는 새에 그가 흘러내린 내 머리카락 몇 가닥을 귀 뒤로 넘겨주었다. 마음이 놓였다. 그가 내 뺨을 손으로 감싸더니 몸을 기울여 입술을 포갰다. 가벼운 입맞춤이었지만 몸이 금세 후끈해졌다. 나는 더 진한 키스를 원했다. 내 마음을 알아챈 듯이 하딘이 내 팔을 잡아 끌어 운전석 쪽으로 넘어오라는 손짓을 해서 얼결에 하딘의 다리 위에 걸터앉는 꼴이 되고 말았다. 등 뒤로 운전대가 닿았다. 곧 시트가 뒤로 눕혀졌고, 움직일 여유가 생겼다. 나는 그의 티셔츠 속으로 미끄러지 듯 손을 넣었다. 그의 몸은 탄탄했고, 살갗은 뜨거웠다. 손가락으로 그의 타투를 따라 더듬었다.

곧 우리의 혀가 뒤엉켰고, 그가 팔을 둘러 나를 꽉 안았다. 고통스러 웠지만 견딜 수 있었다. 그와 이렇게 가까이 있을 수만 있다면 얼마든 지. 내 입 속으로 그가 신음을 불어넣었다. 셔츠 속으로 손을 더 깊숙이 집어넣었다. 그가 뜨겁게 달아올랐다. 그것만으로도 좋았다. 온몸의 감각이 살아나며 황홀경에 빠져들 찰나, 휴대전화가 울렸다.

"이건 또 무슨 알람이야?"

그가 놀려댔다. 나는 손을 뻗어 가방을 뒤적거렸다.

재치 있게 맞받아칠 말을 생각하면서 미소를 보냈다. 그러나 휴대전 화 화면에 노아의 이름이 뜬 것을 보고 순간 몸이 굳어졌다. 나는 황급 히 하딘을 쳐다보았고, 그도 알아챈 것 같았다. 나는 지금 이 분위기를 망치고 싶지 않아서 거절 버튼을 누르고 휴대전화를 옆 자리에 던졌다. 노아를 생각할 겨를이 없다. 그렇게 내 마음 한쪽 구석방에 노아를 꽁 꽁 가두고 다시 몸을 기대며 하딘에게 키스하려는데 그가 나를 막았다.

"그만하는 게 좋겠어."

말투는 단호했다. 순간 불안감이 엄습했다. 내가 몸을 들어 올리자 그는 창밖을 바라보고 있었다. 몸 속 불길이 순식간에 얼음으로 변해 버렸다.

"노아한테 전부 말할 거야. 언제 어떻게 말해야 할진 아직 잘 모르겠 지만, 곧 할 거야. 약속할게."

노아와 헤어져야 한다는 마음의 짐을 늘 안고 있었다. 하딘과 처음으로 키스했던 그때부터 쭉. 이미 그를 배신한 지금, 그걸 속이면서 계속 사귈 수 없었다. 검은 그림자처럼 따라다니는 이 죄책감을 떨쳐버리고 싶었다. 노아와 나, 우리 둘 모두에게도 이건 아니다. 또 하나의 이유가 있다. 하딘에게 드는 감정은 노아와는 다른 부언가가 있다.

나는 분명 노아를 사랑한다. 하지만 내가 진짜 노아만을 사랑했다면 하딘에게 이런 감정이 생기지 않았을 거다. 노아가 상처받는 건 싫었지만, 이제는 돌아갈 수 없는 강을 건너버렸다.

"무슨 말을 하겠다는 거지?"

"전부 다."

손으로 둥그렇게 원을 그렸다.

"우리 얘기."

"우리? 설마, 너…, 나 때문에 헤어진다고 얘기하려는 건 아니지?"

순간 머릿속이 빙빙 돌았다. 하딘의 다리 위에서 내려와야 했지만, 몸이 굳어버렸다.

"그러니까 넌… 그러지 말란 소리야?"

기어들어가는 목소리였다.

"당연하지. 뭣 때문에? 정 개랑 헤어지고 싶으면 그렇게 해. 그래도 내 핑계는 대지 말라고."

"나는 그냥…, 그러니까, 내 생각에…."

말까지 더듬기 시작했다.

"전에 분명히 말했던 것 같은데. 나는 여자를 사귀지 않는다고, 테레사."

큰 망치로 세게 얻어맞은 것 같았다. 정신이 없었다. 올라탄 그에게서 내려와야 하는데, 몸이 움직이지 않았다. 그래도 그에게 또 눈물을 보일 순 없었다. 가까스로 정신을 차렸다.

"넌 정말 구역질나는 인간이야."

바닥에 널브러져 있던 내 물건들을 챙겼다. 하딘은 할 말이 있는 것처럼 보였지만, 결국 아무 말도 하지 않았다.

"다시는 내 앞에 얼씬도 하지 마. 명심해!"

나는 소리 질렀고, 그는 눈을 질끈 감았다.

최대한 빠른 걸음으로 방으로 돌아왔다. 방에 들어와 문을 닫을 때까지 쏟아지는 눈물을 참느라 혼났다. 참으로 다행히 스테프가 없었다. 문에 기대어 흐느껴 울었다. 이렇게 바보 같을 수가. 그가 어떤지 알고 있지 않았던가. 둘이만 어울리자는 제안을 받아들인 내가 이 상황을 자초한 거다. 오늘 잠깐 잘해줬다 해서 남자친구라도 될 줄 알았던 건가. 순진하다 못해 바보 같다. 눈물이 흐르면서도 웃음이 나왔다. 하딘에게 화낼 자격도 없다. 그는 이미 여자 따위는 사귀지 않는다고 분명히 말했으니까. 그저 오늘 하루 즐거운 시간을 보냈을 뿐인 거다. 그는 진심으로 즐거워했고 생기가 넘쳤다. 그와 나 사이에 감정의 싹이 트고 있다고 생각했다.

하지만 그건 모두 연기였다. 내 팬티 속으로 손을 넣고 싶었던 그가 열연한. 그리고 나는 그걸 허락했다.

27

한바탕 울고 나니 마음이 안정됐다. 마침 스테프가 영화를 보고 돌아왔다.

"어땠어…, 하딘이랑은…?"

"응, 좋았어. 하딘도…, 잘해줬고."

억지로 웃어 보였다. 오늘 일어난 일은 죄다 말하고 싶었지만, 어쩐지 수치스러웠다. 마음이 오락가락했다. 누군가에게 다 털어놓고 싶기도 하고, 아무도 몰랐으면 싶기도 했다.

스테프는 사뭇 걱정스러운 눈빛이었고, 나는 억지로 시선을 피했다.

"그래도 조심해야 돼. 넌 아무한테나 친절한 게 탈이야. 하딘 같은 애한테도."

그녀를 끌어안고 어깨에 기대 엉엉 울고 싶었다. 하지만 그럴 수가 없었다.

"영화는 재미있었어?"

얼른 화제를 돌렸다. 트리스탄이 팝콘을 먹여줬다는 둥 그래서 그에게 푹 빠졌다는 둥 그녀는 끊임없이 재잘거렸다. 입을 확 틀어막았으면 좋겠다. 나는 분명 질투하고 있었다. 트리스탄은 스테프를 저렇게 좋아하는데, 하딘은 나를…. 마음을 다시 한 번 다잡았다. 나도 나를 사랑해주는 남자가 있다.

그에게 더 잘해주어야 해. 하딘 따위는 상대하지 말아야지. 이번엔, 진짜다.

아침이 되었지만 이상하게 진이 빠졌다. 기운이 하나도 없고 툭 건드리기만 해도 눈물이 터질 것만 같았다. 눈이 통통 붓고 새빨갰다. 밤새 울어서 그런가 보다. 스테프의 화장품을 빌려서 가려보기로 했다. 갈색 아이라이너로 얇게 아이라인을 그렸다. 훨씬 나아졌다. 눈 밑에

파우더를 발라 다크서클도 숨겼다. 마스카라까지 발랐더니 환골탈태, 다른 사람이 되었다. 만족스럽다. 스키니진과 탱크톱을 입었다. 하얀색 카디건을 옷장에서 꺼냈다. 탱크톱 하나는 입으나 마나니까. 이로써 나의 스쿨룩이 완성됐다. 졸업 사진을 찍던 날처럼 공을 들였다.

랜던에게 강의실에서 보자는 문자가 왔다. 그의 것까지 커피를 사들고 강의실로 향했다. 평소보다 일찍 나선 덕에 여유로운 발걸음이었다.

"여어, 테사 아냐?"

웬 남자 목소리가 나를 불러 세웠다. 말쑥한 남학생이 나를 향해 걸어오고 있었다.

"너, 로건 맞지?"

그가 고개를 끄덕였다.

"이번 주말에도 올 거지?"

그도 사교 클럽 멤버인가 보다. 어쩐지 깔끔하고 부티 난다 했었다.

"아냐, 이번 주엔 안 갈 거야."

내가 웃자 그도 따라 웃었다.

"이런, 아까운데? 저번엔 재밌었잖아. 어쨌든 혹시라도 생각이 바뀌면 와. 어딘지는 알지? 간다. 또 보자."

그가 모자 끝을 들어 올리며 인사를 건네고는 가버렸다.

강의실에는 랜던이 와 있었다. 커피를 주니 고맙다고 백 번도 넘게 인사한다.

"테사, 너 오늘 좀 달라 보인다."

"화장품의 은혜를 입었어."

농담을 던지니 그가 웃었다. 하던하고 있었던 일은 묻지 않았다. 다행이다. 물어본다 해도 대답할 자신은 없었다.

오늘 하루는 유쾌하게 지났다. 덕분에 하던 생각이 나지 않았다. 하지만 이제 영문학 강의 시간이다.

하딘은 벌써 와 자리에 앉아 있었다. 흰 티셔츠를 입은 모습은 처음이다. 셔츠 아래로 타투가 훤히 비쳐 보였다. 이럴 수가. 타투와 피어싱이 이렇게 멋져보일 줄이야. 지금껏 거들떠보지도 않았던 것들인데. 나는 얼른 시선을 돌렸다. 늘 앉던 자리에 앉아 책들을 꺼냈다. 저딴 녀석 때문에 내 명당 자리를 포기할 순 없는 일이다. 빨리 랜던이 오기만을 기다리는 수밖에. 하딘과 둘뿐이라는 이 기분은 떨쳐버리고 싶었다. 강의실에 학생들이 하나둘 들어왔다.

"테스?"

하딘이 나지막한 목소리로 나를 불렀다.

'아냐, 듣지 마. 대답하지 마. 무시해버려.'

속으로 수도 없이 되뇌었다.

"테스?"

목소리가 좀 더 커졌다.

"말 시키지 마, 하딘."

이를 악물고 말했다. 쳐다보지 말자. 그의 덫에 다시는 안 걸릴 테다.

"왜 그래?"

하딘은 이 상황이 재미있나 보다. 더 못되게 쏘아붙여야겠다. 이젠 아무 상관도 없다.

"농담 아니야. 아는척도 하지 마."

"오케이, 좋으실 대로."

그러자 하딘이 똑같이 쏘아붙였다. 때마침 랜던이 들어왔다. 이제 안심이다. 나와 하딘 사이에 흐르는 팽팽한 긴장감을 눈치 챘는지 랜던이 다정한 목소리로 내 안부를 묻는다.

"테사, 괜찮지?"

"그럼, 아무렇지도 않아."

거짓말이다. 이내 수업이 시작됐다.

하딘과 서로 무시하며 일주일을 지냈다. 그를 떠올리지 않는 것도 좀 수월해졌다. 마주치지 않은 덕분이겠지. 스테프와 트리스탄은 일주일 내내 붙어 다녔다. 그래서 방에 혼자 있는 시간이 많아졌다. 혼자 있는 건, 양날의 검 같다. 공부에 집중할 수 있는 건 확실히 장점이다. 대신 혼자 있을 때마다 하딘 생각이 나는 건 역시 단점이다. 이번 주는 내내 화장을 하고 다녔다. 하지만 하딘이 말한 고리타분한 옷차림은 고수했다. 금요일쯤 되자 하딘 생각으로 혼란스러웠던 멘탈이 제자리를 찾았다. 만나는 애들마다 사교클럽 파티 얘기를 하기 전까지는.

매주 주말마다 그곳에서 파티가 열리는 모양이다. 어째서 주말마다 광란의 파티가 필요한 걸까? 뿐만 아니다. 나의 파티 참석 여부를 궁금해 하는 애들이 왜 그렇게 많은지 모르겠다. 오늘만 벌써 열 명도 넘게 물어봤다. 내가 파티를 피할 수 있는 극약 처방은 오직 하나다. 노아에게 전화를 걸었다.

"어, 테사!"

전화기 너머 노아의 명랑한 목소리가 들렸다. 며칠 전에 통화하곤 처음이다. 노아의 목소리가 너무 그리웠다.

"노아, 잘 지냈지? 근데, 너, 나한테 와줄 수 있어?"

"그럼, 당연하지. 다음 주말쯤 어때?"

음, 이게 아닌데….

"아니, 내 말은, 오늘은 어때? 혹시 지금 바로 오면 안 돼?"

안다. 그도 나만큼 계획적으로 사는 사람이다. 하지만 나는 지금 당장 그가 필요하다.

"테사, 오늘 방과 후에 연습이 있어. 나 아직 학교거든. 점심 먹으려던 참이야."

"노아…, 너무 보고 싶단 말이야. 지금 당장 출발해서 오면 안 돼? 주말 같이 보내자, 응? 제발, 부탁이야, 응?"

구걸하는 것 같았지만 상관없다.

"어…, 그래. 알겠어, 테사. 지금 바로 갈게. 근데 너, 괜찮은 거지?"

노아가 내 제안을 받아들였다. 깜짝 놀랄 일이지만 한편으론 기뻤다.

"그럼, 그럼. 진짜 보고 싶어서 그러는 거야. 우리 벌써 2주나 못 만났잖아."

그가 웃었다.

"나도 보고 싶어. 좀 있다 슬쩍 빠져나와서 바로 출발할게. 3시간 후면 만날 수 있어. 사랑해, 테사."

"나도 사랑해."

이제 세팅 완료. 이로써 파티에 갈 여지는 원천 봉쇄되었다.

마음이 한결 편안해졌다. 영문학 강의실로 향하는 발걸음이 유난히 가벼웠다.

멋진 벽돌 건물, 강의실 건물이 이렇게 근사했었나?

하지만 그것도 잠시, 강의실에 들어서자마자 평화는 완전히 깨졌다. 하딘이 랜던 자리 근처에서 어슬렁거리고 있었다.

'이건 또 뭐람?'

하딘이 랜던 책상을 두드리며 으르렁댔다.

"다시는 그딴 소리 지껄이지 마, 이 빌어먹을 자식아!"

랜던이 벌떡 일어났다. 하딘과 제대로 한판 붙을 기세다. 제정신이 아닌 것 같아 보였다. 랜던이 근육질에 몸이 좋긴 했지만, 하딘에게 주먹을 날릴 거라고는 상상도 되지 않는다. 그렇게 친절한 랜던이 말이다. 나는 달려가 하딘의 팔을 붙잡고 랜던에게서 떼어냈다. 하딘은 칠 듯이 팔을 번쩍 들었고, 나는 주춤 뒤로 물러섰다. 그는 그제야 나라는 걸 알아차린 모양이다. 손을 내리고 저주에 찬 거친 숨을 몰아쉬었다.

"하딘, 그만 좀 해!"

하딘을 향해 소리 지르고 나서 곧 랜던 쪽으로 돌아섰다. 그도 하딘만큼 화나 보였지만 곧 진정되었다.

"네가 참견할 일이 아니야, 테레사!"

하딘이 내뱉고는 자기 자리로 돌아가 앉았다.

둘 사이에 앉아 랜던 쪽으로 몸을 기울여 작게 말했다.

"괜찮은 거야? 대체 뭣 때문에 그래?"

그가 하딘 쪽을 슬쩍 보더니 한숨을 내쉬었다.

"저 자식은 구제불능 막장 또라이야. 그래서 그래."

랜던이 들으라는 듯 큰 소리로 말하더니 나를 보고 싱긋 웃었다.

나는 키득거리면서 앞을 보고 앉았다. 하딘이 분노에 차서 씩씩거리는 소리가 들렸다. 순간 번뜩이는 아이디어가 떠올랐다. 좀 유치하긴 했지만, 어쨌든 실행해 보기로 했다.

"참, 좋은 소식 하나 있는데!"

최대한 기분 좋은 척하며 말했다.

"뭔데?"

"노아가 오늘 온대! 주말 내내 같이 있을 거야!"

손뼉까지 쳐가며 좋아했다. 오버라는 거 나도 안다. 그치만 하딘이 들었으니 그걸로 됐다. 그는 분명히 나를 보고 있었다.

"진짜? 듣던 중 반가운 소린데!"

랜던은 진심으로 기뻐했다.

수업이 끝날 때까지 하딘은 내게 한마디도 하지 않았다.

그래, 잘됐어. 앞으로도 쭉 그러겠지? 나한테는 이게 편해.

랜던에게 인사를 건네고 방으로 돌아왔다.

노아가 오기 전에 화장도 좀 고치고, 간단히 요기도 해야겠다. 화장을 고치면서 피식 웃음이 났다.

'내가 언제부터 남자친구 만나기 전에 화장 고치는 여자가 된 거지?'

생각해 보니 하딘과 함께 강가에 갔던 그날부터였다. 그 경험이 나를 변화시켰다. 아니, 그보다 그 일 이후 그에게서 받은 상처가 나를 변하게 했다. 화장은 작은 변화에 불과했다. 하지만 분명 나는 변하고 있었다.

간단히 먹고, 방을 정리했다. 스테프의 옷들을 개어 한쪽에 치워두었다. 스테프가 싫어하진 않겠지? 드디어 노아에게서 도착했다는 메

시지가 왔다. 침대에서 펄쩍 뛰어내려 한달음에 그를 맞으러 달려 나
갔다. 노아는 그 어느 때보다 멋있어 보였다. 남색 바지에 크림색 카디
건, 안에 입은 흰 셔츠는 바지 속에 단정하게 넣었다. 그는 늘 카디건을
입었는데, 나는 그것도 좋았다. 노아는 반갑게 웃으며 나를 안아주었
다. 만나서 기쁘다는 인사도 잊지 않았다. 방으로 들어오면서 노아가
나를 잠시 쳐다보았다.

"화장한 거야?"

"응, 약간. 요즘 한창 연습 중이야."

"아주 예뻐."

그가 웃으며 내 이마에 입을 맞추었다.

기숙사 방에서 우리는 함께 볼 영화를 골랐다. 스테프에게 트리스탄
과 함께 밤을 보낼 거라는 메시지가 도착했다. 우리는 불을 끄고 침대
머리에 나란히 기대앉았다. 노아는 내 어깨에 팔을 둘렀고, 나는 그의
가슴에 머리를 기댔다.

그래, 이게 나야. 속옷 위에 남자 티셔츠를 걸치고 수영하는 그런 여
자가 아니라.

영화가 시작됐다. 하지만 5분도 채 지나지 않아 방문이 벌컥 열렸다.
스테프가 또 뭘 두고 나갔나 보다.

아니다. 하딘이었다. 그는 찰싹 달라붙어 있는 노아와 나를 쳐다보
았다. TV화면 불빛이 생각보다 밝았다. 나는 화들짝 놀랐다.

노아한테 다 까발리러 온 게 분명해!

순식간에 머릿속이 새하얘졌다. 나는 펄쩍 뛰며 노아에게서 떨어졌다.

"여긴 뭐하러 온 거야?"

퉁명스럽게 말했다.

"내 방에 함부로 들어오지 말라고!"

하딘은 씨익 웃었다.

"스테프 만나러 온 거야."

그러더니 침대 위에 털썩 주저앉았다.

"잘 있었어, 노아? 또 보네?"

하딘이 키득거리며 인사하자 노아는 심기가 불편해 보였다.

노아도 궁금하겠지. 어째서 하딘이 이 방 열쇠를 가지고 있는지, 왜 노크도 없이 불쑥 들어오는지.

"스테프는 트리스탄이랑 나갔어. 클럽하우스에 있을걸?"

조용하게 천천히 애원하듯 말했다.

하딘, 제발 방에서 나가줘. 네가 노아한테 말하면, 난 정말 끝장이야.

"아, 그래?"

그는 나를 고문하려고 온 거다. 노아에게 내가 다 털어놓을 때까지 안 가고 버틸 게 분명하다.

"너희 둘, 파티에 올 거지?"

"아니, 안 갈 거야. 우린 방에서 영화 보려던 참이거든."

내가 대답하자, 노아가 가만히 내 손을 잡았다. 하딘의 눈이 귀신같이 그 순간을 포착했다. 이 어두운 와중에도.

"아쉽네. 그럼, 난 그만 가야겠다."

그가 문 쪽으로 몸을 돌리자 안도의 한숨이 나왔다. 하지만 곧 다시 몸을 돌렸다.

"참, 노아."

가슴이 철렁했다.

"그 카디건, 잘 어울린다."

후유, 참고 있던 숨이 한꺼번에 터져 나왔다.

"고마워, 갭에서 산 거야."

노아는 하딘이 놀리는 거라는 걸 꿈에도 모르겠지.

"그런 것 같네. 그럼 즐거운 시간 보내."

하딘이 방을 나갔다.

28

"하딘이 그렇게 나쁜 애 같진 않은데?"

문이 닫히자 노아가 말했다. 갑자기 짜증스러운 웃음이 나왔다.

"뭐라고?"

노아가 한쪽 눈썹을 찡긋 올렸다.

"그런 생각이 들었다니, 다행이다."

다시 노아의 가슴에 기댔다. 방 안에 감돌던 팽팽하던 긴장감이 어
느새 사라졌다.

"걔랑 어울리겠다는 소리는 아니지만, 다정한 면이 있긴 하지."

노아가 웃으며 나를 감싸 안았다.

노아가 나와 하딘 사이의 일을 알게 된다면…. 키스하고, 그의 이름
을 부르면 신음했던….

생각을 지우려고 고개를 들어 노아의 턱에 입을 맞추었다. 노아가

나를 향해 미소를 보냈다. 하딘이 그랬던 것처럼 노아가 나를 달아오르게 해주길 바랐다. 일어나 앉아 그의 얼굴을 감싸 쥐고 입술을 포갰다. 그가 입을 벌리고 나에게 키스를 했다. 키스만큼이나 그의 입술은 부드러웠다. 하지만 그걸로는 충분하지 않았다. 불같이 타오르는, 열정이 넘치는 터치를 바랐다. 두 팔을 그의 목에 감고 다리 위에 올라앉았다.

"테사, 뭐하는 거야?"

노아가 슬며시 나를 밀쳐냈다.

"뭐하냐고? 아무것도 아냐. 난 그냥… 너랑… 좀 더… 가까워지고 싶어서…."

나는 시선을 아래로 떨어뜨렸다. 부끄러웠다. 이건 평소 노아에게 할 수 있는 말이 아니었다.

"괜찮겠어?"

그는 다시 입을 맞추었다. 몸이 따뜻해졌지만 뜨겁게 타오르진 않았다. 그의 위에서 엉덩이를 움직였다. 내 안의 불꽃이 다시 일기를 바랐다. 그가 내 허리를 감싸 안았다. 그리고 내가 움직이지 못하게 꽉 붙잡았다.

그래, 우린 결혼 전까지 참기로 약속했지. 그래도 지금 이렇게 단둘이 키스를 하고 있는데….

나는 그의 손을 잡아 끌어내리고 다시 움직였다. 더 진한 키스를 하려고 몇 번이나 다가갔지만, 그의 반응은 소극적이었다. 물론 그도 달아오르는 게 느껴졌지만 그 이상의 반응은 하지 않았다. 나는 알고 싶었다. 그래서 불순한 의도라는 걸 알면서도 멈추지 않았다.

노아도 나를 뜨겁게 만들 수 있을까? 하딘이 그랬던 것처럼…. 나는 하딘을 원한 게 아니야. 그저 이 느낌을… 원했을 뿐이다….

키스를 멈추고 노아의 무릎에서 내려왔다.

"정말 좋았어, 테사."

노아가 나를 보며 웃기에 나도 따라 웃었다. '좋았다'니. 그는 여전히 조심스러웠다. 그래도 그를 사랑한다. 영화 플레이 버튼을 눌렀다. 몇 분이나 지났을까, 차츰 잠에 빠져들었다.

"가야겠어."

하딘이 말했다. 그의 녹색 눈동자가 나를 내려다보았다.

"어디로 가는데?"

그가 가는 게 싫었다.

"근처 호텔에서 자려고. 내일 아침에 다시 올게."

그를 잠시 바라보았다. 그런데 이상한 일이다. 그의 얼굴에 노아의 얼굴이 겹쳐지고 있다….

누군가 나를 흔들어 깨웠다. 눈을 비볐다. 노아, 노아다. 하딘이 아니었다.

"너, 정말 졸렸나 봐. 난 이제 가봐야겠는데."

노아는 내 뺨을 부드럽게 쓸어내렸다.

그와 밤을 보내고 싶었지만 한편으론 두려웠다. 잠결에 무슨 엉뚱한 걸 보고 엉뚱한 소리를 하게 될지 모르니까. 노아가 이 방에서 밤을 보낼 생각이 없는 것만은 분명했다. 하딘과 노아는 정말이지 극과 극이다. 모든 면에서.

"그래, 와줘서 정말 고마워."

내가 중얼중얼 얘기하자 노아가 가볍게 입을 맞췄다.

"사랑해."

고개를 끄덕이고 머리를 베개에 파묻었다. 꿈속으로 빠져든 건지, 기억이 나지 않았다.

다음날 아침 노아 전화에 잠이 깼다. 벌써 이쪽으로 오고 있는 중이라고 했다. 서둘러 일어나 샤워를 했다.

오늘은 뭘 하지? 시내로 나갈까? 랜던에게 근처에서 재밌게 놀 만한 곳이 있는지 물어볼까?

이런 걸 물어볼 수 있는 친구는 랜던뿐이다.

회색 주름치마와 파란 셔츠를 입었다. 귓전에 맴도는 하딘의 목소리 따위는 무시했다.

'가판대에서나 팔 법한 흉한 옷이라고? 흥, 됐어.'

노아가 방문 옆 복도에서 기다리고 있었다. 나는 아직도 머리에 타월을 감고 있었다.

"오늘 유난히 예뻐 보인다."

그가 웃으며 내 어깨에 팔을 올렸다. 함께 방으로 들어왔다.

"머리 말리고 화장만 조금 하면 돼."

얼른 스테프의 화장품 가방을 집어 왔다. 스테프가 화장품을 두고 가서 다행이다. 나도 이제 화장품을 좀 사야겠다. 화장한 내 모습이 맘에 들었다.

노아는 한마디 불평도 없이 기다려주었다. 머리를 말리고 끝을 둥글게 말았다. 화장하기 전에 그의 뺨에 입맞춤을 하며 물었다.

"오늘은 뭐 하고 싶어?"

마스카라를 바르고 머리를 만져 볼륨을 살렸다.

"대학 생활이 잘 맞나 봐, 테사. 전보다 훨씬 좋아 보여. 오늘은 공원 같은 데 가서 산책하다가 저녁 먹을까?"

시계를 보았다. 벌써 오후 1시가 훌쩍 넘었다. 지금부터 내내 없을 거라고 스테프에게 문자메시지를 보내자, 스테프에게서 내일까지 안 들어올 거라는 답장이 왔다.

'주말마다 클럽하우스에서 사는구나.'

노아가 토요타 자동차 문을 열어주었다. 노아의 부모님은 차는 가능한 안전이 보장된 최신형을 타야 한다고 하셨다. 차 안은 먼지 하나 없이 깨끗했고, 책 더미도, 지저분한 옷가지도 없었다. 우리는 공원을 찾아 이리저리 돌아다녔다. 시간이 꽤 걸렸지만, 아담하고 조용한 장소를 발견했다. 잔디가 펼쳐지고 듬성듬성 나무가 있는 멋진 곳이었다. 노아는 적당한 곳에 차를 세우고 말했다.

"차는 언제쯤 살 생각이야?"

"다음 주에는 알아봐야지. 아르바이트 자리도 알아보고."

하딘이 제안한 반스 출판사 인턴십 얘기는 꺼내지 않았다. 솔직히 할 수 있을지 확실치도 않았고, 하게 된들 노아에게 어떻게 말해야 할지 모르겠다.

"와, 잘됐네. 도움 필요하면 뭐든 얘기해."

우리는 공원 여기저기를 돌아다니다 피크닉 테이블에 앉았다. 노아가 내내 이야기하고 나는 조용히 끄덕이며 맞장구쳤다. 대화 중간에 살짝 한눈을 팔았지만 노아는 모르는 것 같았다. 우리는 조금 더 걸었고, 어느 작은 냇가에 도착했다.

"수영할까?"

갑자기 튀어나온 말이었다. 역설적인 상황에 스스로도 헛웃음이 났다. 노아가 나를 의아한 눈으로 쳐다봤다.

"여기서? 에이, 말도 안 돼."

그는 웃었지만 나는 마냥 웃을 수가 없었다. 그렇다, 나는 정신적으로 나 자신을 학대하고 있었다. 노아와 하딘을 비교하는 걸 당장 멈춰야 한다.

"농담이야."

어느새 7시가 되었다. 우리는 방으로 돌아가 고전 영화를 보며 피자를 시켜 먹기로 했다. 맥 라이언이 톰 행크스와 라디오 쇼를 하다가 사랑에 빠지는 영화였다. 피자가 배달됐을 때쯤엔 배가 고파 죽을 지경이었다. 피자 절반을 나 혼자 다 먹어버렸다. 굳이 변명하자면, 난 오늘 하루 종일 굶었다.

영화를 반쯤 보던 중에 내 휴대전화가 울렸다.

"랜던이 누구야?"

의심하는 목소리는 아니었다. 노아는 질투 따위는 하지 않는다. 아니, 그럴 필요도 없었다. 지금까지는.

"학교 친구."

랜던이 이렇게 늦은 시간에 웬일이지? 강의나 과제에 대해 물어보는 것 말고는 전화하지 않는데….

"테사?"

엄청 큰 목소리였다.

"무슨 일 있어? 랜던, 괜찮아?"

"음…, 아니, 안 괜찮아. 노아랑 같이 있는 건 아는데…."

그가 머뭇거렸다.

"왜 그래? 무슨 일이야?"

가슴이 방망이질 쳤다.

"난 괜찮아. 근데 하딘이…."

예상치 못한 이름에 말을 더듬었다.

"하, 하딘이?"

"주소 알려줄 테니까 여기로 와줄 수 있어? 부탁할게."

수화기 너머로 뭔가 쾅쾅 부딪치는 소리가 들렸다. 생각할 겨를도
없이 침대에서 내려와 신발을 신었다. 노아도 심각한 얼굴로 함께 일
어났다.

"랜던, 하딘이 널 해치려는 거야?"

이것 말고는 별 다른 생각이 나지 않았다.

"아냐, 그런 거 아냐."

"문자메시지로 주소 찍어줘."

말하는 사이에 또 부딪치는 소리가 들렸다. 노아를 돌아보았다.

"노아, 차 좀 빌려줘."

"대체 무슨 일이야?"

"나도 모르겠어… 하딘이… 빨리 차 키 좀 줘."

내가 재촉하자 노아가 바지 주머니에서 차 키를 꺼냈다.

"나도 같이 갈게."

그의 목소리는 단호했다. 나는 재빨리 차 키를 낚아채며 고개를 저었다.

"아냐, 너는 여기서 기다려. 지금은 나 혼자 가야 해."

내 말에 노아는 마음이 상한 모양이다. 노아를 여기 두고 가는 건 잘못이다. 하지만 지금 이 순간 내 머릿속에는 오직 한 가지 생각뿐이다. 지금 당장, 하딘에게 가야 한다.

29

코넬가 2875번지.

랜던이 보내 준 주소를 휴대전화 내비게이션에 입력했다. 기숙사에서 15분쯤 떨어진 곳이었다.

'대체 무슨 일이기에 랜던이 나를 오라고 한 걸까?'

혼란스러웠다. 방을 나설 때부터 도착할 때까지 내내. 노아가 두 번이나 전화를 했지만 받지 않았다. 휴대전화에 켜둔 내비게이션 탓이다. 아니, 솔직히 마지막에 본 그의 혼란스러운 표정 때문이었다.

어마어마하게 큰 저택들만 있는 동네였다. 특히나 랜던이 오라고 한 집은 엄마 집의 세 배는 되어 보였다. 고색창연한 벽돌집에 경사진 마당, 마치 언덕 위에 있는 집처럼 보였다. 이 동네는 길가에 늘어선 가로등까지도 예뻐 보였다. 하딘의 아빠 집일 거라 짐작했다. 평범한 대학생이 살 수 있는 집이 아니었다.

　그래서 랜던도 이 집에 있는 거겠지.

　심호흡을 하고 차에서 내려 집으로 걸어갔다. 묵직한 마호가니 문을 두드리자 곧 열렸다.

　"아, 테사! 와줘서 고마워. 데이트 중이었을 텐데, 미안해. 노아도 함께 온 거야?"

　랜던은 나를 안으로 안내하며 슬쩍 차를 쳐다보았다.

　"아냐, 노아는 기숙사에 있어. 근데 무슨 일이야? 하딘은 어디 있는데?"

　"뒷마당에 있어. 걔 지금 제정신이 아니야."

　랜던이 한숨을 내쉬었다.

　"나는 왜 부른 거야?"

　내 목소리는 차분했다.

　하딘이 제정신이 아닌 게 나하고 무슨 상관인 거지?

　"잘 모르겠어…, 네가 하딘을 싫어하는 건 아는데, 그래도 얘기 좀 해 봐. 지금 취해서 난폭하기 그지없거든. 갑자기 여기에 나타나서는 위스키 한 병을 따더니…, 물론 걔네 아빠 거라 나랑은 상관없는데, 병째로 반병을 들이켜고 나서 갑자기 집기들을 때려 부수기 시작했어! 우리 엄마 그릇들이랑 장식장, 하여튼 손에 잡히는 건 닥치는 대로 죄다."

　"뭐라고? 왜?"

　하딘은 나에게 술은 마시지 않는다고 말했다. 그럼, 그것도 거짓말이었나?

　"걔네 아빠가 우리 엄마랑 결혼할 거라고 했대."

　"그래서? 하딘은 그게 싫었던 거야?"

아직도 잘 모르겠다. 랜던은 나를 넓은 주방으로 데리고 갔다.

'세상에, 이럴 수가!'

주방 안이 엉망진창이었다.

'이게 다 하딘 짓이라고?'

나는 말문이 막혔다. 바닥에는 산산조각 난 접시 조각이 널려 있고, 장식장은 엎어져 있었다. 장식장 유리는 이미 박살나 있었다.

"그게 다는 아냐. 얘기하자면 좀 긴데… 걔네 아빠가 전화로 얘기하고 바로 시내로 나가셨어. 축하 파티를 하고 주말을 두 분이 함께 보내실 거라고. 그런데 하딘이 아빠랑 직접 얘기하겠다고 왔다가… 그 전에는 여기 절대 안 왔는데…."

랜던이 뒷문을 열었다. 뒷마당 작은 테이블에 앉아 있는 시커먼 그림자가 보였다. 하딘이었다.

"내가 뭘 할 수 있을지 잘은 모르겠지만, 얘기는 해볼게."

랜던이 고개를 끄덕이며 몸을 기울여 내 어깨에 손을 올렸다.

"하딘이 계속 네 이름을 불렀어."

랜던이 나지막이 말했다. 나는 심장이 쿵 내려앉았다.

하딘은 자신에게 다가오는 움직임을 알아채고 고개를 들었다. 머리에 비니를 쓰고 눈에는 핏발이 서 있는 하딘은 날 보자마자 눈이 커졌다가 이내 눈을 내리깔았다. 어두컴컴한 뒷마당 불빛 아래에서 그 모습이 어쩐지 처량해 보였다.

"어떻게 여길…?"

그러다가 문득 생각이 들었는지 벌떡 일어났다.

"젠장! 너, 이 자식! 네가 전화했어?"

그가 안으로 들어가려던 랜던에게 소리쳤다.

"랜던한테 뭐라고 하지 마, 하딘. 너를 걱정해서 그런 거야."

하딘은 다리에 힘이 풀렸는지 자리에 주저앉았다. 나에게도 앉으라고 손짓했다. 나는 하딘의 맞은편에 앉았다. 그는 거의 다 마신 술병에 입을 갖다 댔다. 꿀꺽 마실 때마다 울대뼈가 같이 움직였다. 이윽고 다 마신 술병을 유리 테이블 위에 쾅 내려놓았다. 나는 그 소리에 깜짝 놀라 펄쩍 뛰었다. 병과 테이블 둘 다 박살날 것 같았다.

"후유, 진짜 뭐냐? 둘 다 너무 뻔한 거 아냐? 가여운 하딘이 화났다고 했어? 그래서 네가 이렇게 들이닥친 거야? 저 거지 같은 그릇들 깬 걸 야단치시려고?"

하딘이 비아냥거리며 느릿느릿 말했다.

"너 술 안 마신다며?"

팔짱을 끼면서 내가 물었다.

"그랬지, 지금까지. 그래서 뭐? 나보다 나을 것도 없는 주제에."

하딘은 나를 가리키며 손가락질 하더니 다시 병을 움켜쥐었다.

"너보다 낫다고 한 적 없어. 다만 왜 술까지 마시게 됐는지 얘기해주면 안 될까?"

"네가 무슨 상관인데? 남자친구는 어디다 두고 여기 와서 난리야?"

하딘이 잡아먹을 듯 무섭게 쳐다본다. 원망이 잔뜩 담긴 눈빛이 섬뜩했다. 증오만 남은 눈빛이었다. 짐짓 시선을 다른 곳으로 돌렸다.

"기숙사에 있어. 난 너를 도와주고 싶어서 온 거야, 하딘."

나는 테이블 너머로 그의 손을 잡으려 했다. 하지만 하딘은 내 손을 피하려는 듯 손을 움츠렸다.

"도와줘? 네가?"

하딘이 어이없다는 듯이 웃었다. 도대체 이렇게 싫은 티를 낼 거면서 내 이름은 왜 부른 건지? 진심으로 묻고 싶었지만, 한편으론 랜던을 곤란하게 만들기는 싫었다.

"진심 나를 돕고 싶은 거라면, 입 다물고 꺼져."

"그러지 말고, 대체 무슨 일인데."

나는 고개를 숙여 손톱을 만지작거렸다. 곧 하딘이 작게 한숨을 쉬더니 비니를 벗고 머리를 뒤로 쓸어 넘겼다.

"다음 달에 결혼한대, 우리 아빠랑 카렌, 아니 랜던 엄마. 그걸 이제야 나한테 얘기할 맘이 드셨나 봐. 그것도 전화로! 이런 건 미리 얘기해 줘야 하는 거 아냐? 전화가 아니라 얼굴 맞대고. 랜던, 저 자식은 이미 오래 전에 모든 걸 다 알고 있었을 테고."

세상에, 이런 걸 나한테 술술 털어놓을 줄이야.

나는 대꾸할 말이 떠오르지 않았다.

"미리 말씀 못한 사정이 있겠지."

"넌 우리 아빠를 몰라. 아빠는 나한테 눈곱만큼도 관심 없어. 작년에 나랑 아빠가 몇 마디 나눴을 것 같아? 열 마디? 아빠가 신경 쓰는 건 오로지 이 으리으리한 집하고 새로 들일 아내, 그리고 저 완벽한 새 아들뿐이라고!"

혀 꼬부라진 소리로 말하고 하딘은 다시 술을 마셨다. 나는 하딘의 말을 끊지 않으려고 잠자코 있었다.

"우리 엄마는 영국에서 거지같이 살고 있다고. 괜찮다고 하지만, 엄마는 지금 이 집에 있는 방보다 작은 집에서 살아! 그래도 엄마는 내가 대학을 가야 한다고, 아빠와 가까이 있어야 한다고, 등 떠밀어 여기로 보낸 거야. 그런데 지금 내 꼴 좀 봐, 이게 뭐야?"

하딘은 상처를 받은 거다. 그래서 이렇게 냉소적인 사람이 된 거다. 하딘의 이야기를 듣고 보니 그를 이해할 수 있을 것 같았다.

"하딘, 너희 아빠가 집을 나간 게 몇 살 때였어?"

그의 눈빛은 경계심이 가득했지만 곧 입을 뗐다.

"열 살. 그 전에도 집엔 잘 들어오지 않았지. 매일 밤 다른 술집들을 전전했거든. 근데 지금은 완벽한 남자가 됐어, 빌어먹을! 이 모든 것들을 누리고 있다고."

하딘은 집을 가리키며 소리쳤다.

하딘의 아빠도 집을 나가셨구나, 우리 아빠처럼. 그것도 하딘이 열 살이 되던 해에. 두 사람 다 주정꾼이었고. 생각보다 우리는 공통점이 많았다.

상처 받고 술에 취한 하딘은 연약한 어린아이 같았다. 내가 알던 것보다 훨씬 더 많이.

"아빠가 너를 버린 얘긴, 나도 마음이 아파. 그래도…."

"동정은 그만둬."

"동정이 아니야. 난 그저…."

"그저, 뭐?"

"네 옆에 있어주고 싶어서 그래."

기어 들어가는 목소리로 말했다. 하딘이 웃었다. 저 미소에는 사람을 홀리는 재주가 있다. 내가 하딘을 도와줄 수 있을지도 모른다는 근거 없는 희망과 한편으로는 어떤 폭언이 쏟아질지 모른다는 두려움이 생겼다.

"꽤나 감동적이군. 내가 그걸 바랄 것 같아? 난 바라는 게 없어. 너한 테는 나랑 데이트 한 번 한 게 큰 의미가 있을지 몰라도, 난 아니거든? 그 훌륭한 남자친구를 내팽개치고 여기에 나타났다고 내가 눈물이라 도 흘릴 줄 아셨나? 천만에 말씀! 그 샌님 같은 놈이야말로 네 환상의 짝꿍이야. 나를 돕는다고? 웃기시네. 테레사, 그게 바로 '동정'이란 거 야, 알아?"

'동정'이란 말에 특히 힘이 들어가 있었다. 독기를 가득 품은, 그러나 익숙한 목소리였다. 가슴 한편이 아려왔지만 개의치 않았다.

"그건 네 진심이 아니야."

그가 환하게 웃으며 강물로 나를 던지던 일주일 전, 그 날이 떠올랐 다. 아직까지도 모르겠다. 이 남자가 명배우인지 아니면 엄청난 다중 인격자인지.

"진심이야. 그러니까 가줘."

그는 또다시 술병을 입에 댔다. 나는 팔을 뻗어 술병을 낚아채 마당 저 편으로 던져버렸다.

"무슨 짓이야?"

그가 소리쳤지만 들은 체도 않고 뒷문을 향해 걸어갔다. 뒤쫓아 오 는 소리가 들리더니 그가 나를 앞질러 우뚝 섰다.

"어디 가는 거야?"

그의 얼굴이 코앞에 있다.

"랜던 도와주러. 네가 난장판으로 만들어놓은 거 치워야 하잖아. 그 거 다 치우고 집에 갈 거야."

내 목소리는 차분했다.

"네가 걔를 왜 돕는데?"

혐오감이 가득한 목소리다.

"랜던은 내 절친한 친구니까. 너와는 다르지."

그의 얼굴이 일그러졌다. 더 심하게 말해줄걸. 소리소리 지를걸. 하딘이 나한테 했던 무시무시한 말만큼 퍼부어줄걸. 하지만 그건 그가 원하는 거다. 이건 그가 하는 짓이다. 주위 사람들에게 상처를 주고 혼란에 빠뜨리는 것.

그는 조용히 뒤로 물러섰다.

집 안으로 들어가자 랜던이 쭈그리고 앉아 엎어진 장식장을 세우려고 끙끙거리고 있었다.

"빗자루 어디 있어?"

랜던은 장식장을 세워놓고는 웃어 보였다.

"저쪽에."

랜던이 빗자루를 가리켰다.

"여러 가지로 미안하고 고마워."

나는 고개를 끄덕이고 깨진 그릇들을 쓸어냈다. 어마어마한 양이었다. 랜던의 엄마가 돌아와서 아끼던 그릇들이 다 깨져버린 걸 볼 것이다. 거기까지 생각이 미치자 마음이 좋지 않았다. 부디 특별한 의미가 담긴 것들이 아니기를.

"아얏!"

손가락에 유리 조각이 박혔다. 나무 바닥에 핏방울이 떨어졌다. 나는 얼른 싱크대로 뛰어갔다.

"괜찮아?"

랜던이 걱정스럽게 물었다.

"응, 괜찮아. 작은 조각인데, 피가 왜 이렇게 많이 나지."

그다지 심한 상처는 아니었다. 상처를 흐르는 물에 씻으며 눈을 감고 있었다. 뒷문이 열리는 소리가 들렸다. 눈을 떠보니 하딘이 문간에 서 있었다.

"테사, 잠깐 얘기 좀 할래?"

싫다고 했어야 했다. 그러나 붉어진 그의 눈을 보니 거절할 수가 없었다. 그가 내 손을 보더니 바닥에 떨어진 핏자국을 쳐다봤다. 내 앞으로 성큼 다가왔다.

"무슨 일이야?"

"별거 아니야. 유리 조각에 찔렸어."

그가 내 팔을 잡더니 물에서 빼냈다. 순간 파박, 전기가 일었다. 손가락에 난 상처를 보면서 그가 눈살을 찌푸렸다. 그러더니 팔을 놓고 랜던에게 갔다.

'뭐야, 좀 아까는 값싼 동정이네 어쩌네 하더니, 이젠 나를 걱정해주는 척하는 거야?'

이 남자는 정말 나를, 그야말로 미치게 만든다. 밀폐 공간에 갇힌 것처럼 답답해졌다.

"밴드는 어디 있는 거야?"

하딘은 랜던에게 가져오란 듯이 말했다. 랜던도 신경질적으로 욕실에 있다고 대답했다. 잠시 후 하딘이 돌아와 다시 내 손을 잡아챘다. 상처 연고를 짜 바르고 밴드를 조심스럽게 감쌌다. 잠자코 있었지만 혼란스럽기 이를 데 없었다. 하딘의 행동과 이를 바라보는 랜던의 눈길 때문에.

"우리, 얘기 좀 해."

하딘이 다시 말했다. 머리로는 싫다고 말하면서도 고개를 끄덕이고 말았다. 하딘은 곧 내 손목을 잡아끌고 밖으로 나갔다.

30

뒷마당 테이블까지 끌고 와 의자에 앉히고 나서야 하딘이 손목을 놓아주었다. 얼마나 세게 붙잡았던지 손목이 욱신거렸다. 하딘은 자기 의자를 끌어내 정면이 바짝 다가앉았다. 너무 가까워서 무릎이 닿을 지경이었다.

"하고 싶은 얘기가 뭔데?"

무심한 척 심드렁한 목소리로 물었다.

그는 심호흡을 하더니 비니를 벗어 테이블 위에 놓았다. 머리를 쓸어 넘기고 내 눈을 똑바로 쳐다봤다.

"미안해."

그 이글거리는 눈빛을 피해 마당에 있는 나무로 시선을 돌렸다. 그의 목소리는 진지했다. 그가 내게 더 바짝 다가왔다.

"내 말 들었어?"

"응, 들었어."

다시 그에게 시선을 돌렸다. 눈빛은 더 강렬해졌다. 미안하다는 말한마디면 지금껏 내게 했던 그 끔찍한 일들이 다 잊힐 거라고 기대하는 건가?

"넌 정말 빌어먹게 까다로워."

그가 의자에 등을 기댔다. 아까 집어던졌던 술병이 그에 손에 다시 들려 있었다. 그는 또 한 모금, 술을 마셨다. 저렇게 마시고도 쓰러지지 않은 게 신기할 지경이다.

"내가 까다롭다고? 말도 안 되는 소리하지 마! 나한테 뭘 기대하는 거야, 하던? 그렇게 잔인하게 굴었으면서….."

나는 아랫입술을 꽉 깨물었다. 다시는 이 남자 앞에서 울지 않을 테다. 노아는 지금껏 한 번도 나를 울린 적이 없다. 사귀는 동안 몇 번 다투긴 했지만 눈물이 나올 만큼 화가 난 적은 없었다.

그의 목소리가 가라앉은 밤공기처럼 낮게 깔렸다.

"그렇지 않아."

"아냐, 그랬어. 너 알고도 그런 거잖아. 난 지금까지 그런 식으로 대접 받아본 적 단 한 번도 없었어."

입술을 더욱 세게 물었다. 묵직한 무언가가 목구멍으로 올라왔다. 울면 안 된다. 울면 그가 이기는 거다. 그건 그가 원하는 거다.

"그럼 왜 아직도 내 곁에 있는 거지? 버리고 가면 되잖아."

"내가 그러면…, 나도 잘 모르겠어. 그치만 확실히 말해줄게. 오늘 이후 다신 안 그럴 거야. 영문학 강의는 수강 취소할 거고. 다음 학기에 다시 들을래."

미리 생각해둔 건 아니었지만, 진즉에 이랬어야 했다.

"그러지 마, 제발. 취소하지 마."

"상관할 바 아니잖아. 나 같은 애의 동정 따윈 필요 없다며? 내가 꺼져주는 게 속 시원하잖아?"

피가 거꾸로 솟는 것 같았다. 이 남자가 했던 걸 생각하면 더 심한 말도 할 수 있다.

"진심이 아니었어…. 나야 말로 진짜 불쌍한 놈이야."

나는 그를 똑바로 쳐다보았다.

"더 이상 이 문제로 옥신각신 하고 싶지 않아."

그가 또 술을 한 모금 마셨다. 병을 잡으려고 팔을 뻗자 그가 멀찍이 치웠다.

"너만 술 마실 수 있다, 이거지?"

쓴웃음을 머금은 표정이 그의 얼굴에 스쳐 지나갔다. 그가 술병을 건네줬다. 눈썹 피어싱이 마당 조명에 반짝였다.

"또 집어던지려는 줄 알았어."

그러려고 했다. 하지만 나는 술병을 입에 갖다 댔다. 술은 뜨뜻했고, 알코올에 푹 절인 약초 같은 맛이 났다. 내 모습을 보고는 그가 싱긋 웃었다.

"술은 얼마나 자주 마시는 거야? 절대 안 마실 것처럼 굴더니만."

마음 약해져선 안 된다. 그에 대한 분노를 잠재워선 안 된다.

"한 6개월쯤 전에 마셨던 거 같아."

민망한지 그가 고개를 떨궜다.

"어쨌든 앞으론 절대 술 마시지 마. 원래도 나쁜 놈이지만, 술까지 마시니 정말 최악이야, 너."

여전히 바닥을 쳐다보고 있지만, 그의 표정은 심각해졌다.

"내가 나쁜 놈이라고 생각해?"

뭐야, 그럼 자기가 좋은 사람이라고 생각했던 건가? 그렇게까지 취한 거야?

"당연하지."

"나쁜 놈 아냐. 그래, 그럴 수도 있겠지. 하지만 난, 네가 나한테….."

그가 말을 꺼냈다 멈칫 했다. 고개를 들더니 다시 의자에 기대 앉았다.

"내가 너한테 뭐?"

무슨 얘길 하려 했던 건지 알고 싶었다. 술병을 그에게 건네주었다. 그는 병을 테이블에 놓았다. 술을 마시진 않을 거다. 한 번이면 족하다. 술에 취하는 것도, 하딘 옆에서 말도 안 되는 비판을 받는 것도.

"아무 것도 아냐."

거짓말. 왜 내가 여기에서 이러고 있지. 노아가 나를 기다리고 있는데. 여기서 더 이상 하딘과 시간 낭비할 필요는 없다.

"나, 갈게."

나는 벌떡 일어나 문으로 걸어갔다.

"가지 마."

부드러운 목소리였다. 애원이 가득 담겼다. 내 발걸음을 멈출 만큼. 나는 뒤를 돌아보았다. 하딘은 한 발짝도 안 되게 바짝 다가와 있었다.

"그렇게 모욕을 주고도 아직도 할 게 남았어?"

나는 소리치며 돌아섰다. 그가 내 팔을 잡고 힘껏 잡아끌었다.

"내 앞에서 뒤돌아서지 마!"

나보다 큰 목소리였다.

"진작에 돌아섰어야 했어!"

소리치며 그의 가슴팍을 세게 밀었다.

"왜 내가 여기 있는 건지 모르겠다! 랜던이 전화하자마자 미친 듯인 온 거라고! 대체 왜 내가, 남자친구까지 버려두고. 네 말대로 노아야 말로 내 곁에 있어줄 유일한 사람인데. 너 같은 애 때문에! 하던, 네 말이 다 맞아. 나, 네가 불쌍했어. 네가 불쌍해서 여기까지 왔던 거고, 네가 불쌍해서…."

그의 입술이 덮쳐 말을 막았다. 나는 그의 가슴을 밀어내면서 멈추려 했다. 하지만 그는 꿈쩍도 하지 않았다. 온몸으로 그의 키스를 원했지만, 동시에 떨쳐내려 몸부림쳤다. 그의 혀가 내 입술 사이로 파고드는 게 느껴졌다. 그의 팔은 나를 잡아당겨 꽉 끌어안았다. 있는 힘껏 그를 밀어내려 했지만 소용없었다. 그는 나보다 훨씬 힘이 셌다.

"키스해줘, 테사."

그가 내 입술에 대고 말했다. 나는 고개를 가로저었고, 그는 절망에 찬 신음소리를 냈다.

"부탁이야, 키스해줘. 나, 지금 네가 필요해."

이 말 한마디에 나는 무너져 내렸다. 내 앞에 있는 막돼먹고, 술에 취한, 형편없는 이 남자가 내가 필요하단다. 미친 소리 같은 이 말이 지금 나에겐 어떤 시구보다 강렬히 귀에 박혔다. 하던은 마약 같은 남자였다. 매순간 그를 조금씩 알아갈수록 그를 더 열망하게 된다. 그는 내 사고를 장악하고, 내 꿈을 잠식했다.

그의 입술이 다시 포개졌다. 이번엔 나도 거부하지 않았다. 아니 그럴 수 없었다. 이건 상황을 더 복잡하게 만들 뿐이다. 나를 더 깊은 수렁으로 밀어 넣을 뿐이다. 하지만 이 순간엔 모든 것이 아무 상관없다. 오직 하나, '지금 네가 필요해.' 이거면 됐다.

내가 그를 절실하게 원하는 만큼 그도 내가 필요한 걸까? 확신이 서지 않았다. 다만 지금은 그도 그럴 것이라 믿고 싶었다. 그는 한 손으로 내 뺨을 감싸 쥐고 아랫입술을 부드럽게 핥았다. 움찔, 몸이 떨렸다. 그의 입꼬리가 슬쩍 올라갔고, 입술 피어싱이 내 입술을 간질였다. 어디선가 부스럭거리는 소리가 났다. 화들짝 그에게서 떨어졌다. 그는 키스를 멈추었지만 여전히 나를 품에 꼭 끌어안고 있었다. 얼른 뒷문 쪽을 쳐다봤다. 부디 제발, 랜던이 나의 이 끔찍한 일탈을 보지 못했기를. 다행히 그는 보이지 않았다. 아, 감사합니다, 하느님.

"하딘, 나, 진짜로 가야 할 것 같아. 우리, 계속 이럴 순 없어. 이건 너랑 나, 우리 둘 모두에게 좋을 게 하나도 없다고."

나는 고개를 떨구었다.

"그렇지 않아."

그는 내 턱을 들어올렸다. 그리고 자신의 녹색 눈동자를 똑바로 쳐다보게 했다.

"넌 날 싫어하잖아. 나도 샌드백 역할은 이제 사양할래. 넌 나를 너무 헷갈리게 해. 가장 은밀한 경험을 나누었다고 생각한 순간 나를 모욕하고, 나락으로 떨어뜨리잖아."

그가 입을 뗐다. 나는 손가락을 그의 분홍빛 입술에 세워 막고 말을 이어나갔다.

"그러더니 키스하며 내가 필요하다 하고. 너랑 있으면 천국과 지옥을 왔다갔다하는 것 같아. 그런 내 모습이 싫어. 함부로 대하는 너 때문에 상처 받는 것도 지긋지긋하고."

"나하고 있을 때 네가 어떤데?"

초록색 눈동자가 나를 뚫어져라 쳐다본다. 대답을 재촉하는 눈빛으로.

"절대 되고 싶지 않은 그런 사람. 남자친구 몰래 바람이나 피우는 사람, 하루 종일 울기만 하는 그런 사람."

"나하고 있으면 네가 진짜 어떤 사람이 되는 줄 알아?"

그는 엄지손가락으로 내 턱선을 따라 쓰다듬었다. 안 된다, 대화에 집중해야 한다.

"어떤 사람인데?"

"너 자신. 그게 진짜 네 모습이야. 넌 다른 사람들이 너를 어떻게 생각할지 신경 쓰면서 전전긍긍하잖아. 진짜 네가 어떤 사람인지는 알려고 하지 않으면서."

무슨 소리인지 모르겠다. 한 번도 생각해 보지 않았던 말이다. 그의 목소리는 진지하고 확고했다. 잠깐 시간이 필요하다. 뭐라 해야 할지 생각할 시간이.

"그리고 나도 내가 한 짓쯤은 알아. 너한테 손으로 해준 다음에…."

하딘은 내가 찡그리는 걸 눈치챈 듯했다.

"아, 미안…, 아무튼 우리가 그러고 난 다음에 나도, 이건 아닌데, 했었어. 네가 차에서 그렇게 가버리고 나서 내 기분도 처참했다고."

"그걸 믿으라고?"

나는 매섭게 쏘아붙였다. 밤새 울기만 했던 그날 밤이 떠올랐다.

"맹세해. 나도 알아, 네가 나를 쓰레기라고 생각한다는 걸…, 그치만 너는 나를…."

그가 갑자기 말을 끊었다.

"아냐, 됐어."

'이 남자는 왜 항상 중요한 순간에 멈춰버리는 걸까?'

"하던 말 끝까지 해, 하딘. 아님 당장 가버릴 테니까."

이건 진심이었다.

그는 이글거리는 눈으로 나를 바라보았다. 입술이 천천히 움직였다. 거짓이든 진실이든 무슨 말이라도 하길 기다렸다.

"나…, 나는 좋은 놈이 되고 싶어. 너한테만은…. 너에게 좋은 남자가 되고 싶어, 테스."

31

어떻게든 그의 곁에서 벗어나고 싶었다. 허나 이건 너무 강한 한 방이다. 분명 잘못 들은 거겠지. 야릇한 기분이 들어 캄캄한 마당 한편으로 눈을 돌렸다. 그가 한 말의 저의를 빨리 알아내야 한다. 하딘이 나한테? 좋은 남자가 되고 싶다고?

'그치만 어떻게?'

진심일 리가 없다.

'진심일까?'

하딘에게 시선을 돌렸다. 그가 흐릿하게 보였다.

"뭐라고?"

그는 동요하지 않았다. 진심인가…? 내가 그러길 바라는 걸까…?

"들었잖아."

"아냐, 잘못 들은 거 같아."

"제대로 들은 거 맞아. 너하고는…, 뭐랄까, 이런 느낌은 익숙치가 않아서…. 제멋대로 날뛰는 내 감정을 어떻게 잠재워야 할지 모르겠어, 테사. 이게 나의 최선이야."

하딘은 말을 끊고 얕게 한숨을 내쉬었다.

"정말 한심한 놈이지."

정신이 아득해지는 느낌이었다.

"하딘, 이런 거 나한테 안 먹혀. 너랑 나는 완전 다른 세계에 사는 사람이야. 일단 넌, 여자친구는 안 사귄다며. 기억하지?"

"그렇게 다르지 않아. 취향도 같고. 둘 다 책 좋아하는 것만 봐도 알잖아."

그의 숨결에서 술 냄새가 풍겼다. 그가 내 눈앞에 있는데도 도저히 믿기지 않았다. 우리가 좋은 사이가 될 수 있을 거라니. 그걸 하딘이 내게 설득하고 있다니.

"너는 누구와도 사귀지 않잖아."

"그래도 우리…, 친구는 될 수 있잖아?"

그럼 그렇지. 이제야 진심이 나오는군.

"한입 갖고 두말 하는 게 특기구나, 넌. 친구는 절대 될 수 없다고 네가 그랬잖아. 게다가 나는 너와 '친구' 안 해. 네가 말하는 '친구'의 의미를 너무도 잘 알거든. 남자친구처럼 하고 싶은 건 다 하면서도 남자친구가 해야 할 건 안 하는, 그런 관계."

그가 비틀거리며 테이블에 기댔다. 나를 붙잡았던 손이 느슨해졌다.

"그게 뭐가 나쁜데? 혹시 내 여자친구라는 명함이라도 필요한 건가?"

숨 쉴 틈이라도 있어서 다행이다.

"그러니까, 하딘. 내가 요즘 들어 종종 자제를 못하긴 했지만, 나도 자존심이라는 게 있거든. 난 너의 노리개가 되진 않을 거야. 특히나 나를 함부로 대하는 너라면 더욱. 그리고 다시 한 번 말하지만, 나는 이미 남친이 있는 몸이라고!"

그가 애써 웃음을 지어 보였다. 악마 같은 보조개가 움푹 패였다.

"네가 지금 어디 있는지 좀 생각해보고 얘기했으면 좋겠군."

"난 남자친구 사랑해. 걔도 나를 사랑하고."

거의 반사적으로 튀어나온 말이었다. 하딘의 표정이 순식간에 달라졌다. 붙잡고 있던 손을 놓더니 휘청거리며 의자에 앉았다.

"내 앞에서 그런 소리 하지 마."

그가 중얼거렸다. 목소리는 어느 때보다 다급했다. 그가 술에 취했다는 걸 깜빡할 뻔했다.

"술김이라고 별 말을 다 하는구나. 내일 제정신이 돌아오면 나를 싫어할 거면서."

"너를 싫어하지 않아."

이런 말에도 흔들리지 않았으면. 그에게서 벗어날 수 있었으면. 수도 없이 바랐지만 나는 그 자리에 얼어붙어서 그가 내뱉는 대로 듣고만 있었다.

"내 눈을 똑바로 보면서 집에 가고 싶다고 말해봐. 이런 소리는 지껄이지도 말라고 말해보라고. 그럼 네 말 들을게. 맹세해, 앞으로 네 곁엔 얼씬도 안 할게. 그러니까 네 입으로 말해보라고."

말하고 싶었다. 내 곁에서 떨어지라고, 다신 너 따위에게 눈길도 주지 않을 거라고. 그가 돌아서더니 가까이 다가왔다.

"어서, 테사. 다시는 나를 보고 싶지 않다고 말해보라니까."

그가 내 팔을 어루만졌다. 온몸에 소름이 돋았다.

"널 만지는 게 싫다고 말해봐."

목으로 손을 옮기며 그가 속삭였다. 검지로 쇄골을 따라 훑으며 내 목을 쓰다듬었다. 그의 입술이 다가올수록 호흡이 빨라지는 게 느껴졌다. 가쁜 숨소리가 내 귀에까지 들릴 지경이었다.

"키스하는 게 싫다고 말해봐."

희미한 알코올 향이 섞인 그의 숨결이 느껴졌다.

"말해보라고, 테레사."

그가 내 귀에 대고 속살거렸다. 흐느낌이 저절로 나왔다.

"하딘, 제발…."

"나에게서 벗어날 수 없어, 테사. 내가 너에게서 벗어날 수 없는 것처럼."

그의 입술이 바짝 다가와 내 입술에 닿을락 말락 했다.

"오늘 밤 같이 있어줄래?"

이 남자, 정말 무슨 말을 하든 다 들어주고 싶게 만드는 재주가 있다.

얼핏 문이 열리는 게 보였다. 나는 화들짝 놀라 하딘에게서 떨어졌다. 랜던이었다. 그는 혼란스러운 표정을 짓더니 다시 문을 닫고 들어갔다. 퍼뜩 정신이 들었다.

"나, 가야겠어."

하딘이 나지막이 욕설을 내뱉었다.

"부탁이야, 같이 있어줘. 오늘 밤만이야. 내일 아침에도 나를 다시 보고 싶지 않다면, 그땐…. 제발, 같이 있어줘. 이렇게 부탁할게. 나, 질척거리지 않는 거 알잖아, 테레사."

나도 모르는 새에 고개를 끄덕이고 있었다.

"그럼 노아에겐 뭐라고 해? 나를 기다리고 있을 텐데. 그리고 나, 걔 차 가지고 왔어."

이 와중에 노아에게 둘러댈 궁리를 하고 있다니, 믿을 수가 없다.

"그냥 못 간다고 해. 왜냐하면… 에잇, 나도 모르겠다. 연락하지 마. 그런다고 걔가 미쳐서 날뛰진 않을 거야."

순간 오싹해졌다. 노아는 엄마한테 말할 거다. 틀림없다. 짜증이 확 솟구쳤다. 남자친구가 엄마한테 일러바칠까 봐 전전긍긍해야 한다니. 내가 무슨 몹쓸 짓을 하는 것도 아닌데 말이다.

"걘 자고 있을 거야."

"아냐, 호텔로 돌아갈 방법이 없잖아."

"호텔이라고? 노아가 너랑 함께 있는 게 아니었어?"

"근처 호텔에 있었어."

"그럼 네가 거기 같이 있는 거야?"

"아니, 걔만 있는 거지."

왠지 자꾸 소심해진다.

"나는 내 방에 있고…."

"혹시 걔, 남자 좋아하냐?"

눈에는 핏발을 잔뜩 세우고는 재미있어 죽겠다는 얼굴이다. 나는 눈을 동그랗게 뜨며 말했다.

"당연히 아니지!"

"미안, 근데 좀 이상하잖아. 네가 내 여자친구라면 난 절대 집에 안 보내. 밤새 할 수 있는 만큼 할 거라고."

입이 떡 벌어졌다. 하딘이 저딴 소리를 할 때면 야릇한 느낌이 든다. 얼굴이 화끈거려 다른 곳으로 시선을 옮겼다.

"들어가자. 나무들이 달겨들고 있어. 너무 많이 마셨나 봐."

"이 집에 있을 거야?"

그가 사교클럽에 있는 방으로 돌아갈 줄 알았다.

"그럼, 너도 그럴 거고. 들어가자."

그가 내 손을 잡고 문 쪽으로 걸어갔다.

랜던에게 뭐라 변명해야 할지 생각해내야 했다. 무슨 일이 있었던 건지 나조차도 모를 이 마당에 이 상황을 어떻게 설명해야 할까. 어쨌든 오해는 하지 말아야 하니까. 안으로 들어가니 엉망이었던 부엌이 얼추 다 정리되어 있었다.

"나머지는 내일 네가 꼭 치워, 알았지?"

"응."

하딘이 고개를 끄덕이며 약속했다. 부디 다른 약속들도 잘 지키기를.

그의 손을 잡고 으리으리한 계단을 올라갔다. 복도에서 랜던과 마주칠까 봐 조마조마했지만 다행히 보이지 않았다.

하딘이 방문을 열고 칠흑같이 깜깜한 방 안으로 나를 이끌었다.

32

어둠에 익숙해졌다. 불빛이라고는 창문으로 새어 들어오는 한줄기 달빛뿐이다.

"하딘?"

하딘이 부스럭거리면서 구시렁대는 소리가 들렸다. 웃음을 꾹 참았다.

"나, 여기 있어."

그가 탁자에 있는 스탠드를 켰다. 엄청나게 넓은 방이 눈에 들어왔다. 호텔 스위트룸이 떠올랐다. 짙은 색 시트가 있는 큰 침대가 벽과 멀찍이 방 한가운데 있었다. 킹사이즈는 되어 보였고, 베개가 스무 개쯤 놓여 있었다. 체리목으로 만든 커다란 책상 위에는 내 방 텔레비전보다도 큰 컴퓨터 모니터가 있었다. 테라스 쪽 창가에는 긴 의자가, 다른 창문에는 두꺼운 감색 커튼이 드리워져 있었다.

"여기가…, 내 방이야."

그가 뒷통수를 긁적이며 말했다. 좀 부끄러운 듯 보였다.

"이 집에도 네 방이 있었어?"

대답이 없었다. 여기는 하딘 아빠네 집이고 랜던은 여기 살겠지. 랜던은 하딘이 이 집엔 절대 오지 않는다고 얘기했었다. 그래서 이 방이 꼭 박물관 같은가 보다. 티끌 하나 없고 썰렁하기만 하다.

"어…. 자본 적은 없지만…, 오늘 밤까진…."

그는 베드벤치에 앉아 부츠를 벗고 있었다. 양말을 벗더니 부츠 안에 쑤셔 넣었다. 하딘조차 처음인 이 방에서 그와 함께 있다는 생각만으로도 가슴이 부풀었다.

"왜 그랬는데?"

취중진담을 캐내볼 심산이었다.

"그러고 싶지 않았으니까. 난 이 집이 싫어."

그는 블랙진 단추를 풀더니 바지를 벗었다.

"너, 뭐 하는 거야?"

"옷 벗는 거지."

그가 대답한다.

"그러니까, 왜?"

오늘 밤, 숨 넘어갈 듯한 그의 손길을 간절히 느끼고 싶다. 하지만 당연히 내가 자기와 섹스할 거라고 생각하는 건 싫다.

"뭐랄까, 스키니 진에 부츠를 신고 잘 순 없으니까?"

그가 웃을 듯 말 듯한 표정으로 머리카락을 이마 위로 쓸어 넘겼다. 그의 몸놀림 하나하나에도 온몸이 달아오르는 것 같았다.

"아."

그는 셔츠를 훌렁 벗었고, 나는 눈을 뗄 수가 없었다. 타투로 뒤덮인 그의 상반신은 군살 하나 없이 미끈했다. 셔츠를 나에게 던졌지만 받지 못하고 바닥에 떨어뜨렸다. 그에게 살짝 눈을 흘겼지만 그는 싱긋 웃었다.

"그거 입고 자. 속옷 바람으로 자고 싶진 않잖아. 아, 물론 네가 상관없다면 나는 좋지만."

그가 나를 보며 윙크를 했다. 웃음이 나와 키득거렸다.

'나, 왜 웃는 거니?'

그의 셔츠를 입고 잘 순 없다. 그건 너무 벌거벗은 느낌일 거다.

"난 이거 입고 자도 괜찮아."

그가 내 옷을 쓰윽 훑어본다. 긴 치마와 헐렁한 셔츠를 보고도 별 소리 안 했다. 부디 아무 소리 없이 넘어가줬으면.

"그래, 좋을 대로 해. 불편해 죽고 싶으면 그러든가."

그는 팬티 바람으로 침대로 성큼성큼 가더니 침대 위 장식용 베개들을 바닥에 내던졌다. 베드벤치를 열어보았더니 비어 있었다.

"그거 바닥에 던지지 말고 이 안에 넣어."

그는 아랑곳하지 않고 싱글거리며 계속 던졌다.

으이그, 나는 베개들을 모아 베드벤치 안에 넣었다. 그는 이불을 휙 걷더니 침대 속으로 털썩 들어갔다. 팔을 머리 뒤로 괴고는 다리를 꼬고 앉아 나를 보며 웃는다. 가슴팍에 새긴 레터링 타투가 늘어나 보였다. 그의 늘씬한 몸은 우아할 만큼 훌륭했다.

"나하고 한 침대에서 잔다고 투덜거리지는 않을 거지?"

그에게 살짝 눈을 흘겼다. 사실 전 같으면 그러지 못했을 거다. 이러면 안 된다는 것도 잘 안다. 하지만 지금 나는 그 무엇보다 그와 한 침대에서 자고 싶다.

"물론 아니지. 침대가 둘이 잘 만큼 널찍한걸, 뭐."

웃음이 나왔다. 하딘의 미소 때문인지, 팬티만 입고 누워 있는 그 때문인지, 나도 잘 모르겠다. 분위기가 묘하게 달아올라 있었다.

"이제 내가 사랑하는 테사로 돌아왔구나."

그가 짓궂게 말했지만, '사랑'이란 한마디에 가슴이 요동쳤다. 그가 나를 사랑하지도, 앞으로 사랑할 것도 아니라는 걸 안다. 그런 의미의 '사랑'이 아니라는 걸 잘 안다. 하지만 아무렴 어떤가, 그의 입에서 나온 '사랑'이란 말이 달콤하기만 한데.

나는 침대에 올라 그의 몸이 닿지 않을 만큼 멀찍이 떨어진 모서리 쪽에 자리 잡았다. 자칫하면 떨어질 판이다. 키득거리는 소리가 들렸다. 나는 몸을 돌려 그를 똑바로 쳐다보았다.

"뭐가 그렇게 웃긴데?"

"아무 것도 아니야."

거짓말이다. 웃음을 참느라 이를 꽉 깨물고 있는 게 뻔히 보이는데. 장난기 넘치는 하딘의 모습이 좋다. 그의 유머는 왠지 모르게 전염성이 있다.

"얼른 말해."

나는 뾰로통하게 아랫입술을 삐죽 내밀었다. 그가 내 입술을 바라보며 혀로 아랫입술을 쓱, 훑었다. 그리고 이 사이에 입술 피어싱을 깨물었다.

"너, 남자랑 같이 자본 적 없지?"

그가 몸을 굴려 내 옆으로 다가왔다.

"없어."

짤막하게 대답했다. 그의 얼굴에 미소가 번졌다. 우리는 한 뼘도 안 되는 곳에 가까이 있었다. 생각할 겨를도 없이 손을 뻗어 그의 보조개를 콕 찔렀다. 그의 눈이 놀라움에 가득 차 나를 바라보았다. 얼른 손을 뺐지만 그는 내 손목을 잡아 다시 그의 뺨에 대었다. 그리고 천천히 손을 움직여 그의 뺨을 아래위로 쓰다듬게 했다.

"이해가 안 돼. 왜 지금까지 너를 내버려둔 건지. 네가 하도 계획을 해대니까 다들 엄두가 안 났던 모양이야."

침이 꼴깍 넘어갔다.

"작정하고 덤비는 사람도 없었는걸, 뭐."

순순히 인정했다. 고등학교 때 나를 좋아한다며 들이댄 남자애들이 있긴 했다. 그렇지만 섹스하고 싶다고 추근대는 애들은 아무도 없었다. 노아와 사귀고 있단 걸 다들 알고 있었기 때문이다. 다들 우리를 좋아했고, 우리는 축제 때마다 최고의 커플로 뽑혔다.

"거짓말이 아니라면 눈 먼 애들만 있는 학교에 다녔구나. 네 입술만으로도 이렇게 흥분되는데."

그의 말에 숨이 막혔다. 그는 내 손을 그의 입술에 가져다 대더니 축축한 입술을 쓰다듬게 했다. 뜨거운 숨결이 손가락에 와 닿았다. 그가 이로 검지를 지그시 물어서 깜짝 놀랐다. 뱃속에서부터 간질간질한 느낌이 들었다. 그가 내 손을 목으로 옮겼다. 나는 손끝으로 그의 목에 새겨진 담쟁이줄기를 따라 더듬어 내려갔다. 그는 나를 빤히 바라보았지만 멈추게 하지는 않았다.

"이런 식으로 말하는 거 좋아하지 않았나?"

음침한 목소리였지만 섹시하게 들렸다. 내 숨소리가 거칠어지자 그가 다시 미소 지었다.

"볼이 빨개졌어. 숨소리도 달라졌고. 말해줘, 테사. 탐스러운 네 입술을 내가 가져도 된다고."

웃음이 나왔다. 뭘 어떡해야 할지 모르겠다. 하지만 그의 말대로 하진 않을 거다. 내 몸 깊숙한 곳에 있는 무언가를 자꾸 끄집어내는 것만 같은 그의 말.

그는 내 손목을 쥐더니 나를 곁으로 바짝 끌어당겼다. 뜨거웠다. 너무나 뜨거웠다. 얼른 식혀야 한다. 금방이라도 땀이 흘러내릴 것만 같았다.

"선풍기 같은 거 있으면 좀 틀어줄래?"

그의 이마가 찌푸려지며 주름이 생겼다.

"부탁이야."

그가 한숨을 쉬며 침대에서 내려갔다.

"그렇게 더우면 그 두꺼운 옷부터 좀 벗어. 그 스커트는 보기만 해도 몸이 근질거린다."

내 옷을 가지고 트집 잡을 줄 알았다. 미소가 머금어졌다. 그가 지금 하는 말에 담긴 속뜻을 알기 때문이다.

"네 몸에 잘 맞는 옷을 입어, 테사. 그 옷은 네 몸매가 하나도 돋보이지 않잖아. 속옷만 입은 너를 보지 못했더라면 네 몸이 얼마나 섹시하고 볼륨 있는지 몰랐을 거야. 그 스커트는, 진짜, 말 그대로 비료 포대 같아."

웃음이 터졌다. 이건 칭찬인가 모욕인가. 그가 나를 들어다 놨다 한다.

"그럼 뭐 입을까? 망사 스타킹에 튜브 톱?"

"아니, 뭐, 그것도 나쁘진 않겠다. 노출이 심하지 않아도 돼. 대신 몸에 잘 맞는 걸 입어. 그 셔츠도 그래. 가슴을 다 가리잖아. 네 가슴은 가려야 할 물건이 아니라고."

"그런 표현 좀 안 하면 안 돼?"

핀잔을 주었지만 그는 웃었다. 다시 침대 위로 올라오더니, 다 벗은 거나 다름없는 몸을 나에게 밀착했다. 나는 여전히 뜨거웠다. 하지만 하딘의 요상한 칭찬법이 자신감을 충전시켜 주었다. 나는 침대에서 펄쩍 뛰어내렸다.

"어디 가?"

살짝 당황한 듯한 목소리였다.

"옷 갈아입으려고."

나는 바닥에 있는 그의 셔츠를 집었다.

"돌아서서 이쪽 보지 마."

허리에 양손을 올리고 의기양양하게 말했다.

"싫어."

"싫다니, 무슨 소리야?"

어떻게 싫다는 말을 할 수 있는 거지.

"뒤돌지 않을 거야. 널 보고 싶어."

"아, 알겠어."

나는 웃으면서 고개를 까딱거리다가 불을 꺼버렸다.

하딘이 구시렁거렸고, 나는 웃으며 스커트 지퍼를 내렸다. 발밑으로 스커트가 떨어졌고, 그 순간 다른 불이 켜졌다.

"하딘!"

서둘러 벗은 스커트를 다시 끌어올렸다. 하딘이 팔꿈치로 턱을 괴고 나를 쳐다보고 있었다. 내 몸을 아래위로 훑으면서도 부끄럽거나 당황한 기색은 찾아볼 수 없다. 아니, 아예 들은 척도 하지 않았다. 하긴 전엔 이거보다 더 많이 벗은 몸도 봤구나. 심호흡을 한 번 하고 셔츠를 머리 위로 올려 벗었다. 우리가 하고 있는 이 게임, 이제 나도 즐기고 있다는 걸 인정하지 않을 수 없었다. 마음 속 깊은 곳에서는 그가 나를 봐주길 원했다. 그래서 그도 나를 원하게 되길. 나는 별다를 것 없는 밋밋한 흰색 브래지어와 팬티를 입고 있었다. 하지만 그의 표정만 봐도 내가 섹시하다고 느껴졌다. 나는 그의 셔츠를 입었다. 좋은 냄새가 났다. 하딘 냄새.

"이리 와."

그는 침대에 누워 속삭이듯 나를 불렀다. 숨어 있던 잠재의식이 또

내게 경고한다. 최대한 빨리 그에게서 벗어나라고. 떨쳐버리기로 했
다, 오늘 밤만큼은. 나는 그가 있는 침대로 다가갔다.

33

그에게 다가가는 동안 그는 내게서 눈길을 떼지 못했다. 눈빛은 유
난히 반짝였다. 무릎을 세워 침대에 올라갔다. 하딘은 몸을 일으켜 침
대 헤드에 기대 앉았다. 손을 뻗어 나를 잡아주었다. 내가 손을 내밀자
그가 손가락을 엮어 깍지를 끼었다. 그리고 나를 그의 곁으로 끌어당
겼다. 그의 다리 위에 무릎을 벌려 걸터앉았다. 아무리 경험이 있었더
라도 어색한 건 어쩔 수 없었다. 더구나 이렇게 벗은 몸이라면. 나는 무
릎을 세웠고, 우리는 서로를 건드리지 않고 있었다. 하딘은 서두르지
않았다. 엉덩이를 잡고 나를 끌어내려 앉혔다. 셔츠가 한쪽으로 쏠리
면서 내 허벅지가 훤히 드러났다. 아침에 다리털 면도를 했던 게 천만
다행이다. 그의 살이 닿자 아랫배가 떨리기 시작했다. 이 행복이 영원
하지 않을 거란 생각이 들었다. 꼭 신데렐라가 된 기분이었다. 열두 시
종이 울리고 더 없이 행복했던 이 밤이 끝나기를 기다리고 있는 것만
같았다.

"너무 좋다."

일그러진 얼굴로 그가 웃어보였다.

그는 취했다. 그래서 이렇게 잘해준다는 것쯤은 나도 안다. 그래, 이
정도면 충분하다. 어쨌든 오늘은 놓치지 않을 거다.

'오늘이 이 남자와 함께 할 마지막 날이라면, 이렇게 시간을 보내고

싶어.'

끊임없이 나 자신에게 주입시켰다. 나는 오늘 밤 하딘과 하고 싶은 걸 다 해도 된다. 아침이 밝아 오면, 그에게 얘기할 거니까. 다시는 내 곁에 얼씬도 하지 말라고. 그는 내 말대로 할 수밖에 없겠지. 이게 최선이다. 술 깨고 제정신 돌아오면 그도 그걸 원할 테니까. 변명을 좀 하자면, 나도 취한 모양이다. 스카치 한 병을 다 비운 그만큼 나도 취했다. 이것도 계속 주입시키고 있는 중이다.

그가 나에게서 눈길을 떼지 않자 긴장되기 시작했다. 다음엔 뭘 해야 하지? 그가 뭘 원하는지 감이 안 잡혔다. 괜히 어설프게 먼저 나섰다가 바보 취급 당하긴 싫다.

어색한 내 표정을 알아차렸나 보다.

"왜, 뭐, 잘못된 거라도 있어?"

그가 손을 내 얼굴에 갖다 댔다. 내 광대뼈를 따라 손가락을 움직였다. 갑작스런 부드러운 손길에 눈이 저절로 감겼다.

"아냐, 그냥, 어떻게 해야 할지 모르겠어…."

"하고 싶은 대로 하면 돼, 테스. 너무 깊게 생각하지 말고."

상체를 일으켜 세워 그의 가슴에 손을 올렸다. 그를 바라보며 허락을 구했고, 그가 고개를 끄덕였다. 양손을 가슴에 대고 부드럽게 눌렀고, 그는 눈을 감았다. 가슴팍에 있는 새에서 아랫배에 있는 죽은 나무까지 타투를 따라 손가락으로 훑어내렸다. 그의 속눈썹이 가늘게 떨렸다. 갈비뼈 위에 새겨진 레터링을 따라 움직였다. 하딘의 표정은 차분해졌지만 가슴은 좀 전보다 더 빠르게 들썩였다. 어느새 내 손은 그의 팬티 밴드에 이르렀다. 나도 나를 주체할 수가 없었다. 느닷없이 하딘이 눈을 번쩍 떴다. 긴장하는 것 같았다.

"나, 음···, 너···, 만져도 돼?"

굳이 설명하지 않아도 무슨 뜻인 줄 그는 알겠지. 지금 여기 있는 건 내가 아닌 듯하다.

'남자 가랑이 사이에 앉아 그의···, 음···, 그곳을 만지겠다는 이 여자 가 진짜 나야?'

그와 함께 있을 때가 진짜 내 모습이라던 하딘의 말이 떠올랐다. 그 가 맞는지도 모르겠다. 지금의 이 느낌이 너무 좋다. 온몸으로 전기가 통하는 것 같은 짜릿한 이 느낌이.

하딘이 고개를 끄덕였다. 손을 아래로 내려 그의 팬티 위에 올렸다. 얇은 속옷 위 약간 불룩해진 부분으로 천천히 손을 가져갔다. 그 위로 손이 살짝 스쳤을 뿐인데도 꿀꺽, 그는 침을 삼켰다. 어떻게 해야 할지 몰라 손가락으로 슬쩍슬쩍 건드리고만 있었다. 너무 긴장된다. 그의 얼굴을 쳐다볼 수가 없었다.

"어떻게 하는 건지 알고 싶어?"

목소리는 차분했지만 떨리고 있었다. 건방진 모습은 온데간데없고, 수수께끼 같은 묘한 분위기를 풍겼다.

고개를 끄덕이자 그가 내 손 위로 손을 포개 아래로 내렸다. 내 손을 벌리더니 손가락으로 그의 페니스를 감싸 쥐게 했다. 그가 숨을 크게 들이마셨고, 나는 그런 그를 올려다보았다. 그가 포갰던 손을 떼고 온 전히 내게 맡겼다.

"젠장, 테사. 그러지 마."

화난 듯한 목소리였다. 어떻게 하라는 거지? 손을 황급히 떼려는데 그가 소리쳤다.

"아니, 아니, 그거 말고. 계속 해줘. 내 말은, 그런 눈빛으로 나를 보지 말란 거야."

"어떤 눈빛?"

"순진무구한 그런 눈빛. 그렇게 바라보면 자꾸만 널 더럽히고 싶어진단 말야."

온몸을 맡기고 그가 하고 싶은 대로 하도록 놔두고 싶었다. 그처럼 되고 싶었다. 찰라의 순간이라도 얽매이지 않고 자유로워지고 싶었다. 때때로 나를 두렵게 할지라도. 살짝 웃어 보이고는 손을 다시 움직이기 시작했다. 팬티를 벗기고 싶었지만 겁이 났다. 그의 입술 사이로 신음이 터져 나왔다. 잡은 손에 더 힘을 주었다. 신음 소리를 또 듣고 싶었다. 빨리 움직여야 할까? 잘 모르겠다. 내 느낌대로 지그시 잡고 천천히 움직였다. 그가 좋아하는 것 같았다. 땀에 젖은 그의 목에 입술을 갖다 댔다. 신음 소리가 들렸다.

"오, 테스, 네 손 느낌이 너무 좋다."

조금 더 세게 쥐었더니 그가 움찔 한다.

"테스, 너무 세게는 말고."

조롱할 때와는 사뭇 다른 부드럽고 달콤한 목소리였다.

"아, 미안."

그의 목에 다시 입술을 대었다. 혀로 귀 아래까지 천천히 핥아주었다. 그의 몸이 부르르 떨린다. 그가 내 가슴을 감싸 쥐었다.

"너…, 브라…, 벗겨도 돼?"

참을 수 없다는 듯 그의 입에서 쉰목소리가 튀어나왔다. 내가 그를

흥분하게 만들었다는 사실이 놀랍기만 했다. 고개를 끄덕였다. 그의
눈 속에 흥분이 가득 담겨 있었다. 그는 떨리는 손을 셔츠 속으로 집어
넣어 브래지어 후크를 능숙하게 풀었다. 아주 잠깐, 하딘은 이걸 몇 번
이나 해봤을까, 하는 생각이 머릿속을 스쳐 지나갔다. 쓸데없는 생각
을 억지로 떨쳐냈다. 하딘은 브래지어 끈을 끌어내렸고 나는 팔을 들
었다. 브래지어가 바닥에 떨어졌다. 그는 셔츠 속에 손을 넣어 내 가슴
을 쥐었다. 그는 가까이 다가와 키스를 하며 손가락으로 젖꼭지를 살
짝 비틀었다. 나는 신음을 내뱉으며 그의 페니스를 다시 잡았다.

"아, 테사… 나, 할 것 같아."

내 팬티가 젖는 느낌이 들었다. 그가 겨우 가슴을 만졌을 뿐인데. 나
도 곧 절정에 오를 것 같았다. 그의 신음과 가슴 애무로도 충분한 것 같
았다. 그의 다리가 뻣뻣해지면서 키스하던 입술이 슬며시 미끄러졌다.
그의 손이 한쪽으로 툭 떨어지더니 그의 팬티 속에서 축축한 느낌이
번졌다. 나는 손을 떼었다. 이제껏 누구도 사정하게 만든 적이 없었다.
진정한 여자로 거듭나는 첫 걸음인 것 같아 가슴이 벅차올랐다. 하딘
의 팬티에 젖은 부분을 내려다보며 뿌듯함을 느꼈다. 그를 정복한 것
같은 이 기분이 너무 좋았다. 나도 그를 절정에 오르게 해줄 수 있다.
그가 내게 해준 것처럼.

하딘은 머리를 젖히고 가쁜 숨을 몇 차례 헐떡였다. 뭘 해야 할지 몰
라서 그의 허벅지 위에 그대로 앉아 있었다. 잠시 후 그가 눈을 뜨고 고
개를 들어 나를 바라보았다. 나른한 미소가 얼굴에 번져 있었다. 그가
내 이마에 입을 맞추었다.

"한 번도 이랬던 적은 없었어."

나는 당황스러웠다.

"별로였어?"

그의 허벅지 위에서 내려오려 애썼다. 하지만 그가 나를 움직이지 못하게 막았다.

"무슨 소리야? 그 반대야. 너무 잘했어. 다른 애 같았으면 팬티 속에 애무하는 걸론 어림없었을 거야."

질투의 화신이 되살아났다. 그를 느끼게 해준 다른 여자들이라니, 생각하기 싫었다. 그가 조용히 내 뺨을 감싸 쥐고 엄지손가락으로 관자놀이를 어루만졌다. 다른 여자들보다는 내가 더 나았다는 사실이 조금은 위안이 된다. '다른 여자들'이 없었더라면 더 좋았을 텐데…. 이런 게 신경 쓰인다는 것조차 이해되지 않았다. 하딘과 나는 아직 풀지 못한 숙제가 있다. 우리는 절대 사귀지 않을 거고, 이 이상의 관계도 되지 않을 거다. 하지만 지금, 우리 둘만 있는 이 순간에 살고 싶다. 생각이 여기까지 미치자 싱긋 웃음이 나왔다. 나는 '순간의 쾌락에 빠져 사는 류'의 인간은 아니었는데.

"무슨 생각해?"

그가 물었지만, 나는 고개를 가로저었다. 질투가 났다는 얘기를 할 순 없었다. 옳지 않다, 나는 그와 이런 대화를 하고 싶진 않았다.

"뭐야, 테사. 얘기해줘."

재차 고개를 저었다. 하딘이 내 엉덩이를 움켜잡더니 간지럼을 태우기 시작했다. 하딘 답지 않았다. 나는 웃으며 비명을 질렀고, 하딘을 침대 저쪽으로 밀쳤다. 숨도 쉬지 못할 때까지 그는 간지럼을 멈추지 않았다. 그의 웃음소리가 온 방에 울려 퍼졌다. 한 번도 듣지 못했던 들기 좋은 소리였다. 그가 이렇게 웃는 걸 본 적이 없었다. 누구도 이렇게 할 수 없었을 거다. 하딘은 결점이 있다. 아니, 결점 투성이다. 그럼에도 지금의 그를 볼 수 있는 이 순간만큼은 내가 행운아란 생각이 들었다.

"알았어…, 알았어! 말해줄게!"

그제서야 그가 멈췄다.

"좋아!"

그가 나를 내려다보며 한마디 덧붙였다.

"근데, 잠깐만. 나, 팬티를 갈아입어야겠어."

나는 얼굴이 붉어졌다.

34

하딘이 옷장 서랍을 열어 파란색과 하얀색 체크 무늬의 팬티를 꺼내 들었다. 한참을 역겨운 눈초리로 들여다보다가 이내 공중으로 날려버렸다.

"왜 그래?"

나는 팔꿈치를 세워 턱을 괴고 하딘을 바라보았다.

"이런 말도 안 되는 것들은 뭐냐고."

나는 웃었다. 한편으로 기쁘기도 했다. 복잡한 가정사야 어쨌든 적어도 이 방에 하딘의 옷들이 있다. 랜던의 엄마였든 하딘의 아빠였든, 아들의 옷을 마련해 놓은 거다. 언젠가 하딘이 이 방에 오길 바라며 준비했을 것이다. 거기까지 생각이 미치니 조금 슬프기도 했다.

"그렇게 흉하진 않아."

뭐든 하딘이 만날 입는 검정색 박서 팬티보다는 나을 거다. 하기야 하딘에게 안 어울리는 옷이 있을 리가 없잖아.

"거지 주제에 뭘 고르겠어. 잠깐만 있어봐."

하딘은 입던 팬티 바람으로 방을 나갔다.

'맙소사, 랜던이 보기라도 하면 어떡하려고?'

창피해서 죽을지도 모른다. 무슨 일이 있어도 내일 아침에 내가 먼저 랜던을 만나야 한다. 그래서 사건의 전말을 설명해야 한다. 근데 뭐라고 설명해야 해?

'이상하게 보이겠지만, 우리 어제, 얘기만 했거든. 그러다 길어져서 여기 있기로 했고. 어쩌다 보니 팬티와 티셔츠 바람이 되었고, 하딘과 그렇고 그런 거, 알지?'

말도 안 된다.

베개를 베고 누워 천장을 멍하니 보고 있었다. 일어나 휴대전화를 확인해야겠다고 생각하면서도 내버려뒀다. 노아에게 온 문자메시지를 지금 당장은 보고 싶지 않았다. 아마 제정신이 아니겠지. 하지만 솔직히 얘기하면, 노아가 엄마한테 일러바치지 않는 한 상관없었다. 더 솔직히 털어놓자면, 하딘과 처음 키스했을 때 이미 노아에 대한 감정은 전과 달라져버렸다.

나는 노아를 사랑한다. 늘 노아를 사랑해 왔다. 하지만 의문이 들기 시작했다. 평생을 함께 할 반려로서 그를 사랑하는 건가. 아니면 그가 안정적인 사람이었기 때문에 나랑 비슷한 그가 편했던 건 아닐까. 그는 늘 내 곁에 있어주었다. 우리는 이론상으론 완벽한 커플이었다.

하지만 더 이상 외면할 수가 없었다. 하딘과 함께 있을 때 느끼는 이 감정을. 한 번도 느껴 보지 못했던 감정이다. 서로의 몸을 탐닉할 때의 느낌을 말하는 게 아니다. 하딘이 나를 바라보기만 해도 느껴지는 아득함 같은 거다. 그가 아무리 나를 화나게 만들었대도 절실하게 그를 보고 싶어하는 나 자신의 모습 같은 거다. 그리고 시도 때도 없이 불쑥불쑥 내 머릿속으로 쳐들어오는 그 남자의 모습 같은 거다. 미워한다고 수없이 되뇌면서도 그럴 수가 없다.

아무리 밀어내려 해도 나는 이미 하딘에게 사로잡혀 있었다. 노아가 아닌 하딘과 함께 그의 침대에 있었다. 때마침 방문이 열리고, 나는 생각의 늪에서 빠져나왔다. 깔끔한 트렁크 팬티를 입은 하딘을 보고 킬킬 웃었다. 트렁크 팬티는 약간 커 보였고, 입고 있던 사각 팬티보다 훨씬 길었다. 그래도 그는 여전히 멋있었다.

"좋네."

그가 나를 슬쩍 보더니 불을 끄고 텔레비전을 켰다. 침대로 돌아와 내 곁에 누웠다.

"말하려고 했던 게 뭐야?"

하딘이 얘기를 꺼내자 저절로 움찔했다. 그냥 넘어가기를 바랐는데.

"이젠 부끄러워할 필요 없잖아. 넌 나를 팬티에 사정하게 만들었으면서, 뭘."

그가 농담을 던지며 나를 바짝 끌어당겼다. 나는 베개에 머리를 파묻었고, 그는 웃었다.

고개를 들자 그가 내 머리카락을 귀 뒤로 넘겨주었다. 그리고 부드럽게 입을 맞추었다. 하딘이 이렇게 다정하게 키스해주는 건 처음이었다. 혀가 뒤엉키는 키스보다 더 가까워진 느낌이 들어 좋았다. 그는 베개를 베고 누워 텔레비전 채널을 돌렸다. 잠들 때까지 그가 안아줬으면 했다. 바랄 걸 바라자. 이 남자는 팔베개 따위를 해줄 타입이 아니다.

'너에게 좋은 남자가 되고 싶어, 테스.'

하딘이 했던 말이 자꾸만 귓가에 맴돌았다. 진심이었을까, 아니면 술김에 한 말이었을까.

"아직도 취했어?"

그의 가슴에 머리를 묻으며 물었다. 그는 꼼짝 하지 않았지만 나를 밀어내지도 않았다.

"아냐, 아까 뒷마당에서 너랑 싸우면서 다 깼나 봐."

하딘이 한 손에는 리모컨을 쥐고, 다른 손은 어찌할 바를 몰라 어정쩡하게 올리고 있었다.

"싸우는 게 좋은 점도 있구나."

"그런 것 같네."

그가 나를 내려다보더니 다른 한 손을 내 등 뒤로 넣었다. 그의 품에 안긴 이 느낌이 황홀할 만큼 좋았다. 내일 그가 무슨 험한 소리를 하더라도 지금 이 순간만큼은 뺏앗아 갈 수 없다. 가장 좋아하는 곳이 되어버렸다. 그의 팔에 안겨 머리를 기댄 그의 가슴이.

"근데, 나는 술 취한 하딘이 더 나은 것 같아."

하품이 나왔다.

"그래?"

"응."

그를 놀리면서 눈을 감았다.

"아무튼 말 돌리는 데 소질 없는 거 알지? 이제 빨랑 말해."

말하는 게 낫겠다. 절대 그냥 넘어갈 사람이 아니다.

"그니까, 내가, 생각을 해봤는데…, 너랑…, 같이 했던…, 그 여자들…."

그의 가슴에 얼굴을 숨겼다. 그는 리모컨을 내려놓더니 내 턱을 들어 그를 바라보게 했다.

"도대체 그런 생각은 왜 한 건데?"

"나도 잘 모르겠어…, 나는, 그러니까, 경험이 없고, 너는 많잖아. 스테프하고도 그렇고…."

스테프와 하딘이 함께 있는 장면이 떠오르자 메스꺼워졌다.

"지금 질투하는 거야, 테스?"

장난기 가득한 목소리였다.

"아니."

거짓말이었다.

"그럼 내가 몇 가지만 자세하게 얘기해줘도 괜찮지?"

"싫어! 하지 마! 제발 부탁이야."

그가 웃으면 나를 더 세게 끌어안았다.

아무 말도 하지 않지만 아직 안심할 순 없었다. 난잡한 전력을, 상세하게, 그의 입으로 직접 듣는 건 도저히 참을 수 없었다. 눈꺼풀이 자꾸 무거워져서 텔레비전에 집중하려고 애썼다. 그의 팔에 안겨 있으니 너무 편했다.

"벌써 자려는 건 아니지? 아직 이른데?"

몽롱한 와중에 그의 목소리가 어렴풋이 들렸다.

"이르다고?"

새벽 2시는 된 것 같았다. 여기 왔던 게 9시쯤이었다.

"응, 12시밖에 안 됐는데?"

"밤 12시면 늦은 거지."

하품이 또 나왔다.

"나한텐 일러. 게다가 나도 보답을 해줘야지."

'뭐라고? 이런.'

그 말을 듣자 살갗이 벌써부터 찌릿찌릿하기 시작했다.

"너도 원하는 거 아냐?"

침을 꿀꺽 삼켰다. 그렇다, 물론 나도 원한다. 고개를 들어 그를 올려다보았다. 욕망으로 가득한 미소를 감추면서. 그가 민첩하면서도 섬세하게 나를 끌어당겨 눕히고는 위로 올라왔다. 한 팔로 몸을 지탱하고 다른 손은 아래로 가져갔다. 나는 다리를 그의 몸에 붙이고 무릎을 세웠다. 그의 손이 내 발목에서 허벅지까지 천천히 쓰다듬으며 올라왔다.

"너무 부드러워."

그가 속삭이며 쓰다듬기를 반복했다. 허벅지를 가볍게 쥐자 온몸에 소름이 돋았다. 하딘이 한쪽으로 몸을 기대어 내 무릎에 입을 맞추었다. 무릎에 살짝 경련이 일었다. 그가 내 다리를 붙잡으며 웃었다. 그 미소만으로도 기대에 부풀어 올랐다.

"너를 맛보고 싶어, 테사."

내 반응을 살피느라 그의 눈이 나에게 꽂혀 있었다.

순식간에 입이 바짝 말랐다.

'키스하는 걸 뭘 물어보는 거야? 하고 싶으면 하는 거지.'

입을 살짝 벌리고 그를 기다렸다.

"아니 아니, 여기. 아래쪽 말이야."

손을 내 다리 사이로 옮기면서 그가 키스의 의미를 정정했다. 내 바보 같은 반응에 깜짝 놀랐을 거다. 그래도 그는 억지로 웃어주었다. 나는 그를 보며 인상을 찌푸렸다. 그가 내 팬티 위를 손가락으로 건드렸다. 숨이 턱 막히는 것 같다. 그는 손가락으로 나의 민감한 부분을 톡톡 치면서 내 얼굴에서 눈을 떼지 않았다.

"너, 벌써 젖었어."

긁는 듯한 거친 소리였다. 뜨거운 숨결이 귀에 닿았고, 그는 혀로 내 귓불을 부드럽게 핥았다.

"말해줘, 테사. 어떻게 해주길 원하는지, 나한테 얘기해줘."

민감한 부분을 더 세게 누르는 그의 손길에 나는 몸을 비틀었다. 소리조차 낼 수 없었다. 그의 섬세하면서도 강렬한 터치에 온몸에 불이 붙는 것만 같았다. 그가 내 몸에서 손을 뗐다.

"멈추지 말아줘, 하딘."

흐느낌에 가까운 소리였다.

"아무 대답도 하지 않았잖아, 테사."

매몰찬 목소리에 나는 움찔했다. 이런 하딘은 싫다. 난 웃음이 많고 유쾌한 하딘을 원한다.

"하딘, 네가 말해주면 안 될까?"

나는 일어나 앉았다. 하딘은 몸을 뒤로 빼고 내 허벅지 위에 앉았다. 벌린 무릎에 체중을 실은 채였다. 손가락으로 내 허벅지를 쓰다듬자 몸이 바로 반응했다. 나도 모르게 엉덩이를 들어올렸다.

"말해봐."

명령조였다. 내가 무엇을 원하는지, 그가 누구보다 잘 안다. 내 입으로 말하게 만들고 싶은 것이다. 내가 고개를 끄덕이자, 그는 손가락을 들어 좌우로 흔들었다.

"아니, 고개만 까딱이지 말고 말을 해줘."

그가 내 다리 위에서 내려오려 했다. 나는 재빨리 머릿속으로 계산했다. 이 수치스러움을 감당할 만큼의 가치가 있을까? 지난 번 경험만큼 좋은 거라면 이런 수모쯤은 겪어도 괜찮을 것 같았다. 나는 그가 내려오지 못하게 그의 어깨를 양손으로 붙잡았다. 너무 심각하게 생각하지 말자. 나는 나를 잘 안다. 나는 이 상황을 멈추고 싶지 않다.

"나, 하고 싶어."

그에게 가까이 다가갔다.

"뭘 하고 싶은데, 테사?"

'장난해? 본인이 더 잘 알면서.'

"알잖아…, 키스…, 받고 싶어."

그의 얼굴에 미소가 번졌다. 그는 몸을 기울여 내 입술에 키스를 해주었다. 이게 아닌데, 하는 눈빛으로 바라보자 그는 또 한 번 입술에 키스를 했다.

"이걸 원하는 거지?"

그는 능글맞게 웃었고, 나는 그의 팔을 찰싹 때렸다. 결국 내 입으로 모든 걸 말하게 할 참인가 보다.

"거기에…, 키스해줘…."

얼굴이 화끈거려서 두 손으로 감쌌다. 그는 내 손을 치우고 나를 보며 웃었다. 나는 찡그린 표정으로 그를 바라보았다.

"일부러 나 창피 주려고 그러는 거지?"

내가 인상을 썼다. 그는 아직도 내 두 손을 붙잡고 있었다.

"그럴 리가. 난 그냥 네가 원하는 걸 네 입으로 듣고 싶었을 뿐이야."

"됐어, 하딘."

크게 한숨을 쉬었다. 너무 부끄러웠다. 이글거리던 본능이 나를 주체 못하게 만들었다. 불타던 본능에 찬물을 끼얹고 나자 짜증이 밀려왔다. 못살게 구는 것만 재미있어 하는 이기적인 하딘 때문이었다. 나는 그에게서 돌아누워 이불을 뒤집어썼다.

"아, 미안해."

그가 이내 사과했지만 들은 척도 하지 않았다. 치기 어린 십대처럼 행동하는 하딘의 곁을 계속 맴도는 나 자신에게도 짜증이 났다.

"잘 자, 하딘."

낮은 한숨 소리가 들렸다. 하딘은 뭐라 중얼거렸다. '알았어' 뭐, 그런 말이었던 듯하다. 대꾸하지 않았다. 눈을 감고 잠을 청했다. 하딘의 혀와 내 몸을 쓰다듬던 손의 감촉을 지우려고 애쓰면서. 나는 잠에 빠져들었다.

35

덥다, 너무 덥다. 무언가 나를 감싸고 있었다. 치우려고 애썼지만 꿈쩍도 하지 않았다. 눈을 떴다. 어젯밤의 기억들이 밀물처럼 밀려왔다. 하딘이 마당에서 나에게 소리를 질렀다. 그의 숨결에서 나던 스카치 냄새, 부엌의 깨진 유리들, 하딘의 키스, 내 손끝을 따라 터져나오던 그의 신음, 젖은 팬티…. 몸을 일으키려 했지만 너무 무거웠다. 그가 머리를 내 가슴팍에 기대고, 팔로 허리를 감싸 안고 있었다. 온몸으로 나를 붙잡고 있었던 것이다. 우리가 이렇게 자고 있었단 말인가. 깜짝 놀랐다. 분명 잠결에 그가 나를 부둥켜안았을 거다. 인정한다, 이 침대를, 하딘을 떠나고 싶지 않았다는 걸. 하지만 이젠 가야 한다. 나는 내 방으로 돌아가야 한다. 노아가 거기 있다. 노아…, 아, 노아.

가만히 그의 어깨를 밀어 바로 눕혔다. 그가 웅얼거렸지만 깨지는 않았다.

재빨리 내려와 방바닥에 널려 있는 옷가지들을 주웠다. 그가 깨기 전에 얼른 이 방을 나가야 한다. 어쩐지 내가 비겁한 겁쟁이가 된 것 같았다. 그는 신경도 안 쓸 거다. 나한테 일부러 못되게 굴 필요도 없겠지. 내 발로 이 방을 먼저 나가버린다면 말이다. 이러는 편이 우리 둘 모두에게 나을 테니까. 웃고 떠들던 어젯밤의 일은 이만 접어두기로 하자. 새날이 밝았으니 모든 게 달라진 거다. 하딘은 어제 일을 낱낱이 기억할 테지. 그리고 그걸 만회하려고 더 큰 증오심을 키울 거다. 그는 그럴 거다. 그리고 이번만큼은 나도 당하고 싶지 않다. 어젯밤, 아주 잠깐, 혹시나 이 밤이 그를 변하게 만들지도 모른다고 생각했다. 그래서 나를 친구 이상으로 원하게 될지도 모른다고 생각했다. 하지만 나는 잘 안다, 그게 아니라는 걸.

그의 티셔츠를 잘 접어두고, 스커트 지퍼를 올렸다. 내 셔츠는 온통 구겨져 바닥에 내던져져 있었다. 하지만 그런 걸 신경 쓸 겨를이 없다. 조용히 신발을 신고 방문 손잡이를 잡았다.

'한 번쯤 돌아본다고 큰일이 나진 않아.'

자고 있는 하딘을 돌아보았다. 헝클어진 머리카락이 베개에 아무렇게나 흩어져 있었고, 한 팔은 침대 옆에 늘어져 있었다. 그는 평화롭고 아름다웠다.

다시 돌아서서 문 손잡이를 돌렸다.

"테스?"

가슴이 철렁했다. 천천히 하딘을 돌아보았다. 이글거리는 녹색 눈동자가 나를 바라보고 있겠지. 하지만 아니었다. 눈은 감겨 있었고, 찡그리긴 했지만 여전히 잠들어 있었다. 잠들어 있어서 안심인 건지, 내 이름을 부른 게 잠결이라는 사실에 시무룩해진 건지 나도 잘 모르겠다.

'내 이름을 부른 게 맞나? 잘못 들은 건가?'

나는 얼른 방에서 나와 얌전히 문을 닫았다. 이 집에선 어떻게 나가야 하는 거야. 도대체 모르겠다. 복도를 따라 걸어가니 계단이 바로 보였다. 안심이다. 터덜터덜 계단을 내려오다 랜던과 맞닥뜨렸다. 맥박이 빨라졌다. 랜던에게 할 말을 생각해내야 한다. 그는 내 얼굴을 훑어보면서 잠자코 있었다. 내 해명을 기다리고 있을 테지.

"랜던…, 나, 나는…."

뭐라고 해야 할지 도통 생각나지 않았다.

"괜찮아?"

걱정이 가득한 목소리였다.

"응, 괜찮아. 네가 이상하게 생각하리라는 거 잘 알아. 근데…."

"아냐, 아무 생각도 안 했어. 네가 와줘서 정말 고마운걸. 하딘을 싫어한다는 거 뻔히 아는데, 그래도 여기까지 와줬잖아. 하딘도 진정시켜줬고. 그걸로 됐어."

'아, 랜던은 너무 착하구나.'

랜던이 나를 비난하길 바랐는지도 모른다. 남자친구를 두고 다른 남자 도와주겠다고 달려와 놓고는, 그와 함께 밤을 보내다니, 정말 형편없는 인간이라고. 내가 지금 나를 그렇게 생각하는 것처럼 말이다.

"그래서 하딘이랑 너, 다시 친구가 된 거야?"

나는 어깨를 으쓱했다.

"우리가 뭔지, 사실 잘 모르겠어. 뭐 하는 짓인지도 잘 모르겠고. 걔는…, 걔가…."

목이 메어 말이 나오지 않았다. 랜던이 가만히 나를 안아주었다. 따뜻하고 편안한 포옹이었다.

"괜찮아, 괜찮아. 하딘이 막돼먹은 인간인 거 나도 알아."

랜던의 목소리는 부드러웠다. 잠깐만, 그런데 랜던은 하딘이 끔찍한 짓을 해서 내가 우는 거라고 생각하나 보다. 하딘을 향한 내 감정을 이기지 못해 우는 거라고는 꿈에도 생각지 못할 거다.

어서 여길 나서야 한다. 랜던의 착각이 깨지기 전에, 하딘이 일어나기 전에.

"가야겠어. 노아가 기다리고 있거든."

랜던이 알겠다는 듯 웃어 보이며 작별 인사를 건넸다.

노아의 차에 올라타고 최대한 속도를 내어 기숙사로 돌아왔다. 오는 내내 눈물이 멈추지 않았다. 노아에게 어떻게 둘러대야 하나. 제대로 말해야 한다는 걸 나도 안다. 노아에게 거짓말을 할 순 없다. 하지만 그가 얼마나 상처를 받을지 상상조차 할 수 없다.

노아에게 이런 짓을 하다니, 대체 나란 인간은 어쩌려고 이러지. 왜 하딘에게서 벗어나지 못하는 걸까?

주차장에 차를 세우면서 최대한 마음을 진정시켰다. 노아를 똑바로 쳐다볼 수 있을지 모르겠다. 발걸음은 무겁기만 했다.

노아는 내 침대에 누워 멀뚱히 천장을 바라보고 있었다. 내가 문을 열고 들어서자 후다닥 일어나 다가왔다.

"세상에, 테사! 밤새 어디 있었던 거야? 내가 백만 번도 넘게 전화했 잖아!"

그가 소리쳤다. 노아의 목소리가 이렇게 높았던 적이 있었던가? 전에도 몇 차례 언쟁을 한 적은 있었지만, 오늘은 조금 두려웠다.

"정말 정말 미안해, 노아. 하딘이 취해서 난동을 부린대서 랜던네 집에 갔었어. 하딘이 집 안을 쑥대밭으로 만들었더라고. 랜던과 그걸 다 치우느라 시간이 그렇게 늦어졌는 줄 몰랐어. 다 치우고 나니까 너무 늦었더라고. 휴대전화는 배터리가 다 돼서 꺼져버렸고."

믿을 수 없었다. 노아의 면전에 대고 거짓말을 술술 하다니. 항상 내 곁에 있어줬던 그인데. 여기서 나는 그를 쳐다보며 거짓말을 하고 있다. 그에게 말해야 했지만 두려웠다. 그리고 지금 이 상황에 노아에게 상처주는 말을 할 순 없었다.

"다른 사람 전화기라도 좀 빌려보지 그랬어?"

노아의 목소리에는 힘이 들어가 있었다. 그는 무슨 말을 하려다 이내 말을 끊었다.

"됐어. 근데 하딘이 집을 쑥대밭으로 만들었다고? 넌 괜찮은 거야? 걔가 난폭하게 구는데 왜 계속 거기 있었어?"

한꺼번에 속사포 같은 질문 세례가 쏟아졌다. 정신이 없었다.

"하딘이 사람들한테 난폭하게 군 건 아니야. 좀 취했던 거야. 그리고 나한테 상처주지도 않았고."

아차, 마지막 말은 잘못했다.

"너에게 상처주지 않았다니, 그게 무슨 소리야? 너랑 가까운 사이도 아니잖아, 테사."

그가 한 발짝 가까이 왔다.

"내 말은, 걔가 때리거나 해서 상처 입힌 게 아니었단 말이야. 당연히 그럴 만한 사이가 아니지. 난 랜던 도와주러 간 거였어. 랜던이 도움을 청한 거니까."

나는 뒤로 물러섰다.

하딘은 내게 상처 줄 수 있는 사람이다. 물론 감정적으로. 그리고 이미 나는 상처 받았다. 그는 분명 또 내게 상처를 줄 거다. 그럼에도 나는 이상하게 그를 감싸주고 있다.

"너, 걔네들이랑 안 어울리기로 한 거 아니었어? 나랑 어머니께 약속했었잖아. 테사, 걔들이랑 어울려 봤자 너한테 좋을 거 하나 없어. 너 벌써 술도 마시고 외박도 하게 됐잖아. 밤새 나를 여기 혼자 두고. 이렇게 혼자 둘 거면서 왜 오라고 한 거야?"

그가 침대에 앉아 머리를 감싸 쥐었다.

"나쁜 사람들은 아니야. 너, 그 사람들 잘 모르잖아. 그리고 언제부터 나한테 이래라 저래라 하는 사람이 된 거야?"

노아에게 한 짓을 생각하면 싹싹 빌어도 마땅찮았다. 하지만 내 친구들을 나쁘게 얘기하는 걸 듣고 있자니 짜증이 치밀었다.

'하딘 때문이겠지.'

무의식이 툭 튀어나왔다. 내 안의 나를 한 대 후려치고 싶었다.

"너한테 이래라 저래라 하는 건 아냐. 근데 너, 그런 고스족(Goth Tribe, 1970년대 말 반전, 자유 등을 주장하며 등장한 젊은이 집단. 히피·펑크 문화처럼 반항의 문화이기는 하나, 정치적 메시지를 외치며 사회에 적극 참여하기보다는 도피적 성향을 띤다 – 옮긴이)이랑 어울리는 사람 아니었잖아."

"뭐라고? 걔들, 고스족 아니야. 그냥 평범한 애들이야."

노아가 놀랐다. 나도 노아만큼 놀랐다. 내가 노아에게 이렇게 경멸에 찬 말투로 무시하듯 말할 수 있다니.

"이거 봐, 이래서 그런 애들이랑 어울리는 게 싫은 거야. 벌써 너도 변했잖아. 넌 내가 사랑했던 그 테사가 아니야."

악의에 찬 말투는 아니었다. 그의 목소리에는 오히려 슬픔이 배어 있었다.

"노아, 그건…."

말을 꺼내려는데 갑자기 문이 열렸다. 화가 잔뜩 난 하딘이 방으로 쳐들어왔다. 나는 하딘을 쳐다보고, 다시 노아를 쳐다봤다. 그러다 다시 하딘에게 시선을 돌렸다. 망했다. 이제 빠져나갈 구멍은 없다.

36

"여긴 왜 온 거야?"

하딘의 대답을 듣고 싶은 건 아니었다. 노아 앞에선 더욱.

"너야말로 무슨 생각이야? 나 잘 때 몰래 빠져나오다니. 그따위 짓은 뭔데?"

하딘이 버럭 소리쳤다. 방이 쩌렁쩌렁 울릴 정도였다. 잠자코 있었다. 노아는 잔뜩 화가 났는지 얼굴이 붉으락푸르락했다. 머릿속으로 퍼즐 조각들을 하나하나 맞추고 있을 테지.

나는 둘 사이에서 갈팡질팡하고 있었다. 노아에게 이 상황을 설명해야 할지 아니면 하딘에게 먼저 가버린 걸 변명해야 할지 판단이 서지 않았다.

"대답해봐!"

하딘이 내 앞에 우뚝 서서 소리 질렀다. 그 순간 노아가 우리 사이에 끼어들었다.

"테사한테 소리 지르지 마."

노아가 하딘에게 경고했다.

나는 그 자리에 얼어붙고 말았다. 하딘의 얼굴이 분노로 일그러졌다. 내가 먼저 방에서 나온 게 저렇게 화낼 일이었나? 어젯밤엔 서툰 나를 그렇게 비웃었으면서. 그리고 오늘 아침엔 언제나처럼 나를 밀쳐낼 거였으면서. 무슨 말이라도 해야 했다. 아니면 하딘이 내 앞에서 모든 걸 까발릴 거다.

"하딘…, 지금 이러지 말자, 부탁이야."

하딘만 가준다면 어떻게든 노아에게 해명할 수 있을 거다.

"뭘, 뭘 이러지 말자는 거야, 테레사?"

하딘이 노아 쪽으로 걸어갔다. 노아가 그에게서 떨어지길 바랐다. 하딘이 노아를 깔아뭉개는 건 문제도 아닐 거다. 노아의 몸은 비쩍 마른 하딘에 비해 다부지기는 하다. 그래도 하딘은 눈 하나 깜짝하지 않고 결국엔 노아를 묵사발로 만들겠지.

노아와 하딘이 맞붙게 되다니. 내 인생에 이런 엄청난 일이 생길 줄이야.

"하딘, 제발 가줘. 우린 나중에 얘기하자, 부탁이야."

팽팽한 긴장감을 어떻게든 풀어야 했다.

하지만 노아가 고개를 가로저었다.

"뭘 나중에 얘기해? 대체 이게 무슨 빌어먹을 상황이야, 테사?"

'아, 맙소사.'

"말해. 노아한테 다 말해주라고."

하딘은 한술 더 떴다. 믿을 수가 없었다. 하딘이 냉혈한이라는 건 알았지만, 지금 이건 차원을 뛰어넘는 행동이었다.

노아는 하딘을 당장이라도 칠 기세였다. 하지만 나에게는 조금 누그러진 목소리로 물었다.

"테사, 뭘 말해 주라는 거야?"

"아무 것도 아니야. 네가 아는 그대로야. 어제 하딘, 그러니까 랜던네 집에서 잔 거 말이야."

거짓말이었다. 나는 그냥 그렇게 넘어가주길 바라며 하딘에게 눈을 맞췄지만 그는 내 눈을 피했다.

"테사, 다 말해줘. 아니면 내가 한다."

하딘이 으르렁댔다.

이제 끝이다. 난 모든 걸 잃게 될 거다. 더 이상 숨길 수가 없었다. 눈물이 흐르기 시작했다. 노아에겐 내 입으로 말해야 한다. 사태를 이 지경까지 끌고 온 저 빌어먹을 녀석에게 이 모든 걸 맡길 순 없다. 너무너무 미안하고 창피했다. 내가 아닌 노아에게 말이다. 이런 꼴을 당하게 해서는 안 되는 거였다. 그것도 하딘 앞에서 이런 고백을 들어야 하다니…. 나 때문이다. 자괴감에 가슴이 무너져 내렸다.

"노아…, 내가…, 그러니까, 나랑 하딘이… 같이….”

"오 마이 갓.”

신음에 가까운 소리였다. 노아의 눈가가 촉촉해지기 시작했다.

'어떻게 내가 노아에게 이럴 수 있지? 도대체 나는 무슨 생각을 했던 거야?’

노아는 정말 좋은 사람이다. 하딘은 정말 잔인하다. 이렇게 자신의 눈앞에서 노아의 마음을 갈기갈기 찢을 만큼.

노아는 머리를 부여잡고 절레절레 흔들었다.

"테사, 네가 어떻게 그럴 수 있어? 우리가 함께한 시간은 아무 것도 아닌 거야? 언제부터 시작된 거야?”

그의 푸른 눈에서 눈물이 흘러내렸다. 마음이 찢어지는 것 같았다. 노아를 울게 하다니. 나는 하딘을 노려보았다. 원망이 가득 차올라 그를 있는 힘껏 밀었다. 그가 중심을 잃고 휘청거렸다.

"노아, 정말 미안해. 나도 내가 무슨 생각이었는지 모르겠어.”

나는 노아를 끌어안으려 다가갔다. 하지만 그는 손도 못 대게 했다. 그럴 만도 하다. 더 솔직히 말하자면, 한동안 노아에게 잘해주지 못했다. 무슨 생각이었는지 나조차도 모르겠다. 내가 미쳤었나 보다. 하딘이 좋은 남자가 되고, 노아와 헤어지기만 하면, 내가 하딘과 사귀게 될 거라 생각했었나 보다. 이 얼마나 바보 같은 생각인가. 아니, 하딘이 곁에 없다면 우리 둘 사이의 일을 노아가 절대 모를 거라 생각했던 건가? 더 큰 문제는 그럼에도 불구하고 내가 하딘 곁을 떠날 수 없다는 거다. 나는 하딘이라는 불구덩이로 뛰어드는 나방이다. 그리고 그는 주저 없이 나를 불살라버릴 거다. 모두 멍청하고 순진한 생각이었다. 하딘을 만난 다음부터는 옳은 선택을 할 수가 없었다.

"나도 네가 무슨 생각을 한 건지 모르겠어."

노아는 회한과 상처가 가득한 눈으로 나를 바라보았다.

"그리고 이젠 너를 모르겠어."

이 말을 뒤로 하고 노아는 방을 나가버렸다. 내 삶에서 나가버렸다.

"노아, 가지 마! 제발, 기다려줘!"

나는 그를 따라 뛰쳐나가려 했다. 하지만 하딘이 내 팔을 붙잡고 못 가게 했다.

"내 몸에 손대지 마! 너 같은 놈은 믿을 수 없어! 넌 정말 최악이야."

소리치면서 팔을 빼냈다. 있는 힘껏 그를 밀쳐냈다. 지금껏 단 한 번도 누굴 이렇게 세게 밀쳐본 적은 없었다. 오늘은 아니다. 그가 너무 미웠다.

"그놈 따라가면, 넌 나랑 끝이야."

입이 떡 벌어졌다.

"끝? 뭐가 끝인데? 날 갖고 노는 거? 세상에서 너 같은 놈이 제일 싫어!"

내가 진짜 화났다는 걸 확실히 알려주고 싶었다. 나는 좀 더 천천히 차분한 말투로 말했다.

"우린 시작한 게 없으니 끝낼 것도 없어."

툭, 그의 손이 아래로 떨어졌다. 무슨 말인가 하려고 입을 벌렸지만 그는 아무 말도 하지 않았다.

"노아!"

나는 노아를 부르며 밖으로 뛰쳐나갔다. 복도와 잔디밭을 지나 주차장에서 겨우 노아를 따라잡을 수 있었다. 그의 걸음이 더 빨라졌다.

"노아, 제발, 들어줘. 정말 미안해. 정말 정말 미안해. 나, 술이 취했었어. 이게 변명이 될 수 없다는 거 알아. 그치만 나⋯."

흐르는 눈물을 닦았다. 노아의 표정이 조금 부드러워졌다.

"네 얘기는 더 이상 못 듣겠어⋯."

그의 눈은 새빨개져 있었다. 팔을 잡았지만 그가 뿌리쳤다.

"노아, 제발. 진심으로 미안해. 제발 용서해줘. 부탁이야."

나는 노아를 잃을 수 없다. 절대로.

차에 다다르자, 노아는 헝크러진 머리카락을 쓸어 올리고 나를 향해 돌아섰다.

"테사, 시간이 필요해. 지금은 어떻게 해야 할지 하나도 모르겠어."

한숨이 나왔다. 나도 더 이상 뭐라 말해야 할지 모르겠다. 그는 이 상황을 극복할 시간이 필요하다. 그리고 우리는 다시 예전으로 돌아갈 수 있을 거다. 그는 그저 시간이 필요한 거다. 스스로에게 다짐했다.

"사랑해, 테사."

뜻밖이었다. 노아는 내 이마에 입을 맞추고 차에 올라탔다. 그리고 천천히 멀어져갔다.

37

방으로 돌아오니 하딘이 내 침대에 앉아 있었다. 역겨운 자식 같으니라고. 스탠드로 그의 머리를 후려치고 싶다는 생각이 들었다. 하지만 그와 싸울 기운조차 없었다.

"너한테 사과하지 않을 거야."

하딘이 먼저 말을 꺼냈다. 그를 지나쳐 스테프의 침대로 갔다. 그가 내 침대에 있는 한 절대 그쪽으로는 안 갈 테다.

"그럴 줄 알았어."

침대에 누웠다. 기운이 하나도 없었다.

그가 싸움을 걸더라도 미끼를 물지 않을 거다. 사과도 기대하지 않는다. 그가 좀 나은 사람이 된 줄 알았다. 하지만 오늘 일만 해도, 나는 그를 전혀 모르고 있었다. 어젯밤까지는 그가 아빠에게 버림받아 분노에 가득 찬 소년인 줄만 알았다. 상처만 남아서 다른 사람들을 밀어내기만 하는 줄 알았다. 오늘 아침, 나는 분명히 알았다. 그는 옹졸하고 증오에 가득 찬 이기적인 사람일 뿐이다. 선한 면이라고는 눈곱만큼도 없다. 아주 잠깐, 그에게도 선한 면이 있을 거라 믿었다. 하지만 그건 그렇게 믿도록 나를 속였기 때문이다.

"노아도 알아야 해."

눈물을 참으려 아랫입술을 꽉 물었다. 하딘이 일어나 내 쪽으로 왔다.

"그냥 가, 하딘."

고개를 들어보니 그가 내 앞에 서 있었다. 그가 침대에 앉았고, 나는 벌떡 일어났다.

"걔도 알아야 한다고."

또 똑같은 소리다. 화가 치밀었다. 분노를 부르려는 수작이다.

"왜지, 하딘? 왜 노아가 알아야 하는 거냐고? 걔한테 상처주는 게 그렇게 좋아? 노아가 알든 모르든 너하곤 아무 상관없잖아. 그냥 아무 말도 않고 가면 안 되는 거였어? 너는 걔한테 그럴 권리가 없어. 나한테도."

다시 눈물이 비어져 나왔다. 눈물이 흐르는 걸 참을 수가 없었다.

"내가 노아였다면 알고 싶었을 거야."

그의 목소리는 단호하고 차가웠다.

"그치만 너는 노아가 아니잖아. 그럴 수도 없겠지만. 조금이라도 비슷해질 수 있을 거라 생각한 내가 바보지. 그리고 언제부터 네가 옳고 그른 거에 신경 썼어?"

"함부로 그놈과 나를 비교하지 마."

말 한마디로 꼬투리 잡는 그가 너무 싫다. 무슨 말인지 다 알면서 자꾸만 본질을 왜곡한다. 그러고선 스스로 분에 못 이겨 화를 낸다. 그가 내 앞으로 다가왔다. 나는 침대 한쪽으로 피했다.

"비교하는 게 아니야. 무슨 말인지 못 알아듣겠어? 넌 구제불능이야. 누구도 널 감당하지 못해. 너 자신 말고는. 노아는…, 노아는 나를 사랑한단 말이야. 노아는 내 실수를 용서하려고 애쓰고 있어. 내 끔찍한 실수를."

나는 그의 눈을 똑바로 쳐다보았다.

하딘은 뒷걸음질을 쳤다. 마치 내가 밀어내기라도 한 것처럼.

"널, 용서한다고?"

"그래, 이번 일을 용서해줄 거야. 그럴 거라는 거 알아. 왜냐고? 나를 사랑하니까. 그러니까 너의 그 비참한 계획은 실패야. 우리를 헤어지게 만들고, 뒤에서 비웃으려고 했던 그 거지 같은 계획 말이야. 이제 내 방에서 꺼져."

"그게 아니고…, 난…."

그가 말을 시작했지만 나는 얼른 말을 끊었다. 이런 시간 낭비라면 이미 충분히 했다.

"나가! 나는 이제 네 꿍꿍이에 속아 넘어가줄 생각이 없다고. 그러니까 내 방에서 당장 꺼지라고!"

이렇게 심한 말을 할 수 있다니, 나도 내가 놀라웠다. 하딘에게는 나쁜 말을 해도 일말의 죄책감도 들지 않았다.

"그게 아니야, 테스. 나, 어젯밤 이후로 생각해봤어…, 나도 잘 모르겠지만, 나, 너랑은…."

하딘이 뒷말을 흐렸다.

이런 건 처음이다. 내 안에서, 내 안의 강력한 무언가가 얼버무린 그 뒷말을 듣고 싶어 했다. 이게 그가 놓은 올가미에 걸리는 첫 걸음이다. 그는 나의 호기심을 이용한다. 이 모든 게 그에게는 게임일 뿐이다. 나는 쓱, 눈물을 훔쳤다. 화장을 안 해서 다행이다.

"설마 내가 진짜로 네 말을 믿을 거라 기대한 거야? 나에게 뭐, 특별한 감정이라도 생겼단 말이야?"

그만해야 한다. 그리고 그는 가야 한다. 그가 발톱을 세워 내 몸 깊숙이 찔러넣기 전에.

"맞아, 테사. 넌 나를, 그러니까, 내 느낌은…."

"그만! 더 듣고 싶지 않아, 하딘. 거짓말이라는 거 다 알아. 어떻게든 이 상황을 모면하려는 거잖아. 내가 널 생각하는 것처럼 너도 느낀다고 믿게 만들려는 거잖아. 그러고는 한순간에 손바닥 뒤집듯 뒤엎어 버릴 거면서. 이젠 다 알겠어. 그렇게 되도록 놔두지는 않을 거야."

그의 눈에 희망이 스쳐 지나가며 반짝 빛났다.

"네가 날 생각하는 것처럼? 그 말은 너도…, 너도 나한테 감정이 있다는 거야?"

그는 생각했던 것보다 훨씬 연기를 잘했다. 그걸 그도 잘 안다. 그렇지 않고서야 이 악순환의 고리를 끊지 못하는 이유를 어떻게 설명할 수 있겠는가. 두려움이 밀려왔다. 내가 하딘에게 감정이 있다는 걸 인정해버린 거다. 그것도 그의 면전에서 고백했다. 내 감정을 산산이 부숴버릴 기회를 너무도 쉽게 상대에게 줘버렸다. 그 어느 때보다 더 나쁜 상황이었다.

하딘이 나를 바라보았다. 마음에 쌓아놓은 단단한 벽이 서서히 허물어지는 느낌이었다. 이래선 안 된다.

"가줘, 하딘. 더 부탁하지 않을 거야. 그래도 안 가면 그땐 경비원을 부를 거야."

"테스, 대답해줘. 부탁이야."

그가 애원했다.

"테스라고 부르지 마. 그건 내 가족들, 친구들, 나를 걱정해주는 사람들만 부를 수 있는 이름이야. 이제 나가!"

의도했던 것보다 훨씬 큰 소리였다. 그가 어서 나가주길, 내 곁에서 떨어지길 원했다. 나를 테레사라고 부르는 게 싫었다. 하지만 테스라고 부르는 건 훨씬 더 싫었다. 그 이름을 부르는 입술의 움직임. 친근하고 사랑스럽게 들리는 그 음성. 젠장, 그만 해, 테사.

"부탁이야. 알아야겠어, 네가 만약…."

"긴긴 주말이었습니다, 여러부운~! 아, 너무 피곤하다!"

스테프가 방으로 들이닥쳤다. 장난기 가득한 피곤함이 묻어 있는 목소리였다. 그러나 내 뺨에서 눈물 자국을 발견하자, 그녀는 하딘을 노려보았다.

"무슨 일이야? 너, 테사한테 무슨 짓을 한 거야?!"

스테프는 하딘에게 소리를 질렀다.

"노아는 어딨어?"

그녀가 나를 보며 말했다.

"갔어. 하딘도 이제 갈 거고."

"테사…."

하딘이 다시 입을 열었다.

"스테프, 하딘 좀 내보내줘, 부탁할게."

그녀는 고개를 끄덕였다. 하딘은 짜증스러운 듯 입을 다물었다. 스테프가 끼어든 게 싫은 모양이다. 나를 다시 덫에 빠뜨렸다고 생각했을 거다.

"가자, 친구."

그녀는 하딘의 팔을 잡고 문으로 끌고 갔다.

문 닫히는 소리가 들릴 때까지 벽을 쳐다보고 있었다. 하지만 곧 복도에서 두 사람의 목소리가 들렸다.

"무슨 짓이야, 하딘? 쟤한테서 떨어지라고 했지! 테사는 내 룸메이트라고. 너랑 놀아나던 여자애들하곤 달라. 쟤는 착하고 순수하고, 솔직히 너한텐 과분해."

한편으론 기뻤고 한편으론 놀라웠다. 스테프가 내 편을 들어주다니. 그래도 아직 가슴 속 통증이 가라앉질 않았다. 내 마음은 말 그대로 상처 받았다. 그날, 강가에서 하딘과의 그날, 마음의 상처는 받을 만큼 다 받았다 생각했다. 하지만 오늘은 그날과 비교도 되지 않는다. 그 앞에서 내 감정을 스스로 인정했다는 게 끔찍하게 싫었다. 나는 잘 안다. 하딘과 보낸 하룻밤이 그에 대한 감정을 더 키웠다는 사실을. 나를 간지럽히면서 깔깔거리던 그의 웃음소리, 부드럽게 키스하던 그의 입술, 나를 감싸 안던 타투 가득한 그의 팔, 맨살을 더듬어주자 흔들리던 그의 눈빛. 이 모든 것들이 그에게 더 깊이 빠져버리게 만들었다. 둘만의 은밀한 순간들이 그를 더 좋아하게, 더 깊이 상처 받게 만들었다. 무엇보다도, 나는 그 때문에 노아에게 돌이킬 수 없는 상처를 입혔다. 그저 그가 용서해주길 바라는 내 모든 잘못들.

"그런 거 아니야."

그의 액센트가 딱딱하고 거칠어졌다. 단단히 화가 난 모양이었다.

"웃기지 마, 하딘. 난 널 잘 알아. 데리고 놀 다른 여자 찾아봐. 널리고 널렸잖아. 쟤는 네가 집적댈 그런 애가 아니야. 남자친구도 있다고. 게다가 쟤는 이런 거 감당 못 해."

듣기 거북했다. 그녀는 내가 약해빠진 사람인 양 너무 예민하다고 말하고 있다. 어쩌면 그녀가 옳은지도 모르겠다. 하딘을 만나고 난 다음부터 눈물이 마를 날이 없으니까. 심지어 이제는 노아와의 관계까지 망가져버렸다. 나는 즐기는 친구 같은 건 필요 없다. 그가 나를 얼마나 느끼게 해주었는지는 상관없다. 그보다 내가 더 소중하다. 게다가 나는 너무 감정에 휩쓸린다.

"좋아. 앞으로 얼씬도 안 해. 너도 쟤 다시는 파티에 데리고 오지 마."

그가 일갈했다. 쾅쾅거리는 그의 발소리가 들렸다. 복도를 내려가면서 점점 작아지는 그의 목소리가 들렸다.

"농담 아니야. 다시는 내 앞에 얼씬거리지 못하게 해. 내 눈에 띄는

날엔, 그땐 내가 제대로 망쳐놓을 테니까!"

38

　스테프는 들어오자마자 나를 안아주었다. 이상했다. 가느다란 팔로 안아주는 게 이렇게 편안하고 위로가 될 수 있다니.

　"고마워, 하딘을 데리고 나가줘서."

　나는 흐느껴 울었다. 그녀는 나를 더 꽉 안았다. 눈물이 흘러 앞이 부얘졌다.

　"하딘은… 그래, 내 친구야. 네 친구이기도 하고. 난 걔가 널 속상하게 만드는 건 싫어. 미안해, 다 내 잘못이야. 내 열쇠를 네이트한테 준 줄 알았어. 하딘이 네 주위에 얼쩡거리게 두는 게 아니었는데…. 걘 진짜 또라이거든."

　"네 잘못이 아냐. 내가 미안해. 너희들 우정에 금 가게 하고 싶진 않았는데…."

　"그러지 마, 제발."

　나는 그녀의 품에서 벗어났다. 얼굴에 걱정이 가득했다. 함께 있어준 것만으로도 고마웠다. 나는 이제 완전히 외톨이다. 노아는 나와 헤어질 것인지 고민하는 중이고, 하딘은 또라이다. 엄마가 이 사실을 다 알게 된다면, 내 얼굴도 보기 싫다 할 거다. 랜던도 나와 하딘의 깊은 관계를 안다면 실망하고 말겠지. 나는 말 그대로, 아무도 없다. 친구가 될 거라고는 생각도 못했던, 이 타투 투성이의 빨강 머리 여자애밖에. 그래도 그녀가 있어서 기뻤다.

"얘기하고 싶으면 나한테 얘기해봐."

정말 그러고 싶었다. 가슴 속에 담아둔 모든 얘기를 다 쏟아내고 싶었다. 나는 그녀에게 모든 걸 이야기했다. 처음으로 하딘에게 키스한 것부터 강가에서의 그날, 그에게 선사한 오르가슴, 잠든 그가 내 이름을 부르던 것까지. 그리고 잔인하게도 노아 앞에서 그에게 준 내 애정을 어떻게 짓밟았는지도 빼놓지 않았다. 그녀의 표정은 걱정에서 충격으로, 그리고 슬픔으로 바뀌었다. 이야기를 마치자 셔츠가 온통 눈물로 젖어버렸다. 그녀가 내 손을 잡았다.

"세상에, 그런 일들이 있었는줄 몰랐어. 처음부터 얘기하지 그랬어. 영화 보러 가던 날, 뭔가 낌새가 수상하긴 했어. 전화하자마자 하딘이 갑자기 나타났거든. 있잖아, 하딘은 가끔은 좋은 남자야. 내 말은, 걔가 잘 모른다는 거야. 좋아하는 사람에게 어떻게 진심을 표현하는지. 너처럼, 아니 모든 여자들이 그렇겠지만, 이 사람이 날 좋아하는구나 하는 느낌을 받고 싶은 사람들한테는 더 힘들지. 내가 너라면, 노아랑 잘 풀어보려고 노력할 거야. 하딘은 누군가의 남자친구가 될 깜냥이 안 돼."

스테프는 내 손을 꽉 잡았다.

그녀가 말한 게 전부 사실이다. 그리고 그 말이 다 옳다. 그런데 왜 이렇게 가슴이 쓰리고 아픈 걸까?

월요일 아침, 랜던이 커피숍 벽돌담에 기대어 나를 기다리고 있었다. 그를 보고 손을 흔들었다.

'어? 뭐지?'

그의 왼쪽 눈 주위로 푸르딩딩한 둥근 테두리가 보인다. 가까이서 보니 뺨에도 다른 멍자국이 있었다.

"어떻게 된 거야?"

번뜩 머릿속을 스쳐가는 게 있었다.

"하딘이 한 짓이야?"

목소리가 떨렸다.

"응….''

순간 소름이 끼쳤다.

"왜? 무슨 일이 있었길래?"

랜던을 이렇게 만들다니….

"너 가고 난 뒤에 하딘이 집을 뛰쳐나갔거든. 그런데 한 시간쯤 뒤에 다시 왔어. 잔뜩 화가 났더라고. 그러더니 보이는 걸 닥치는 대로 때려 부수는 거야. 그래서 내가 말렸지. 뭐, 사실 싸운 거지. 그렇게 나쁘진 않았어. 우리 둘 다 쌓인 게 많았거든. 그게 한꺼번에 터진 거야. 나도 그 자식을 제법 패줬어."

그가 떠벌렸다. 뭐라 할 말이 없었다. 하딘과 싸운 얘기를 아무렇지 도 않게 하는 랜던이 놀라웠다.

"진짜 괜찮은 거야? 내가 뭐 도와줄 건 없어?"

내 잘못인 것 같았다. 하딘이 나 때문에 돌아버린 거니까. 근데 왜 랜 던을 때렸을까?

"괜찮아."

그가 웃었다.

강의실로 걸어가면서 랜던은 쉴 새 없이 얘기했다. 다행히 서로 죽 이기 전에 하딘네 아빠가 와서 뜯어말린 얘기, 랜던 엄마가 박살난 그

룻들을 보고 펑펑 운 얘기 같은 거였다. 큰 의미가 담긴 물건들은 아니었지만, 하딘이 그랬다는 데에 상처 받은 모양이었다.

"그래도 다른 신나는 뉴스가 있어. 다코타가 다음 주말에 여기 오기로 했어. 본파이어에 온대!"

"본파이어?"

"온 캠퍼스에 잔뜩 붙어 있는 포스터 못 봤어? 새 학년 시작을 축하하며 매년 하는 축제야. 난 이런 거에 별로 열광하는 스타일은 아니지만, 축제는 제법 재미있어. 노아도 꼭 오라고 해. 우리 같이 더블 데이트하자."

나는 웃으며 고개를 끄덕였다. 노아를 초대하면 랜던 같은 좋은 친구가 있다는 걸 보여줄 수 있을 거다. 하딘과 랜던, 아니, 노아와 랜던은 잘 어울릴 거다. 그리고 나는 다코타를 진짜 만나고 싶었다.

랜던에게 듣고보니 캠퍼스는 온통 본파이어 포스터로 도배되어 있었다. 내가 딴 데 정신이 팔려 지난 주 내내 보지 못했던 모양이다.

영문학 강의실에 들어섰다. 그리고 나의 눈은 하딘은 찾아 헤매고 있었다. 잠재의식 속에서 그러지 말라고 끊임없이 외치고 있건만, 소용이 없었다. 그는 보이지 않았지만 머릿속에서 그의 목소리가 들리기 시작했다.

'내가 제대로 망쳐놓을 거야.'

더 망칠 게 있을까? 노아 앞에서 그런 수모를 주고도? 잘 모르겠다. 앞으로 일어날 만한 일들을 상상해봤다. 랜던이 상상의 나래를 깨고 들어왔다.

"하딘 자식, 안 나타날 모양이야. 제드 패거리한테 수업 바꿀 거라고 하더니만. 네가 그 시커먼 눈탱이를 봤어야 하는데."

랜던이 나를 보며 웃었다. 나는 강의실 정면만 뚫어져라 쳐다보았다.

하딘을 찾고 있었다는 걸 인정하고 싶지 않았다. 하지만 그럴 수 없었다. 하딘의 눈이 시커매졌다고? 그가 괜찮길 바랐다. 아니, 사실 바라지 않는다. 지옥만큼 아프길 바란다.

"어, 그래."

나는 애꿎은 스커트를 쥐어뜯으며 중얼거렸다.

랜던은 수업 시간 내내 더 이상 하딘 얘기를 하지 않았다.

나머지 한 주 동안은 찍어낸 듯 똑같은 날들이었다. 나는 누구에게도 하딘 얘기를 하지 않았고, 누구도 내게 하딘 얘기를 하지 않았다. 트리스탄은 일주일 내내 우리 방에서 함께 어울렸다. 싫지 않았다. 사실 그는 좋은 사람이다. 스테프를 웃게 만들고, 가끔씩은 나까지도 웃게 만들었다. 인생 최악의 주말을 보낸 나까지. 나는 깨끗하고 간편한 옷이라면 아무 거나 걸쳤다. 머리는 매일 질끈 묶고 다녔다. 아이라이너와의 짧은 애정 관계에도 작별을 고했다. 나는 완벽하게 평소의 일상으로 돌아왔다.

먹고, 자고, 수업 듣고, 공부하고, 먹고, 자고, 수업 듣고, 공부하고.

금요일이 되자 스테프는 쳇바퀴 같은 일상에서 나를 탈출시키려 무던히 애를 썼다.

"그러지 말고, 테사. 금요일이잖아. 우리랑 같이 나가자. 다시 방에 데려다줄게. 우리가 하딘…, 아니, 파티 가기 전에 말야."

그녀가 애걸복걸했지만 나는 고개를 가로저었다. 아무 것도 하고 싶지 않았다. 공부도 해야 하고 엄마한테 전화도 해야 한다. 이번 주 내내 엄마 전화를 피하고 있었다. 또 노아에게도 전화해봐야 한다. 마음의 결정을 했는지 물어봐야 한다. 일주일 동안 그를 내버려두었다. 간간 히 짤막한 메시지만 보냈다. 그가 돌아올 거라는 희망을 안고. 다음 주 금요일, 본파이어 축제에 그가 꼭 왔으면 좋겠다.

"오늘은 그냥 여기 있을래… 내일 차 보기로 했거든. 오늘은 쉴래."

절반쯤은 거짓말이지만, 내일은 진짜 차를 보러 가야 한다. 하지만 온갖 생각을 하면서 혼자 우두커니 있긴 싫었다. 불확실한 노아와의 관계, 하딘은 정말로 나에게서 떨어져 나간 게 분명한 것 같고. 물론 기 쁜 일이지만… 온갖 잡생각들 속에서 그를 떨쳐낼 수가 없었다.

'시간이 더 필요한 것뿐이야.'

나에게 끊임없이 얘기했다.

하지만 마지막으로 그를 본 날, 그가 한 행동이 마음속에서 떠나질 않는다. 나에게 뭔가를 원하는 듯했던. 뭔가를 이야기하려 했던.

생각이 떠돌다 어느 한 지점에서 멈췄다. 하딘과 함께 어울리며 웃 고 행복했던 그 지점. 우리가 데이트 같은 걸 했던 그 지점. 그가 나와 함께 영화를 보거나 저녁을 먹을 수도 있었던 그 지점. 그는 두 팔로 나 를 감싸 안고, 나는 그와 함께하는 걸 자랑스러워했을 거다. 춥다고 하 면 그가 재킷을 벗어 내 어깨에 걸쳐주었을 거다. 그리고 굿나잇 키스 를 하고 다음날 다시 만날 약속을 했을 거다.

"테사?"

스테프가 나를 불렀고, 부질없는 생각들은 연기처럼 사라졌다. 현실 이 아니었다. 공상 속의 그 남자는 절대 하딘이 될 수 없다.

"그러지 말고, 가자. 너 일주일 내내 그 풍선같이 펑퍼짐한 바지 입고 있었잖아."

트리스탄이 놀려댔고, 나는 웃었다. 이 바지는 내가 가장 좋아하는 잠옷이다. 특히나 아플 때, 혹은 실연당했을 때, 아니면 둘 다의 경우에 모두. 나는 아직도 모르겠다. 어떻게 하딘과 시작도 안 한 관계를 끝낼 수 있는 건지.

"알았어. 정말 저녁 먹고 바로 데려다줘야 해. 내일 일찍 일어나야 하거든."

스테프가 손뼉을 치며 팔짝팔짝 뛰었다.

"야호! 그럼 내 부탁 딱 하나만 들어줄래?"

그녀가 속눈썹을 깜빡거리며 천진한 표정으로 웃었다.

"뭔데?"

별로 좋은 제안이 아닐 것 같아 심드렁해졌다.

"있잖아, 너 살짝만 변신시켜줘도 돼? 제에에발!"

스테프는 비음을 섞어가며 말했다.

"말도 안 돼."

분홍빛 머리에 두꺼운 아이라이너를 그리고, 셔츠 대신 브라를 입은 내 모습이 그려졌다.

"심하게 하지 않을게. 그냥 일주일 내내 잠옷 바람으로 동면한 모습에서 벗어날 정도만…"

그녀는 웃었고, 트리스탄도 터져 나오는 웃음을 억지로 참고 있었다.

결국 나는 두손두발 다 들었다.

"좋아."

스테프는 기뻐하며 소리 질렀다.

39

스테프는 먼저 내 눈썹을 뽑아 정리했다. 아, 상상했던 것보다 훨씬 더 아팠다. 그런 다음 나를 돌려 세웠다. 화장이 끝날 때까지 보지 말라는 거다. 불안감이 스멀스멀 올라왔다. 너무 진하게 하지 말라고 몇 차례나 당부했다. 스테프는 진하지 않다고 계속 말했지만 믿을 수가 없었다. 그 다음 머리를 만져 컬을 살리고, 헤어스프레이를 반 통이나 뿌려댔다.

"화장과 머리 완료! 이제 옷 갈아입자. 다 끝나면 그땐 거울 봐도 돼. 너한테 어울릴 만한 게 몇 벌 있을 거야."

자신의 작품이 뿌듯한 모양이다. 나는 그저 광대처럼 보이지 않기만을 기도했다. 그녀를 따라 벽장에 들어갔다. 조그만 거울로 살짝 보려고 했지만, 그녀가 매몰차게 치워버렸다.

"이거 입어봐."

그녀가 검정색 원피스를 꺼냈다.

"넌 나가 있어!"

그녀가 트리스탄에게 소리쳤다. 그는 상냥하게도 웃으며 방에서 나갔다.

원피스는 어깨끈도 없는 데다 말도 안 되게 짧았다.

"이런 거 못 입어!"

"알았어…, 그럼 이건 어때?"

그녀는 또 다른 검정 원피스를 건넸다. 비슷한 게 열 벌도 넘는 것 같았다. 이번 건 좀 더 길었고, 튼튼한 어깨끈이 있었다. 다만 목선이 좀 걱정스러웠다. 가슴 굴곡을 따라 너무 많이 파였다. 내 가슴은 스테프처럼 작지 않은데….

내가 너무 오래 쳐다만 보고 있자, 그녀가 한숨을 쉬었다.

"그냥 좀 입어봐 줄래?"

할 수 없이 잠옷을 벗고 원피스에 몸을 구겨 넣었다. 그녀는 내내 재밌다는 듯 나를 바라보았다. 좀 끼는 듯했다. 아직 지퍼를 올리지도 않았는데. 스테프와 나는 몸집이 비슷하지만, 그녀는 나보다 키가 컸고, 나는 그녀보다 굴곡 있는 몸매였다. 원피스는 약간 반짝거리고 실크처럼 부드러운 소재였다. 치맛단은 허벅지 중간쯤 내려왔다. 생각보다 짧지는 않았다. 그래도 내가 입는 옷들보다는 훨씬 짧았다. 다리가 훤히 드러나니 벌거벗은 느낌이었다. 치맛단을 잡아 아래로 끌어내렸다.

"스타킹 신을래?"

"나…, 너무 벗은 거 같아."

멋쩍게 웃었다. 스테프는 서랍을 뒤져 스타킹 두 개를 꺼냈다.

"이건 검정 단색이고, 이건 레이스 무늬가 있는 거야."

레이스 스타킹은 좀 난해한 것 같아 검정 스타킹을 신었다. 스테프는 그 사이 내가 신을 구두를 찾고 있었다.

"하이힐은 못 신어!"

진짜다. 하이힐을 신으면 발 다친 펭귄마냥 어기적거리며 걷는다.

"음, 낮은 구두나 웨지힐도 있어, 테사. 미안하지만 네 운동화는 그 차림엔 안 되겠는데."

나는 짓궂은 표정으로 그녀를 노려보았다. 매일 신는 스니커즈는 나한테 최고의 신발이다. 그녀는 은색 비즈가 달린 검정 구두를 꺼냈다. 그 구두가 내 눈을 사로잡았다는 사실은 인정한다. 다만 한 번도 저런 힐을 신어 본 적이 없었다. 딱 한 번이라면, 신어보고 싶기도 했다.

"이 신발 어때?"

나는 고개를 끄덕였다.

"근데 그걸 신고는 못 걸을 것 같아."

그녀는 얼굴을 찡그렸다.

"아냐, 걸을 수 있어. 발목 스트랩이 넘어지지 않게 잘 잡아줄 거야."

"그래서 스트랩이 있는 거야?"

"꼭 그런 건 아니지만, 도움이 될 거야."

그녀가 웃었다.

"그러니까 그냥 좀 신어봐."

침대에 앉아 다리를 쭉 뻗었다. 그녀가 구두를 신겨주었다. 그녀는 내가 일어나게 잡아주었고, 몇 걸음 걸어봤다. 정말로 스트랩은 균형 잡는 데 도움이 되었다.

"더 이상 못 기다리겠다! 얼른 거울 좀 봐."

그녀는 옷장의 다른 쪽 문을 열었다. 전신 거울에 비춰진 내 모습을 보았다.

'너… 대체 누구야?'

숨이 막혔다. 내 모습이었지만 나보다 훨씬 예뻐 보였다. 화장이 너무 진하지 않을까 내심 걱정했는데 그렇지 않았다. 갈색 아이섀도가 회색 눈동자를 더 밝게 만들었고, 분홍빛 뺨은 광대뼈를 예쁘게 도드

라지도록 했다. 머리카락은 윤기가 돌았고, 굽슬굽슬한 굵은 웨이브가
풍성했다.

"완전 감동이야."

나는 웃으며 더 가까이 들여다보았다. 이게 진짜 나인가 싶어서 뺨
을 콕콕 찔러 보았다.

"너 맞아. 더 섹시해지고 잘 꾸민 너."

스테프는 키득거리며 트리스탄을 불러들였다. 문을 열고 들어온 그
의 입이 떡 벌어졌다.

"테사는 어디 갔어?"

그는 장난스럽게 방을 두리번거렸다. 베개를 들더니 그 밑을 찾는
시늉까지 했다.

"나, 어때?"

나는 치맛단을 끌어내리며 물었다.

"와, 진짜 예뻐. 진짜 진짜 예뻐."

그가 슬쩍 스테프의 허리에 팔을 둘렀다. 그녀가 살포시 기댔고, 나
는 짐짓 딴 곳을 보는 척했다.

"잠깐만, 하나 더."

그녀가 서랍에서 립글로스를 꺼내 입술을 삐죽 내밀며 발랐다. 나도
그녀처럼 입술을 내밀었고, 그녀가 내 입술에도 쓰윽 발라줬다.

"준비됐지?"

트리스탄이 묻자 스테프가 고개를 끄덕였다. 혹시 몰라 백 속에 운
동화를 챙겨 넣었다. 드디어 외출이다.

가는 내내, 나는 뒷자리에 앉아 창밖을 보며 이런 저런 생각을 했다. 레스토랑에 도착하니 오토바이가 잔뜩 세워져 있었다. 왠지 주눅이 들었다. T.G.I 프라이데이스 같은 패밀리 레스토랑에 갈 줄 알았지, 이런 라이더 바에 올 줄은 몰랐다. 안으로 들어가자 사람들의 시선이 나에게 쏠리는 게 느껴졌다. 사실 아무도 보지 않았겠지만.

스테프가 내 손을 잡아끌더니 안쪽 자리로 데리고 갔다. 자리에 앉으면서 그녀가 말했다.

"네이트도 온대. 괜찮지?"

"당연하지."

하딘만 아니라면 상관없었다. 게다가 여럿이 북적거리는 게 더 나을 것이다. 여기서 나 혼자만 꿔다 놓은 보릿자루 같을 테니까.

타투가 잔뜩 있는 여자가 음료수 주문을 받으러 왔다. 스테프나 트리스탄보다 타투가 한 수 위다. 둘은 맥주를 시켰다. 애들이 여기 오는 이유가 이거구나 싶었다. 이곳에선 신분증 검사를 하지 않았다. 내가 콜라를 주문하자 여자가 한쪽 눈썹을 찡긋 올렸다. 상관없다, 술은 마시고 싶지 않았다. 방으로 돌아가면 남은 공부를 할 예정이다. 잠시 후 음료수가 나왔고, 나는 한 모금 쭉 들이켰다. 환호성과 휘파람 소리가 들렸다. 네이트와 제드가 우리 테이블로 걸어왔다. 그들이 가까워지자 그 뒤로 핑크색 머리의 몰리가 들어오는 게 보였다. 그리고 그 뒤로…… 하딘이 따라 들어왔다.

나는 놀라 마시던 콜라를 다시 컵에 뱉었다. 스테프가 놀란 눈으로 나를 쳐다보았다.

"하딘이 오는 건 진짜 몰랐어. 불편하면 우리 나갈래?"

제드가 우리 옆 자리에 앉았다. 나는 하딘을 쳐다보지 않으려 애썼다.

"우와, 테사! 오늘 완전 예쁘다! 이런 모습 처음이잖아."

제드가 큰 소리로 외치는 바람에 얼굴이 붉어졌다. 멋쩍게 웃으며 감사 인사를 했다. 네이트와 몰리, 그리고 하딘은 우리 뒷자리에 앉았다. 하딘과 마주 보지 않았으면 좋겠는데… 스테프에게 자리를 바꿔 앉자고 하고 싶었지만 입이 떨어지지 않았다.

하딘과 눈 마주치는 것만이라도 피하면 되겠지. 그래, 할 수 있다.

"최고로 근사해 보인다, 테사."

네이트가 가림막 너머로 말을 건넸다. 어색한 웃음이 나왔다. 사람들의 이목 집중에는 익숙치 않다. 하딘은 한마디도 없었다. 물론 기대하지도 않았지만. 비아냥거리지 않은 것만도 천만다행이다.

하딘과 몰리가 내 시야 정면에 자리잡았다. 얼굴만 들면 스테프와 트리스탄의 어깨 사이로 하딘의 얼굴이 보였다.

'한 번쯤 본다고 마음 상하진 않겠지….'

나는 이미 그를 힐끔 훔쳐보고 있었다. 하지만 곧 후회했다. 하딘이 몰리의 어깨를 감싸 안고 있었다. 질투심 같은 감정이 불타올랐다. 보지 말아야 할 걸 본 대가가 이렇게 가혹하다니. 분명 저 둘은 여기 오기 전 같이 뒹굴었겠지. 그리고 둘의 관계는 아마 앞으로도 계속될 거다. 몰리가 파티에서 아무렇지도 않게 그에게 걸터앉아 있었던 걸 똑똑히 기억한다. 목구멍에서 무언가 치밀어 오르는 걸 꿀꺽 삼켰다. 하딘에게는 하고 싶은 대로 하고, 만나고 싶은 사람을 만날 자유가 있다.

"오늘 테사 진짜 예쁘지 않아?"

스테프가 사람들을 부추겼고, 다들 고개를 끄덕였다.

나는 하딘의 시선을 느낄 수 있었다. 하지만 하딘을 쳐다보지 않았다. 그는 흰색 티셔츠를 입고 있었다. 타투가 훤히 비쳐 보이겠지. 머리카락은 제대로 헝클어져 있지만 신경 쓰지 않았다. 그가 얼마나 멋있어 보이는지, 몰리가 얼마나 싸구려처럼 옷을 입었는지 따위는 신경 끌 테다.

'정말 짜증나. 우스꽝스런 핑크색 머리에 천박한 차림새 좀 봐. 창녀가 따로 없네.'

나는 깜짝 놀랐다. 내가 이런 생각을 하고 있다니. 누군가를 향해 이런 악감정을 품다니. 지금까지 누구에게도 이런 감정을 품어 본 적은 없었다. 하지만 어쩌겠나, 사실인걸. 게다가 저 여자가 너무너무 싫다.

"테사, 오늘 좀 예쁘네. 본 중 제일 낫다!"

몰리는 그렇게 말하더니 하딘의 가슴에 몸을 기댔다. 나는 그녀에게 눈을 맞추고 거짓 미소를 보냈다.

"한 모금 마셔도 돼?"

대답할 틈도 없이 제드가 내 잔을 잡았다. 그러더니 내 콜라를 반도 넘게 마셔버렸다. 평소 같았으면 절대 못 마시게 했을 텐데. 지금은 제대로 된 판단을 할 수가 없었다. 이 자리가 너무 불편했다. 나는 팔꿈치로 제드를 쿡 찔렀다.

"미안, 테사. 한 잔 더 시켜줄게."

그가 부드럽게 말했다. 제드의 외모는 정말 매력적이다. 풋내기 대학생이라기보다는 프로 모델 같았다. 타투가 온몸을 뒤덮지만 않았어도 모델이 됐을 법한 외모였다.

어느 테이블에선가 시끄러운 소리가 났다. 눈을 들어 주변을 둘러보다 시선이 하딘에게 꽂혔다. 그는 큰 소리로 목청을 가다듬으면서 번뜩이는 눈으로 나를 노려보았다. 눈을 돌리고 싶었지만 그럴 수가 없었다. 나는 제드가 내 바로 뒤편 칸막이에 팔을 올려놓는 것을 따라 그의 시선이 움직이는 것을 놓치지 않았다. 하딘의 눈초리가 심상치 않았고, 나는 재미를 좀 보기로 했다.

지난번에 하딘이 제드와 어울리지 말라고 완강하게 말했던 게 기억났다. 나는 제드에게 살짝 몸을 기댔다. 순간 하딘의 눈이 커졌다가 금세 작아졌다. 유치하고 어이없는 짓인 건 나도 잘 안다. 하지만 상관없었다. 어차피 그와 한 공간에 있어야 한다면, 그도 나만큼 불편해지길 바랐다.

여자가 다시 와서 주문을 받아 갔다. 나는 케첩 뺀 햄버거와 감자튀김을 시켰다. 다른 사람들은 죄다 핫윙을 주문했다. 여자는 하딘에게 콜라를 가져다주었고, 나머지 사람들에게는 맥주를 빙 돌려 놓았다. 나는 아직도 콜라가 나오기를 기다리고 있었다.

"이 집은 핫윙이 제일 맛있어."

제드가 나에게 귀띔했다. 나는 그에게 웃으며 말했다.

"다음 주 본파이어 축제에 갈 거야?"

"잘 모르겠어. 썩 내키진 않아."

제드는 맥주 한 모금을 들이키더니 팔을 내 어깨에 살짝 걸쳤다.

"넌?"

하딘을 쳐다보진 않았지만 그는 분명 짜증스런 눈빛을 하고 있을 거다. 사실 제드와 일부러 시시덕거리는 게 마음에 걸리긴 했다. 한 번도 누군가에게 보여주기 위해 이런 짓을 해본 적은 없었으니까. 어쩐지 못된 인간이 된 것 같았다.

"갈 거야, 랜던이랑."

모두들 웃음을 터뜨렸다.

"랜던 깁슨?"

제드가 웃으며 물었다.

"응, 랜던은 내 친구야."

다들 랜던을 우습게 보는 게 맘에 들지 않았다.

"걔라면 본파이어 축제에 가겠지! 걔 좀 머저리잖아."

몰리가 떠들었다. 나는 그녀를 노려보았다.

"걘 머저리도 아니고, 내가 볼 땐 멋진 애야."

나는 랜던 편을 들었다. 그래, 이들이 말하는 '멋짐'은 내 기준과 다
르겠지. 어쨌든 내 기준이 훨씬 낫다.

"랜던 깁슨과 멋짐은 전혀 안 어울린다."

몰리는 손가락으로 하딘의 머리를 뒤로 쓸어 넘기며 떠들어댔다.

'아, 정말 싫다.'

"글쎄, 애석하게도 랜던이 너희들과 어울릴 만큼 멋지지 않을지는
모르겠지만, 걔는….."

나는 어깨에 있는 제드의 손을 뿌리치며 벌떡 일어섰다.

"워워, 테사, 진정해. 농담이야."

네이트가 말했고, 몰리는 나를 보며 실실 웃었다. 몰리도 나를 좋아
하지 않는 게 분명했다.

"내 친구를 두고 그런 악의적 농담을 하는 건 사양이야. 특히 본인도
없는 데서 말이야."

좀 진정할 필요가 있긴 했다. 하지만 하딘이 내 앞에서 몰리와 시시덕거리는 꼴을 보고 있자니 저절로 말투가 사나워졌다.

"알았어, 미안해. 어쨌든 개가 하딘의 눈탱이를 밤탱이로 만들어서 나한테 점수 좀 땄는걸."

제드가 다시 내 어깨에 팔을 둘렀다. 하딘만 빼고 모두 웃었다, 물론 나까지도.

"맞아, 다행히 교수님이 둘을 뜯어말렸기에 망정이지. 안 그랬으면 하딘이 그 병신 자식에게 더 두들겨 맞았을 거야."

네이트가 툭 내뱉더니 얼른 나를 보았다.

"아, 미안. 나도 모르게 튀어나왔어."

그는 어색한 사과의 웃음을 지어 보였다.

'교수님?'

교수님이 뜯어말린 게 아니다. 하딘의 아빠가 말린 거다. 랜던이 거짓말을 한 건가…, 아니면…. 잠깐 이들은 하딘과 랜던이 곧 형제가 될 거라는 걸 모르고 있는 건가? 하딘을 쳐다보았다. 그는 걱정스러워 보였다. 그가 애들에게 거짓말을 한 거다. 지금 당장 모두에게 이 사실을 밝혀야 한다.

하지만 그럴 수 없었다. 나는 하딘 같은 인간이 아니다. 하딘에겐 그런 일쯤은 별 거 아니겠지만 나는 사람들에게 상처주는 게 어렵다는 걸 안다.

'노아에게는 아니었잖아.'

잊고 있던 기억이 툭 튀어나왔다. 얼른 생각을 밀어넣었다.

"어쨌든 난 본파이어 축제가 재밌을 거 같아."

제드가 나를 재밌다는 듯 처다봤다.

"나도 아마…, 결국엔 가게 될 것도 같다."

"나도 갈 거야."

하딘이 불쑥 끼어들었다.

모두의 시선이 하딘에게 쏠렸다. 몰리가 그를 보며 웃었다.

"네네, 물론 그러시겠지요."

그녀는 어이없는 표정으로 실실거렸다.

"진짜 갈 거야. 그렇게 재미없진 않을 테니까."

하딘이 조용하지만 단호하게 말하자, 몰리는 그를 흘겨보았다.

'제드가 간다니까 하딘도 가겠다는 거지?'

내 계략이 생각보다 더 잘 먹힌 모양이었다.

그때 음식이 나왔다. 내 앞에 주문한 햄버거가 놓였다. 맛있어 보였다, 한 가지만 빼면. 접시 한쪽에 케첩이 뿌려져 있었다. 나는 코를 틀어막고 냅킨으로 케첩을 닦아냈다. 음식을 다시 내오게 하기는 싫었다. 오늘 밤, 이미 충분히 괴롭다. 이런 사소한 문제로 다시 이목을 집중시키는 건 싫었다.

다들 핫윙을 뜯으면서 오늘 열릴 파티 얘기로 꽃을 피웠다. 나는 감자튀김을 집어 먹었다. 웨이트리스가 다시 와 필요한 게 없는지 물어봤다.

"없어요."

트리스탄이 대답했다.

"잠깐만요. 쟤는 케첩 뺀 햄버거를 주문했잖아요."

하딘이 큰 소리로 여자를 불러 세웠다. 나는 들고 있던 감자튀김을 접시에 떨어뜨렸다.

웨이트리스는 미안한 표정으로 나를 보았다.

"정말 죄송합니다. 새로 해서 가져다 드릴까요?"

사람들이 나를 바라보고 있었다. 왠지 좀 창피했다. 할 수 있는 거라 곤 고개를 젓는 것뿐이었다.

"당연하지, 새로 갖다주세요."

하딘이 대신 대답했다.

'도대체 왜 저래? 내 음식에 케첩이 들어간 건 어떻게 안 거야?'

하딘은 나를 가시방석에 앉히려 들었다.

"손님, 접시 주세요. 새로 해다 드릴게요."

여자가 손을 내밀었다. 나는 고맙다고 고개를 숙이며 접시를 내줬다.

"무슨 짓거리야?"

몰리가 하딘을 다그치는 소리가 들렸다. 아, 그녀는 진심으로 그 목소리를 어떻게 좀 해야 한다.

"쟤는 케첩 싫어하거든."

하딘이 아무렇지도 않게 대답하자 몰리는 벌컥 화를 내며 맥주 한 모금을 마셨다.

"쳇!"

몰리가 투덜거리자 하딘이 그녀를 노려봤다.

"넌 제발 신경 *끄라고*."

그래, 하딘이 적어도 나한테만 못되게 구는 건 아니었다.

케첩을 뺀 새 음식이 나왔다. 입맛이 다 떨어졌지만 거의 다 먹었다. 제드가 내 밥값까지 계산했다. 뭐지? 고맙기도 했지만 이상하기도 했다. 밖으로 나오자 제드가 나에게 팔을 둘렀다. 하딘은 짜증이 솟구치는 눈치였다.

"파티에 벌써 애들이 잔뜩 모였대!"

네이트가 문자메시지를 읽으면서 말했다.

"넌 나랑 같이 가자."

내가 고개를 가로젓자 제드는 얼굴을 찡그렸다.

"난 파티에 안 가. 트리스탄이 기숙사에 데려다줄 거야."

"내가 가는 길에 내려줄게."

느닷없이 하딘이 끼어드는 바람에 발목을 삐끗할 뻔했다. 다행히 스테프가 나를 붙잡았고, 하딘에게 웃으며 말했다.

"괜찮아, 하딘. 트리스탄하고 내가 데려다줄게. 제드 넌 우리랑 같이 가든지."

눈빛만으로 사람을 죽일 수 있다면, 스테프는 지금 당장 바닥에 나자빠졌을 거다. 하딘은 누군가를 죽일 것 같은 눈으로 트리스탄을 돌아보았다.

"너, 설마 술 마시고 캠퍼스에서 운전하려는 건 아니지? 경찰들이 딱지 끊으려고 진을 치고 기다릴 텐데 말이야. 오늘 금요일이라고."

스테프는 나를 쳐다보았다. 뭐라고 말하길 바라는 눈치였다. 하지만 무슨 말을 꺼내야 할지 나도 모르겠다. 하딘과 단둘이 차에 있는 것도 싫었고, 술 취한 트리스탄이 운전하는 차를 타기도 싫었다. 나는 어깨를 으쓱하고 제드에게 기댔다. 죽이 되든 밥이 되든 자기들이 알아서 해결하겠지.

"빨리 데려다주고, 파티 가서 재밌게 놀자."

몰리가 하딘에게 말하자 하딘이 고개를 저었다.

"아니, 넌 트리스탄이랑 스테프랑 같이 타고 가."

하딘의 강압적인 말투에 몰리가 움찔했다.

"이제 제발 좀 출발하자고!"

네이트가 차 키를 꺼내며 투덜거렸다.

"가자, 테사."

하딘이 말했다. 나는 제드와 스테프를 번갈아 쳐다보았다.

"테사!"

하딘이 차 문을 열며 한 번 더 소리를 질렀다. 쫓아가지 않으면 나를 질질 끌어서라도 데리고 갈 태세였다. 왜 하딘이 내 주변을 맴도는 걸까? 지난번에 스테프에게 다신 눈에 띄지 않게 하라고 신신당부해 놓고선.

"별 일 없을 거야. 방에 도착하면 문자메시지 보내줘."

스테프가 말했다. 고개를 끄덕이고 하딘의 차로 걸어갔다. 궁금했다. 도대체 무슨 심산인 걸까. 반드시 알아내야 한다.

40

결국 그의 차에 타고 말았다. 이번 주 내내 그토록 열심히 피해 다녔건만. 내가 차에 타서 안전벨트를 맬 때까지 그는 내게 눈길도 주지 않았다. 나는 허벅지를 가리려 한 번 더 치마를 끌어내렸다. 침묵 속에 잠시 앉아 있다가, 주차장을 나섰다. 한 가지 다행인 점이라면 몰리가 같이 타지 않았다는 거다. 그녀가 하딘한테 살랑거리는 걸 보느니 차라리 기숙사까지 걸어가는 게 나을 것 같았다.

"무슨 생각으로 싹 변신을 하셨나?"

고속도로에 들어서자 그가 말을 꺼냈다.

"음…, 스테프가 내게 뭔가를 해주고 싶었나 봐."

나는 창밖으로 획획 지나가는 건물들에 시선을 고정시켰다. 평소 듣던 요란한 음악이 볼륨을 낮춰 작게 흘러나오고 있었다.

"좀 심한 것 같지 않아?"

나는 주먹을 꽉 쥐어 다리 위에 올려놓았다. 그래, 이게 오늘의 계획이었구나. 기숙사로 돌아가는 내내 나한테 모욕 주기.

"날 데려다주지 않아도 됐잖아."

나는 창문에 머리를 기댔다. 최대한 그에게서 떨어져 있고 싶었다.

"그렇게까지 몸 사릴 건 없어. 내 말은, 네 화장이 좀 과했단 소리야."

"글쎄, 네가 어떻게 생각하든 상관없어. 넌 평소 내 차림이 취향이 아니라며. 그래 놓고는 이 모습도 맘에 안 든다니 매우 놀랍다."

딱 잘라 말하고, 나는 눈을 감았다. 그가 옆에 있다는 것만으로도 지친다. 그는 내게 남아 있는 마지막 에너지마저 빨아먹는 중이다.

나지막이 웃는 소리가 들렸다. 그는 라디오를 완전히 꺼버렸다.

"네 모습이 이상하단 소리가 아니야. 네 옷들, 그러니까 그 흉물스런 긴 스커트보다 지금 입은 옷이 낫긴 하지."

해명하려고 노력했지만 그의 말은 앞뒤가 맞지 않았다. 몰리가 이런 스타일로 입었을 땐 좋아하는 것처럼 보였으니까. 아니, 몰리는 더 심했다. 그런데 나는 왜?

"테사, 내 말 듣고 있어?"

내가 답이 없자 그가 물었다. 허벅지에 그의 손이 닿는 느낌이 들었다. 나는 펄쩍 뛰며 손을 치우고 눈을 떴다.

"들었어, 들었다고. 할 말이 없을 뿐이야. 내 스타일이 싫으면, 그냥 나를 보지 마."

하딘과 말할 때는 한 가지 좋은 점이 있다. 생각나는 걸 그대로 퍼부어댈 수 있다는 거다. 감정을 상하게 하면 어쩌나 하는 걱정 없이 전부다. 그에게 배려해줘야 할 감정 따윈 없으니까.

"바로 그게 문제란 거야. 너한테서 눈을 뗄 수가 없거든."

저딴 소리를 하다니. 차 문을 열고 고속도로로 확 뛰어내릴까, 잠깐 고민했다.

"제발, 관두자!"

피식 웃음이 새어나왔다. 이제 나도 안다. 그가 애매하게 다정한 소리를 할 때는 다른 꿍꿍이가 있다는 걸. 저런 말을 한 다음엔 모욕적인 말들을 쏟아낼 거고, 그러면 훨씬 더 고통스러울 테니까.

"왜? 사실인데. 새 옷들은 다 인정. 하지만 화장은 필요 없어. 평범한 애들이 화장 안 한 너처럼 보이려고 화장을 얼마나 하는 줄 알아?"

'뭐라고?'

이 남자, 분명, 우리가 얘기하지 않기로 한 걸 잊어버렸나 보다. 채 일주일도 전에 다시 만나면 내 인생을 망쳐버리겠다고 한 걸 잊은 거다. 우리가 서로 죽도록 증오하는 사이란 것도.

"설마 내가 고마워할 거라고 기대한 건 아니지?"

나는 웃는 둥 마는 둥 했다. 정말 종잡을 수가 없었다. 불같이 화를 내다가 한순간에 나에게서 눈을 못 떼겠다고 말하다니.

"근데 왜 애들한테 랜던과 나에 대해 사실대로 얘기 안 했어?"

그가 느닷없이 화제를 바꿨다.

"분명히 너는 걔들한테 알리고 싶지 않았을 테니까."

"아직은. 넌 왜 내 비밀을 지켜준 건데?"

"누군가의 비밀을 일부러 폭로할 이유는 없지."

그가 슬며시 웃으며 반쯤 내리간 눈으로 나를 쳐다보았다.

"네가 다 말했더라도 널 원망하진 않았을 거야. 내가 노아한테 그랬던 걸 감안한다면."

"그렇겠지. 나는 네가 아니니까."

"그럼 그럼, 너는 내가 아니지."

그의 목소리는 더 조용해졌다. 이후 집에 도착할 때까지 그는 잠자코 있었다. 나도 입을 다물었다. 더 이상 그에게 할 말도 없었다.

드디어 캠퍼스에 도착했다. 그는 내 방과 가장 먼 곳에 차를 세웠다. 물론 그럴 줄 알았다.

차문을 열려고 하는데 하딘이 내 허벅지를 또 건드렸다.

"나한테는 고맙다는 인사도 안 하냐?"

그가 웃었다. 쯧쯧쯧, 나는 고개를 가로저었다.

"태워다줘서 고마워. 얼른 가. 몰리가 기다리잖아."

비아냥거리듯 말하며 차에서 내렸다. 마지막 말은 듣지 않았길. 왜 그런 말이 나온 건지 잘 모르겠다.

"어…, 그래. 걘 취하면 진짜 재밌거든."

그가 억지로 웃어 보였다. 한방 맞은 것 같은 기분이었다. 차창으로 몸을 굽혀 들여다보았다. 그가 창문을 내렸다.

"그래, 재밌을 거야. 암튼, 나도 노아가 곧 올 거라서."

거짓말이었다. 그의 눈이 가늘어졌다.

"노아가?"

하딘이 손톱을 물어뜯었다. 저건 불안할 때 나오는 습관이리라.

"응, 다음에 보자."

그가 차에서 내려 문을 닫는 소리가 들렸다.

"잠깐만!"

나는 뒤를 돌아보았다.

"테사! 나, 나는…. 아니야. 네가 차에 뭘 두고 내렸는 줄 알았어."

그의 뺨이 빨갛게 물들었다. 분명 거짓말을 하고 있었다. 무슨 말을 하려던 건지 알고 싶었다. 하지만 발걸음을 돌려야 한다. 그리고 나는 결국 그렇게 했다.

"잘 가, 하딘."

의미심장한 인사였다. 다시는 뒤돌아보지 않았다. 그가 나를 따라오지 않으리란 걸 알았으니까.

하이힐을 벗었다. 방까지 가는 내내 캠퍼스를 맨발로 걸었다. 방으로 가서 펑퍼짐한 잠옷으로 갈아입고는 노아에게 전화를 걸었다. 벨이 두 번 울리자 노아가 받았다.

"여보세요?"

내 목소리 톤이 유난히 높았다.

'노아잖아. 왜 이렇게 긴장 되지?'

"어, 테사. 오늘 잘 보냈어?"

그의 목소리를 나긋나긋했다. 이번 주 내내 느꼈던 거리감이 사라진 듯한 목소리였다. 안도의 한숨이 나왔다.

"어. 오늘 저녁은 방에서 뒹굴거리는 중이야. 넌 뭐 하고 있어?"

스테프와 친구들, 심지어 하딘까지도 함께 저녁을 먹었단 소리는 하지 않았다. '제발 날 용서해줘' 프로젝트에 도움될 게 하나 없었으니까.

"난 막 연습 마치고 들어왔어. 오늘 밤엔 공부를 좀 해볼까 생각 중이야. 내일 이웃 분이 나무를 벤다고 해서 도와드리기로 했거든."

그는 항상 다른 사람들을 도와준다. 역시 나한테는 너무 과분한 사람이다.

"나도 오늘 밤엔 공부하려고."

"우리, 같이 공부할 수 있으면 좋을 텐데."

나는 잠옷에 붙은 보푸라기를 떼면서 슬며시 미소지었다.

"정말?"

"물론이지, 테사. 나, 아직도 너를 사랑하는걸. 네가 너무 보고 싶어. 근데 한 가지 다짐은 받아야겠어. 앞으로 이런 일이 절대 일어나선 안 돼. 지나간 일은 과거로 묻을게. 하지만 너도 그 자식 곁엔 얼씬도 않겠다고 약속해줘."

굳이 '그 자식'의 이름을 말할 필요도 없었다.

"당연하지, 약속해. 나도 너 사랑해!"

노아에게 필사적으로 용서를 구했다. 마음 한 구석에, 혼자 남겨지면 하딘에게 돌아갈 것 같다는 두려움이 존재했다.

노아와 몇 차례 더 '사랑해'를 주고받았다. 노아는 다음 주에 열릴 본파이어 축제에 오겠다고 했고, 우리는 다정한 인사를 끝으로 전화를 끊었다. 나는 인터넷으로 캠퍼스에서 가까운 자동차 매매상을 찾아보았다. 다행히 근처엔 제법 많은 중고차 전시장이 있었다. 몇 군데 주소를 적고, 스테프의 화장 가방을 뒤졌다. 클렌징 티슈를 찾아 화장을 지웠다. 시간이 무진장 오래 걸렸다. 앞으로 다시는 화장을 안 할 거라 결심했다. 끝날 것 같지 않은 이 불쾌한 과정을 또 반복하고 싶진 않았다. 아무리 예쁘게 보인대도 필요 없다.

41

책과 노트를 펴고 공부를 시작했다. 다음 주 과제를 하는 중이었다. 적어도 한 주 정도는 예습해 놓는 게 좋다. 그래야 뒤처지지 않을 테니까. 그러나 이내 하딘과 그의 변덕에 대한 것으로 생각이 흘러가버렸다. 에세이 쓰는 일조차 집중이 되지 않았다. 노아와 통화한 지 겨우 두 시간이 지났을 뿐인데, 네 시간은 지난 듯했다.

잠들 때까지 영화를 보기로 했다. 침대에 누워 영화 〈서약〉을 틀었다. 몇 번이나 봤던 영화였다. 채 10분도 지나지 않아 복도에서 욕하는 소리가 들렸다. 노트북의 볼륨을 더 올리고 신경 쓰지 않았다. 금요일이다. 오늘 밤엔 기숙사 곳곳에 술 취한 사람들이 널려 있을 거다. 몇 분쯤 지나자 욕설이 또 들렸다. 남자 목소리가 들리더니 여자 목소리가 보태졌다. 남자가 목청껏 소리치고 있었다. 귀에 익은 액센트, 하딘이었다.

침대에서 내려와 문을 열었다. 하딘이 내 방 앞 복도에서 벽에 등을 대고 앉아 있었다. 그 앞에는 잔뜩 찡그린 표정의 금발 머리 여자가 허리에 손을 올리고 그를 노려보고 있었다.

"하딘?"

하딘이 나를 올려다봤다. 그의 얼굴에 함박웃음이 번졌다.

"테레사⋯."

그가 꾸물거리며 일어서기 시작했다.

"부탁인데, 남자친구 좀 내 방문 앞에서 비키라고 해줄래요? 복도 바닥에 보드카를 잔뜩 쏟았잖아요."

여자가 소리쳤다. 나는 하딘을 쳐다보았다.

"내 남자친구가 아니⋯."

하딘이 내 손목을 낚아챘다.

"술 흘린 건 미안하게 됐어."

그가 금발 머리를 쏘아보았다. 여자는 발끈하더니 방으로 들어가 문을 꽝 닫았다.

"여기서 뭐 하는 거야, 하딘?"

하딘은 나를 지나쳐 방으로 들어가려 했다. 나는 방문을 막아섰다.

"좀 들어가면 안 돼? 너네 할아버지께는 예의 바르게 굴게."

그가 히죽거렸다. 할아버지는 노아를 빗대어 말하는 거다.

"방에 없어."

"없다고? 좋아, 그럼 나 들어갈래."

"안 돼. 너 취했지?"

얼굴을 찬찬히 살펴봤다. 눈은 빨개졌고, 시종일관 능글맞은 웃음을 흘리고 있었다. 손은 주머니에 쑤셔 넣고 입술을 꽉 깨물고 있었다.

"술은 안 마시는 줄 알았는데, 이제 보니 만날 술이구나."

"딱 두 번이야. 진정하라고."

그는 나를 밀치고 들어가더니 내 침대에 털썩 앉았다.

"근데, 노아는 왜 안 온 거래?"

"나도 잘 모르겠어."

거짓말이었다. 뭔가 심각한 걸 알게 됐다는 듯, 하딘이 고개를 끄덕거렸다.

"갭에서 카디건 세일을 하고 있거든. 그것 땜에 못 왔을 거야."

그가 웃음을 터뜨렸다. 유쾌한 웃음소리가 온 방 안에 퍼졌다. 그걸 보자 나도 따라 웃음이 터졌다.

"그럼, 몰리는 어디 있는데? 나가요 언니들이랑 세일 매장 쇼핑 갔나?"

하딘이 잠시 멈칫 하더니 더 크게 웃었다.

"그 말 완전 썰렁해, 테레사!"

나는 웃으면서 침대에 걸터앉아 있던 그의 정강이를 걷어찼다.

"어찌 됐든, 넌 여기 있으면 안 돼. 노아와 나는 다시 만나기로 했거든, 공식적으로."

그의 얼굴에서 웃음기가 흐려졌다. 그는 손으로 무릎을 문질렀다.

"잠옷 멋진데?"

갑자기 털털한 척 하긴. 우린 아직 아무 것도 해결 못 봤는데. 게다가 마지막으로 만났을 땐 서로 각자에게서 떨어지기로 하지 않았던가.

"하딘, 넌 가야 돼."

"내가 맞춰볼까? 노아가 제시한 화해의 조건. 내 옆에 얼씬도 하지 말라는 거지?"

그의 목소리가 한층 진지해졌다.

"맞아. 지난번 마지막으로 봤을 때 너랑 나랑은 친구도 아니었잖아. 얘기도 안 했고. 근데 왜 영문학 수강 취소한 거야? 랜던은 왜 때린 거고?"

"넌 왜 항상 이렇게 질문이 많은 건데?"

그가 볼멘소리를 했다.

"대답 안 할 거야! 내가 들어오기 전엔, 그렇게 멋진 잠옷을 입고 뭘 하고 계셨나? 불까지 끄고 말이야."

하딘은 술을 마시면 훨씬 더 짓궂어진다. 이 와중에 나는 궁금해지기 시작했다. 전엔 안 그랬다면서 왜 자꾸 술을 마시는지, 그 이유에 대해.

"영화 보고 있었어."

상냥하게 대하면 혹시 몇 개라도 답을 해주지 않을까 싶었다.

"무슨 영화?"

"〈서약〉."

또 비웃겠구나 싶었는데, 역시 내 예상은 틀리지 않았다.

"그런 감상적인 영화를 좋아하는구나. 그딴 영화는 완전 비현실적이야."

"이 영화는 실화를 바탕으로 만든 거거든요."

흥, 사실은 사실이니까.

"어쨌든 한심해 보여."

"본 적은 있고?"

그는 고개를 가로저었다.

"안 봐도 뻔해. 한심해. 결말을 말해볼까? 여주인공은 기억을 되찾고, 남녀 주인공은 영원히 행복하게 오래오래 살았다."

그의 목소리는 한껏 고조되었다.

"아니거든."

내가 먼저 웃음이 터졌다. 하딘은 늘 나를 제정신이 아닌 것처럼 만들지만, 아주 가끔은 이럴 때가 있다. 그가 얼마나 끔찍한 사람인지 잊게 만드는 재주가 있다. 지금처럼. 나는 그를 싫어해야 한다는 걸 새까맣게 잊어버렸다. 대신 깔깔 웃으며 그에게 스테프의 베개를 던졌다. 그는 일부러 맞아 놓고는 큰 상처라도 입은 듯 엄살을 피웠다. 우리는 서로 마주 보며 실컷 웃어댔다.

"너랑 같이 그 영화 볼래."

반은 부탁, 반은 명령조였다.

"그건 좀 아닌 것 같아."

그는 어깨를 움츠렸다.

"최악의 아이디어가 종종 최고의 결과가 되기도 해. 게다가 나, 지금 취했어. 내가 음주 운전하길 바라는 건 아니지, 그치?"

그가 빙글빙글 웃는다. 거절해야 하는데 그럴 수가 없었다.

"좋아, 대신에 넌 바닥이나 스테프 침대에서 봐."

그가 입을 쭉 내밀었지만 나는 꿈쩍도 하지 않았다. 내 침대에 둘이 같이 있다간 무슨 일이 생길지 모른다. 무슨 일의 여지를 생각하니 얼굴이 달아올랐다. 하딘에게서 멀어지기로 노아와 약속한 지 얼마나 됐다고. 그러고도 항상 하딘을 향해 가는 나를 발견하게 된다. 아니면 오늘 밤처럼 그가 나에게 온다.

하딘은 바닥에 앉았다. 나는 흰색 티셔츠를 입은 그의 섹시한 모습을 잠간 감상했다. 검정색 타투와 흰색 티셔츠의 대비가 완벽에 가까웠다. 목선을 타고 내려와 쇄골까지 이어진 담쟁이덩굴이 정말 맘에 든다. 타투의 검정색 잉크가 흰색 티셔츠 아래로 고스란히 비쳐 보였다.

플레이 버튼을 누르자 그가 물었다.

"팝콘 같은 거 없어?"

"없어. 먹고 싶은 건 네가 챙겨 왔어야지."

짓궂게 말하고 화면을 돌려 그에게 향하게 했다. 이러면 더 잘 보이겠지.

"아무 거나 주는 대로 다 잘 먹을 수 있는데."

나는 그의 머리를 톡, 하고 가볍게 쥐어박았다.

"영화나 봐. 입은 좀 다물고. 한마디만 더하면 확 쫓아내버린다."

하딘은 입에 지퍼를 채우고 열쇠를 나한테 건네는 시늉을 했다. 나는 열쇠를 받아 뒤에 던져버리는 척했다. 키득키득 웃음이 났다. 그가 내 침대에 비스듬히 머리를 기댔다. 이번 주 들어 가장 마음이 차분하고 평화로운 순간이었다.

하딘은 영화보다 나를 더 많이 쳐다봤다. 하지만 신경 쓰지 않았다. 나는 알고 있었다. 재치 있는 대사에서 내가 웃으면 그도 미소 짓는다는 걸. 여자 주인공이 기억을 잃는 장면에서 훌쩍거리는 나를 보고 그도 울상이 된다는 걸. 그리고 마침내 남녀 주인공이 함께하게 되었을 때 그도 안도의 한숨을 내쉬었다는 것까지.

"어땠어?"

다른 영화를 찾으면서 그에게 물었다.

"명백한 쓰레기."

그는 미소 짓고 있었다. 나는 그의 머리카락을 마구 헝클었다. 미처 깨닫기도 전에 손이 먼저 나갔다. 나는 자세를 고쳐 앉았고, 그는 몸을 돌려 벽을 향했다.

'이 분위기 어쩔 거야, 테사.'

"다음 영화는 내가 고를게."

그가 내 노트북으로 팔을 뻗었다.

"누가 다음 영화 봐도 된대?"

그가 슬쩍 눈을 흘겼다.

"나 운전 못 해. 아직 취했단 말이야."

그가 개구쟁이처럼 웃었다. 거짓말이다. 술은 거의 다 깼을 거다. 하지만 그가 옳다. 그는 여기 있어야 한다. 내일 그가 나한테 무슨 짓을 하든 오늘의 나는 또 다시 그를 감당할 거다. 지금 이 순간 그와 함께 보낼 수 있다면 말이다. 그래, 나는 정말 감정적이다. 그가 말했던 것처럼. 그러나 지금 이 순간, 아무 상관없다.

왜 여기 왔냐고, 왜 파티에 안 간 거냐고 묻고 싶었다. 질문은 영화가 끝날 때까지 보류하기로 했다. 내 질문 공세가 시작되면 그는 사납게 변해버릴 거니까. 하딘은 내가 한 번도 보지 않았던 〈배트맨〉 시리즈를 골랐다. 그러더니 최고의 영화라고 호언장담했다. 열정 넘치는 그의 모습에 웃음이 났다. 그는 〈배트맨〉 3부작을 열심히 설명했다. 애석하게도 무슨 소린지 하나도 못 알아들었다. 노아와 나는 항상 함께 영화를 봤다. 하지만 하딘과 함께한 지금만큼 즐거웠던 적은 없었다. 노아는 아무 말 없이 영화를 보기만 했다. 반면에 하딘은 떠들썩하게 웃고 조잘대고 비꼬기도 하면서 영화를 오락으로 즐겼다.

"바닥이 너무 딱딱해서 엉덩이가 마비된 것 같아."

영화가 시작되자 하딘이 투덜거렸다.

"스테프 침대가 푹신하고 좋아."

그가 인상을 썼다.

"거기 앉으면 화면이 안 보여. 테사, 부탁이야. 손가락 하나 까딱 안 하고 영화만 볼게."

"알겠어."

대답이 끝나자마자 그가 침대 위로 뛰어들었다. 나를 따라 배를 깔고 엎드리더니 무릎을 굽혀 다리를 위로 들어올렸다. 그리고 팔을 접어 턱을 괬다. 거칠고 날카로운 면이라고는 찾아볼 수 없었다. 오히려 사랑스러워 보이기까지 했다. 영화는 기대했던 것보다 훨씬 재미있었다. 아마 내가 하딘보다 더 푹 빠져 있었나 보다. 엔딩 크레딧이 올라갈 때 돌아보니 그는 이미 잠들어 있었다.

잠든 그의 모습은 너무도 완벽하고 평화로워 보였다. 눈꺼풀이 가늘게 떨리는 모습이며, 가슴이 아래위로 들썩이는 모습, 꼭 다문 입술 새로 간간이 새나오는 숨소리까지도 사랑스러웠다. 그를 깨워서 보내야 했지만, 가만히 담요를 덮어주었다. 나는 일어나 문을 잠그고 스테프의 침대에 가 누웠다. 잠든 그를 한 번 더 쳐다봤다. 희미한 텔레비전 불빛에 비쳐 보이는 그의 얼굴에 탄성을 지를 수밖에 없었다. 잠자는 그는 아이 같고 현실의 그보다 훨씬 더 행복해 보였다.

하딘과는 몇 번이나 밤을 보냈지만, 노아와는 한 번도 그러지 않았다는 걸 깨달았다. 나는 슬슬 잠에 빠져들고 있었다. 하딘과 함께한 일들이 꿈처럼 스쳐 지나갔다. 그 꿈속에 노아는 없었다.

42

웅웅 대는 소리가 희미하게 들리는 것 같았다. 꿈인가? 이 소리는 왜 안 멈추는 거지? 몸을 뒤척였다. 잠에서 깨기 싫었다. 짜증나는 소리는 결국 나를 일으켜 세웠다. 어리둥절했다. 여기가 어디인지 순간 잊어버렸다. 그러다 스테프의 침대 위라는 걸 깨달았다. 그때까지도 하딘이 나와 한방에 같이 있다는 사실을 잊고 있었다.

우린 왜 항상 결국엔 같이 있게 되는 걸까? 지금 그게 중요한 게 아니지. 이 짜증나는 소리는 어디서 나는 걸까? 창문 사이로 가로등 불빛이 희미하게 비쳤다. 소리를 따라가 보니 하딘의 호주머니에서 들리고 있었다. 마치 나더러 꿈에서 깨라고 재촉하는 알람 같았다. 하딘의 스키니진 앞주머니가 휴대전화로 불룩했다. 저걸 꺼내야 하나 어쩌나 잠시 고민에 휩싸였다. 침대 곁으로 가자 벨소리는 멈추었다. 잠든 하딘의 모습을 찬찬히 살펴보았다. 온화하고 평화로워 보였다. 늘 찡그리던 표정도 없고, 핑크색 입술은 도톰했다. 한숨이 나왔다. 막 돌아서려는데 또 전화벨이 울렸다. 얼른 꺼내야겠다. 그럼 깨지 않겠지. 하딘의 주머니에 손을 넣었다. 바지가 조금만 덜 타이트했더라면 얼른 꺼낼 수 있었을 텐데⋯. 그런 행운 따윈 있을 리가 없지.

"뭐해?"

그가 중얼거렸다. 화들짝 놀라 침대에서 물러섰다.

"계속 전화가 와서, 깨버렸어."

방에 우리 둘밖에 없었지만 소곤소곤 말했다.

하딘은 큰 손을 쓱 집어넣어 휴대전화를 꺼냈다.

"뭐야?"

그가 수화기에 대고 다짜고짜 말했다. 무슨 말을 들었는지 모르겠지만 그는 이마를 문질렀다.

"오늘 거기 못 가. 지금 친구네 집에 있어."

'우리가 친구였던가?'

그저 파티에 못 간다는 편리한 변명거리일 뿐이다. 나는 짝다리를 짚고 어정쩡하게 서 있었다.

"안 돼. 내 방에 들어가지 마. 그리고 나 오늘 못 들어가. 그러니까 또 잠 깨우지 마. 방문 잠겨 있으니까 괜한 시간 낭비하지 말고."

그가 전화를 끊자, 나는 무의식적으로 뒤로 주춤했다. 심상치 않은 기운이 감지됐다. 괜히 그 불똥이 나한테 튀는 건 싫었다. 슬쩍 스테프 침대로 기어들어가 담요를 끌어올렸다.

"잠 깨게 해서 미안. 몰리였어."

"아."

한숨이 나왔다. 나는 옆으로 누워 하딘을 바라보았다. 하딘이 나를 보며 웃고 있었다. 내가 몰리를 어떻게 생각하는지 훤히 꿰뚫고 있는 눈치였다. 기분이 나쁘지 않았다. 하딘은 몰리를 버리고 나를 선택했다. 내색은 하지 않았지만 말이다.

"너, 몰리 싫어하지?"

그가 내 쪽을 향해 몸을 굴렸다. 머리카락이 베개 위에서 엉망으로 흩어졌다. 나는 대답 대신 고개를 저었다.

"좀 별로야. 그렇다고 걔한테 얘기하진 말아줘."

그가 미덥지는 않았다. 부디 이 새벽에 오간 대화를 그가 잊어주길.

"알았어, 안 할게. 나도 걔, 별로야."

"물론 싫어하시겠지."

속이 뒤틀려 일부러 빈정거리듯 말했다.

"그러니까 내 말은, 걔가 웃기고 재밌긴 한데, 그게 다야. 그것 빼곤 진짜 짜증나."

그의 말에 혹시나 하는 기대감이 일었다.

"그럼, 둘이 그렇게 놀고 다니는 건 자제해야 하는 거 아냐?"

이렇게 말하고는 그에게서 등을 돌려 누웠다. 내 표정을 읽혀선 안 된다.

"내가 걔랑 그렇게 놀고 다니면 안 될 건 또 뭔데?"

"내 말은, 걔가 짜증난다면서 계속 어울릴 필요는 없지 않냐는 거지."

구구절절 설명하고 싶진 않았지만, 어쩔 수 없었다.

"딴 생각 안 하는 데 효과가 있어."

눈을 질끈 감고 심호흡을 했다. 몰리와 놀아난 얘기를 직접 들으니 생각보다 마음이 더 상했다.

"이리 와."

갑작스러운 그의 목소리에 질투의 불꽃이 사그라들었다.

"싫어."

"그러지 말고, 그냥 내 옆에 누워. 네가 옆에 있어야 잠이 더 잘 온단 말이야."

고백 같은 말이었다. 나는 일어나 앉아 그를 쳐다보았다.

"뭐라고?"

놀란 기색을 숨길 수가 없었다. 사실이든 아니든, 그 말이 내 안의 응어리를 녹여버린 것 같았다.

"네 곁에서 잠이 더 잘 온다고. 저번 주말, 처음으로 잠을 푹 잤어."

그가 내 눈을 피해 바닥을 내려다보았다.

"나 때문이 아니라 술 때문이었을 거야."

대수롭지 않게 여기려고 애를 썼다. 어떡해야 할지, 뭐라고 해야 할지 모르겠다.

"아냐, 너 때문이었어."

"잘 자, 하딘."

나는 돌아누웠다. 더 얘기했다가는 나는 또 그의 손아귀에 놀아나게 될 거다.

"왜 내 말을 안 믿는 거지?"

들릴락 말락 한 소리였다.

"넌 항상 그런 식이니까. 좀 잘해주는 척하다가 손바닥 뒤집듯이 바뀌고. 결국에 나만 울게 되잖아."

"내가 널 울렸어?"

'어떻게 그걸 모를 수가 있지?'

내가 우는 걸 누구보다 많이 봤으면서.

"응, 가끔."

스테프의 담요를 꽉 움켜쥐었다. 침대가 삐걱거리는 소리가 들렸다. 나는 눈을 감았다. 두려움 때문에, 아니 다른 그 무언가 때문에. 하딘이 내가 누운 침대 모서리에 앉았다. 내 팔을 손가락으로 스치듯 쓰다듬었다. 눈을 감고 속으로 얘기했다. 너무 늦었어…, 아니, 너무 이른 건가? 벌써 새벽 4시다.

"울리려고 했던 건 아니야. 진심이야."

눈을 뜨고 그를 올려다보았다.

"아니야, 넌 매번 이런 식이야. 나한테 상처주려던 게 분명해. 노아 앞에서 억지로 말하게 만든 것도 그렇고, 지난번 네 침대에서 모욕 준 것도 그렇고. 네가 듣고 싶은 말을 안 한다고 그런 거잖아. 오늘도 그래. 내 옆에 있어야 잠이 잘 온다는 둥 말해놓고, 막상 내가 네 옆에 있으면 내일 아침엔 딴 소리 할 거잖아. 내가 못 생겼다는 둥, 내 곁에 있을 순 없다는 둥 하면서. 그날, 강가에 갔다 온 다음에, 그런 생각이 들었어…. 됐어, 그만두자. 너랑 이런 한 게 한두 번도 아니고."

나는 거친 숨을 몰아쉬었다. 이렇게 퍼부어댈 수 있다니 놀랍기만 했다.

"다 들어줄게."

생각을 읽을 수 없는 눈빛이었다. 어쨌든 난 더 이야기해야겠다.

"대체 이런 물고 물리는 게임 같은 걸 왜 좋아하는지 모르겠어. 잘 해줬다가 갑자기 못되게 굴고. 스테프한테 말했잖아. 내가 다시 네 주위에 얼씬거리면 나를 제대로 망쳐놓겠다며. 그래 놓고는 집에 데려다주겠다고 하질 않나. 불쑥불쑥 온갖 곳에 다 나타나고."

"진심은 아니었어. 널 망치겠다고 했던 거. 난, 그냥…. 나도 잘 모르겠어. 가끔 내가 무슨 소리를 하고 있는 건지…."

그가 머리를 쓸어 넘겼다.

"영문학 강의는 왜 수강 취소한 건데?"

결국은 물었다.

"네가 날 멀리하고 싶어 했으니까. 그리고 나도 너한테 멀어지고 싶었으니까."

"그럼 그러면 되잖아."

우리 사이의 분위기가 바뀌고 있음을 감지했다. 어느새 우리는 가까이 있었다. 이제 우리는 손만 뻗으면 닿을 곳에 있다.

"나도 잘 모르겠다고."

그가 벌컥 화를 냈다. 그는 두 손을 비비다가 무릎 위에 올려놓았다.

나는 무슨 말이든 하고 싶었다. 하지만 아무 말도 할 수가 없다. 그가 내 곁에서 멀어지는 게 싫고, 매일 아니 매순간 그만을 생각했다는 말밖에는.

마침내 하딘이 침묵을 깨고 입을 열었다.

"뭘 좀 물어보고 싶은데, 솔직하게 대답해줄래?"

고개를 끄덕였다.

"혹시, 너…, 너…, 나 보고 싶었어?"

상상하지도 못했던 질문이었다. 가만히 눈만 끔뻑거렸다. 미친 듯이 방망이질 치는 심장을 달래야 한다. 솔직히 대답하겠노라 약속했지만 걱정이 앞섰다.

"그랬어?"

"응."

나는 얼굴을 가리면서 중얼거렸다. 그가 손목을 잡아 얼굴에서 손을 떼게 했다. 그의 손길이 닿자 살갗이 불이 붙은 듯 뜨거워졌다.

"뭐라고?"

절박한 목소리였다. 필사적으로 내 대답을 기다리는 듯했다.

"보고 싶었어."

침을 꿀꺽 삼켰다. 최악의 순간을 맞은 거다.

그에게서 안도의 한숨이 나올 거라곤 상상도 못했다. 그의 조각 같은 얼굴에 미소가 번졌다. 그도 내가 보고 싶었는지 되묻고 싶었다. 하지만 그럴 틈도 없이 그가 먼저 말을 꺼냈다.

"정말이지?"

믿지 못하겠다는 눈치다. 나는 고개를 끄덕였다. 그는 수줍게 미소를 지었다. 하딘도 부끄러워할 줄 알아? 그는 진심으로 기뻐하고 있었다.

"이제, 자도 되지?"

나는 그에게 사정했다. 그가 내 고백에 보답할 리도 없을 테고, 이젠 진짜 늦었다.

"나랑 같이 잔다면. 아, 물론 한 침대에서 자는 걸 말하는 거야."

"제발, 하딘, 우리 좀 자자."

그가 나를 건드리지 못하게 조심하면서 등을 돌렸다. 순간 다리를 획 낚아채는 바람에 비명을 질렀다. 하딘이 나를 번쩍 들어올려 어깨에 둘러멨다. 내려달라고 발버둥을 쳤지만 그는 꿈쩍도 하지 않았다. 내 침대로 가더니 벽 쪽으로 나를 사뿐히 내려놓았다. 그리고 조용히 내 옆에 누웠다. 나는 그를 바라보았다. 방을 나가기 전에 그와 심하게 싸울까 두려워졌다. 그러고 싶지 않았다.

하딘은 베개를 집어 그걸로 벽을 세우는 양 나와 그 사이에 놓았다.

"자, 이러면 안심하고 잘 수 있지? 안전하잖아."

웃을 수밖에 없었다.

"잘 자, 하딘."

"잘 자, 테사."

나는 벽 쪽으로 몸을 돌려 누웠다. 한순간에 피곤함이 사라졌다. 벽을 물끄러미 바라보았다. 이 흥분이 가라앉길, 그래서 잠들 수 있길 바랐다. 아니, 반쯤은 아니었던 것도 같다.

잠시 후에 가운데 놓였던 베개가 치워졌다. 하딘이 내 허리를 안아 가슴 쪽으로 끌어당겼다. 몸을 움직일 수 없었다. 온몸의 신경이 그의 움직임에 집중되어 있었다. 어쩌면 나는 이 느낌을 기대했고, 지금 즐기고 있는지도 모르겠다.

"나도 보고 싶었어."

내 머리칼에 얼굴을 묻으며 그가 속삭였다. 그는 나를 못 보겠지. 슬며시 미소가 번졌다. 그의 입술이 뒷목에 닿았다. 아랫배가 꿈틀거렸다. 이 느낌이 너무 좋다. 혼란스러움 속에서 나는 점점 잠에 빠져들었다.

43

알람이 울렸다. 나는 휴대전화를 찾으려 몸을 뒤척였다. 부드럽고 따뜻한 무언가가 손에 잡혔다. 눈을 떠보니 하딘이 나를 쳐다보고 있었다. 얼른 베개로 얼굴을 가렸다. 무방비로 자다 깬 모습을 보이다니 창피했다. 하딘이 억지로 베개를 치웠다.

"잘 잤어?"

그가 내 팔을 살살 긁으며 미소를 지었다. 나도 그를 바라보았다.

'도대체 얼마나 나를 바라보고 있었던 거야?'

"잘 때, 너무 귀여워."

나는 벌떡 일어나 앉았다. 얼굴이 엉망일 텐데. 놀리는 게 분명하다. 그가 내 휴대전화를 건네주었다.

"이 알람은 또 무슨 용도야?"

나는 알람을 끄고 침대에서 내려왔다.

"오늘, 차 보러 다닐 거거든. 넌 더 자도 돼. 가고 싶을 때 가."

그가 얼굴을 찡그렸다.

"넌 아침형 인간은 아니잖아."

나는 머리를 하나로 질끈 묶었다. 이제 새둥지처럼 보이진 않겠지.

"나는, 그러니까, 널 여기 붙잡아두고 싶진 않아."

매몰차게 들렸으려나? 하지만 그도 금세 못되게 굴 거니까 괜찮다.

"너랑 같이 가면 안 될까?"

내가 제대로 들을 건가? 방을 두리번거렸다. 의심스러운 눈초리로 그를 돌아보았다.

"차 보러? 진짜? 왜?"

"뭐, 꼭 이유가 있어야 하나? 내가 널 잡아먹기라도 할 것처럼 구는구나."

잔뜩 헝클어진 머리를 한 그가 침대에서 일어났다.

"글쎄…, 솔직히 허를 찔린 기분이야. 아침에도 너의 발랄한 모습을 보다니…. 나랑 같이 다니고 싶다는 것도 그렇고, 못된 말도 안 하고."

나는 돌아서서 옷과 세면 가방을 챙겼다. 샤워를 해야겠다.

하딘은 조금 언성을 높였다. 내 돌직구는 신경도 쓰지 않는 듯했다.

"재밌을 거야, 나만 믿어. 나도 좋은 놈이라는 걸 보여주고 싶어. 딱 하루만이야."

그의 미소는 눈부셨다. 마음이 저절로 녹아버렸다. 노아가 이 사실을 알면 우린 당장 끝이다. 다시는 나한테 말도 붙이지 않을 거다. 하딘과 또 밤을 함께 보내다니. 그것도 내 침대에서. 게다가 밤새 꼭 껴안고 잤다. 노아를 잃을지도 모른다는 이 두려움의 정체를 도무지 모르겠다. 엄마의 반응이 무서운 걸까? 아니면 그에게 목매달고 있던 예전의 내 모습 때문일까? 노아는 항상 내 곁에 있어주었다. 그와의 연인 관계가 길어질수록 그에게 큰 빚을 지고 있다는 느낌을 지울 수가 없었다. 하지만 나는 알고 있다. 두려움의 가장 큰 이유는 하딘과 나는, 내가 원하는 관계로 발전할 수 없다는 사실이라는 걸.

꼬리에 꼬리를 무는 생각 끝에 결론에 도달했다. 다시는 노아와 얘기하지 못한대도 그와 함께 갈 것이다. 그만한 가치가 있다. 하딘의 숨소리를 계속 들을 수만 있다면.

"테사, 정신 차려!"

하딘의 목소리에 화들짝 정신이 들었다. 생각의 늪에 빠져 방 한가운데 우두커니 서 있었나 보다. 하딘이 앞에 있다는 것조차 잊어버리고.

"왜 그래, 무슨 일 있어?"

그가 다가왔다.

'널 좋아하는 내 감정을 인정한 것뿐이야. 너에게 더 많은 걸 원한다는 것도. 하지만 넌 그 누구에게도 관심 없겠지. 특히 나에게는 더더욱.'

"뭘 입고 나가야 하나 생각했어."

거짓말이었다. 그는 내 손에 들려 있는 옷을 보며 고개를 갸우뚱거렸다.

"같이 가도 되지? 내가 있어야 차 고르기도 더 쉬울 거야. 버스 안 타도 되고."

그래, 재밌을 수도 있겠지. 고르기도 쉬워질 테고.

"좋아, 이제 샤워하러 갔다올게."

내가 문 쪽으로 걸어가자, 그가 내 뒤를 쫓아왔다.

"뭐 해?"

"너랑 같이 가려고."

"나 지금 샤워하러 가는 거야."

그의 눈앞에 세면 가방을 흔들어 보였다. 그가 가방을 홱 낚아챘다.

"거참, 재밌는 우연일세. 나도 샤워하러 가는데!"

아, 남녀 공용 샤워장! 그는 나를 지나쳐 문을 열고 나갔다. 뒤도 돌아보지 않았다. 나는 얼른 뒤쫓아 가서 그의 셔츠를 붙잡았다.

"잘 생각했어, 같이 가야지."

"아직 오늘을 시작도 못했는데, 넌 벌써 짜증 나."

한 무리의 여자들이 우리를 지나 샤워장으로 들어갔다. 하딘을 대놓고 쳐다보았다.

"어서 오세요, 숙녀분들."

하딘이 인사하자 그들은 여학생처럼 깔깔거렸다. 아, 사실 여학생이 맞긴 하지. 그래도 어른이잖아. 어른답게 행동할 것이지, 쳇.

44

화장실에 들렀다 나왔더니 하딘이 감쪽같이 사라졌다. 혹시 그 여자들이랑 같이 갔나? 걱정되기 시작했다. 하딘은 갈아입을 새 옷도 없다. 샤워를 마치고 나서도 입었던 지저분한 옷을 입어야 한다. 하긴 흙투성이 옷을 입더라도 누구보다 멋지게 보일 거다.

'노아는 빼고.'

다시 한 번 스스로에게 상기시켰다.

샤워를 재빨리 마치고, 부랴부랴 옷을 입고 방으로 돌아왔다. 하딘은 내 침대에 앉아 있었다. 휴, 다행이다.

'봤지, 여학생들! 그는 내 방에 있다고!'

마음 한구석에서 의기양양 소리치고 있었다. 그는 셔츠를 입지 않았고, 물 묻은 머리카락의 색은 더 진해 보였다. 혀가 저절로 나불대기 전에 나는 입을 꽉 다물었다.

"오래 걸렸네?"

그가 한마디 던지고 다시 침대에 기댔다. 벽에 머리를 기대려고 올린 팔 근육이 울끈불끈했다.

"오늘 나한테 잘해주기로 한 거 잊지 마."

나는 거울이 달린 스테프의 벽장 문을 열었다. 스테프의 화장 가방을 꺼내고, 거울 앞에 다리를 꼬고 앉았다.

"잘해주고 있잖아."

나는 잠자코 화장을 했다. 세 번의 시도 끝에 겨우 아이라인을 똑바로 그릴 수 있었다. 다 그린 다음 아이라이너를 내팽개치자 하딘이 껄껄 웃었다.

"아이라인 안 그려도 된다니까."

"그래도 난 이게 좋아."

이해할 수 없다는 듯 그가 눈을 굴렸다.

"좋아, 종일 여기 앉아 있으면 되겠네, 뭐. 얼굴에 색칠하는 거나 구경하면서."

픽도 잘해주는군. 눈 화장을 닦아냈다.

"아, 미안 미안."

화장은 관두기로 했다. 지켜보는 눈이 있으면, 특히 그게 하딘이라면, 화장은 더 어려워진다.

"다 됐어. 근데 너, 셔츠는 입을 거지?"

그가 벌떡 일어섰다.

"그럼, 트렁크 안에 새 거 있어."

역시. 그의 트렁크는 옷장이었어. 숨겨진 이유 따위는 알고 싶지 않았다.

하딘은 트렁크에서 검정색 티셔츠를 꺼내 입었다.

"그만 좀 쳐다보고, 차에 타시지."

"흰색 티셔츠가 더 좋은데."

함께 차에 타자마자 불쑥 말이 튀어나왔다. 그가 고개를 삐딱하게 기울이더니 웃었다.

"그게 그렇게 좋았어?"

한쪽 눈썹이 찡긋 올라갔다.

"음, 난 그 청바지가 좋아. 힙 라인이 끝내주거든."

하딘의 말에 입이 떡 벌어졌다. 또 시작된 하딘과의 더티 토킹.

나는 장난스럽게 하딘을 찰싹 때렸다. 하딘은 그저 웃고 있었다. 이 바지 입길 잘했다. 하딘이 나만 바라봤으면 좋겠다. 하지만 겉으로는 절대 티내지 않을 테다. 낯선 칭찬에 살짝 우쭐해졌다.

"자, 그럼 어디로 갈까?"

나는 휴대전화를 꺼내 반경 5마일 안에 있는 중고차 전시장 리스트를 읊었다. 미리 찾아 놓은 전시장 리뷰도 줄줄 읽어줬다.

"정말 별걸 다 계획하는구나. 우린 거기 안 갈 거야."

"이미 계획 끝났어. 밥스 슈퍼카 매장에 찜해 놓은 프리우스가 있어."

싸구려 같은 가게 이름을 말하려니 어쩐지 기가 죽는 것 같다.

"프리우스?"

그가 혐오스럽게 되물었다.

"왜? 연비도 좋고 안전하기도 하고, 또⋯."

"됐어, 지루해. 네가 그런 차 찾을 줄 알았어. 이렇게 외치고 싶은 거지? '나 프리우스 타고, 다이어리 쓰는 여자야!' 하고."

그가 여자 목소리를 흉내 내더니 깔깔거렸다.

"놀리고 싶으면 실컷 놀려. 난 유류비 잔뜩 아끼며 살 거니까."

나도 따라 웃을 수밖에 없었다. 그가 몸을 기울이더니 내 뺨을 콕 찔렀다. 이렇게 깜찍한 짓을 하다니 놀랍기만 하다. 그도 자기가 한 짓에 나만큼 놀라는 눈치였다.

"넌 가끔 정말 귀엽단 말야."

"참, 고오~맙습니다아~."

"진짜 좋은 뜻으로 말한 거야. 그리고 너 정말 귀여워, 테사."

영 자연스럽지 못한 말투였다. 그는 이런 말하는 데 익숙하지 않은 것 같았다.

"그래⋯."

나는 황급히 고개를 돌려 창밖을 내다보았다.

하딘과 시간을 보낼수록 그에게 점점 빠져든다. 이런 사소하고 별 의미 없는 순간들이 자꾸 쌓여 추억이 된다. 그러다 보면 위험에 빠지게 될 거라는 사실을 나도 잘 안다. 하지만 하딘이 개입되면 나는 자제력을 잃어버리고 만다. 폭풍 속을 뚫고 지나가면서도 발걸음을 멈출 수 없는 힘 없는 나그네일 뿐이다.

마침내 밥스 슈퍼카 매장에 도착했다. 밥은 땅딸막하고 땀투성이에다 담배와 가죽 냄새에 쩌든 아저씨였다. 누런 이를 드러낸 미소가 스타일의 정점을 찍었다. 그가 말하는 내내 하딘은 무심한 척하며 옆에 서 있었다. 이 소심한 아저씨는 하딘의 포스에 주눅이 든 것처럼 보였다. 아저씨 탓이 아니라 중고 프리우스의 상태를 보고 사지 않기로 했다. 그 차는 이 주차장을 빠져나가는 순간 털썩 주저앉을 것만 같았다. 게다가 밥 아저씨의 환불 정책이 너무 엄격했다.

우리는 몇 군데 전시장을 더 둘러보았다. 하나같이 쓰레기 같은 차들만 있었다. 대머리 아저씨들에게 수없이 많은 아침 인사를 받은 다음에야 비로소 차 찾기 미션을 포기했다. 아무래도 마땅한 차를 찾으려면 더 멀리 가봐야 할 것 같았다. 오늘 안에 해결될 일이 아니었다. 드라이브스루 햄버거 가게에 들러 점심을 해결하기로 했다. 차 안에서 점심을 먹는 동안 하딘이 놀라운 이야기를 해주었다. 작년에 제드가 웬디스 바닥에 잔뜩 토하는 바람에 체포됐었다는 얘기였다. 상상했던 것보다 꽤 괜찮은 하루가 지나가고 있었다. 이렇게만 지낸다면 이번 학기, 서로 죽이지 않고 잘 지낼 것도 같았다.

캠퍼스로 돌아오는 길에 자그마하고 귀여운 프로즌 요거트 가게를 지나쳤다. 들어가보자고 하딘을 졸랐다. 그는 가기 싫은 것 같으면서도 슬쩍 미소를 흘렸다. 내가 앉을 자리를 찾는 동안 하딘이 요거트를 사 왔다. 올릴 수 있는 토핑은 죄다 올린 요거트 두 개였다. 아, 이걸 먹을 수 있을까? 보기만 해도 메스꺼웠다. 이렇게 먹어야 본전을 뽑는 거란 말로 하딘은 나를 설득했다. 나는 채 반도 못 먹었지만, 하딘은 자기 컵을 싹싹 비우고 내 것까지 다 해치워버렸다.

"하딘?"

낯선 남자의 목소리였다. 하딘은 고개를 들더니 얼굴을 찡그렸다.

'이 억양을 어디서 들어봤더라?'

낯선 남자는 한 손에는 가방을, 한 손에는 요거트 컵이 가득 든 캐리어를 들고 있었다.

"어, 네…."

하딘이 마지못해 고개를 까딱했다. 나는 그가 하딘의 아빠라는 걸 직감적으로 알았다. 그는 하딘처럼 키가 크고 호리호리했고 눈매가 똑같았다. 다른 점이라곤 녹색 눈동자 대신 깊고 진한 갈색 눈동자를 가졌다는 것이다. 차림새는 극과 극처럼 정반대였다. 하딘의 아빠는 회색 수트 안에 니트 조끼를 입고 있었다. 갈색 머리는 군데군데 희끗희끗했고, 전문직 특유의 냉정함과 단정함이 배어 있었다. 하지만 미소만은 하딘에게서 보았던 것과 비슷한 따뜻함이 엿보였다.

"안녕하세요, 저는 테사라고 합니다."

나는 예의 바르게 인사했다. 하딘이 마땅찮은 눈길을 보냈지만 무시했다. 가만히 있으면 절대 나를 인사시켜주지 않았을 테니까.

"그래, 테사. 난 하딘 아빠 켄이란다."

그가 반갑게 말했다.

"하딘, 한 번도 여자친구가 있단 얘기 안 했잖니. 둘이 같이 오늘 저녁 먹으러 오너라. 카렌이 맛있는 저녁을 대접해줄 거야. 음식 솜씨가 정말 좋거든."

하딘이 화내기 전에 이 상황을 수습해야 한다. 얼른 그에게 내가 여자친구가 아니라고 말해야지. 그때 하딘이 먼저 말을 꺼냈다.

"못 가요. 나는 파티 갈 거고, 애는 가고 싶지 않을 거예요."

그가 딱 잘라 말했다. 헉, 소리가 새어나왔다. 아빠한테 이런 식으로 얘기하다니. 켄 씨의 얼굴에 실망스러운 빛이 스쳤다. 아, 가시방석에 앉은 것 같았다.

"근데, 사실 저는 꼭 가고 싶어요. 랜던도 제 친구거든요. 저희 모두 같은 수업을 듣고 있어요."

나는 얼른 하딘의 말을 가로챘다. 켄 씨의 얼굴에 상냥한 미소가 다시 살아났다.

"그러니? 잘됐구나. 랜던은 참 착한 녀석이지. 오늘 와준다면 정말 좋겠다."

뒷통수가 따끔거렸다. 하딘의 눈빛에 찔려 죽을지도 모른다.

"몇 시쯤 가면 될까요?"

"둘이 같이 오겠니?"

나는 고개를 끄덕였다.

"좋아…, 7시쯤 오면 되겠다. 카렌한테 미리 연락해 놔야겠구나. 안 그랬다간 혼쭐이 날 거야."

그의 농담에 같이 웃어주었다. 하딘은 잔뜩 화가 나서 유리창 밖을 노려보고 있었다.

"네, 알겠습니다! 그럼 이따 저녁에 뵐게요!"

켄 씨는 하딘에게 작별 인사를 건넸다. 하지만 하딘은 끝내 인사를 하지 않았다. 테이블 아래에서 내가 계속 발로 쿡쿡 찔렀는데도 말이다. 그가 가게에서 나간 뒤 조금 있다가 하딘이 느닷없이 벌떡 일어섰다. 의자를 테이블 안으로 있는 힘껏 밀어넣었다. 그는 흔들거리는 의자를 다시 가게 한가운데로 걷어차더니 문을 박차고 나가버렸다. 나는 덩그러니 남아 가게 안의 모든 시선을 한몸에 받고 있었다. 어찌할 바를 몰라 요거트 컵을 앞에 두고 우물우물 입 속으로 사과의 말을 중얼거렸다. 그리고 어정쩡하게 의자를 세워놓은 뒤 도망치듯이 가게를 빠져나왔다.

45

하딘을 계속 불렀지만, 그는 들을 척도 하지 않았다. 차를 향해 중간쯤 가던 하딘이 갑자기 돌아서는 바람에 우리는 제대로 부딪힐 뻔했다.

"빌어먹을! 뭐야, 뭐 하는 짓거리야?"

그가 소리쳤다. 지나가던 사람들이 힐끔힐끔 우리를 쳐다보았다. 그는 아랑곳하지 않았다.

"지금 무슨 게임을 하고 싶은 건데?"

그가 나를 향해 다가왔다. 머리끝까지 화가 나 있었다.

"게임이 아니라, 하딘. 아빠가 집에 한 번 와주길 바라시잖아. 너하고 가까워지려고 그렇게 애를 쓰시는데, 넌 정말 무례하기 짝이 없었어!"

왜 나까지 덩달아 소리치고 있는 건지 모르겠다. 하딘이 나에게 소리치도록 그냥 두진 않을 거다.

"가까워지려고 애쓴다고? 헛소리 작작해. 가족을 버리기 전에, 진작에 그랬어야지!"

그가 목에 핏대를 세웠다.

"나한테 욕 좀 그만해! 그러니까 너네 아빠는 함께해주지 못한 시간을 이제라도 채워보려고 하는 거잖아! 사람은 누구나 실수를 해, 하던. 너네 아빠도 지금 너를 엄청 신경 쓰고 있잖아. 언제 올지도 모르는 아들을 위해서 방도 마련해두고, 옷까지 다 챙겨두었잖아!"

"너는 우리 아빠의 추악함은 몰라, 테사!"

그는 소리치더니 분노로 몸서리쳤다.

"아빠는 새 가족들이랑 빌어먹게 호화로운 저택에서 떵떵거리며 살고 있어. 그런데 우리 엄마는 생활비를 벌려고 일주일에 50시간을 뼈빠지게 일한다고! 그러니까 건방지게 날 가르치려 들지 마! 빌어먹을 네 일에나 신경 쓰라고!"

그는 차에 올라타더니 문을 꽝 닫았다. 나는 잽싸게 차에 올라탔다. 화난 그가 나를 버려두고 갈까 봐 걱정스러웠다. 싸움 없이 지나갈 거라 기대했던 날, 우리는 더 없이 큰 싸움을 해버렸다.

그는 아직도 화가 치미는 듯 씩씩거렸지만, 고맙게도 큰길에 나올 때까지 아무 소리도 하지 않았다. 이렇게 조용히 갈 수만 있다면 참 행복할 텐데. 하지만 마음 한구석에서는 다른 생각이 꿈틀거리고 있었다. 다시는 내게 소리치지 못하게 단단히 다짐을 받고 싶었다. 이건 엄마에게 배운 점 중에 하나다. 엄마는 누군가 자신을 함부로 대하지 못하게 해야 한다고 늘 말씀하셨다.

"좋아, 알겠어."

나는 침착한 척했다.

"내 일은 내가 알아서 할게. 나는 저녁 초대에 갈 생각이야. 네가 가든 안 가든."

화가 잔뜩 난 야생 동물마냥 그가 나를 향해 몸을 돌렸다.

"안 돼! 못 가!"

나는 침착함을 유지하는 척했다.

"내가 뭘 하든 네가 이래라 저래라 할 순 없어. 혹시 네가 오해할까 봐 얘기하는데, 나 오늘 저녁 초대 받은 거지? 네가 못 가면 제드한테 갈 수 있는지 한번 물어봐야겠다."

"지금 뭐랬어?"

하딘이 핸들을 홱 꺾어 갓길에 차를 세웠다. 창밖에서 먼지가 이리 저리 날렸다.

그를 너무 밀어붙인 건 인정한다. 하지만 나도 그만큼 화가 나 있었다.

"이게 무슨 짓이야! 운전, 진짜, 이따위로 할 거야?"

"무슨 짓이냐고? 내가 묻고 싶다. 나랑 저녁 먹으러 가겠다고 멋대로 말하더니, 이젠 뻔뻔하게 제드를 데려가겠다고 지껄여?"

"그래, 미안하게 됐다. 너의 그 쿨한 친구들이 랜던과 네가 형제란 걸 모르지? 넌 걔들이 알까 봐 전전긍긍하는 중이고."

"뭘 잘 모르는 모양인데. 첫째, 랜던은 내 형제가 아니야. 그리고 둘째, 제드가 그 집에 가는 걸 싫어하는 건 그 이유 때문이 아니야."

그의 목소리는 이제 많이 차분해졌지만, 아직도 화가 잔뜩 나 있었다.

이 혼돈의 와중에도 하딘이 제드에게 질투를 느낄지 모른다는 희망이 거품처럼 자라났다. 나는 안다. 그가 단순히 제드와 어울리는 걸 걱정하는 게 아니라는 걸. 묘한 경쟁 심리 때문이겠지. 그게 어쩐지 뱃속을 간질간질하게 만들었다.

"암튼 네가 안 가면, 난 제드한테 얘기해볼 거야."

절대 그럴 일은 없을 것이다. 하지만 하딘은 내 맘을 모른다. 한동안 앞만 바라보던 하딘이 한숨을 폭 쉰다. 팽팽하던 긴장감이 한풀 꺾인 듯했다.

"테사, 진짜 가기 싫어. 아빠의 그 완벽한 새 가족들 틈에 어설프게 끼는 게 싫다고. 그게 이유라면 이유야."

나도 한결 가벼워진 목소리로 얘기했다.

"그래, 나도 네가 억지로 가는 건 싫어. 너한테 상처가 된다면…. 그래도 네가 함께 가주면 정말 좋을 것 같아. 어쨌든 난 갈 거니까."

요거트 먹으러 갔다가, 소리소리 지르며 싸우고, 이제는 평온을 되찾았다. 하지만 심장이 쿵쾅거리고 머리는 빙빙 돌고 있다.

"상처?"

심드렁한 목소리였다.

"그래, 거기 가는 게 그렇게 싫으면 더 이상 같이 가자고 안 할게."

싫다는 걸 억지로 하게 만들 순 없었다. 하딘의 사전에 타협과 협력이란 없을 테니까.

"내가 상처 받든 말든 네가 왜 신경 쓰는데?"

그와 눈이 마주쳤다. 짐짓 딴 곳을 보는 척했다. 하지만 어쩌랴, 이미 그의 마수에 걸려들었는걸.

"당연히 신경 쓰이지. 내가 신경 쓰면 안 돼?"

"그러니까, 네가 왜?"

대답을 갈망하는 애절한 눈빛이었다. 하지만 아무 말도 할 수 없었다. 한마디라도 잘못했다간 고스란히 오명을 쓰게 될 거다. 그 순간 나는 하딘의 꽁무니를 쫓아다니는 귀찮은 여자로 전락할 거다. 스테프가 말했던 그런 여자애들 말이다.

"네 기분이 어떨지 신경 쓰이니까."

부디 내 대답이 그의 맘에 들기를. 그 순간 내 휴대전화가 울렸다. 차 안의 대화는 중단됐다. 노아였다. 지체할 것도 없이 통화 거절 버튼을 눌렀다. 반사적인 행동이었다.

"누군데?"

남의 일에 참견하는 건 참 잘한다.

"노아."

"안 받아?"

놀란 기색이다.

"안 받아. 너랑 얘기 중이잖아."

'너랑 얘기하는 게 차라리 낫지.'

속으로 덧붙였다.

"아."

한마디뿐이었지만 그는 얼굴에 분명히 미소를 머금고 있었다.

"나랑 같이 갈 거지? 나 집밥 먹어본 지 정말 오래 됐단 말이야. 이런 기회를 놓칠 순 없다고."

발랄하게 말했다. 분위기가 가벼워지긴 했지만 여전히 긴장감이 돌았다.

"아니. 나 선약 있다고."

그 선약에 몰리가 연루된 거라면 더 이상 알고 싶지도 않다.

"알겠어. 내가 가면 너 화낼 거야?"

하딘 아빠 집엘 굳이 가겠다고 하는 것도 좀 이상하긴 했다. 뭐 어때, 랜던도 내 친구고, 초대도 받았는데.

"난 너한테 늘 화내잖아, 테스."

장난기 가득한 얼굴이었다. 나는 웃어 보였다.

"나도 늘 너한테 화내고."

드디어 그도 웃었다.

"이제 다시 출발할까? 계속 여기 있다간 딱지 끊을 거야."

그가 고개를 끄덕이고 갓길에서 차를 뺐다. 하딘과의 다툼이 생각보다 싱겁게 마무리됐다. 하딘은 이런 갈등 상황에 노출되는 데 제법 익숙한 듯했다. 하지만 난 갈등 없이 그와 보내는 시간이 훨씬 좋다.

다시는 묻지 않겠다고 스스로 굳게 약속했건만, 나는 너무 알고 싶었다.

"음, 넌…, 오늘 계획이 뭔데?"

"그건 왜?"

나를 쳐다보는 시선을 느꼈지만, 꿋꿋이 창밖만 내다보았다.

"그냥, 궁금해서. 선약 있다니까 뭔가 싶어서."

"파티야. 금요일, 토요일은 거의 매주 파티가 있다고 생각하면 돼. 어제랑 지난 주 토요일은 예외였지만…."

나는 창문에 손가락으로 애꿎은 동그라미만 계속 그리고 있었다.

"좀 질리지 않아? 주말마다 술 취한 애들 틈에서 똑같은 파티라니."

화내지 마라, 화내지 마라.

"응…, 좀 그렇긴 하지. 그래도 우리 대학생이잖아. 난 클럽하우스에 있고. 그러니 뭐 어쩌겠어."

"잘은 모르겠지만…, 너무 따분해 보여. 주말마다 다른 사람들이 왕창 어질러 놓은 걸 네가 다 청소하잖아. 술도 안 마시면서."

"그렇긴 하지. 그래도 시간 때우기엔 제일 좋아."

그가 갑자기 말을 끊었다. 아직도 나를 쳐다보고 있었다. 나는 여전히 시선을 피하는 중이었다.

돌아오는 길은 조용했다. 어색하진 않았지만, 그저 조용했다.

주차장에서 기숙사로 걸어오면서 나는 안절부절 못했다. 감정들이 하나하나 살아 날뛰었다. 어젯밤부터 오늘 오후까지 하딘과 함께 있었다. 그것도 꽤 잘 지냈다. 사실 재밌었다. 아니, 아주 많이 즐거웠다. 이렇게 재밌는 시간을 보내면 얼마나 좋아? 나를 진짜로 좋아하는 사람이랑 말이지, 노아 같은. 아, 노아에게 전화해줘야 하는데. 아니다, 지금은 이 느낌을 좀 더 만끽하고 싶다.

방에 돌아오니 스테프가 있었다. 주말엔 코빼기도 볼 수 없더니만.

"어딜 다녀오시나요, 아가씨?"

그녀는 치즈맛 팝콘을 한 움큼 쥐어 입에 넣었다. 나는 웃으며 신발을 벗고 침대에 털썩 앉았다.

"차 보러 다녔어."

"괜찮은 거 찾았어?"

나는 그녀에게 들렀던 전시장들 얘기를 재잘재잘 해댔다. 하딘이 오후 내내 같이 있었단 소리만 쏙 빼놓고. 잠시 후에 문을 두드리는 소리가 들렸다. 스테프가 일어섰다.

"하딘, 뭐해?"

'하딘… 이라고?'

불안하게 힐끔거리는 동안 그가 내 앞으로 걸어왔다. 두 손은 주머니에 찔러넣고 발소리를 쾅쾅 울리면서.

"내가 차에 뭘 두고 왔어?"

스테프가 놀라는 소리가 들렸다. 할 수 없다, 나중에 다 설명해야지. 근데 뭐라고 설명해야 할지 잘 모르겠다.

"그런 건 아니고. 오늘 저녁 아빠네 집에 갈 때 널 데려다줄 수 있을 것 같아. 너, 아직 차도 없고…."

그가 무신경하게 내뱉었다. 스테프가 입을 떡 벌리고 쳐다보았지만, 하딘은 전혀 신경 쓰지 않았다.

"싫다면…, 그래도 괜찮아. 난 그냥, 내가 해줄 수 있을 것 같아서."

그는 입술 피어싱을 잘근잘근 깨물었다. 저 모습이 너무 좋다. 난데없는 제안에 놀라서 대답하는 것조차 잊어버릴 뻔했다.

"그래…, 그럼 고맙지. 정말 고마워."

나는 웃어 보였고, 그도 미소로 답했다. 따뜻하고 안심이 되는 미소였다. 그는 주머니에서 한 손을 빼더니 머리를 쓸어 넘겼다.

"그럼…, 6시 반쯤 올게. 그럼 제시간에 도착할 수 있을 거야."

"고마워, 하딘."

"그래, 테사."

나지막히 내 이름을 읊조리며 그는 문을 나섰다. 그 뒤로 문을 닫았다.

"이게 뭐야, 대체?"

스테프가 펄쩍 뛰며 소리 질렀다.

"나도 잘 모르겠어."

하딘이 나를 너무도 헷갈리게 한다고 생각하던 그 순간 이런 일이 일어났다.

"내 눈으로 보고도 믿을 수가 없어! 그러니까 하딘이…, 완전 긴장해서 여기 들어온 거 봤지? 오 마이 갓! 게다가 아빠네 집에 태워다 주겠다고…? 근데 너, 걔네 아빠 집에는 왜 가는 건데? 차에 뭘 두고 왔냐는 건 또 뭐야? 참나, 모르는 게 너무 많은 거지. 빨랑 불어, 하나도 빼지 말고 다!"

스테프가 내 침대 위에서 발을 동동 구르며 소리쳤다.

결국 나는 죄다 말해주고 말았다. 어젯밤에 불쑥 방에 찾아온 거며, 함께 영화를 본 거, 그러다 내 방에서 잠이 들었고, 오늘 차를 보러 같이 간 얘기까지. 그리고 스테프가 이상하게 생각할까 봐 미리 얘기하지 못했다는 변명도 빼놓지 않았다. 저녁 먹으러 간다는 것 말고는 하딘네 아빠 얘기는 자세히 하지 않았다. 다행히 그녀는 어젯밤 사건에 더 구미가 당기는 듯했다.

"하딘이 여기서 자고 갔다고? 정말 믿기 힘드네. 그건 진짜 엄청난 일이거든. 하딘은 절대 여기저기서 자고 다니지 않아. 같이 자는 것도 절대 못하게 하고. 걔가 악몽을 꾼다나 어쩐다나, 잘은 모르겠지만 암튼 그렇대. 그런데 대체 넌 하딘한테 무슨 짓을 한 거니? 걔가 이 방에 왔을 때의 표정을 찍어놨어야 하는데!"

그녀가 깔깔거리며 웃어댔다.

"그래도 이건 썩 좋은 생각은 아닌 것 같아. 확실히 네가 다른 애들보단 개를 잘 다루는 것 같지만, 암튼 조심해야 돼."

'내가 하딘한테 무슨 짓을 했냐고?'

난 아무 짓도 안 했다. 하딘은 남들에게 친절하게 구는 데 익숙치 않을 뿐이다. 근데 무엇 때문인지 나한테만은 잘해준다. 혹시 게임에서 이기려는 그만의 전략일까? 아니면 가짜로라도 매너 있는 척할 수 있다는 걸 증명이라도 하려는 걸까? 잘 모르겠다. 생각하면 할수록 머리가 쪼개질 것만 같았다.

나는 트리스탄 얘기로 화제를 바꿨고, 스테프는 기꺼이 대화에 응했다. 어젯밤 파티 얘기에 집중해보려고 애를 썼다. 몰리가 티셔츠를 벗은 거며(도대체 이해가 안 된다), 로건이 음주 팔씨름 대회에서 네이트를 이겼다는 얘기 등등. 하지만 내 생각은 온통 하딘에게 쏠려 있었다. 중간 중간 시간 체크하는 것도 잊지 않았다. 저녁 외출 준비는 여유 있게 해야 하니까. 지금이 4시니까, 5시부터는 외출 준비를 해야 한다.

스테프는 무아지경 속에서 5시 반까지 쉴 새 없이 떠들어댔다. 결국 머리 손질과 화장을 스테프에게 부탁했다. 고작 가족 모임일 뿐인데 왜 이렇게 잘 보이려 난리인 건지 나도 나를 잘 모르겠다. 심지어 하딘도 없이, 혼자 가야 할 자리인데 말이다. 어쨌든 나는 할 만큼 했다. 스테프가 해준 화장은 한 듯 만 듯 옅었지만 아주 맘에 들었다. 자연스럽고 예뻐 보였다. 내가 제일 좋아하는 갈색 원피스를 입기로 했다. 스테프가 자기 옷장에서 자꾸 뭔가를 꺼내 디밀었지만 굴하지 않았다. 이 원피스는 단정하고 차분해서 가족 모임에는 안성맞춤이다.

"그럼 이 레이스 스타킹이라도 신어. 아님 그 소매를 싹둑 자르던가."

스테프가 애원하다시피 말했다.

"좋아, 그 스타킹 줘봐. 이 원피스, 나쁘진 않잖아. 몸에도 꼭 맞고."

"알지. 그냥…, 좀 밋밋해."

스테프가 코를 찡긋 했다. 그래도 내가 스타킹에 이어 하이힐에 동의하자 그녀는 즐거워했다. 어제 백 속에 넣어 둔 스니커즈는 혹시 몰라 그대로 두기로 했다.

6시 반이 되어 가니 긴장감이 고조되는 것 같았다. 사실 저녁 식사보다는 집까지 가는 차 안이 더 긴장된다. 나는 스타킹을 만지작거리면서 방을 몇 번이나 왔다갔다 했다. 드디어 하딘이 방문을 두드렸다. 스테프가 묘한 미소를 지었다. 나는 문을 열었다.

"와우, 테사! 너… 음…, 정말 예쁘다."

하딘이 중얼거렸다. 언제부터 하딘이 말 끝마다 '음…'을 붙이게 된 걸까?

스테프가 우리를 문밖까지 배웅해줬다. 윙크를 날리며 뿌듯해 하는 엄마처럼 한마디 덧붙였다.

"너의 둘, 즐거운 시간 보내!"

하딘이 스테프를 툭 쳤다. 그녀는 짓궂은 몸짓을 하며 문을 닫았다.

46

하딘의 아빠 집으로 가는 길은 꽤 좋았다. 차 안에는 은은한 음악이 배경처럼 깔렸다. 기분이 한결 편안해지는 것 같았다. 하딘이 핸들을 지나치게 꽉 잡고 있다는 걸 알아챘다. 가는 내내 긴장하는 모습이었다. 저래도 하고 싶은 말이 생기면 언제든 거침없이 하겠지.

도착. 차에서 내려 인도에 있는 계단을 따라 걸어갔다. 아직 해가 지지 않아서, 집 담벼락에 뒤덮인 오래된 담쟁이덩굴을 볼 수 있었다. 흰색의 작은 꽃들이 가지 사이사이에 피어 있었다. 하딘이 차 문을 여닫는 소리가 들렸고, 나를 따라 걸어오는 발소리가 났다. 뜻밖이었다. 돌아보니 그가 바로 몇 발자국 뒤에 있었다.

"어디 가?"

"보다시피 너랑 같이 가고 있잖아."

그는 한걸음 성큼 내딛어서 내 옆에 와 섰다.

"정말? 오고 싶지 않다고…."

"그랬지. 암튼 빨리 들어가자. 가서 생애 최악의 저녁을 한번 보내 보자고."

그는 본 중 가장 가짜 같은 미소를 지어 보였다. 나는 그를 팔꿈치로 툭 치고는 초인종을 눌렀다.

"난 초인종 따윈 안 누르는데."

그는 다짜고짜 문 손잡이를 돌렸다. 자기 아빠 집이니까 괜찮겠지 싶었다. 그래도 마음이 편치는 않았다.

현관 복도를 지나 안으로 들어갔다. 켄 씨가 걸어 나왔다. 놀라는 기색이 역력했지만 이내 매력적인 미소를 지으며 아들을 안으려 다가왔다. 그러나 하딘은 몸을 획 돌려 그를 지나쳐 가버렸다. 켄 씨의 핸섬한 얼굴에 민망함이 스쳐 지나갔다. 미묘한 표정 변화를 보고 있다는 걸 그가 눈치 채기 전에 얼른 시선을 돌렸다.

"초대해 주셔서 감사합니다."

안으로 들어가며 내가 먼저 인사를 건넸다.

"와줘서 고마워, 테사. 랜던이 네 얘기를 해주더구나. 너를 무척 좋아하는 눈치던데. 그냥 켄이라고 부르렴."

상냥한 인사였다. 그를 따라 거실로 들어갔다. 랜던이 영문학 교재를 펴놓고 소파에 앉아 있었다. 나를 보자 환한 얼굴로 책을 덮었다. 나는 그의 옆으로 가 앉았다. 하딘은 어디로 가버린 건지 알 길이 없었다. 곧 나타나겠지.

"하딘이랑 새로 우정을 쌓아보기로 한 거야?"

랜던은 미간을 찌푸리며 물었다. 하딘과 나 사이에 벌어진 일들을 해명하고 싶었지만, 솔직히 뭐라고 해야 할지 모르겠다.

"설명하려면 좀 복잡해."

웃어 보이고 싶었지만 우물쭈물 말했다.

"노아랑 계속 사귀는 거 맞지? 아버지가 너랑 하딘이 사귀는 것 같다고 하셔서."

그가 웃었다. 부디 내 웃음이 연기하는 것처럼 보이지 않기를. 아, 무슨 말을 어떻게 해야 할지 모르겠다. 좌불안석이었다.

"노아랑 아직 사귀고 있긴 한데, 그건 그냥…."

"네가 테사로구나!"

여자 목소리가 온 방에 울려 퍼졌다. 랜던의 엄마가 내 앞으로 걸어왔고, 나는 일어서서 그녀와 악수를 했다. 그녀의 눈은 반짝거렸고, 미소는 사랑스러웠다. 청록색 원피스를 입고 있었는데, 내가 입은 것과 비슷한 모양이었다. 그 위에 두른 앞치마에는 작은 딸기와 바나나가 수놓아져 있었다.

"만나 뵙게 되어 반갑습니다. 초대해주셔서 감사드려요. 집이 너무 예뻐요."

그녀가 활짝 웃으며 내 손을 꼭 쥐었다.

"우리 집에 온 걸 환영한다, 테사. 카렌이라고 부르렴. 정말 반갑구나."

부엌에서 타이머 소리가 들리자 그녀가 움찔 놀랐다.

"그럼 나는 음식 준비를 하러 다시 부엌에 가볼게. 좀 있다가 다들 식당에서 보자."

"랜던, 뭐 공부해?"

랜던은 파일을 하나 꺼냈다.

"다음 주 과제. 톨스토이 에세이 때문에 죽겠어."

웃으며 고개를 끄덕였다. 나도 그 에세이를 마치는 데 몇 시간이나 걸렸다.

"맞아, 그거 정말 골치 아파. 나도 며칠 전에 겨우 끝냈어."

"어이쿠, 샌님 둘이 노트 비교하시는 모양인데, 저녁은 내년에나 먹겠구나."

하딘이 불쑥 끼어들었다. 나는 하딘을 노려보았지만, 랜던은 아무렇지도 않게 웃으며 책을 내려놓고 식당으로 갔다. 둘이 싸웠던 게 결국 서로에게 약이 된 모양이다.

나는 그들을 따라갔다. 어마어마하게 큰 식당이었다. 가운데에 멋지게 장식한 긴 테이블이 있었다. 식기는 완벽하게 세팅되어 있었고, 음식이 놓인 큰 접시들이 도열해 있었다. 카렌이 이 모든 걸 차렸겠지. 하딘은 조신하게 구는 게 좋을 거다. 안 그러면 내가 확 죽여버릴 테니까.

"테사, 너와 하딘은 이쪽으로 앉으려무나."

카렌은 왼쪽 자리로 우리를 안내했다. 랜던은 하딘 맞은편에 앉았다. 켄 씨와 카렌은 랜던 옆에 자리 잡았다.

나는 카렌에게 감사 인사를 하고 하딘 옆에 앉았다. 하딘은 조용했지만 어딘지 모르게 불편해 보였다. 나는 카렌이 켄 씨의 접시에 음식을 덜어 건네주는 걸 보고 있었다. 켄 씨는 접시를 받으며 답례로 그녀의 뺨에 입을 맞추었다. 달콤하고 사랑스러운 광경이었다. 나는 접시에 로스트 비프, 감자, 호박을 덜고, 그 위에 빵을 올려놓았다. 하딘이 산더미 같은 내 음식을 보더니 조용히 싱긋 웃었다.

"왜 웃어? 나 배고프단 말이야."

소곤소곤 이야기했다.

"배고픈 여자가 최고 멋있지."

하딘은 웃으면서 나보다 더 높게 음식을 쌓아 올렸다.

"테사, 워싱턴 센트럴 대학 생활은 어떠니?"

켄 씨가 물었다. 음식을 재빨리 삼키고 대답했다.

"정말 즐겁게 지내고 있어요. 이제 겨우 첫 학기니까, 몇 달 뒤에 다시 물어봐 주세요."

농담에 모두 웃음을 터뜨렸다, 하딘만 빼고.

"거 참 다행이구나. 가입한 클럽은 있고?"

카렌이 냅킨으로 입을 닦으며 물었다.

"아직요. 다음 학기에 문학 클럽에 들어갈까 생각 중이에요."

"그래? 하딘도 그 클럽 회원이었는데."

켄 씨가 거들었고, 나는 하딘을 쳐다보았다. 그는 눈살을 찌푸렸다. 짜증스러워 보였다.

"근데, 학교 근처에 사시면 어때요?"

하딘에게 쏠린 이목을 돌리려고 물었다. 하딘의 눈빛이 부드러워졌다. 나에게 감사를 표하는 그만의 방식일 거다.

"아주 좋단다. 켄이 처음 총장이 되었을 때는 훨씬 작은 집에 살았어. 그러다 이 집을 발견했고, 보는 순간 홀딱 반해버렸지."

나는 포크를 접시에 떨어뜨렸다.

"총장이요? WCU의 총장님이시라구요?"

말문이 막혔다.

"그래, 하딘이 얘기 안 했니?"

켄 씨가 하딘을 쳐다보며 대답했다.

"아뇨…, 얘기 안 했어요."

카렌과 랜던은 켄의 시선을 따라 하딘을 쳐다보았다. 하딘은 불안한 듯 들썩거렸다.

하딘은 이글거리는 눈으로 아빠를 노려보았다. 그는 벌떡 일어나 소리를 버럭 질렀다.

"안 했어요! 그래요, 얘기 안 했다고요! 젠장, 그게 뭐가 중요해요. 나는 아빠 이름이나 직위 따위를 이용하는 놈이 아니라고요!"

하딘은 자리를 박차고 나갔다. 카렌은 금방이라도 울 듯했고, 켄 씨의 얼굴은 시뻘개졌다.

"죄송합니다, 전 몰랐어요, 하딘이…."

"아니야, 저 아이의 무례한 행동을 네가 대신 사과하지는 말거라."

켄이 말했다. 뒷문이 쾅, 하고 닫히는 소리가 들렸다.

"실례하겠습니다."

나는 식당을 나와 하딘을 찾으러 갔다.

47

뒷문으로 달려나갔다. 하딘은 테라스에서 서성이고 있었다. 이런 상황에서 어떻게 해야 그를 도울 수 있는 건지 자신이 없었다. 하딘과 함께 있는 편이 오히려 나을 거다. 이 난리굿을 벌인 다음에 저 가족들과 얼굴 맞대고 있는 것보다는. 어쩐지 모두 내 책임인 것만 같았다. 오지 않겠다는 하딘을 굳이 데려오겠다고 고집을 피웠으니. 하딘이 느닷없이 우리 엄마를 만나겠다고 하면 내 기분도 이상했을 거다.

'하하하, 우리 엄마와는 절대 있을 수 없는 일이지.'

쓸데없는 생각마저 들었다.

하딘은 짜증이 가득 담긴 눈초리로 나를 뚫어져라 쳐다보았다. 마치 내 생각이 들리기라도 하는 것 같았다. 내가 다가가자 그는 등을 돌렸다.

"하딘…."

"됐어, 말하지 마."

가시 돋친 목소리다.

"무슨 말 하려는지 다 알아. 돌아가서 저들에게 사과하라는 거잖아. 미안한데, 그럴 일은 절대 없을 거야. 그러니까 시간 낭비하지 마! 너나 가서 저들이랑 시시덕거리며 저녁 먹지 그래? 난 좀 그냥 내버려 두고."

한 발짝 더 가까이 다가가 겨우 한마디 했다.

"나도 저기 가기 싫어."

"왜지? 넌 저 고상한 척하는 고리타분한 인간들과 완벽하게 어울리는데."

'아! 내가 왜 또 이 자리에 있는 거지?'

아하, 맞다, 그거였다. 나는 하딘의 샌드백이다.

"좋아! 내가 갈게. 도대체 내가 왜 너랑 잘 지내보려고 애쓰는지 모르겠다!"

나는 소리를 질렀다. 안에 있는 사람들이 들으면 안 되는데….

"왜인 줄 알아? 넌 눈치라는 게 없거든."

목에 큰 덩어리가 걸린 것 같은 느낌이었다.

"눈치…, 잘 알겠어."

나는 테라스에 놓인 돌을 노려보았다. 목구멍으로 다시 넘어오는 그의 말을 삼켜야 하는데, 불가능한 일이었다. 하딘을 올려다보았다. 그의 눈빛은 차가웠다.

"다 했어? 이게 네가 하고 싶은 말이었어?"

그가 웃으며 손으로 머리를 쓸어 넘겼다.

"이러는 것도 진짜 시간 아깝다. 말할 가치도 없어. 넌 네가 망쳐버린 저녁 식사 따위 대접 받을 자격도 없어. 그걸 준비한 사람들의 호의나 친절이 아까운 인간이라고. 그게 네가 하는 일이야. 망쳐버리는 거, 모든 걸 다 망쳐버리는, 그거! 그리고 나는 이제 그것들 중 하나가 되는 건 사양하겠어!"

눈물이 흘러 얼굴을 적셨다. 하딘이 내 앞으로 다가왔다. 나는 주춤 뒤로 물러섰다. 발에 무언가 걸려 휘청, 중심을 잃었다. 하딘이 나를 붙잡았다. 나는 하딘 대신 테라스 의자를 붙잡았다. 하딘의 도움은 바라지도, 필요하지도 않다.

하딘을 쳐다보았다. 지친 기색이 역력하다.

"그래, 네 말이 다 맞아."

그의 목소리도 지쳐 있었다.

나는 그에게서 등을 돌렸다.

생각할 틈도 없이 그가 내 손목을 낚아챘다. 나를 끌어당겨 가슴에 안았다. 거부할 새도 없이 그의 가슴에 기대 안겼다. 아, 그의 손길을 얼마나 바랐던가. 하지만 심장이 쿵쿵 울릴 때마다 경고의 사이렌이 들렸다. 손목을 잡은 하딘에게 그 소리가 들릴까 봐 두려웠다. 그의 눈에는 분노가 가득 차 있었다. 그의 눈에 비친 내 눈도 마찬가지일 거다.

그때였다. 그의 입술이 내 입술에 부딪치듯 포개졌다. 고통스러웠다. 그의 움직임 하나하나에 절박함과 갈망이 가득했다. 정신이 아득해졌다. 하딘에게 빠져들고 있다. 짠내가 나는 입술에 빠져들고 있다. 내 머리카락 사이로 파고드는 그의 긴 손가락의 움직임에 빠져들고 있다. 그의 손이 머리에서 허리로 내 몸을 훑으면 움직였다. 그가 나를 들어 난간 위에 앉혔다. 나는 다리를 벌려 그를 받아들였다. 입술은 떨어지지 않은 채였다. 우리는 뜨거웠고, 숨이 차도록 서로에게 얽혀들었다. 그의 아랫입술을 깨물었다. 그는 신음소리를 내며 나를 더 가까이 끌어당겼다.

뒷문이 삐걱거리며 열렸다. 마법의 주문이 풀렸다. 뒤를 돌아보고는 겁에 질렸다. 랜던의 부드러운 눈길과 마주쳤기 때문이었다. 그는 얼굴이 빨개지며 눈이 동그래졌다. 나는 하딘을 밀쳐내고 난간에서 펄쩍 뛰어내렸다. 옷매무새를 고치며 똑바로 섰다.

"랜던, 나는…."

그가 손을 들어올려 내 말을 막았다. 우리 앞으로 저벅저벅 걸어왔다. 하딘의 숨소리가 너무 크게 들렸다. 집과 나무들 사이로 메아리가 되어 울려퍼지는 것 같았다. 그의 볼은 빨갛게 달아올랐고, 눈빛은 거칠었다.

"이해할 수가 없다. 너희 둘, 서로 싫어했던 거 아냐? 근데, 이건, 진짜…. 그리고 테사, 넌 남자친구가 있잖아. 네가 이럴 줄은 정말 몰랐다."

랜던의 말은 가혹했지만 억양은 부드러웠다.

"아냐…, 우리도 이게 뭔지 잘 모르겠어."

나는 하딘과 나를 번갈아 가리켰다. 하딘은 잠자코 있었다. 참으로 다행이었다.

"노아도 알아, 얼마 전부터. 너에게도 얘기하려고 했어. 네가 나를 이상하게 생각하는 게 싫었을 뿐이야."

옹색한 변명이었다.

"어떻게 받아들여야 할지 모르겠다…."

랜던은 문을 향해 걸어갔다.

때마침 영화의 한 장면처럼 우르릉 쾅, 천둥소리가 온 하늘에 울려퍼졌다.

"폭풍우가 몰아칠 거 같아."

하딘은 어두컴컴한 하늘을 올려다보았다. 여전히 달뜬 모습이었지만 목소리는 차분했다.

"폭풍우? 랜던이 봤어…, 우리 키스하는 거."

우리 사이에 타올랐던 불꽃이 사그라드는 느낌이었다.

"랜던은 괜찮을 거야."

하딘을 올려다보았다. 자신만만한 표정일 거라 기대했지만 그렇지 않았다. 그는 내 등을 부드럽게 쓰다듬어주었다.

"안에 들어갈래, 아니면 집에 갈래?"

아무리 봐도 적응 안 된다. 어떻게 인간의 감정이란 게 갑자기 분노에 찼다가, 호색한이 되었다가, 한순간에 차분해질 수 있는 걸까?

"안에 들어가서 저녁 식사를 마저 끝내는 게 좋을 거 같아. 넌 어떻게 할래?"

"같이 들어가지 뭐. 음식은 맛있었잖아."

그가 웃었고, 나도 따라 킬킬거렸다.

"웃음소리, 꽤 괜찮은데?"

그가 나를 뚫어지게 바라보았다.

"넌 기분이 확 좋아졌네?"

그는 늘 하듯이 뒷목을 문질렀다.

"나도 잘 이해가 안 된다."

'이 남자도 나만큼 혼란스러운 걸까?'

그에 대한 감정이 깊지 않았으면 좋겠다. 그래야 그를 감당할 수 있을 것 같다. 지금처럼 얘기한다면 그를 더 좋아하게 될 거다. 나는 그저, 그도 나와 같은 감정이기만을 원할 뿐이다. 하지만 그런 일은 절대 일어나지 않을 거라 수도 없이 경고를 받았었다. 스테프에게, 또 하딘 바로 당사자에게.

또 한 번 천둥이 쳤다. 하딘은 내 손을 잡아끌었다.

"비 오기 전에 얼른 들어가자."

우리는 다시 안으로 들어갔다. 식당에 들어갈 때까지도 잡은 손을 놓지 않았다. 랜던의 눈이 잡고 있던 손에 꽂혔다. 랜던은 아무 말도 하지 않았다. 랜던이 보고 있는 건 싫었지만 하딘이 손을 잡고 있는 게 너무 좋았다. 놓고 싶지 않을 만큼. 우리가 다시 자리에 앉자, 랜던은 자기 접시로 시선을 옮겼다. 내 손을 놓고, 하딘은 켄 씨와 카렌을 바라보며 중얼거렸다.

"소리 질러서 죄송합니다."

모두의 얼굴에서 놀라움이 번졌다. 하딘은 테이블로 시선을 떨궜다. "저 때문에 정성껏 준비한 식사 자리를 망치지 않았으면 합니다."

참을 수가 없었다. 나는 테이블 아래로 슬며시 하딘의 손을 꼭 쥐었다.

"괜찮다, 하딘. 우린 이해한다. 더 이상 오늘 밤을 망치지는 말자꾸나. 이제 저녁 식사 맛있게 먹자."

카렌이 미소를 지으며 얘기하자, 하딘이 그녀를 바라보았다. 그리고 카렌에게 미소를 지어 보였다. 그가 엄청 노력하고 있다는 걸 나는 잘 안다. 켄 씨는 아무 말도 하지 않았지만 고개를 끄덕였다.

천천히 하딘 손을 놓았지만 하딘은 손깍지를 끼며 나를 처다보았다. 내 안에서 일어나는 경박한 감정이 드러나지 않기를 바랐다. 내 생애 처음으로 너무 깊게 생각하지 않기로 했다. 왜 노아와 사귀면서 하딘의 손을 잡고 있는 거지? 따위의 생각.

저녁 식사는 좋았다. 그러나 켄 씨가 총장이라는 사실에 조금 겁이 났다. 그건 정말 엄청난 사건이다. 켄 씨는 영국에서 떠나던 시절이랑 미국을 얼마나 좋아하는지, 특히 워싱턴 주를 정말 좋아한다는 얘기를 쉴 새 없이 했다. 하딘은 내 손을 놓지 않았다. 덕분에 둘 다 한 손으로 밥을 먹느라 적잖이 애를 먹었다. 하지만 누구도 그걸 신경 쓰지 않았다.

"날씨가 좋았다면 더 좋았을 텐데. 그래도 이곳은 참으로 아름답지."

켄 씨가 명상에 잠기듯이 말했다. 나도 덩달아 고개를 끄덕였다.

"졸업하면 뭘 할 계획이니?"

식사를 마치고 카렌이 나에게 물었다.

"시애틀로 가려고요. 기회가 된다면 출판사에서 일하고 싶어요. 첫 책이 나올 때까지는요."

나는 자신만만하게 얘기했다.

"출판사? 염두에 두고 있는 출판사라도 있니?"

켄 씨가 물었다.

"정해둔 곳은 없어요. 출판사에서 일할 기회가 생기면 어디든 잡으려고요."

"그것 참 잘되었구나. 내가 반스 출판사에 인맥이 좀 있단다. 반스 출판사, 들어본 적 있니?"

"네, 좋은 점이 많은 곳이라 들었어요."

"인턴십을 하고 싶으면 내가 자리를 알아봐 줄 수 있단다. 너한테 좋은 기회가 될 것 같구나. 똑똑하고 밝은 청년이니, 내가 기꺼이 도와주마."

나도 모르게 하딘에게서 손을 빼 양손을 턱 아래에 모았다.

"이렇게 좋은 기회를 주시다니! 정말 정말 감사합니다!"

켄 씨는 월요일에 전화를 해준다고 약속했고, 나는 감사 인사를 수 없이 했다. 그는 별 것 아니라면서 필요하면 언제든지 도와주겠다고 했다. 내가 테이블 밑으로 손을 내렸을 때는 이미 하딘의 손이 사라진 뒤였다. 카렌이 테이블을 정리하기 시작하자, 그는 양해를 구하고는 위층으로 올라가버렸다.

48

나는 카렌을 도와 함께 테이블을 치웠다. 카렌은 고마움의 미소를 지었다. 아니, 사실 조금 놀란 것처럼 보였다. 나는 그릇을 식기 세척기로 날랐고, 그녀는 큰 접시들을 닦았다. 접시들은 모두 새것이었다. 그날 밤, 하딘이 그릇을 엄청 많이 부쉈던 게 기억났다. 홧김에 저지른 일이 누군가에게는 가혹할 수도 있구나.

"괜찮다면 뭐 좀 물어봐도 될까? 하딘과 사귄 지는 얼마나 되었니?"

그녀는 질문을 해놓고 얼굴이 빨개졌다. 나는 따뜻한 미소를 지어 보였다. 사귀는 문제에 대한 대답을 얼버무릴 가장 좋은 방법을 생각해 냈다.

"그게, 알게 된 지는 한 달쯤 되었어요. 하딘의 친구가 제 룸메이트거든요. 스테프란 친구예요."

"우린 하딘 친구들을 몇 명밖에 못 봤거든. 그리고 넌…, 그러니까, 넌 우연히 만났던 다른 친구들하고는 좀 다른 것 같구나."

"네, 우리가 좀 많이 다르긴 해요."

번개가 번쩍거리면서 굵은 빗줄기가 창문을 때렸다.

"어머나, 폭우가 쏟아지네."

카렌은 싱크대 앞에 있는 작은 창문을 닫았다.

"하딘이 보이는 것만큼 나쁜 아이는 아니란다."

나한테 얘기하고 있었지만, 그녀 자신을 설득하려는 것처럼 들렸다.

"걔가 상처를 많이 받아서 그래. 항상 이러지는 않을 거라 믿어. 오늘 그 아이가 저녁 초대에 온 걸 보고, 정말 깜짝 놀랐단다. 그게 전부 테사 네 덕분인 것 같아."

놀랍게도 그녀는 나를 가만히 끌어안았다. 뭐라고 말해야 할지 몰라서, 나도 그녀를 안았다. 그녀는 안은 손을 풀고, 매끈하게 가꾼 고운 손을 내 어깨에 얹었다.

"정말로 고맙구나."

그녀는 앞치마에서 티슈를 꺼내 눈가를 찍어냈다.

내 덕분이 아니란 얘기를 하려는데 입이 떨어지지 않았다. 친절한 그녀를 실망시킬 수는 없는 일이니까. 하딘이 여기 온 건 순전히 나를 괴롭히고 싶어서다. 설거지를 마치고, 우두커니 서서 창밖으로 떨어지는 빗줄기를 보고 있었다. 가족들이 하딘을 이렇게나 걱정하고 사랑해준다는 사실이 놀라웠다. 엄마와 자기 자신 말고는 모두에게 증오심만 가득한 하딘을 말이다. 그런 사람들이 있다니 하딘은 정말 행운아다. 나도 그를 걱정하는 사람 중 하나라는 걸 그가 알기나 할까? 하딘을 위해서라면 뭐든지 해줄 텐데. 아무리 부정하려 해도 그건 사실이다. 나는 노아와 엄마밖에 없다. 하지만 그들은 자기 방식대로만 나를 사랑한다. 하딘의 새엄마가 될 분이 하딘을 생각하는 것처럼 나를 사랑하는 사람은 없다.

"켄에게 가봐야겠다. 내 집처럼 편하게 있거라, 테사."

나는 하딘을 찾아보기로 했다. 아니, 랜던이라도 상관없다. 누구든 나타나기만 해라.

아래층에는 랜던이 보이지 않았다. 그래서 위층에 있는 하딘 방에 가기로 했다. 하딘이 방에 없다면, 그땐 어떡하지? 별 수 있나, 아래층에 혼자 우두커니 앉아 있을 수밖에. 하딘의 방문 손잡이를 돌려보았다. 문은 잠겨 있었다.

"하딘, 방에 있어?"

개미만 한 목소리로 하딘을 불렀다. 아무도 못 들었을 거다. 톡톡, 문을 두드려봤지만 아무 소리도 안 들렸다. 막 돌아서려는 순간 딸깍, 문이 열렸다.

"들어가도 돼?"

그가 고개를 끄덕이고 내가 들어갈 수 있도록 비켜섰다. 방 안에는 열어 놓은 창문으로 바람이 불어오고 있었다. 상쾌한 비 냄새도 났다. 하딘은 창가에 놓인 벤치 소파에 무릎을 세우고 앉았다. 창밖만 바라볼 뿐 아무 말도 하지 않았다. 나는 그의 맞은편에 앉아 조용히 기다렸다. 떨어지는 빗소리가 차분한 리듬이 되어 들렸다.

"왜 그랬는데?"

결국은 내가 먼저 입을 뗐다. 그가 알 수 없다는 표정으로 나를 바라보았다.

"아까 아래층에서 말이야. 우리 계속 손을 잡고 있었잖아…. 근데 왜 놔버렸어?"

어쩐지 절박하게 들리는 내 목소리 때문에 부끄러워졌다. 애걸복걸하는 것처럼 들렸으니…. 어쩔 수 없다. 이미 말을 내뱉은 상태였다.

"그 인턴십, 혹시 내가 안 했으면 하는 이유라도 있는 거야? 네가 전에 나한테 제안했던 그거잖아?"

"맞아. 그거야, 테사."

그는 한마디 던지고는 다시 창밖을 내다봤다.

"그건 내가 도와주고 싶었던 거야, 아빠가 아니라."

"뭐? 이건 대결하는 게 아니잖아. 그리고 나한테 제일 먼저 그 제안을 한 건 바로 너야. 그래서 내가 얼마나 고맙게 생각하는데."

이게 대체 얼마나 큰일이라고, 도무지 이해가 되지 않았다. 그래도 일단 그의 마음을 풀어주는 게 급선무니까.

하딘은 화가 잔뜩 난 듯 한숨을 내쉬고는 무릎을 끌어당겨 감싸 안았다. 우리는 조용히 창밖만 바라보고 있었다. 적막이 감돌았다. 바람이 더 거세졌다. 나무들이 이리저리 흔들렸고, 번개가 잇달아 쳤다.

"나, 갈까? 스테프한테 전화해서 트리스탄이랑 같이 데리러 올 수 있는지 물어볼게."

조용히 말을 꺼냈다. 가고 싶진 않았지만, 침묵 속에서 하딘과 앉아 있는 게 더는 참기 어려웠다.

"가겠다고? 내가 널 도와주고 싶었다고 한 이 마당에, 넌 가버리겠다고? 어떻게 그런 말을 꺼낼 수 있지?"

"아니, 난, 나도 모르겠어. 넌 말 한마디도 안 하고, 폭풍은 점점 더 거세지는 것 같고…."

나도 모르게 더듬거렸다.

"넌 정말 나를 미치게 만드는구나, 완전 돌아버리겠어, 테레사."

"내가?"

울 것만 같은 목소리가 튀어나왔다.

"내가 해주고 싶었던 거잖아. 나는 널 도와주고 싶었어. 근데 난 네 손만 잡고, 결국 아무 것도 하진 못했지…. 여튼 넌 여전히 내 말을 못 알아듣고 있잖아. 난, 내가 뭘 어떻게 해야 할지 정말 모르겠어."

그는 얼굴을 파묻었다.

'내가 모른다고 생각하는 걸까?'

"내가 뭘 못 알아듣고 있는 건데, 하딘?"

"널 원한다는 거. 살면서 지금까지 누구도, 무엇도 너만큼 원했던 적은 없었어."

그는 나에게서 시선을 돌렸다.

가슴이 두방망이질 치고 머리가 빙빙 돌기 시작했다. 우리 사이에 감돌고 있던 기류가 변하고 있었다. 날것 같은 하딘의 고백이 나를 세게 내리친 느낌이었다. 나도 그를 원한다. 그 무엇보다도.

"나도 알아, 네가…, 네가 나 같은 감정이 아니라는 거, 그치만, 난…."

이번엔 내가 그의 말을 끊을 차례다.

무릎을 안고 있던 그의 손을 잡아끌었다. 녹색 눈동자는 어찌할 바를 몰라 흔들렸고, 그는 내 앞에서 머뭇거렸다. 나는 그의 셔츠 깃에 손가락을 걸어 그를 끌어당겼다. 눈과 눈이 마주쳤다. 그의 무릎이 내 허벅지에 닿았다. 나는 그를 바라보았다. 그는 얕은 숨을 몰아쉬었다. 그의 시선이 내 입술을 향했다가 다시 눈으로 옮겨졌다. 혀로 아랫입술을 핥았다. 나는 그에게 바짝 다가갔다. 당장에라도 그가 내게 키스할 것만 같았다.

"키스해줘."

내가 애원했다. 그가 나에게 몸을 기울였다. 두 팔로 내 등을 감싸 안고 폭신한 벤치 소파에 나를 뉘었다. 나는 다리를 벌렸고, 그는 내 다리 사이로 몸을 기울였다. 그의 얼굴이 코앞에 와 있었다. 나는 고개를 들어 그에게 입을 맞추었다. 더는 기다릴 수가 없었다. 서로의 입술이 부드럽게 맞닿았다. 그는 살짝 입술을 떼었다가 내 목으로 옮겨 키스를 퍼부었다. 천천히 내 입술로 돌아와서 다시 입을 맞추었다. 처음엔 입꼬리로, 그 다음엔 턱으로, 그리고 다시 입술로. 환희에 휩싸여 온몸이 부르르 떨렸다. 그의 입술은 내 입술을 한 번 더 쓰다듬고는 혀로 아랫입술을 핥았다. 그의 입술이 닿자 스르르 입술이 열렸다. 그는 한 손을 허벅지 사이로 밀어넣어 내 엉덩이를 움켜쥐었다. 다른 손으로는 키스를 하고 있는 내 뺨을 어루만졌다. 나는 그의 등에 팔을 둘러 그를 꽉 껴안았다. 내 몸의 세포 하나하나가 살아나는 듯했다. 그의 입술을 깨물고 싶었고, 셔츠를 벗겨버리고 싶었다. 타버릴 것만 같던 지난 번 키스보다 부드럽고 섬세한 키스가 훨씬 더 느낌이 좋았다.

하딘은 입술로 내 입술을 뒤덮었고, 내 손은 그의 등을 더듬고 있었다. 그가 페니스를 내 몸에 찰싹 붙인 채 문질렀다. 내 입에서는 신음이 터져나왔다. 그는 내 움직임에 움직임으로 반응하며 입술을 핥았다. 신음마저 삼켜버릴 것 같았다.

"테사, 네가 하는 이 모든 것…, 너를 느끼게 해줘…."

그는 내 입에 속삭였다. 그 말이 나를 무장해제 시켰다. 그의 셔츠를 움켜잡았다. 그의 손은 내 뺨에서 가슴으로, 그리고 아랫배로 미끄러져 내려갔다. 온몸에 소름이 돋아 올랐다. 이제 그의 손이 벌어진 내 다리 사이의 작은 틈으로 움직였다. 숨이 막혔다. 그는 스타킹의 레이스를 부드럽게 쓰다듬었다. 그의 손에 힘이 들어가자 신음이 터져나왔고, 내 등은 벤치 소파 위에서 긴장한 채 휘어졌다.

그가 나를 얼마나 화나게 했든 상관없었다. 그의 손길 한 번에 나는 완전히 제압당했다. 그의 침착함과 자제력 또한 흔들리고 있었다. 그는 정신을 차리려고 애썼지만, 불굴의 의지가 무너져 내리고 있었다. 그는 내 뺨에 코를 문질렀다. 나는 그의 머리 위로 티셔츠를 벗겨냈다.

그는 셔츠를 집어던지고 내 가슴에 머리를 파묻더니 한 번 더 내 입술을 찾았다. 나는 그의 손을 내 허벅지 사이로 다시 가져다 놓았다. 그가 슬쩍 웃더니 나를 내려다 보았다.

"원하는 거 있어, 테사?"

쉰 목소리였다.

"뭐든지."

진심이었다. 그와 함께라면 무엇이든 할 수 있다. 그것이 내일 어떤 결과를 빚어낼지라도. 그가 나를 원한다고 했다. 그리고 나는 그의 것이다. 그와 처음 키스를 한 순간부터 나는 그의 것이었다.

"뭐든지라고 하지 마. 내가 너에게 해줄 수 있는 게 너무 많거든."

그가 속삭이며 엄지손가락을 스타킹과 팬티 위로 강하게 밀착했다. 내 상상의 나래는 이제 거칠 것이 없어졌다.

"네가 정해줘."

그가 엄지손가락으로 천천히 원을 그리자 신음소리가 저절로 흘러나왔다.

"벌써 흠뻑 젖었는걸. 스타킹 위로도 느껴져."

그는 입술을 핥았고, 나는 또 신음을 뱉었다.

"스타킹 벗길게. 괜찮지?"

대답할 새도 없이 그가 내 스타킹을 벗기기 시작했다. 원피스 속으로 미끄러지듯 들어간 손은 스타킹과 팬티를 한꺼번에 끌어내렸다. 찬 기운이 몸에 닿았고, 나는 무심결에 엉덩이를 들어올렸다.

"끝내준다."

그의 시선이 내 몸을 훑다가 가랑이 사이에서 멈췄다. 그가 중얼거렸다. 멈출 새도 없이 그의 손가락이 나의 그곳으로 미끄러져 들어왔다. 그런 다음 손가락을 들어 입술에 대고 가만히 빨았다. 눈은 반쯤 감은 채였다. 아, 그를 보고 있는 것만으로도 온몸이 달아오른다.

"기억나지? 내가 널 맛보고 싶다고 했던 거."

고개를 끄덕였다.

"지금 그걸 하고 싶은데, 괜찮지?"

그의 표정은 간절했다. 나는 조금 부끄러워졌다. 하지만 그날, 강가에서 그가 만져줬던 것만큼 느끼게 해준다면 나도 원한다. 그는 또 한번 입술을 핥으며 내 눈을 뚫어지게 쳐다보았다. 지난번엔 결국 서로 싸우는 것으로 끝이 났다. 그가 너무 비열하게 굴었기 때문이었다. 부디 이번엔 이 순간을 망치지 않기를.

"내가 해줬으면 좋겠어?"

"제발, 하던, 내 입으론 말 못해, 부탁이야."

신음소리에 가까운 애원이었다.

그가 손을 아래로 내려 내 엉덩이를 따라 넓게 원을 그리며 움직였다.

"이번엔 안 그럴게."

그가 약속했다. 다행이다. 나는 고개를 끄덕였고, 그는 깊은 숨을 내쉬었다.

"침대로 가자. 그럼 좀 더 움직이기 편할 거야."

그가 내 손을 잡았다. 나는 일어나 원피스를 잡아내렸고, 그는 나를 보며 웃었다. 그는 커튼줄을 잡아당겨 두꺼운 파란색 커튼으로 창을 가렸다. 방은 더 어두워졌다.

"옷 벗어."

그가 나지막이 명령했고, 나는 명령에 따랐다. 원피스가 발 아래로 떨어졌다. 이제 나는 브래지어만 입은 채였다. 내 브래지어는 밋밋한 흰색에 가운데 작은 리본이 달려 있었다. 그의 눈은 커졌고, 시선은 내 가슴 언저리에 머물렀다. 그는 손으로 리본을 만지작거렸다.

"귀여운데."

그가 웃는 바람에 나는 움찔했다. 아무래도 새 속옷을 좀 사야겠다. 하딘이 계속 보게 될 거라면. 나는 벗은 몸을 감추려고 애를 썼다. 어느 누구보다도 하딘과 함께 있으면 편안했다. 하지만 브라만 입은 채 그의 앞에 서 있기에는 아직 좀 부끄러웠다. 내가 문을 힐끗 쳐다보자, 그는 잠겨 있는지 확인하러 문 쪽으로 걸어갔다.

"지금 비웃는 거지?"

내가 투덜거리자 그는 고개를 저었다.

"절대."

그가 웃으며 나를 침대로 이끌었다.

"침대 끝에 누워서 발을 바닥에 대봐. 그럼 내가 네 앞에 무릎 꿇고 앉을 수 있어."

나는 커다란 침대에 누웠다. 그는 허벅지를 잡고 나를 아래로 끌어 내렸다. 내 발은 바닥에 닿지 않았고 침대 모서리에 대롱대롱 매달려 있었다.

"침대가 이렇게 높은 줄 몰랐네."

그가 웃는다.

"그럼 위쪽으로 가서 누워볼래?"

나는 서둘러 위로 올라갔고 그가 나를 따라왔다. 그가 내 허벅지를 어깨에 두르고 무릎을 굽혔다. 그는 내 다리 사이에 웅크리고 앉았다. 어떤 기분일까 상상하는 것만으로도 온몸이 달아올랐다. 내가 경험이 좀 더 있었더라면 무얼 기대해야 할지 알았을 텐데….

그가 머리를 숙이자 굽슬굽슬한 머리카락이 허벅지를 간지럽혔다.

"기분 좋게 해줄게."

그가 내 아랫배에 대고 속삭였다. 심장이 쿵쾅거리는 소리가 내 귀에 들렸다. 순간 이 집에 다른 사람이 있다는 사실조차 잊어버렸다.

"다리 벌려봐, 베이비."

나는 시키는 대로 했다. 그는 눈부신 미소를 보이고는 아래로 내려가 배꼽 바로 아래에 입을 맞추었다. 그의 혀가 내 우윳빛 살갗 위에서 빙글빙글 춤을 추었고, 감은 내 두 눈은 파르르 떨렸다. 그가 내 엉덩이의 부드럽고 민감한 살갗을 깨물자, 나는 놀라움에 소리를 질렀다. 그는 입술로 애무하며 부드럽게 빨아댔다. 따끔거렸지만 뭔지 모를 관능적인 느낌이 몸을 자극했다. 이 정도의 고통은 아무 것도 아니다.

"아, 하딘, 제발."

나는 숨을 내쉬었다. 천천히 애태우기만 하는 이 고문에서 쉴 틈이 필요했다.

그러더니 갑자기 혀를 내 몸 한가운데로 지그시 밀어넣었다. 나는 기쁨에 차올라 비명을 질렀다. 그는 혀로 이리저리 툭툭 건드렸고, 나는 침대의 이불을 움켜쥐었다. 노련한 그의 혀놀림에 몸부림쳤다. 그는 두 팔로 움직이지 못하게 나를 단단히 안았다. 혀의 움직임을 따라 손가락이 같이 움직이는 것 같은 느낌이었다. 아랫배에 뜨거워지는 느낌이 차오르기 시작했다. 그의 입술 피어싱이 닿자 서늘한 느낌이 들었다. 그것은 또 다른 온도와 질감으로 내 감각을 자극했다.

허락도 없이, 그의 손가락이 내 안으로 천천히 미끄러져 들어왔다. 나는 눈을 꼭 감았다. 찌르는 듯한 불편함이 사라지기를 기다리면서.

"괜찮아?"

그가 고개를 살짝 들었다. 그의 육감적인 입술은 내 것이 묻어 반짝거렸다. 할 말을 찾지 못해 고개만 끄덕였다. 그는 손가락을 천천히 뺐다가 다시 미끄러지듯 집어넣었다. 혀와 손가락의 조합은 믿을 수 없을 만큼 놀라운 것이었다. 신음소리를 내며 그의 부드러운 머리카락 사이로 손가락을 넣고 잡아당겼다. 그의 손가락은 천천히 내 안으로 들어왔다 나가기를 반복했다. 밖에선 천둥번개가 내리쳐 온 천지가 진동하고 있었지만 신경조차 쓰이지 않았다.

"오, 하딘."

그의 혀가 너무 민감한 곳을 찾아냈다. 그곳을 부드럽게 빨자 신음이 터져나왔다. 전혀 알지 못했다. 이런 느낌, 이런 황홀한 느낌이 들 수도 있다는 사실을. 쾌락과 기쁨이 온몸에 차올랐다. 나는 하딘을 슬쩍 보았다. 그는 놀랍도록 섹시해 보였다. 손가락이 들어왔다 나갔다를 계속하는 동안 단단한 근육도 함께 움직였다.

"이렇게 해서 절정에 오르게 해줄까?"

그가 물었다. 혀놀림이 멈춘 것에 흐느끼던 나는 격렬하게 고개를 끄덕였다. 그는 웃으며 다시 혀로 나를 애무했다. 이번에는 그곳을 살짝살짝 건드렸다. 이제는 사랑하게 된 그 애무였다.

"아, 하딘."

나는 깊은 숨을 내쉬었다, 그는 나에게서 입을 떼지 않고 신음을 했다. 그 떨림이 내 그곳에 고스란히 전해졌다. 다리가 뻣뻣해졌고, 절정에 오를 때까지 그의 이름을 쉬지 않고 불렀다. 눈앞이 흐릿해지고, 나는 눈을 질끈 감았다. 하딘은 나를 꽉 붙잡았다. 혀의 놀림이 더 빨라졌다. 그의 머리를 움켜잡고 있던 한 손을 빼서 입을 막았다. 소리 지르지 않으려고 손을 물었다. 잠시 후, 머리가 베개 위로 떨어졌다. 가슴은 가쁜 숨을 몰아쉬는 동안 아래위로 들썩였다. 빠져들었던 극치감에 온몸이 욱신거렸다.

하딘이 내 옆에 누워 있다는 걸 겨우 알아차렸다. 그는 팔꿈치로 머리를 괴고 엄지손가락으로 내 뺨을 어루만졌다. 그는 내가 현실로 돌아올 시간을 주었다.

"어땠어?"

그의 목소리는 어쩐지 자신 없는 듯했다. 나는 고개를 들어 그를 바라보았다.

"음…, 흠….."

고개를 끄덕였고, 그는 웃었다. 그것은 실로 놀라운 느낌이었다. 아니, 놀라움을 뛰어넘은 느낌이었다. 이제야 알겠다. 사람들이 왜 이 행위에 열광하는지.

"그렇게 침착할 거라 이거지?"

그가 짐짓 놀리면서 엄지손가락으로 내 아랫입술을 쓰다듬었다. 나는 혀를 내밀어 입술을 핥았고, 하딘의 손가락에 닿았다.

"고마워."

나는 수줍게 미소 지었다. 왜 그런지는 잘 모르겠지만 어쩐지 부끄러웠다. 하딘은 나의 가장 원초적이며 연약한 모습을 보았다. 아무도 보지 못한 모습이었다. 그건 나를 흥분시키기도, 또 그만큼 두렵게 만들기도 했다.

"손가락을 쓰기 전에 미리 귀띔해주었어야 했는데. 그래서 최대한 부드럽게 하려고 애썼어."

그가 사과의 말을 건넸다. 나는 고개를 가로저었다.

"아냐, 너무 좋았어."

나는 얼굴을 붉혔다. 그는 웃으며 내 머리카락을 귀 뒤로 쓸어 넘겼다. 오싹한 기운이 등골을 타고 지나갔다. 하딘이 얼굴을 찡그렸다.

"추워?"

고개를 끄덕였다. 그는 이불을 끌어당겨 벌거벗은 거나 다름없는 내 몸을 덮어주었다. 이 남자, 나를 또 한 번 놀라게 한다.

용기를 내어 그에게 가까이 갔다. 몸을 웅크리고 머리를 탄탄한 그의 복부에 파묻었다. 그는 이 모습을 조심스럽게 바라보고 있었다. 폭풍 때문에 방에 바람이 불어오긴 했지만, 그의 살갗은 생각했던 것보다도 차가웠다. 나는 이불을 끌어당겨 그의 가슴을 덮어주었다. 그리고 내 머리를 그 안으로 쏙 집어넣었다. 그는 이불을 들어 내 얼굴이 보이게 했다. 나는 다시 그에게 머리를 파묻었다. 우리는 이불 속에서 숨바꼭질을 하며 함께 웃었다.

그와 함께 몇 시간이고 이렇게 있고 싶었다. 그의 심장박동을 뺨으로 느끼면서.

"우리, 얼마나 여기 있을 수 있어?"

그가 어깨를 으쓱했다.

"글쎄, 저들이 우리가 여기서 섹스한다고 생각하기 전엔 내려가야 하지 않을까?"

하딘이 농담을 하는 바람에 우리는 함께 웃었다. 그의 거친 말버릇에 점점 익숙해지고 있다. 그래도 아직까지는 아무렇지도 않게 던지는 적나라하고 거친 말에 깜짝깜짝 놀랄 때가 있다. 가장 충격적인 사실은 그가 그런 말을 할 때마다 살갗이 얼얼하고 따끔거린다는 거다.

나는 신음 소리를 내며 침대에서 내려왔다. 옷을 챙기려 몸을 굽히는 동안에도 하딘의 시선이 나에게 꽂혀 있다는 걸 느꼈다. 그에게 셔츠를 건넸고, 그는 셔츠를 입고 헝클어진 머리를 정돈했다. 나는 뒤뚱거리며 팬티를 입었다. 그는 여전히 나를 쳐다보고 있었다. 스타킹을 신으려다 삐끗, 넘어질 뻔도 했다.

"그만 좀 쳐다봐. 괜히 긴장되잖아."

그가 환히 웃었다. 보조개가 어느 때보다 두드러져 보였다.

그는 손을 주머니에 찔러 넣고 천장을 올려다보았다. 나는 키득거리며 스타킹을 신었다.

"옷 입고 나면 원피스 지퍼 좀 올려줄래?"

그의 눈은 내 몸을 훑고 있었다. 눈동자가 커지는 게 멀찌기 있는 내 눈에도 보였다. 아래를 내려다보고야 왜 그런지 알았다. 가슴이 브래지어 밖으로 삐져나와 있었고, 엉덩이에는 레이스 스타킹이 걸쳐져 있다. 난데없이 난잡한 화보 속 여자가 된 것 같은 느낌이 들었다.

"그, 그래. 도와줄게."

그는 침을 꼴깍 삼켰다. 하딘처럼 잘생긴, 아니, 섹시한 사람이 나 때문에 허둥지둥하는 모습은 정말 생경했다. 내가 매력 있다는 것쯤은 나도 안다. 그래도 나는 하딘이 평소에 어울리던 그런 스타일의 여자는 아니다. 나는 타투도 피어싱도 없고, 차림새는 고리타분하고 보수적이다.

옷을 입고 그에게로 돌아섰다. 내 등이 고스란히 드러났다. 나는 머리카락을 위로 들어올려 잡고 있었다. 그가 지퍼를 올려주기만을 기다리고 있었다. 그의 손가락이 내 등뼈를 따라 스치듯 지나갔다. 나는 움찔하며 그에게 몸을 기댔다. 그가 숨을 들이마시는 소리가 들렸다. 그는 손을 아래로 내렸다. 그리고 내 엉덩이를 부드럽게 움켜쥐었다. 나에게 기댄 그가 단단해지는 느낌이 들었다. 온몸에 짜릿하게 전기가 관통하는 것 같았다.

"하딘?"

밖에서 카렌의 목소리가 들렸다. 그리고 조용히 방문을 두드렸다. 참으로 다행히 우리 둘 다 옷을 입고 있었다.

하딘은 눈동자를 굴리며 내 귀에 입술을 갖다댔다.

"우린 나중에."

그가 문을 열기 전에 불을 켰다. 카렌이 문 앞에 서 있었다.

"방해해서 미안하구나. 디저트를 좀 만들었는데, 먹어보겠니?"

그녀는 다정한 목소리로 물었다. 하딘은 대답하지 않았지만 나를 돌아보았다. 내 대답을 기다리는 듯했다.

"네, 먹고 싶어요."

나는 미소를 지었고, 그녀도 활짝 웃었다.

"그래, 아래층에서 보자꾸나."

그녀는 돌아서 내려갔다.

"난 디저트 벌써 먹었는데."

하딘이 짓궂게 말했다. 나는 그의 팔을 찰싹 때렸다.

49

카렌은 디저트를 많이 만들었다. 디저트를 먹으면서 카렌과 베이킹에 대해 얘기를 나누었다. 랜던은 식당에 오진 않았지만 이상한 낌새를 보이진 않았다. 랜던은 소파에 앉아 책을 읽고 있었다. 그와 조만간 대화를 해봐야겠다. 그와의 우정을 잃고 싶진 않으니까.

"저도 베이킹 좋아해요. 근데 잘하진 못해요."

카렌이 내 말에 웃었다.

"내가 가르쳐줄까?"

그녀의 갈색 눈에는 진심이 담겨 있었다. 나는 고개를 끄덕였다.

"정말 재밌겠는데요."

굳이 거절할 마음은 없었다. 그녀는 진심으로 나와 가까워지려 애쓰고 있었다. 내가 하딘의 여자친구라 믿고 있는 거다. 그런 그녀에게 아니라고 말할 순 없었다. 하딘도 그녀나 그의 아빠에게 얘기할 기미는 보이지 않는다. 어쩐지 희망이 보이는 듯하다. 내 인생이 늘 오늘 밤만 같았으면 좋겠다. 하딘과 즐거운 시간을 보내고, 끊임없이 눈을 맞추고, 그의 아빠와 새엄마와 격의 없이 이야기를 나누는…. 하딘은 나머지 몇 시간 동안은 좋은 남자였다. 손가락으로 내 손마디를 부드럽게 쓰다듬었다. 그럴 때마다 눈앞에서 나비가 날아다니는 것 같았다. 밖에는 비가 퍼붓고, 거친 바람 소리가 계속 웅웅댔다.

디저트를 먹고 나서, 하딘은 테이블에서 일어섰다. 의아한 눈으로 그를 바라보자, 그는 몸을 숙여서 내 귀에 속삭였다.

"금방 올게, 화장실."

그가 복도 저쪽으로 멀어지는 모습을 보고 있었다.

"우린 정말 너에게 얼마나 고마운지 모른단다. 하딘과 함께 와줘서 참 좋았어. 저녁 식사 한 번이지만 말이다."

카렌이 말을 꺼냈다. 켄 씨는 테이블 위에 있던 그녀의 손에 손을 포갰다.

"카렌 말이 맞아. 아버지로서 하나밖에 없는 아들이 사랑에 빠진 모습을 보는 건 정말 뿌듯하단다. 하딘은 그럴 여지가 없어 보여서 걱정했었는데 말이다…. 녀석은… 분노에 가득 찬 아이였거든."

켄 씨가 나를 바라보며 나지막이 말했다.

"미안하구나, 널 불편하게 만들 생각은 아니었다. 우린 그저 저 녀석이 행복해 보이는 게 너무 좋아서…."

내가 좌불안석인 걸 그도 알아차린 모양이다.

'행복? 사랑?'

숨이 턱 막혀서 기침이 나왔다. 찬물을 꿀꺽거리고 나서야 조금 진정이 되었다. 나는 그들은 다시 쳐다보았다. 저들은 진짜 하딘이 나와 사랑에 빠진 거라 생각하고 있는 건가? 두 사람 앞에서 웃음을 터뜨리면 너무 무례할 테지? 켄 씨는 자기 아들을 몰라도 너무 모른다.

뭐라 대꾸하기도 전에 하딘이 돌아왔다. 아, 하느님 감사합니다. 이제 나는 그들의 달콤하지만 완전히 빗나간 착각에 대답할 필요가 없어졌다. 하딘은 자리에 앉지 않았다. 내 뒤에서 의자에 팔을 걸치고 서 있었다.

"우리, 이제 일어나야 할 것 같아요. 테사를 기숙사에 데려다줘야 하거든요."

"아니, 말도 안 된다. 너희 둘 다 오늘 밤은 자고 가거라. 폭풍우가 저렇게 거센데, 집에 방도 많잖니. 그쵸, 켄?"

켄 씨가 맞장구를 쳤다.

"당연하지. 아무래도 운전은 위험할 것 같구나."

하딘은 나를 쳐다봤다. 나는 여기 있고 싶었다. 하딘과 함께 있는 시간을 조금이라도 늘릴 수만 있다면. 특히나 오늘처럼 그가 기분 좋은 날이라면 더욱.

"전 상관없어요."

대답은 했지만, 이걸로 그를 더 이상 화나게 하고 싶진 않다. 그의 속내를 도통 알 수가 없었다. 이걸로 화난 것 같지는 않았다.

"잘됐구나! 그럼 그렇게 하기로 하자. 테사한테 방을 안내해주마…, 아, 혹시 하딘 방에 함께 묵을 거니?"

카렌이 물었다. 비난이나 편견 같은 건 없었다. 친절만 있을 뿐.

"아니에요, 저도 따로 쓰는 게 좋아요. 그래도 괜찮지?"

하딘이 나를 노려보았다.

'뭐야, 이 남자는 자기 방에서 함께 있고 싶었던 건가?'

생각만으로도 짜릿했지만, 마음은 편치 않을 거다. 그들이 하딘과 내가 벌써 갈 데까지 간 사이라고 생각한다면 말이다. 손톱만 한 이성이 나를 제어하고 있었다. 하딘은 나와 사귀는 게 아니다, 아니 그 근처도 못 갔다. 그러니 '갈 데까지 간 사이'란 있을 수도 없다. 나는 남자친구가 있으며, 그건 하딘이 아니다. 언제나 그랬듯이 나는 마음의 소리를 뿌리치고 카렌을 따라 위층으로 올라갔다. 왜 카렌은 벌써부터 우리를 침실로 보내려는 걸까 궁금했다. 그렇지만 아직은 이유를 물어볼 만큼 그녀가 편하지 않았다.

그녀는 하딘 방 바로 맞은편으로 안내했다. 그다지 크진 않았지만 예쁘게 꾸며진 방이었다. 침대는 약간 작았다. 프레임은 하얀색이고, 벽에 붙어 있었다. 방 곳곳에는 배와 닻 사진들이 걸려 있었다. 나는 그녀에게 몇 번이고 고맙다는 인사를 했다. 그녀는 방을 나서기 전에 나를 한 번 더 안아주었다.

방 이곳저곳을 돌아보다가 창문 앞에 섰다. 뒷마당은 생각했던 것보다 제법 넓었다. 하긴 내가 본 건 테라스랑 그 왼편에 있던 나무들뿐이었으니까. 오른편으로 온실처럼 보이는 건물들이 있었다. 폭우 때문에 정확하게 보이진 않았다.

비오는 걸 우두커니 보고 있자니 머릿속 생각들이 이리저리 날뛰기 시작했다. 오늘 하딘과 보낸 시간은 그 어느 때보다 좋았다. 뭐 몇 번 울컥하긴 했지만. 그는 내 손을 잡았다. 그건 그가 한 번도 하지 않았던 행동이다. 함께 걸으며 내 등에 손을 올려놓았다. 랜던 때문에 내가 걱정하자 나를 안심시키려 최선을 다했다. 이건 지금껏 우리가 겪은 날들 중 가장 진일보한 순간이었다. 우리의 우정이든…, 그게 뭐든간에. 그게 가장 혼란스러운 부분이기도 했다. 우리가 사귈 수도 없고, 절대 사귀지도 않을 거라는 걸 잘 안다. 하지만 오늘만 같다면 충분히 괜찮은 거 아닐까? 나는 단 한 번도 재미나 보는 친구를 만들 거라 상상해본 적이 없었다. 그렇다고 그에게서 멀어질 수도 없을 거다. 해봤지만 번번이 실패로 돌아갔다.

노크 소리에 퍼뜩 정신을 차렸다. 카렌이나 하딘이겠지. 문을 열어 보니 뜻밖에 랜던이 서 있었다. 그는 주머니에 손을 넣고, 어색한 미소를 짓고 있었다.

"나야."

"응, 안으로 들어올래?"

그는 고개를 끄덕였다. 나는 들어와 침대 위에 앉았다. 그는 구석에 있던 테이블에서 의자를 꺼내 앉았다.

"나는⋯."

동시에 말을 꺼내는 바람에 우리는 웃어버렸다.

"네가 먼저 말해."

랜던이 나에게 양보했다.

"좋아. 우선 미안해. 하딘과 그러고 있는 장면을 보게 해서. 그럴 생각으로 나갔던 건 아니었어. 하딘이 괜찮은지 확인하고 싶었을 뿐인데⋯. 하딘이 아빠와 저녁을 먹는 내내 힘들어 했거든. 근데 어쩌다 보니 우리가⋯, 키스를 하게 됐어. 얼마나 멍청하고 한심한 짓인지 나도 잘 알아. 노아를 배신한 것도 너무 끔찍하고. 너무 혼란스러워. 하딘을 멀리하려고 그렇게 애를 썼는데. 이건 정말이야."

"널 비난하는 건 아냐, 테사. 그냥 둘이 테라스에서 그러고 있는 걸 보고 놀랐어. 너희가 소리소리 지르며 싸우고 있을 줄 알았거든."

그는 웃으며 말을 이어나갔다.

"그날, 영문학 수업 시간에 둘이 언쟁을 벌이는 걸 보고, 너희 둘 사이에 뭔가 있구나 짐작은 했어. 지난주에 우리 집에서 자고 갔을 때도, 그리고 하딘이 집에 돌아와 나한테 시비걸기 시작했을 때도. 낌새는 진작에 눈치챘지만 네가 나한테 말해줄 거라 생각하고 잠자코 있었어. 근데 네가 말하지 못했던 이유도 충분히 이해되긴 해."

어깨에 얹힌 큰 짐을 내려놓은 것 같은 기분이 들었다.

"랜던, 나한테 화났지? 아님 나를 이상한 애로 생각했든가."

그는 고개를 저었다.

"아니, 난 너희 관계가 걱정스러웠어. 하딘이 너한테 상처 주는 건 싫거든. 걔가 그럴 거라 믿었어. 이런 말해서 미안. 하지만 난 네 친구잖아. 하딘이 그럴 거라는 걸 네게 알려줘야 한다고 생각했어."

나는 변명을 하고 싶었고, 심지어 약간 화가 나기도 했다. 하지만 일정 부분 그의 말은 일리가 있었다. 그저 그가 틀렸기를 바랄 뿐이다.

"노아랑은 앞으로 어떡할 거야?"

끙, 신음이 흘러나왔다.

"나도 잘 모르겠어. 노아와 헤어지면 후회할 거 같아서 너무 두려워. 그렇다고 그에게 이러는 것도 옳지 않고. 어떻게 해야 할지, 시간이 필요해."

그가 동의하듯 고개를 끄덕였다.

"랜던, 나한테 화나지 않았다니 정말 안심이다. 내가 정신이 나갔었나 봐. 뭐라 할 말이 없네. 미안."

"나도. 널 완전히 이해했어."

우리는 둘 다 일어섰고, 랜던은 나를 안아주었다. 따뜻하고 편안한 포옹이었다. 그 순간 방문이 열렸다.

"음…, 내가 둘 사이를 방해한 건가?"

하딘의 날카로운 목소리가 방 공기를 뚫고 들어왔다.

"아냐, 들어와."

하딘에게 말했지만 그는 썩 내켜하지 않는 것 같았다. 아직 그의 기분이 괜찮기를.

"입고 잘 옷을 좀 갖다주려고."

그는 옷가지를 침대 위에 올려놓고 방을 나갔다.

"고마워, 너도 같이 얘기하자."

나는 하딘이 나가는 게 싫었다. 그는 랜던을 힐끗 보더니 딱 잘라 말했다.

"됐어."

"하딘은 너무 변덕스러워!"

나는 중얼거리면서 침대에 털썩 쓰러졌다.

랜던이 웃으며 의자에 다시 앉았다.

"변덕쟁이, 하딘한테 어울리는 말이긴 해."

우리는 함께 웃고 말았다. 랜던은 다코타 얘기를 시작했다. 다음 주말에 다코타가 오는 게 너무 기대된다고 했다. 아, 본파이어 축제를 거의 잊고 있었다. 노아가 올 거다. 오지 말라고 해야겠지? 근데 하딘과 나 사이의 이 변화가 내 착각이라면? 오늘 우리 사이의 무언가가 변하고 있다는 느낌이 들었다. 그 누구보다 나를 원한다고 그가 분명히 말했다. 그렇지만 나를 좋아한다고 확실하게 말한 게 아니라 그저 나를 원한다고만 했다. 톨스토이에서부터 시애틀 스카이라인까지, 이후에도 한 시간을 넘게 랜던과 나는 온갖 수다를 떨었다. 그가 잘 자라는 인사를 건네고 방으로 돌아갔다.

혼자 남겨졌다. 무수하게 떠도는 상념들과 빗소리와 함께.

50

하딘이 가져다준 옷가지를 집어들었다. 하나는 그의 대표적인 '잇템'인 검정색 셔츠였다. 그리고 빨간색과 회색의 체크무늬 바지와 커다란 검정색 양말. 하딘이 이런 걸 입는다고 상상하니 웃음이 나왔다. 아, 이 옷들은 쓰여본 적 없는 그의 옷장에서 나왔겠구나. 셔츠를 들어보니 하딘 냄새가 났다. 하딘은 이걸 입었었다, 그것도 아주 최근에. 옅은 민트향에 뭐라 형언할 수 없이 몽롱한 냄새였다. 요즘 들어 내가 세상에서 가장 좋아하게 된 향기였다. 옷을 갈아입었다. 바지가 너무 컸지만 편안했다.

침대에 누워 이불을 가슴께까지 끌어올려 덮었다. 눈은 천장에 고정시킨 채 머릿속으로 길었던 하루를 다시 그려봤다. 슬슬 잠에 빠져들고 있었다. 꿈결인지 아닌지 그의 녹색 눈동자와 검정 티셔츠가 어른거렸다.

"안 돼!"

퍼뜩 잠에서 깼다. 하딘의 목소리였다.

'소리가 들린 게 맞나?'

"제발!"

다시 소리가 들렸다. 침대에서 내려와 복도로 나가 보았다. 어느새 내 손은 하딘의 방문 손잡이를 돌리고 있었다. 다행이다, 문이 열렸다.

"안 돼! 제발⋯."

그가 또 한 번 소리 질렀다. 어찌할 바를 몰라 심장이 두근거렸다. 누군가 하딘을 해치는 거라면 내가 뭘 할 수 있겠는가. 나는 더듬더듬 전등 스위치를 켰다. 셔츠도 입지 않은 하딘이 이불과 뒤엉켜 몸부림치고 있었다. 주저할 틈도 없이 침대에 앉아 그의 어깨를 잡았다. 살갗이 뜨거웠다. 너무 뜨거웠다.

"하딘!"

그를 깨워 보려고 이름을 조용히 불렀다. 그는 머리를 흔들며 흐느꼈지만 깨어나지 않았다.

"하딘, 눈 떠봐!"

나는 그의 몸에 걸터앉아 그를 세게 흔들었다. 그의 어깨를 잡고 한 번 더 세게 흔들었다.

그가 천천히 눈을 떴다. 한순간 공포가 서렸던 눈빛에 혼란스러움이 스쳐 지나가더니 이내 안도감이 감돌았다. 이마에 땀방울이 반짝였다.

"테스."

쥐어짜는 듯한 목소리였다. 가슴이 쿵, 내려앉았다가 진정되었다. 그는 내 등에 손을 감아 나를 안았다. 그의 가슴팍은 땀에 푹 젖어 있었다. 흠칫 놀랐지만 잠자코 있었다. 심장 소리가 들렸다. 빠르게 쿵쿵대고 있었다. 가엾은 하딘. 그를 안아주었다. 그는 내 머리카락을 쓰다듬으며 끊임없이 내 이름을 불렀다. 어둠을 쫓아내는 주문인 양.

"하딘, 괜찮아?"

속삭임보다도 더 낮은 목소리였다.

"아니."

그가 솔직하게 털어놓았다. 가슴은 조금 전보다는 천천히 들썩거렸지만 숨소리는 여전히 거칠었다. 악몽이라도 꾼 걸까? 억지로 묻고 싶진 않았다. 함께 있어주길 원하는지도 묻지 않았다. 그러고 싶어 하는 걸 알았으니까. 불을 끄려고 몸을 일으키자 그의 몸이 다시 굳어졌다.

"불 끄려고. 그냥 켜둘까?"

가려는 게 아니라는 걸 알고 나서야 그는 나를 놔주었다.

"꺼줘, 부탁이야."

그건 차라리 애원이었다. 방이 다시 어두워지고, 나는 그의 가슴에 머리를 기대고 누웠다. 이렇게 누워 있게 될 줄이야. 그의 몸에 다리를 걸치고 있는 건 어려웠지만, 이내 우리 둘 모두 편안해졌다. 단단한 가슴 근육 아래로 심장 소리가 들렸다. 점점 차분해지고 있었다. 지붕에 빗방울이 떨어지는 소리가 조용히 들렸다. 무엇이든 할 수 있을 것만 같다. 매일 밤 하딘과 보낼 수만 있다면, 그의 곁에 이렇게 누워 있을 수만 있다면, 그의 팔에 안길 수만 있다면, 그의 숨소리를 들을 수만 있다면.

눈을 떴다. 하딘이 내 밑에서 뒤척이고 있었다. 나는 하딘 위에 누워 있었고, 다리는 그의 몸에 걸쳐 있었다. 하딘 가슴에 기대고 있던 머리를 들고 몸을 일으켰다. 빛나는 초록색 눈동자와 마주쳤다. 이제 날이 밝았다. 어젯밤처럼 아직도 그가 나를 원할까? 잘 모르겠다. 그의 표정을 읽어낼 수가 없었다. 긴장감이 온몸을 휘감았다. 그에게서 떨어지려 몸을 움직였다. 목이 뻐근했다. 밤새 그의 단단한 가슴에 기대 잔 때문이었다. 다리를 쭉 펴고 스트레칭을 하고 싶었다.

"잘 잤어?"

보조개가 움푹 패며 그가 내게 미소를 보낸다. 걱정과 긴장이 한순간에 날아가버렸다.

"응, 너도 잘 잤어?"

"근데, 어디 가려고?"

"아냐, 목이 좀 뻐근해서."

그는 나를 끌어다 등이 보이게 엎어놓았다. 그의 손이 내 목을 누르는 바람에 펄쩍 뛰었다. 하지만 목을 부드럽게 문지르자 뻐근함이 이내 가셨다. 눈이 저절로 감겼다. 아픈 곳에 그의 손길이 닿자 신음이 새어나왔다. 그의 섬세한 마사지에 통증이 서서히 사라졌다.

"고마워."

그가 나보다 먼저 말을 꺼냈다. 나는 고개를 돌려 그를 바라보았다.

"뭐가?"

'마사지 해준 거에 고맙다는 인사를 하라는 뜻이었나?'

"음…, 이 방에 와준 거…, 같이 있어준 거…."

그의 볼이 빨갛게 달아올랐다. 나와 눈도 마주치지 못했다. 부끄러운 거다. 하딘이 부끄러워하다니. 이 남자, 정말 끝도 없이 놀라게 한다. 그리고 헷갈리게 만든다.

"고마워하지 않아도 돼. 무슨 일인지 얘기해줄래?"

그가 그러겠다고 하길 바랐다. 무슨 악몽을 꿨는지 궁금했다.

"싫어."

무미건조한 대답이 돌아왔다. 나는 고개를 끄덕였다. 밀어붙이고 싶었지만, 그랬다간 또 큰일이 생길 거다.

"대신 내 셔츠를 입고 있는 네가 얼마나 끝내주게 섹시한지, 그걸 얘기해보고 싶은데?"

그가 내 귀에 대고 속삭였다. 자기 머리로 내 머리를 툭툭 치더니 입술을 살갗에 갖다댔다. 반사적으로 눈이 감겼다. 그는 도톰한 입술로 내 귓불을 감싸더니 부드럽게 물어 당겼다. 내 몸에 닿아 있는 그의 페니스가 단단해지는 느낌이 들었다. 기분 좋은 나른함이 밀려왔다. 이런 분위기 반전이라면 얼마든지 즐길 수 있다.

"아, 하딘."

울 듯한 목소리였다. 그가 내 목에 입술을 댄 채 빙긋 웃었다. 그의 손이 내 몸 아래로 미끄러져 내려왔다. 엄지손가락이 헐렁한 바지 밴드를 따라 부드럽게 움직였다. 맥박이 빠르게 뛰기 시작했다. 손이 더 아래로 움직이자, 숨이 멎는 것 같았다. 그의 손길이 닿을 때마다 내 몸은 늘 똑같이 반응한다. 순식간에 팬티 속이 축축이 젖었다. 그가 다른 손으로 내 가슴을 감싸쥐었다. 그리고 민감한 내 젖꼭지를 손가락으로 가볍게 꼬집으며 얕은 숨을 내쉬었다. 브래지어를 벗고 잠자리에 든 게 다행인 순간이 올 줄이야.

"널 완전히 가지고 싶어, 테스."

그의 쉰 목소리에는 욕정이 가득 담겨 있었다. 손으로 팬티 위를 감싸쥔 그가 나를 바짝 끌어당겼다. 발기한 그의 페니스가 느껴졌다. 나는 팬티에 위에 놓인 그의 손을 잡고 가만히 옮겼다. 돌아보니 그가 얼굴을 찡그리고 있었다.

"나…, 너에게 해주고 싶어."

나는 천천히 속삭였다. 부끄러웠다.

찡그린 얼굴에 미소가 번졌다. 그는 내 턱을 잡고는 자기를 바라보게 했다.

"뭘 해주고 싶은데?"

어떻게 해야 할지 잘 모르겠다. 그저, 그가 나에게 해준 것처럼 나도 그를 기분 좋게 해주고만 싶다. 정신이 혼미해질 만큼의 절정을 그에게도 안겨주고 싶다. 내가 경험했던 것처럼, 바로 이 방에서.

"잘 모르겠어…. 내가 어떻게 해줬으면 좋겠어?"

이건 명백한 경험 부족이다.

하딘은 내 손을 잡고 바지 속으로 집어넣었다. 그리고 천천히 불룩해진 곳으로 내려보냈다.

"네 도톰한 입술로 나를 감싸주면 정말 좋을 텐데."

말문이 막혔다. 그가 내 허벅지 사이를 단단하게 누르는 느낌이 들었다.

"너도 원하는 거잖아."

바지 속에 넣은 손을 잡아 원을 그리며 움직였다. 그는 깊어진 눈빛으로 나의 반응을 살폈다.

숨을 꿀꺽 삼키며 고개를 끄덕였다. 그의 얼굴에 미소가 번졌다. 그는 일어나 앉으며 나를 끌어당겨 일으켰다. 내 몸에 긴장과 욕망이 동시에 흘러넘쳤다. 그 순간, 전화벨 소리가 울려퍼졌다. 얕은 신음소리를 내며 그가 테이블 위에 있던 휴대전화를 들었다. 화면을 들여다보며 그가 한숨을 쉬었다.

"금방 다시 올게."

그가 방을 나갔다가 잠시 후에 돌아왔다. 어느새 분위기가 완전히 바뀌어 있었다.

"카렌이 아침 식사를 만들고 있어. 곧 다 될 거야."

그는 옷장에서 티셔츠를 꺼내더니 머리 위로 뒤집어써 입었다. 나에게는 눈길조차 주지 않았다.

"알았어."

나는 일어나서 문으로 걸어갔다. 가족들을 만나기 전에 속옷은 챙겨 입어야 하니까.

"아래층에서 봐."

그의 목소리는 무미건조했다.

목구멍으로 치밀어오르는 무언가를 꿀떡 삼켰다. 철벽을 친 하딘은 내가 제일 싫어하는 모습이다. 성난 하딘보다 더 싫다.

'하딘한테 전화한 건 누구였을까? 누구길래 하딘이 또 저렇게 서먹 해졌을까?'

고개를 끄덕이고 복도를 가로질러 방으로 돌아왔다. 복도에 진동하 는 베이컨 냄새에 빈속이 요동쳤다.

브래지어를 입고 헐렁한 바지의 허리끈을 꽉 묶었다. 내 옷을 입을 까, 잠시 고민하다 관두기로 했다. 이른 아침부터 불편하고 싶진 않으 니까. 벽에 걸린 큰 거울을 보며 매무새를 체크했다. 헝클어진 머리를 손으로 대강 빗고, 눈곱을 문질러 떼었다.

방을 나와 문을 닫자, 하딘이 자기 방에서 나왔다. 나는 그를 쳐다보 지 않고, 벽지만 뚫어지게 보면서 아래층으로 내려갔다. 그가 내 뒤를 따라오는 소리가 들렸다. 층계를 내려가면서 그가 내 팔꿈치를 감싸더 니 부드럽게 끌어당겼다.

"왜, 무슨 일 있어?"

걱정이 묻어 있는 목소리였다.

"아무 것도 아냐."

나는 잘라 말했다. 도가 넘치게 감정적인 목소리였다.

"뭔데, 말해봐."

머리를 쑥 디밀며 그가 재촉했다. 내가 졌다.

"누구 전화였어?"

"아무도 아냐."

'거짓말.'

"몰리였어?"

사실 답을 듣고 싶진 않았다. 그가 아무 말 하지 않아도 표정이 모든 걸 다 말해준다. 내가 옳았다. 그러니까, 내가 막, 그에게 해주려던 참에…, 방을 나가서…, 몰리의 전화를 받았던 거야? 이보다 더 놀라야 정상이다.

"테사, 그게 아니라…."

그가 붙잡고 있던 팔을 홱, 뿌리쳤다. 그는 턱을 굳게 다물었다.

"안녕, 얘들아."

랜던이 복도에 불쑥 나타났다. 나는 미소를 지었다. 살짝 헝클어진 머리에 내가 입은 것과 비슷한 체크무늬 잠옷 바지. 사랑스러워 보였다. 아직 좀 졸린 눈이었다. 나는 하딘을 지나쳐 랜던에게 다가갔다. 얼마나 창피하고 마음 상했는지 하딘이 아는 건 싫었다. 우리가 그러던 중에, 몰리 전화를 받으러 나가다니.

"어젯밤엔 잘 잤어?"

랜던이 물었고, 나는 그를 졸졸 따라 내려갔다. 낙담한 하딘을 혼자 남겨둔 채.

카렌은 아침 식사 준비를 완벽히 끝내놓았다. 내가 상상했던 딱 그런 아침 식사였다. 하딘은 우리가 자리를 잡고 앉은 다음에야 나타났

다. 이미 내 접시엔 달걀이랑 베이컨, 토스트, 와플, 그리고 포도 몇 알
이 놓여 있었다.

"이렇게 맛있는 아침 식사를 준비해주셔서 감사합니다."

하딘을 대신해서 감사 인사를 드렸다. 하딘은 절대 카렌에게 감사하
지 않을 테니까.

"별 소리를 다하는구나, 테사. 잠은 잘 잤니? 천둥소리에 잠깨면 어
쩌나 했었는데."

그녀가 상냥하게 미소 지었다. 옆에서 하딘이 긴장하는 게 느껴졌
다. 아마도 어제 악몽 꾼 얘기를 할까 봐 걱정되었나 보다. 이쯤 됐으면
내가 절대 그럴 리 없다는 걸 그도 알아야 한다. 나를 믿지 못하고 있다
생각하니 기분이 별로였다.

"정말 잘 잤어요. 기숙사 침대는 생각도 안 나던걸요!"

내가 웃음을 터뜨리자 모두가 같이 웃었다. 하딘을 뺀 모두가. 그는
오렌지 주스를 한 모금 마시고는 벽만 뚫어지게 쳐다보고 있었다. 아
침 식사 내내 시시껄렁한 잡담이 오갔다. 켄 씨와 랜던은 축구 경기 얘
기로 농담을 주고받았다.

아침 식사를 마치고, 카렌이 뒷정리 하는 걸 도와줬다. 하딘은 문간
에서 서성거리기만 했다. 도와준단 소리 없이 나를 쳐다보고만 있었다.

"뒷마당에 있는 건물은 온실이에요?"

"그래, 그런데 올해는 통 가꾸지를 못했어. 정원 가꾸기를 정말 좋아
한단다. 지난 여름에 봤으면 참 좋았을 텐데. 너도 정원 가꾸는 거 좋아
하니?"

"저희 엄마도 뒷마당에 온실을 두셨거든요. 어렸을 때는 틈날 때마다 거기서 시간을 보내곤 했어요."

"어머, 그랬니? 혹시 자주 오게 되면 우리 집 온실에서 같이 뭘 좀 가꾸는 것도 좋겠다."

그녀는 너무 친절하고 다정하다. 내가 바라던 엄마의 모습을 모두 갖추고 있었다.

"그럼 정말 좋겠어요."

하딘이 잠깐 사라졌다 다시 나타나 큰 소리로 목청을 가다듬었다. 카렌과 나는 동시에 그를 쳐다봤다.

"우리 이제 가야 돼요."

하딘이 말했고, 나는 인상을 찌푸렸다. 그의 손에는 내 옷과 백이 들려 있었고, 스니커즈를 꺼내 들고 있었다. 잠옷 갈아입을 틈도 주지 않고 서두르다니, 좀 이상했다. 내 물건을 맘대로 챙겨 나온 게 걸렸지만 그냥 놔두기로 했다. 카렌과 켄 씨에게 포옹을 하며 작별 인사를 했다. 하딘이 문가에서 초초한 모습으로 기다렸다.

나는 곧 다시 오겠다고 약속을 드렸다. 그리고 진짜 그렇게 되길 바랐다. 이곳에서의 꿈같은 시간이 끝났다. 내 일상과는 한참 거리가 먼, 계획표도, 알람도, 의무도 없던 곳. 하지만 나는 아직 끝낼 준비가 되어 있지 않았다.

51

돌아오는 차 안은 어색하기 그지없었다. 나는 다리 위에 올려놓은 옷가지를 꼭 붙잡고 창밖만 바라보고 있었다. 하딘이 이 어색한 침묵을 깨주길 기다리면서. 하딘은 꿈적도 하지 않았고, 나는 백에서 휴대전화를 꺼냈다. 꺼져 있었다. 아마 어젯밤에 배터리가 나갔나 보다. 휴대전화를 켜봤다. 스크린에 불이 들어온다. 음성도 문자도 와 있지 않았다. 다행이다. 약하게 들리는 빗소리와 와이퍼가 움직이는 소리, 차 안에서 들리는 건 이게 전부다.

"아직도 화났어?"

캠퍼스로 들어오면서 결국 그가 먼저 입을 뗐다.

"아니."

거짓말을 했다. 정확히 말하자면, 난 화가 난 게 아니다, 상처 받은 거지.

"화난 것처럼 보이는데? 애처럼 굴지 마."

"미안한데, 아니거든. 여기서 나 내려주고 몰리한테 가든지 말든지, 난 아무 상관 없어."

멈출 새도 없이 말이 술술 나왔다. 하딘과 몰리한테 이런 감정이 드는 것조차 너무 싫었다. 하지만 둘이 같이 있는 상상만으로도 속이 쓰렸다. 대체 그녀의 어떤 점에 끌리는 걸까? 분홍색 머리? 아님 타투?

"그런 거 아니야. 그리고 어쨌든 네가 상관할 바 아니잖아."

그가 피식 비웃음을 날렸다.

"네, 잘 알겠네요. 그래서 그렇게 펄쩍 뛰면서 걔 전화를 받은 거야? 나랑 막, 그러려던…, 암튼, 무슨 소린지 알지?"

그냥 입 다물고 조용히 있을 걸 그랬다. 이 시점에 하딘과 다투고 싶진 않았다. 특히 그를 다시 만날 수 있을지 없을지 알 수 없는 이 마당에. 그가 영문학 강의 수강 취소를 하지 않았으면 좋겠다. 꼭 매번 이렇게 마지막 짐을 얹는다.

"그런 거 아니었어, 테레사."

'뭐야, 우리 다시 테레사 때로 돌아간 거야?'

"정말이야? 그래 보이지 않던데. 암튼, 난 더 이상 신경 쓰지 않을래. 길게 가지 않을 줄 알았거든."

결국 인정하고야 말았다. 이래서 그의 아빠 집을 나서고 싶지 않았던 거다. 하딘과 둘만 있게 되면 이런 상황으로 회귀해버린다. 매번 이런 식이다.

"뭐가 길게 가지 않는데?"

"우리 말이야. 네가 나한테 잘 맞춰줬던 거."

차마 그를 쳐다볼 수 없었다. 이래서 우리가 매순간 다시 제자리로 돌아오는 거다.

"그래서, 뭐, 어떻게 할 건데? 또 일주일 동안 나 피해 다닐 거야? 그러다가 주말이면 또 내 침대에서 뒹굴게 될 거 우리 둘 다 잘 알잖아."

그가 일갈했다.

"뭐라고?!"

나는 소리를 질렀다. 그렇게 말해선 안 되는 거다. 할 말을 잃었다. 내게 이런 식으로 말했던 사람은 아무도 없다. 이런 치욕적인 말을 하다니. 눈물이 차올랐다. 차가 천천히 멈춰 섰다.

그의 대답을 듣기도 전에, 차문을 열고 뛰쳐나왔다. 방을 향해 달렸다. 젖은 잔디를 마구 짓밟으며 달렸다. 인도로 가야 했지만 그럴 정신이 없었다. 한시라도 빨리 하딘에게서 벗어나야 했다. 그가 나를 원한다고 했던 건, 그저, 섹스를 원한 거였다. 알고는 있었지만 훨씬 더 마음이 아팠다.

"테사!"

나를 부르는 소리가 들렸다. 스테프의 힐 한 짝이 벗겨졌고, 나는 바닥에 넘어졌다. 하지만 일어나 다시 달렸다. 스테프에겐 새 신발을 사주면 된다.

"젠장, 테사! 거기 서봐!"

그가 또 소리쳤다. 그가 따라올 줄은 몰랐다. 나는 더 빨리 달렸다. 기숙사에 다다르자 복도를 내달렸다. 방문 앞에 도착하니 숨이 턱까지 차올랐다. 서둘러 방문을 열고 들어와 냅다 닫았다. 빗물인지 눈물인지 뒤엉켜 있었다. 닦아내려고 타월을 찾았다.

그 순간 나는 그 자리에 얼어붙었다. 노아가 내 침대에 앉아 있었다.

'아, 맙소사! 이건 아니잖아.'

하딘이 금방이라도 들이닥칠 거다.

노아가 벌떡 일어나 내 앞으로 달려들었다.

"테사, 무슨 일이야? 어디 있었어?"

그는 내 뺨을 감싸 쥐려 했지만 나는 고개를 돌렸다. 손길을 거부하자 노아의 눈빛에 고통이 스쳐 지나갔다.

"그게…, 미안해, 노아."

울음이 터졌다. 그때였다. 하딘이 방으로 뛰어 들어왔다. 우당탕, 문이 부서질 듯한 소리가 났다.

노아의 눈이 둥그래지더니 하딘을 노려보았다. 주춤, 내 곁에서 한 발짝 물러섰다. 몹시 놀란 표정이었다. 하딘은 하이힐 한 짝을 나한테

툭 던졌다. 그러더니 노아가 있는 줄도 모르고 방으로 성큼성큼 걸어
들어왔다.

"테사, 내 말은 그런 뜻이 아니었어."

노아는 나를 쳐다보았다. 증오가 가득 찬 목소리로 나에게 소리치기
시작했다.

"너, 그런 거야? 저 자식이랑 밤새 같이 있었던 거야? 저 자식 옷을
입고? 너한테 밤새도록, 오늘 아침까지 내내 전화하고 문자를 그렇게
보냈는데. 수도 없이 음성메시지도 남겼는데. 넌, 저 자식이랑 있었던
거냐고?"

"뭐? 난…."

말을 꺼내려다 퍼뜩, 하딘을 돌아보았다.

"너, 내 휴대전화 본 거지? 네가 내 메시지들 다 지운 거구나?"

그에게 소리쳤다. 머리로는 노아에게 답하고 있었지만, 마음은 온통
하딘을 향해 있었다.

"그래…, 내가 그랬어."

하딘이 순순히 인정했다.

"왜 이런 짓을 한 거야? 넌 몰리 전화는 받아놓고, 내 남자친구한테
온 메시지는 다 지웠단 말야?"

내가 노아를 남자친구라고 부르자, 그의 입에서 한숨이 터져나왔다.

"감히, 너, 나를, 이딴 식으로 가지고 논 거야, 하딘?"

나는 소리를 지르며 흐느껴 울었다. 노아가 내 손목을 잡고 자기 쪽
으로 나를 끌어당겼다. 그러자 하딘이 노아의 어깨를 거칠게 밀쳤다.

"그 손 치워."

'대체 이게 뭐야….'

내 인생이 막장 드라마가 되어 눈앞에 펼쳐지는 광경을, 마치 관객이 되어 보고 있는 것만 같았다.

"내 여자친구하고 내가 뭘 하든 이래라 저래라 하지 마, 이 얼빠진 녀석."

화가 잔뜩 난 노아가 하딘을 밀쳤다. 하딘이 노아를 향해 다가가려 했다. 나는 그의 셔츠를 잡아끌었다. 어쩌면 둘이 싸우게 놔둬야 할지도 모른다. 하딘은 제대로 한 대 맞아도 싸다.

"그만들 해! 하딘, 그냥 좀 가줘!"

흐르는 눈물을 훔쳤다. 하딘은 노아를 한 번 더 노려보더니 내 앞에 와서 섰다. 나는 가만히 손바닥을 그의 등에 대었다. 부디 이걸로 그가 좀 진정되었으면.

"아니, 이번엔 가지 않아, 테사. 난 이미 너무 많이 물러났어."

그가 한숨을 내쉬며 머리카락을 쓸어 넘겼다.

"테사, 얼른 저 녀석을 보내!"

노아가 다그쳤지만 무시했다. 하딘이 무슨 말을 하려는 건지 나도 알아야겠다.

"차 안에서 한 말은 그런 뜻이 아니었어. 나도 왜 몰리 전화를 받았는지 모르겠어. 그냥 습관적으로 받았나봐. 부탁이야, 한 번만 더 기회를 줘. 그래, 네가 이미 기회를 많이 줬던 것도 알겠는데, 그치만 한 번만 더. 제발 부탁이야, 테스."

그는 깊은 한숨을 내쉬었다. 탈진한 듯한 소리였다.

"왜? 내가 왜 그래야 되는데, 하딘? 우리가 친구가 될 기회는 계속 있었어. 한 번 더 그럴 필요는 이젠 없을 것 같아."

노아의 입이 떡 벌어졌다는 걸 어렴풋이 알았지만 개의치 않았다. 이건 뭔가 잘못된 거다. 아니 내가 잘못한 거다. 하지만 내 삶에서 이렇게 무언가를 간절히 원했던 적이 있었던가.

"너와 친구가 되는 건 바라지 않아…, 난…, 그 이상을 원해."

그의 말이 내 가슴으로 날아와 콱 박혔다.

"아니, 넌 아니야."

'하딘은 진지하게 연애하는 남자가 아니잖아'

마음 속에서 경고의 메시지가 울렸다.

"진짜야, 진짜 너랑 사귀고 싶어."

"넌 연애 안 한다며. 게다가 나는 네 스타일도 아니고."

그가 전에 했던 말을 끄집어냈다. 하필 노아 앞에서 하딘과 이런 언쟁을 벌이다니.

"너도 나 같은 놈은 싫다고 했지. 그래서 우리가 잘 맞는 거야. 우린 다른 것 같지만 사실 비슷하거든. 내가 네 삶을 엉망진창으로 만든다고 했지만, 난 너를 만나 세상 제일 좋은 놈이 되고 싶어졌어. 데리고 놀 여자가 필요했던 건 널 만나기 전 얘기라고!"

하딘은 숨도 쉬지 않고 말을 이어나갔다.

"난 그냥… 네가 필요해. 나 나쁜 놈 맞아. 그런데 이젠 달라지고 싶어."

그의 눈빛은 간절했다.

"더 이상 이런 쓰레기로 살고 싶지 않아. 처음으로 좋은 남자가 되고 싶다는 생각이 들었어. 너 때문에."

나는 할 말을 잃었다. 그는 듣고 싶었던 말을 쏟아내고 있었다. 이런 일이 벌어질 줄은 꿈에도 생각하지 못했다. 이 남자는 내가 알던 하딘이 아니다. 끊임없이 쏟아내는 그의 고백은 진심이라 믿고 싶을 만큼 자연스러웠다.

지금 내가 제대로 서 있기나 한 걸까.

"둘이 대체 지금 뭐 하자는 거야?"

노아가 있는 대로 열이 올라 소리 질렀다.

"그만 좀 가줄래?"

나는 하딘을 뚫어지게 바라보며 조용히 말했다.

노아가 한 발짝 다가오며 의기양양한 목소리로 말했다.

"그만 좀 가라잖아."

하딘의 표정이 순식간에 변하며 참담하게 일그러졌다.

"노아, 너 말이야. 너한테 가 달라고 한 거야."

일순간 정적이 감돌며 날이 선 두 남자의 희비는 극명하게 엇갈렸다. 하딘은 안도의 표정을 지었다. 나는 그의 손을 잡고 살짝 어루만져 주었다. 그의 손은 가늘게 떨리고 있었다.

"테사, 진심이야? 이 자식은 너를 갖고 노는 거라고. 조만간 싫증 내고 너를 헌신짝 버리듯 차버릴 놈이야. 너를 진심으로 사랑하는 건 바로 나야! 이러지 마, 제발. 결국 넌 후회하게 될 거라고."

그가 애걸했다.

가슴이 아파왔다. 노아에게 이런 상처를 주다니. 그에게 한없이 미안했다. 하지만 노아는 아니다. 나는 하딘을 원한다. 일생 모든 것을 걸고라도 하딘을 갖고 싶었다.

하딘도 분명 나를 원했다. 곁에 있는 것 이상의 관계를.

가슴이 다시 쿵쾅거렸다. 노아는 한마디 더 하고 싶은 듯 입을 달싹였다.

"나 같으면 조용히 입 다물고 이 방에서 꺼져줄 텐데 말이지."

하딘이 그의 말을 막아섰다.

"이렇게 될 줄 몰랐어. 노아, 정말, 미안해."

노아는 입을 다물었다. 잔뜩 구겨진 얼굴로 가방을 챙겨 나가버렸다.

"테사…, 나…, 아니 너도 나랑 똑같이 생각하는 거지?"

하딘이 우물쭈물 물었고, 나는 고개를 끄덕였다.

'이렇게 된 마당에 뭘 더 확인하고 싶은 거야?'

"대답을 하란 말이야. 그렇게 고개만 까딱이지 말고."

그의 목소리에는 간절함이 가득했다.

"그래, 맞아, 하딘."

진지한 그의 고백을 따라할 순 없었다. 짧게 대답했지만 그는 만족스러운 듯 미소를 지었다. 아무 생각도 나지 않았다. 노아의 마음을 갈기갈기 찢으면서 받은 상처가 그 미소로 치유되는 것 같았다.

"우리 이제 뭘 해야 하지? 나, 이런 상황은 처음이라서."

얼굴을 붉히며 그가 물었다.

"키스해줘."

말이 채 끝나기도 전에 그는 나를 거칠게 끌어당겨 가슴에 안았다. 그의 손이 헐렁한 셔츠 위로 내 허리를 움켜쥐었다. 그의 입술은 서늘했지만, 입 안으로 미끄러지듯 들어온 그의 혀는 따뜻했다. 한 차례 폭풍우가 지나간 이 작은 방에서 나는 이상하리만치 평온해졌다. 꿈을 꾸고 있는 것만 같았다. 폭풍 전야의 고요라는 걸 알지만, 이제 그가 나의 닻이었다. 그저 그가 나를 폭풍 속으로 끌고 들어가지 않기만을 바랄 뿐이다.

52

격정적인 키스를 끝낸 후, 하딘과 함께 침대에 앉아 있었다.

어색한 침묵이 흐르자 이내 초조해졌다. 진도를 더 나가야 할까? 그럼 그 다음에는 어떻게 해야 하지?

"오늘은 뭐 하려고 했어?"

"그냥, 뭐, 별일 없어. 공부나 할까 했었어."

"그랬군."

그는 혀를 차서 딸깍딸깍 소리를 냈다. 왠지 그도 초조한 것 같았다. 그런 모습을 보니 괜히 기분이 좋아졌다.

"이리 와봐."

그가 두 팔을 벌리고 손짓했다.

그의 무릎에 앉으려던 찰나, 갑자기 방문이 열렸다. 그는 짜증스러운 듯 웅얼거렸다. 스테프, 트리스탄, 네이트가 우르르 몰려 들어왔다. 나는 얼른 일어나 멀찌감치 옮겨 앉았고, 그런 우리를 그들이 빤히 쳐다봤다.

"오호, 그래! 너희들 드디어 섹스 파트너가 된 거냐?"

네이트가 눈치 없이 지껄였다.

"그런 거 아니야!"

짜증스럽게 소리 질렀다. 한마디 쏘아붙이고 싶었지만 아무 말도 생각나지 않았다. 하딘이 대신 얘기해주길 기다렸지만 끝내 아무 말도 하지 않았다. 친구들은 어젯밤 파티 얘기를 떠들어대기 시작했다.

"그닥 재밌는 일도 없었네, 뭘."

시큰둥한 하딘의 반응에 네이트는 어깨를 으쓱해 보였다.

"그래, 몰리가 스트립쇼 하기 전까지는 그랬지. 근데 걔가 속옷까지 다 벗더라니까. 야, 너도 그걸 봤어야 해."

순간 당황스러워져서 스테프를 쳐다봤다. 그녀는 트리스탄을 바라 보고 있었다. 트리스탄만은 부디 입 다물고 있기를 바라고 있을 테지.

하딘이 씨익 웃으며 말했다.

"늘 봤던 거라, 난 별로…."

헛기침을 하며 터져 나오려는 한숨을 감추었다.

'도대체 쟤는 내 앞에서 어떻게 저런 말을 할 수 있는 걸까.'

그제야 그의 얼굴에 아차 싶은 표정이 떠올랐다.

한심했다. 벌써부터 상황은 어색해졌다. 사람들이 죄다 모여 있다. 그리고 소문은 눈덩이처럼 불어나겠지. 그런데 왜 하딘은 우리가 사귄 다는 걸 친구들한테 얘기하지 않는 걸까?

'우리 지금 사귀고 있는 거 맞잖아?'

도저히 이해할 수가 없었다. 좋은 남자가 되고 싶다던 그의 고백은? 그러고 보니 사귀자는 말을 확실하게 했던 건 아니다.

'그걸 꼭 말로 해야 하는 건 아니지만….'

이런 불안감이 들자 나는 미칠 것만 같았다. 노아와 사귈 때는 아니 었다. 단 한 번도 그의 감정을 의심하거나 걱정하지 않았다. 예전 여자 친구들과 나를 저울질한 적도 없었다. 노아의 첫 키스 상대가 나였다 는 사실만으로 행복했다. 솔직히 그런 연애가 좋았다. 하딘이 다른 여자들과 놀아나지 않았더라면 좋았을 텐데….

"옷 갈아입고 볼링 치러 갈 건데, 너도 같이 갈래?"

스테프가 물었고, 나는 대답 대신 고개를 저었다.

"계획했던 스케줄이 잔뜩 밀렸어. 이번 주말에 과제를 하나도 못 했거든."

머릿속으로 주말에 벌어졌던 일들이 획획 지나갔다.

"같이 가자, 재미있을 거야."

하딘이 말했지만 다시 고개를 가로저었다. 나가고 싶지도 않았지만, 내심 하딘이 함께 있어주기를 바랐다. 스테프가 어느새 새 옷으로 싹 갈아입고 나타났다.

"가자, 얘들아. 너 진짜 같이 안 갈 거야?"

스테프가 다시 한 번 물었지만, 나는 고개를 저었다.

하딘은 나가면서 슬며시 웃으며 손을 흔들었다. 아무렇지도 않게 가버리는 하딘이 실망스러웠다. 그래, 다 같이 볼링 치기로 한 게 선약이니까. 그럼 오늘 찍은 이 드라마는 뭐지?

대체 뭘 기대했던 걸까? 하딘이 달려와 키스를 퍼부으며 보고 싶을 거라 말해주길 바랐던 걸까? 이런 생각이 들자 피식 웃음이 새어 나왔다. 확신이 들지 않았다. 우리 관계가 달라질 수 있을까? 노아와의 연애는 편안하고 익숙했다. 그래서 더욱 앞으로 무슨 일이 벌어질지 상상이 되지 않는다. 이런 상황에서 우왕좌왕하고 있는 내 자신이 한심했다.

한 시간쯤 공부하다, 하딘에게 문자메시지를 보내려 휴대전화를 집어들었다.

'잠깐, 하던 번호도 없어!'

그에게 연락하게 될 거라고는 꿈에도 생각하지 못했었다! 아니, 그럴 필요조차 없었다. 우리는 서로를 못 잡아먹어서 안달이었으니까. 상황이 생각했던 것보다 훨씬 꼬여 가고 있다.

엄마에게 안부 전화를 걸었다. 노아와의 일을 엄마가 알고 있을지 떠보고 싶었다. 지금쯤이면 노아가 도착했을 거다. 노아는 도착하자마자 엄마에게 달려갔겠지. 그리고 분명히 오늘 일어난 일을 죄다 얘기했을 것이다. 하지만 엄마는 아무렇지 않게 전화를 받았다. 아직 아무 소식도 듣지 못한 게 분명했다. 평소처럼 늘어놓는 엄마의 잔소리를 건성건성 듣고 있었다. 그때, 휴대전화에서 메시지 도착을 알리는 불빛이 반짝였다. 얼른 스피커 폰으로 바꾸고 문자메시지를 확인했다.

넌, 우리랑, 아니 나랑 있었어야지.

메시지를 보는 순간 쿵, 심장이 내려앉았다. 하딘이었다.
엄마 얘기를 듣는 척 간간이 맞장구를 치면서 그에게 답을 보냈다.

네가 나랑 있었어야지.

답을 기다리며 휴대전화를 뚫어지게 들여다보았다.

데리러 갈 테니까 기다리고 있어.

영원할 것 같은 순간이 지나고 그에게서 답이 왔다.

됐어, 난 볼링 치러 가기 싫어. 그냥 거기서 재밌게 놀아.
출발했어. 준비하고 기다려.

글자들 사이로 제멋대로 구는 그가 보였다.
엄마는 내가 듣거나 말거나 끊임없이 수다를 떨고 있었다.
"엄마, 나중에 다시 전화할게."
황급히 엄마의 말을 끊었다.
"뭐? 왜?"
"음…, 있잖아, 노트에 커피를 쏟았어. 미안, 엄마. 끊을게."
전화를 끊자마자 부리나케 셔츠를 벗고 청바지와 보라색 셔츠로 갈
아입었다. 열심히 머리를 빗었다. 힐끔 시간을 확인하고, 이를 닦으러
샤워장으로 달려갔다. 방으로 돌아오니 하딘이 침대에 앉아 나를 기다
리고 있었다.
"어디 갔었어?"
"이 닦으러."
"다 됐지? 빨리 나가자."
그가 벌떡 일어나 나를 향해 돌진하듯 다가왔다. 안아줄 거라 살짝
기대했지만, 그는 쌩하니 나를 지나쳐 문 쪽으로 걸어갔다.
차에 타자 그가 라디오 볼륨을 줄였다. 나는 진심으로 볼링장에 가
기 싫었다. 볼링은 치기 싫었지만 그와 함께 있고 싶었다. 벌써부터 질
질 끌려다니는 것 같은 이 기분도 정말 싫다.

"얼마나 더 가야 해?"

어색한 침묵을 깨고 내가 물었다.

"글쎄, 아직 좀…. 왜?"

그가 곁눈질로 나를 본다.

"나, 볼링 정말 별로야."

"그렇게 나쁘진 않을 거야. 다들 거기 있거든."

그 사람들 틈에 매춘부 몰리가 끼어 있지 않기를.

"그러든가."

중얼거리며 창밖으로 시선을 돌렸다.

"진짜 가기 싫어?"

그의 목소리는 차분했다.

"응, 진짜 싫어. 처음부터 싫다고 했잖아."

나는 떨떠름하게 웃었다.

"그럼 딴 데 갈까?"

"딴 데 어디?"

왠지 모를 짜증이 솟구쳤다.

"우리 클럽하우스."

나는 미소를 지으며 고개를 끄덕였다. 그의 얼굴에도 미소가 번졌
다. 보조개가 움푹 팼다. 내가 사랑해 마지않는 그 보조개였다.

"좋아, 그럼 클럽하우스로 가자."

그가 내 허벅지에 손을 올려놓았다. 몸이 따뜻해졌다. 그의 손 위에
내 손을 포갰다.

15분쯤 더 달려 클럽하우스에 도착했다. 다시 온 건 처음이었다. 하

딘과 크게 싸우고 기숙사까지 걸어갔던 그날 밤 이후로 말이다. 그를 따라 위층으로 올라가는데, 아무도 우리를 신경 쓰지 않았다. 저들에 겐 여자애를 데리고 가는 하딘의 모습이 익숙할 테니까. 배가 콕콕 찌르듯 아프다. 이런 생각은 그만해야 한다. 생각만 해도 미칠 것 같고, 생각한대도 바뀌지 않는다.

"다 왔네."

하딘이 방문을 열며 말했다. 그를 따라 방에 들어갔다. 그가 불을 켜고, 신발을 바닥에 아무렇게나 벗어 던졌다. 그는 침대에 걸터앉으며 옆자리를 툭툭 쳤다.

그에게도 다가가면서 호기심이 일었다.

"몰리도 거기 있었어? 볼링장에?"

시선은 창밖을 향하고 있었다.

"당연히 있었지. 근데 왜?"

나는 푹신한 침대에 앉았다. 하딘이 내 발목을 잡고 가까이 끌어당 겼다. 웃으며 그에게 다가갔다. 침대에 등을 대고 누워 무릎을 세우고 그의 다리 위에 내 발을 올려놓았다.

"그냥…, 궁금해서…."

"걘 항상 같이 어울릴 거야. 우리 멤버거든."

그녀를 질투하는 게 바보 같았지만 신경이 쓰였다. 나를 좋아하는 것처럼 행동하지만 사실 그녀가 나를 싫어한다는 것쯤은 나도 안다. 그리고 그녀는 하딘을 좋아한다. 이제 우리가…, 하딘과 내가 무슨 관계든, 그녀가 하딘 곁에 있는 건 싫다.

"내가 걔랑 섹스할까 봐 걱정하는 건 아니지?"

이런 표현을 하다니, 그의 팔을 찰싹 때렸다. 야한 소리를 하는 건 좋지만, 그녀 얘기를 할 땐 싫다.

"글쎄…, 난…, 그럴지도 몰라서. 예전엔 그랬잖아. 네가 또 그러는 건 싫거든."

내가 질투한다고 또 놀려대겠지. 나는 고개를 옆으로 돌렸다.

그는 내 무릎에 손을 올리고 부드럽게 주물렀다.

"다신 안 그럴 거야…, 이제부터는. 걱정하지 마, 알겠지?"

부드러운 말투였다. 나는 그를 믿는다.

"다른 애들한테 우리 얘기 왜 안 했어?"

어느 정도 선에서 입을 다물어야 한다는 걸 안다. 하지만 신경 쓰이는 건 짚고 넘어가야 했다.

"나도 잘 모르겠어…. 너도 그걸 원하는지 잘 모르겠고. 그리고 그건 우리 문제지, 걔들이 상관할 바 아니잖아."

그의 대답은 생각했던 것보다 훨씬 더 나았다.

"그래, 네가 맞는 것 같아. 난, 나 때문에 창피해서 그런 줄 알았어."

"너 때문에 창피할 거라니, 왜? 네가 어때서?"

그의 눈빛이 깊어졌다. 그가 내 배에 손을 얹었다. 셔츠를 들어올리고 손가락으로 맨살에 동그라미를 그렸다. 온몸에 소름이 돋았고, 그는 미소를 지었다.

"네 몸은 나를 알아."

나는 숨을 몰아쉬었다. 참기가 힘들어졌다.

53

하딘의 손이 셔츠를 위로 끌어올렸다. 거친 숨소리를 느낀 하딘은 얼굴 가득 미소를 머금었다.

"손만 닿아도 그렇게 좋아?"

그가 몸을 기울이며 허벅지에 올린 내 발을 아래로 내렸다. 그의 입술이 내 목에 닿았다. 혀로 목을 핥아 내리자 온몸이 전율했다. 그의 곱슬머리를 부드럽게 움켜쥐었다. 그가 내 목을 살짝 깨물었다. 한 손이 내 다리 사이로 미끄러지듯 들어왔다. 나는 손목을 잡아 그를 저지했다.

"왜 그래?"

"아냐, 그냥…. 이제 내가 너에게 뭔가를 해줘야 할 때인 것 같아서."

얼버무리며 시선을 피했다. 그가 손으로 내 턱을 잡아 자기 눈을 보게 했다. 능글맞은 웃음을 숨기고 있었다. 하지만 나는 그의 기대와 흥분을 보고야 말았다.

"뭘 해줄 건데?"

"음…, 저번에 네가 말했던 거라면, 해줄 수도 있을 것 같아."

차마 그 단어를 입에 올릴 수가 없었다. 하딘이 아무렇지도 않게 읊어대는 그 말. '오럴 섹스'는 내 사전에 없는 단어였다.

"입에 넣어 줄래?"

순간 겁이 덜컥 났지만 한편으로는 흥분됐다.

"어…, 네가 원한다면…."

우리가 더 가까워지기를 바랐다. 이런 말쯤은 자연스럽게 할 수 있는 그런 사이 말이다. 해주고 싶은 걸 서슴없이 말해도 괜찮은 편안한 관계.

"당연히 원하지, 너를 처음 봤을 때부터."

이상하게 몸이 붕 떠오르는 것 같았다.

"근데, 진짜 할 수는 있겠어? 남자 껄 본 적은 있어?"

내 대답은 이미 알고 있을 거다. 그저 내 입으로 말하는 걸 직접 듣고 싶을 테지.

"당연하지! 실물은 아니고 사진이지만. 그리고 예전에 산책하다가 이웃집에서 음란물 보고 있는 걸 슬쩍 본 적도 있다고."

그는 숨이 넘어가도록 웃어댔다.

"하딘, 그만 좀 비웃어."

"미안 미안, 비웃는 게 아니야. 너 같은 쑥맥은 처음이라 그래. 근데 진짜 좋다. 네 첫 남자가 나라니. 그것만으로도 흥분돼 미치겠어."

그는 더 이상 웃지 않았다. 기분이 좀 나아졌다.

"좋아, 그럼 시작해볼까?"

그는 미소를 지으며 엄지손가락을 들어 내 볼을 쓸어내렸다.

"네 맘대로 해봐."

그에게 다가가 바지를 벗겼다. 혹시 팬티까지 같이 벗겨야 하나? 하딘은 뒷걸음질 치며 침대에 앉았다. 나는 그의 앞에 무릎을 꿇었고, 그는 깊은 숨을 내뱉었다.

"더 가까이."

서둘러 다가서며 그의 무릎을 손으로 짚었다.

"괜찮아?"

그는 팔꿈치를 잡고 나를 들어올렸다.

"키스 먼저 해야 좋잖아, 그치?"

그는 허벅지 위에 나를 올려 앉혔다.

살짝 안심이 되었다. 마음의 준비를 할 시간이 필요했다. 키스가 그 시간을 벌어줄 거다. 그는 천천히 입술을 포개었다. 짜릿한 전율이 순식간에 온몸을 휘감았다. 손으로 그의 팔을 움켜쥐고 허벅지 위에서 몸을 앞뒤로 움직였다. 얇은 팬티 속에서 그의 것이 불룩해졌다.

'치마를 입었으면 좋았을걸. 그랬으면 치마 속 맨살로 그를 느낄 수 있을 텐데….'

이런 생각이 들다니, 나 자신이 놀라웠다. 그러면서도 손바닥으로는 그의 팬티 위를 훑어 내렸다.

"젠장, 테사. 그렇게 자꾸 만지면 저번처럼 팬티에다 사정할지도 몰라."

신음 섞인 목소리였다. 손을 멈추고 그에게서 내려와 다시 무릎을 꿇었다.

"바지 벗어봐."

그가 내게 요구했다. 나는 청바지 버튼을 열고 바지를 끌어내렸다. 어디서 나온 용기였을까. 셔츠까지 홀랑 벗어 던졌다. 그러고는 하딘 앞에 다시 무릎을 꿇었다. 하딘은 입술을 꽉 깨물었다. 그의 팬티를 잡아내렸다. 하딘은 엉덩이를 살짝 들었다. 팬티가 한번에 벗겨졌다.

눈이 저절로 번쩍 뜨였다. 가슴은 쿵쾅쿵쾅 방망이질 쳤다. 그의 페니스가 바로 내 눈앞에 있다! 맙소사, 너무 크잖아! 짐작했던 것보다 훨씬 컸다!

'저게 입에 다 들어갈까?'

검지로 그것을 툭 건드려 보았다. 눈을 뗄 수가 없었다. 하딘이 넘어갈듯 깔깔 웃었다. 그의 것이 같이 흔들렸다.

"그러니까…, 내 말은…, 아니, 뭐부터 해야 하지?"

슬쩍 겁이 났다. 감당할 수 있을까? 하지만 멈추고 싶진 않았다.

손으로 그의 페니스를 감싸 쥐고 아래위로 살짝 움직여 보았다. 아, 생각했던 것보다 훨씬 부드럽다. 처음 보는 물건처럼 찔러보고, 조사하고 있는 나란 여자. 이게 무슨 과학 실험이니?

힘을 빼고 천천히 손을 아래위로 움직이기 시작했다.

"이렇게?"

하딘은 고개를 까딱하더니 나를 따라 함께 들썩였다.

"이제, 입에 넣어줘. 다 넣지 않아도 돼. 그냥, 들어가는 만큼만…."

숨을 깊게 들이마셨다. 몸을 숙여 그의 것을 반쯤 입에 넣었다. 쇳소리를 내며 그가 내 어깨를 움켜쥐었다. 나는 머리를 아래위로 움직였다. 가르쳐준 적 없어도 본능적으로 혀도 위 아래로 같이 움직였다.

"그래, 그렇게…."

하딘은 신음을 토해냈고, 나는 쉬지 않고 반복했다. 그는 내 어깨를 세게 잡고 입이 움직일 때마다 엉덩이를 들썩였다. 좀 더 깊게, 그의 것을 전부 입 안에 넣었다. 그를 올려다보았다. 고개는 뒤로 젖힌 채였고, 눈은 반쯤 감겨 있었다. 천국에 있는 듯한 표정이었다. 타투 아래 탄탄한 근육들은 터질 듯 팽팽해졌고, 갈비뼈 위에 새겨진 글자들이 천천히 움직였다. 내 움직임이 다시 빨라졌다.

"손으로 잡아줘…, 나머지…."

그가 가쁜 숨을 몰아쉬었다. 아래쪽은 손으로, 위쪽은 입으로 더 빨리 움직였다. 뺨을 힘껏 오무리자, 그는 뜨거운 신음을 토해냈다.

"아…, 젠장…, 테사, 나…, 할 것 같아."

긴장감이 가득 담긴 목소리였다.

"입에 하는 게 싫으면…, 너… 멈춰야 해."

그를 올려다 보았다. 그의 것을 입에 문 채였다. 나 때문에 정신 못 차리는 그의 모습이 너무 좋았다.

"젠장…, 자꾸 그렇게… 쳐다보면…."

그가 나를 쳐다보았다. 그의 몸이 뻣뻣해졌다. 속눈썹을 깜빡거렸다. 더 극적인 효과를 주고 싶었다. 하딘은 내 이름을 쉴 새 없이, 아름답게 불렀다. 입 안으로 따뜻한 액체가 울컥 밀려들었다. 깜짝 놀라 몸을 뒤로 뺐다. 생각했던 것보다 이상한 맛은 아니었다. 하지만 분명히 좋은 맛도 아니었다. 내 어깨에 놓여 있던 그의 손이 내 뺨을 감싸 쥐었다.

그는 혼이 빠진 듯 앉아 숨을 몰아쉬었다.

"어땠…어?"

나는 무릎을 일으켜 그의 옆에 앉았다. 그는 나를 감싸 안고 내 어깨에 머리를 기댔다.

"나는, 좋았던 것 같은데."

내가 먼저 말하자 그가 웃었다.

"좋았다고?"

"재밌었다고 해야 할까? 널 보는 게. 그리고 맛이 그렇게 나쁘지도 않았는걸."

솔직히 털어놨다. 이런 걸 좋아한다고 인정해버리다니, 창피해야 했지만 그렇지 않았다.

"넌 어땠어?"

조금 초조해졌다.

"기쁘고 놀라웠어. 내가 받은 것 중에 최고였어."

그의 말에 얼굴이 붉어졌다.

"물론 그랬겠지."

웃고 말았다. 서툰 내 행동과 부족한 애무에도 듣기 좋은 얘기를 해주는 그가 고마웠다.

"진짜야. 너는…, 정말 순수해. 나한테는 엄청난 거야. 그리고, 젠장, 네가 나를 올려다 보면….'

"알았어, 알겠다고!"

손을 휘저으며 그의 말을 막았다. 내 첫 경험을 세세히 복기하고 싶진 않았다. 그는 나를 매트리스에 부드럽게 눕혔다.

"이제 내가 너를 기분 좋게 해줄 차례야. 네가 해줬던 것처럼."

그가 귀에 대고 속삭이더니 목을 가볍게 빨았다. 동시에 내 팬티를 끌어내렸다.

"손가락? 아니면 혀?"

유혹하는 목소리였다.

"둘 다."

내 대답에 그가 미소를 지었다.

"원하신다면."

그의 혀가 파고들자 내 입에서는 금세 신음이 흘러나왔다. 그의 머리카락을 몇 번이고 움켜잡았지만 그는 오히려 좋아하는 것 같았다. 허리가 활처럼 휘어졌다. 몇 분 만에 완전한 절정에 올랐다. 극치감이 잦아들 때까지 하딘의 이름을 끊임없이 불렀다.

가쁜 숨이 잦아들었다. 나는 일어나 앉아 그의 가슴에 새겨진 검정 잉크를 따라 손가락을 훑어 내렸다. 그는 조심스럽게 나를 바라보고 있었지만 내 손길을 막지는 않았다. 내 곁에 누워 가만히 있을 뿐이다. 격정이 가라앉는 시간을 즐기는 듯했다.

"너처럼 나를 만지는 사람은 없었어."

그가 말했다. 나는 끊임없이 솟아나는 질문들을 모두 묻어두기로 했다. 캐묻는 대신에 살짝 웃으며 가슴에 쪽쪽 입을 맞췄다.

"오늘 밤 나랑 같이 있을래?"

나는 고개를 가로저었다.

"안 되겠어. 내일 월요일이잖아. 우리 수업 있어."

그와 함께 있고 싶지만 일요일은 안 된다. 그가 부드러운 표정으로 바라본다.

"제발, 부탁이야."

"내일 입을 옷도 없단 말이야."

"입었던 거 입으면 되잖아. 부탁이야, 같이 있어줘. 오늘 밤만. 내일 수업에 늦지 않게 해줄게."

"글쎄, 잘 모르겠네…."

"내가 15분은 일찍 도착하게 해줄게. 커피숍에 들러서 랜던 만날 여유도 있게."

입이 절로 벌어졌다.

"그건 또 어떻게 알았어?"

"봤지…. 아, 염탐한 건 아니고. 그래도 네가 생각하는 것보단 널 많이 지켜봤을걸?"

가슴이 콩닥거렸다. 나는 그와 사랑에 빠져버렸다. 강하고도 빠르게.

"좋아."

손을 번쩍 들고 한마디 덧붙였다.

"한 가지 조건이 있어."

"뭔데?"

"영문학 수업에 다시 들어와."

그가 한쪽 눈썹을 찡긋 올렸다.

"좋아."

단순한 대답에 웃음이 터졌다. 그는 나를 다시 끌어안았다.

54

하딘 팔에 안겨 몇 분쯤 더 누워 있었다. 오늘 밤 하딘과 함께 보내기로 한 걸 다시 생각해봤다.

"낼 아침 샤워는 어떻게 하지?"

그에게 물었다.

"여기서 하면 되지. 복도 끝에 있어."

그는 입술을 내 턱에 대고 아래 위로 키스를 퍼부었다. 그의 입술이 살갗에 닿으면 판단력이 흐려진다. 하지만 지금 뭘 하고 있는지 그는 정확히 알고 있다.

"여기, 남학생 클럽하우스에서? 누가 들어오기라도 하면 어떡해?"

"첫째, 문을 잠근다. 둘째, 내가 너랑 같이 있는다. 됐지?"

그는 키스하는 중간 중간 말을 이어나갔다. 그의 말투가 언짢았지만 무시하기로 했다.

"좋아. 근데, 지금 샤워하고 싶어. 더 늦기 전에."

그가 고개를 끄덕이더니 일어나서 바지를 입었다. 나도 침대에서 내려와 바지를 입었다. 팬티는 남겨두고.

"노 팬티야?"

그가 짓궂게 웃었다. 무시해버리고 그를 슬쩍 보고 말했다.

"샴푸는 있어? 머리빗도 없는데."

갑자기 걱정이 밀려왔다. 필요한 게 아무 것도 없었다.

"면봉은? 치실은 있어?"

"워워, 진정해. 면봉이랑 치실은 있어. 아마 새 칫솔도 있을걸? 그리고 머리빗도 한두 개쯤 있을 거야. 모르긴 해도 팬티도 사이즈별로 여기저기 있을 거야. 새 거가 필요하다면 그건 모르겠고."

자세히도 알려주네.

"뭐, 팬티?"

뒤늦게 그 말의 의미를 알아챘다. 다른 여자애들이 두고 간 팬티를 말하는 거였다.

"아냐, 신경 꺼."

그가 웃는다. 부디 같이 잤던 여자애들의 속옷 같은 걸 모으는 괴벽은 없기를.

그는 샤워실로 나를 데리고 갔다. 상상했던 것보단 편안했다. 전에 몇 번이나 와봤기 때문이겠지. 하딘이 샤워기를 틀고 셔츠를 벗었다.

"너 뭐해?"

내가 물었다.

"샤워하지."

"내가 먼저 하는 줄 알았는데."

"나랑 같이 하자니까."

그가 아무렇지도 않게 말했다.

"음…, 싫어! 같이 안 할래."

웃음이 나왔다. 하딘과 같이 샤워를 할 순 없다.

"왜 싫은데? 이미 널 다 봤고, 너도 날 다 봤잖아. 근데 샤워가 뭐 대수야?"

그가 불만스럽게 웅얼거렸다.

"나도 모르겠어…, 그냥…, 같이 하긴 싫어."

그래, 그는 내 벗은 몸을 봤다. 하지만 이건, 좀, 너무 은밀한 것 같다. 우리가 했던 그 어떤 행위보다 더 은밀하다.

"알았어. 그럼 너 먼저 해."

목소리에 살짝 날이 서 있다.

나는 사랑스럽게 웃어 보이고, 그의 언짢은 말투를 무시하며 옷을 벗었다. 그가 내 몸을 훑어보다가 시선을 딴 데로 돌렸다. 샤워기 물 온도를 확인하고는 샤워 커튼 안으로 들어갔다.

머리를 감는 내내 하딘은 조용히 있었다. 조용해도 너무 조용했다.

"하딘?"

하딘을 불러보았다. 설마, 샤워실을 나간 거야?

"왜?"

"아, 난 또 네가 나간 줄 알고."

그가 샤워 커튼을 빼꼼 열고 굽슬굽슬한 머리를 쑥 들이밀었다.

"그럴 리가. 나 여기 있어."

"뭐 안 좋은 일이라도 있어?"

불쌍해 보이는 표정을 지으며 물었다. 그는 대답대신 고개를 가로저었다. 아무 말도 하지 않았다. 정말로 애들처럼 삐친 거야? 내가 같이 샤워하지 않는다고? 들어오라고 말할 뻔했다. 하지만 항상 그가 원하는 대로만 할 순 없다는 걸 알려주고 싶었다. 그의 머리가 커튼 밖으로 사라졌다. 그가 변기 위에 앉는 소리가 들렸다.

샴푸와 바디워시에서 머스크 향이 진하게 났다. 내 바닐라 향 샴푸가 그리웠다. 그래도, 뭐, 하룻밤이니까 괜찮다. 하딘이 내 방에서 자고 가는 게 더 나을 거 같다. 근데 스테프가 문제다. 모든 걸 다 설명하면 어색해질 거다. 그리고 그녀가 옆에 있으면 하딘은 다정하게 굴지도 않을 거다. 신경이 쓰였지만 다 덮어두기로 했다.

"타월 하나만 줄래? 여유 되면 두 개 주고."

하나는 머리에 두르고 하나는 몸을 닦고 싶었다. 그의 손이 커튼 안으로 쑥 들어왔다. 타월 두 개를 건넨다. 고맙다고 인사하자 그가 뭐라 중얼거린다. 알아들을 수는 없었다.

몸을 닦는 동안 그가 바지를 벗고 물을 틀었다. 그는 샤워 커튼을 열었고, 나는 그의 벗은 몸에 눈을 뗄 수가 없었다. 그의 몸을 보게 될수록 몸에 그려진 타투의 아름다움에 빠져들게 되는 것 같았다. 물줄기가 그의 몸에 쏟아지는 걸 하염없이 바라보았다. 물줄기는 그의 짙은 머리카락을 적셨다. 그가 샤워 커튼을 닫았다. 아, 그와 샤워를 같이 했어야 했다. 그가 삐쳐서가 아니라, 이제는 내가 진짜 원하게 되었다.

"나, 먼저 방에 갈게."

들은 척도 안 하겠지만 어쨌든 그에게 말했다. 그가 커튼을 홱 열어 젖혔다. 고리 긁히는 소리가 날카롭게 들렸다.

"안 돼."

"알겠어, 근데 왜?"

"너 혼자 가면 안 된다는 거야. 여긴 서른 명도 넘는 남자들이 사는 곳이라고. 그런 차림으로 혼자 복도를 돌아다니는 건 아니지 않아?"

"아니지. 지금 너랑 같이 샤워 안 했다고 삐쳐서 그러는 거잖아."

"아냐…, 그런 거."

"그럼 뭔지 얘기해줘. 아님 그냥 타월만 두르고 나간다."

위협은 했지만, 그러지 못할 거라는 걸 나도 잘 안다. 눈빛이 날카로워지며 그가 내 팔을 잡았다. 바닥에 물이 튀었다.

"그냥, 싫다는 말이 듣기 싫었어."

그의 목소리는 낮았지만 방금 전보다 한결 부드러웠다. 알 만하다. 지금껏 어떤 여자들도 하딘에게 '싫다'고 하진 않았을 거다. 이런 상황에 익숙해져야 할 거라 얘기해주고 싶었다. 하지만 나도 지금까지는 그에게 '싫다'고 했던 적이 없었다. 그의 손길이 닿자마자 그가 원하는 건 뭐든 다 했었다.

"하딘, 난 다른 여자들하고는 좀 달라."

딱 잘라 말했다. 질투심이 스멀스멀 올라왔다. 물줄기를 맞는 그의 입가에 희미한 미소가 번졌다.

"알았어, 테스. 알겠다고."

그는 샤워 커튼을 닫았고, 나는 옷을 챙겨 들었다. 곧 그가 물을 잠갔다.

"잘 땐 내 옷 입어."

멍하니 고개를 끄덕였다. 내 앞에 서 있는 그의 빛나는 몸에 한눈이 팔려 그의 말이 거의 들리지 않았다. 하딘은 타월로 머리의 물을 털었다. 머리카락의 죄다 위로 삐죽 솟아올랐다. 그러더니 수건을 허리에 둘렀다. 엉덩이를 겨우 가린 그는 섹시함, 그 자체였다. 샤워실 온도가 20도쯤은 올라간 것 같았다. 그는 캐비닛을 열어 머리빗을 꺼내 내 손에 쥐어주었다.

"이리 와."

내가 지금 무슨 생각을 하고 있는 거야. 퍼뜩 정신을 차리려고 고개를 흔들었다. 함께 샤워실을 나와 복도 코너를 돌아서는 순간, 금발의 덩치 큰 남자와 정면으로 부딪칠 뻔했다. 그의 얼굴을 보는 순간 그 자리에 얼어붙었다.

"한동안 안 보이는 거 같던데?"

덩치 큰 남자의 느끼한 말에 속이 메스꺼워졌다.

"하딘!"

소리쳐 그를 불렀다. 그가 돌아보았다. 일전에 나를 덮치려 했던 남자라는 걸 하딘은 한눈에 알아보았다.

"그 여자한테서 떨어져, 닐."

하딘이 소리치자 닐이라는 남자의 얼굴이 백짓장처럼 하얘졌다. 먼저 지나간 하딘을 보지 못했던 거다. 명백한 그의 실수다.

"잘못했어, 스캇."

한마디 던지고 그가 황급히 사라졌다.

"고마워."

하딘에게 속삭였다. 그는 내 손을 붙잡고 방문을 열었다.

"그 자식을 한 대 갈겨췄어야 하는 건데, 그치?"

"아냐, 그러지 마!"

침대에 앉으며 내가 애원하듯 말했다. 진지하게 말한 게 아니라면 그냥 넘어갔겠지만, 그는 진심인 듯했다. 하딘은 서랍장에서 티셔츠와 박서 팬티를 꺼내 나에게 건넸다. 그러더니 텔레비전을 켰다. 나는 박서 팬티를 입었다. 허리를 몇 번이나 접어야 했다.

"네가 오늘 입었던 셔츠 입어도 돼?"

말하고 나서야 내 말이 이상하다는 걸 알아차렸다.

"뭐라고?"

그가 픽 웃음을 터뜨렸다.

"내가…, 음…, 아무 것도 아냐. 왜 그런 소릴 했는지 모르겠네."

거짓말이었다.

'그의 냄새를 맡고 싶어서 그랬던 건가?'

정신 나간 소리처럼 들렸다. 그가 키득거리더니 바닥에서 셔츠를 집어 건넨다.

"여기 있어, 베이비."

그가 더 창피 주지 않은 건 다행이지만, 그래도 내가 좀 바보 같았다.

"고마워."

쫑알거리듯 말하고는 셔츠와 브래지어를 벗었다. 그리고 그의 셔츠를 걸쳤다. 숨을 깊이 들이마시자 기억하고 있던 그 냄새가 났다. 놀랄 만큼 좋다. 그가 나를 뚫어지게 보고 있다. 눈빛은 한결 부드러웠다.

"너, 정말 예뻐."

하딘은 툭 한마디 던지더니 시선을 돌렸다. 그런 말이 입 밖으로 나올 줄 몰랐던 것 같다. 그 사실이 가슴을 더 두근거리게 만들었다. 나는 미소를 지으며 그에게로 한 발짝 다가갔다.

"너도 그래."

"됐어, 거기까지."

웃음기를 머금고 말했지만, 이내 그의 얼굴이 붉어졌다.

"내일 아침, 몇 시에 일어나야 해?"

"5시, 내가 알람 맞춰 놨어."

"5시? 새벽 5시? 첫 수업이 몇 시인데, 9시? 왜 그렇게 일찍 일어나?"

"준비해야 하니까."

머리를 빗으며 말했다.

"음, 그럼 7시는 어때? 내 몸은 7시 전엔 작동을 못 하거든."

낮게 신음을 내뱉었다. 하딘과 나는 달라도 너무 다르다.

"그럼, 6시 30분?"

타협점을 찾고 싶었다.

"좋아, 6시 30분."

우리는 저녁 내내 텔레비전을 보며 시간을 보냈다. 하딘이 내 무릎을 베고 잠이 들었다. 그의 머리카락을 가만히 쓸어내렸다. 머리를 살며시 내려놓고 가만히 옆에 누웠다. 그가 깨지 않아야 할 텐데.

"테스?"

하딘은 나를 붙잡으려는 듯 손을 휘적거렸다.

"나 여기 있어."

그의 등 뒤에 대고 속삭였다. 그는 돌아누우며 나를 감싸 안았다. 그러곤 이내 다시 잠에 빠졌다. 곁에 내가 있어야 더 잠이 잘 온다는 그의 말, 정말 맞는 것 같다. 그에게나 나에게나.

다음날 아침, 6시 30분에 어김없이 알람이 울렸다. 나는 벌떡 일어나 어제 입었던 옷을 다시 입었다. 하딘을 깨웠다. 쉽게 일어나지 못한다. 나는 준비가 덜 된 것 같아 안절부절 못했다. 그래도 7시 15분엔 내 방에 도착했다. 옷을 갈아입고, 머리를 새로 빗고, 양치까지 할 만큼 여유가 있었다. 스테프는 내내 자고 있었다. 하딘이 그녀 머리에 물을 부어 깨우려는 걸 간신히 말렸다. 나는 긴 스커트와 파란색 셔츠를 입었다. 하딘이 내 옷차림을 보고 놀려대지 않은 게 꽤 기분 좋았다.

"봐, 8시밖에 안 됐잖아. 커피숍까지 걸어간다고 해도 20분이나 남는다고."

하딘은 의기양양했다.

"같이?"

"같이 걸어가는 거 아니었어? 안 그런대도, 뭐, 괜찮아."

"같이 가야지. 나도 좋아."

난 그저 하딘과 나 사이의 변화가 익숙치 않을 뿐이다. 그를 피해 다니거나 우연히 만나는 것보단 분명 좋은 일이다.

'랜던은 어떻게 생각할까? 랜던한테 얘기를 해야 할까?'

"우리, 20분 동안 뭐 할까?"

"몇 가지 좋은 생각이 있긴 하지."

그가 씨익 웃으며 나를 당겨 무릎 위에 앉혔다.

"저기 스테프 있잖아."

아랑곳하지 않고 그는 내 귓불을 살짝 깨물었다.

"뭐 어때, 키스하는 건데."

그가 웃으며 내 입술을 덮쳤다. 우리는 스테프가 깨기 전에 방을 나섰다. 하딘이 가방을 들어주었다. 예상치 못한 행동이었다.

"네 책은 어디 있어?"

"난 책 안 가지고 다녀. 수업 시간마다 빌려서 봐. 그래서 가방을 들고 다닐 필요가 없지."

랜던이 커피숍 앞 벽돌담에 기대 서 있었다. 하딘과 내가 같이 있는 걸 보고 적잖이 놀란 모양이었다. 그에게 어색한 미소를 지었다.

"나중에 다 설명해줄게."

"이제 난 가야겠다. 한잠 자러 수업이나 들어가야지."

하딘의 말에 나는 고개를 끄덕였다.

'어떡해야 되지? 안아줘야 하나?'

생각할 새도 없이, 하딘이 가방을 내려놓더니 내 허리를 끌어당겨 안았다. 그리고 키스를 했다. 이럴 줄은 몰랐다. 그에게 키스를 해주고서야 그가 나를 놔주었다.

"나중에 봐."

그는 씨익 웃으며 랜던을 쳐다봤다. 이렇게 어색한 상황이라니. 랜던의 턱이 바닥까지 떨어져 있었다. 도발적인 하딘의 행동에 나도 당황스러웠다.

"어…, 놀라게 해서 미안해."

공공장소에서의 애정 표현, 노아와는 상상도 못했던 일이다.

"너한테 할 얘기 진짜 많아."

나는 랜던을 돌아보며 말했다.

55

랜던에게 노아와 헤어진 거며, 하딘에게 우리 사이가 정확하게 뭔지 물어봤었던 얘기 등을 조잘거렸다. 랜던은 내내 입을 다물고 있었다.

"내가 미리 경고했지? 그러니까 또 얘기하진 않을게. 그래도 제발, 조심해. 물론 하딘 녀석이 너한테 푹 빠져 있다는 건 인정한다만."

자리에 앉으면서 랜던이 말했다. 그가 하딘을 좋아하진 않지만, 그의 얘기는 믿음직했다. 그는 항상 나를 이해해주고 지지해준다.

3교시 수업에 들어가니, 사회학 교수님이 손짓으로 나를 부르셨다.

"조금 전에 총장실에서 학생을 불러달라는 연락을 받았네."

'뭐? 아니 왜?'

어안이 벙벙해지며 덜컥 겁부터 났다. 순간, 총장님이 하딘의 아빠라는 사실이 떠올랐다. 조금 안심이 되긴 했지만 다른 걱정이 들었다. 나를 왜 부른 걸까? 대학교는 고등학교와는 다르지만, 교장실에 불려가는 건, 혹시, 교장 선생님이 내…, 남자친구의…, 아빠라서?

얼른 가방을 챙겨 대학 본관으로 향했다. 걸어가기엔 너무 멀다. 30분이나 걸렸다. 비서에게 이름을 말하자 그녀가 얼른 전화를 집어들었다. '스캇 박사님' 소리만 똑똑히 들렸다.

"들어오라고 하십니다."

그녀가 판에 박힌 미소를 지으며 맞은편 문을 가리켰다. 노크할 새도 없이 문이 벌컥 열렸다. 켄 씨가 활짝 웃으며 나를 맞아주었다.

"테스, 왔구나."

안으로 안내하며 자리에 앉으라 손짓했다. 그는 널찍한 체리목 책상 뒤, 커다란 회전의자에 앉았다. 집에서 만났을 때보다 긴장감이 훨씬 더했다.

　"수업 중에 불러내서 미안하다. 달리 연락할 방법이 없어서. 알잖니, 하딘과 연락하기가 좀…, 어렵잖아."

　"네, 괜찮아요. 무슨 일 있으세요?"

　"아니다, 몇 가지 상의하고 싶은 일이 있어서. 그럼 인턴십 얘기부터 해보자."

　그는 앞으로 당겨 앉으며 책상 위에 팔을 올렸다.

　"반스 출판사에 네 얘기를 했더니 만나보고 싶다는구나. 빠를수록 좋다는데, 괜찮다면 내일이 좋을 듯하구나."

　"정말요?"

　너무 흥분한 나머지 나는 소리를 지르며 벌떡 일어섰다. 정신을 차리고 얼른 다시 자리에 앉았다.

　"감사합니다, 너무 좋아요! 제가 얼마나 감사한지 짐작도 안 되실 거예요!"

　이건 정말 최고의 소식이다. 나에게 이런 기회가 주어지다니 믿어지지 않았다.

　"좋아하는 걸 보니 나도 기쁘구나, 테사."

　그는 재밌다는 듯 눈썹을 찡긋 올렸다.

　"그럼, 내일 가겠다고 얘기해 놓을까?"

　수업을 빠지는 건 꺼림칙했지만 그럴 만한 가치가 있다. 그리고 어쨌든 예습도 끝내놨으니까.

　"좋아요. 정말 정말 고맙습니다."

　그가 미소 지었다.

"자, 이제 두 번째. 거절한다 해도 정말 괜찮다. 좀 개인적인 부탁이긴 한데. 아, 거절해도 반스 출판사 인턴십하곤 상관없으니까 걱정 말고."

이상하게 더 긴장되었다. 내가 고개를 끄덕이자, 그가 말을 이어나 갔다.

"하딘이 얘기했는지는 모르겠다만, 다음 주말에 카렌과 내가 결혼 하게 되었단다."

"곧 결혼식을 올리신다는 얘기는 들었어요. 축하드려요."

결혼식이 이렇게 임박했을 줄은 몰랐다. 하딘이 집으로 쳐들어가 스 카치 한 병을 죄다 마셨던 일이 생각났다. 그가 사람 좋아 보이는 미소 를 지어보였다.

"정말 고맙구나. 내가 부탁하고 싶은 건, 그러니까…, 괜찮으면…, 하 딘이 결혼식에 오도록 설득해줄 수 있을까 하는 거다."

그가 내 시선을 피해 벽으로 눈을 돌렸다.

"무리한 부탁이라는 건 안다만, 하딘이 결혼식에 참석 안 하는 건 말 이 안 되잖니. 그리고 솔직히, 너라면 하딘을 설득해줄 수 있을 거라 믿 는다. 내가 몇 차례나 얘기했는데, 녀석이 콧방귀도 뀌지 않더구나."

그가 절망에 찬 한숨을 내쉬었다. 하딘에게 뭐라 해야 할지 도대체 생각이 나지 않았다. 물론 나는 하딘의 아빠 결혼식에 기꺼이 참석하 고 싶지만, 하딘이 내 말을 들을지는 미지수다. 왜 다들 그가 내 말을 들을 거라 생각하는 걸까? 켄 씨가 하딘이 나와 사랑에 빠졌다고 믿는 다던 게 기억났다. 말도 안 되는 소리일 뿐더러 사실도 아니다.

"제가 얘기해볼게요. 저도 하딘이 간다고 하면 좋겠어요."

솔직하게 대답했다.

"정말 고맙구나, 테사. 혹시 내가 대답을 강요한 건 아닐까 걱정이구나. 그래도 너희 둘 다 결혼식에서 볼 수 있었으면 좋겠구나."

'하딘과 결혼식에? 나도?'

생각만 해도 기분 좋았지만, 하딘을 설득하기는 쉽지 않을 거다.

"카렌이 너를 무척 마음에 들어하더구나. 지난 주말에 정말 즐거웠다고. 오겠다면 언제든 환영이다."

"저도 진짜 즐거웠어요. 베이킹을 가르쳐주시기로 했는데, 연락드려 봐야겠어요."

그가 껄껄 웃었다. 웃는 모습은 하딘이 아빠를 꼭 빼어 닮았구나. 어쩐지 마음이 따뜻해졌다. 하딘의 아빠는 어떻게든 하딘과 관계를 회복하려 애쓰고 있었다. 하딘이 분노하고 상처 받았더라도. 거기까지 생각이 미치자 가슴 한쪽이 아려온다. 켄 씨를 도울 수만 있다면 반드시 해볼 거다.

"카렌이 정말 좋아하겠구나! 언제든지 오렴."

나는 자리에서 일어섰다.

"인턴십 건은 다시 한 번 감사드립니다. 저에게는 정말 중요한 일이거든요."

"네 입학원서와 성적증명서를 살펴봤다. 아주 훌륭하더구나. 하딘이 너한테 배울 점이 많겠어."

그의 초록색 눈동자에는 희망이 가득 담겨 있었다. 볼이 화끈거렸다. 나는 웃으며 인사를 드렸다.

캠퍼스를 가로질러 영문학 강의실로 돌아갔다. 수업 시작이 5분밖에 남지 않았다. 하딘은 원래 앉던 자리에 앉아 있었다. 그의 얼굴을 보니 미소가 나왔다.

"우리가 합의한 건 잘 지켰겠지? 나도 그랬어."

그가 웃어보인다. 나는 랜던에게 인사를 건네고 둘 사이에 앉았다.

"근데, 왜 이렇게 늦은 거야?"

하딘이 속삭였고, 교수님은 수업을 시작하셨다.

"수업 마치고 얘기해줄게."

괜히 지금 말을 꺼냈다가는 수업 중에 드라마의 한 장면이 연출될 거다.

"말해봐."

"말했잖아, 수업 후에 얘기해주겠다고. 별일 아니야."

그는 한숨을 내쉬었지만 더 이상 묻지 않았다.

수업이 끝나자 하딘과 랜던이 동시에 일어났다. 누구에게 먼저 말해야 할지 모르겠다. 평소 같았으면 랜던과 이야기를 나누며 강의실을 나섰을 거다. 하지만 지금은 하딘이 돌아왔다. 어떻게 해야 하지?

"테사, 금요일에 나하고 다코타랑 본파이어 축제에 갈 거지? 우리, 먼저 저녁부터 먹자. 엄마가 진짜 좋아하실 거야."

하딘이 말을 붙이기도 전에 랜던이 먼저 얘기를 꺼냈다.

"그럼, 당연히 축제에 가야지. 저녁 식사도 좋아. 자세한 건 나중에 알려줘. 내가 시간 맞춰 갈게."

다코타를 너무 만나고 싶었다. 랜던은 정말 행복할 거다. 난 만난 적도 없는 그녀가 벌써 너무 좋다.

"그래, 문자 보내줄게."

그가 먼저 자리를 떴다.

"문자 보내줄게."

하딘이 빈정거리며 흉내를 냈다. 그에게 눈을 흘겼다.

"랜던한테 그러지 마."

"아, 네네. 네가 화낸다는 걸 깜빡했네. 몰리가 그랬을 때 네가 벌컥했었던 게 이제 생각난다."

그가 웃었고, 나는 그의 어깨를 밀쳤다.

"장난 아니야, 하딘. 랜던 좀 내버려 두라고."

분위기가 험악해지려고 한다, 한마디 덧붙여야겠다.

"제발, 부탁이야."

"갠 우리 아빠랑 살잖아. 그러니까 난 갤 놀려먹을 자격이 있어."

그가 미소를 지었고, 나는 웃음이 터졌다.

건물을 나서면서, 지금 아니면 기회가 없을 거라 생각했다.

"너희 아빠 얘기가 나와서 하는 말인데…."

하딘을 쳐다봤다. 벌써부터 긴장하는 눈치다. 내 말이 떨어지기만을 기다리며 슬쩍슬쩍 곁눈질을 한다.

"내가 오늘 거기 갔었거든, 너네 아빠 사무실. 내일 반스 출판사 인턴십 면접을 잡아두셨더라고. 정말 최고지 않니?"

"아빠가 뭐?"

조롱 섞인 말투다.

'그래, 또 시작이다.'

"내일 내 면접을 잡아주셨어. 나한텐 정말 엄청난 기회야, 하딘."

그의 이해를 구걸했다.

"알겠어."

그가 한숨을 쉬었다.

"더 있어."

"그러시겠지, 더 있으시겠지…."

"다음 주말 결혼식에 나를 초대하셨어…, 그러니까, 우리를. 우리를 결혼식에 초대하셨어."

겨우 말을 꺼냈다. 그가 나를 잡아먹을 듯 노려보았다.

"아니, 안 가. 이걸로 토론 끝."

그는 홱 돌아서더니 저만치 가버렸다.

"잠깐만, 내 말 좀 들어봐. 부탁이야, 응?"

손목을 붙잡았지만 그가 거칠게 뿌리쳤다.

"아니. 넌 이 일에 끼어들지 마, 테사. 농담 아니야. 네 일이 아니면 좀 신경 *끄*라고."

그가 일갈했다.

"하딘…."

한 번 더 그를 불렀지만, 그는 무시했다. 그리고 주차장으로 가버렸다. 그를 쫓아갈 수가 없다. 발이 그 자리에 붙어버린 것 같았다. 그의 흰색 차가 주차장을 빠져나가는 게 보였다. 너무 심각한 과잉 반응이다. 하지만 포기하지 않을 거다. 하딘도 침착하게 생각해볼 시간이 필요하겠지. 그리고 다시 얘기해볼 거다. 끝내 가지 않을 거라도, 적어도 서로 얘기해볼 순 있잖아.

'내가 지금 농담하는 걸로 보여?'

겨우 이틀 전에 우리의 '깊은' 관계는 시작됐다. 나는 그새 뭐가 얼마나 달라지길 기대했던 걸까? 달라진 게 없는 건 아니다. 하딘이 다정하게 대해주고, 사람들 앞에서 나에게 키스도 한다. 물론 놀라운 일이긴 하다. 하지만 하딘은 여전히 하딘이다. 그는 고집쟁이에다 품행에 문제가 있다. 한숨이 나왔다. 가방을 고쳐 메고 기숙사로 걸어갔다.

방에 들어갔더니 스테프가 양반다리를 하고 바닥에 앉아 텔레비전을 보고 있었다.

"어젯밤엔 어디 갔었어? 등교하기 전날 외박은 안 되잖아, 아가씨?"

그녀가 짓궂게 말했고, 나는 장난스럽게 그녀를 흘겨봤다.

"밖에 있었지."

하딘과 같이 있었단 얘기를 해야 할지 잘 모르겠다.

"하딘이랑."

그녀가 덧붙여 말했고 나는 딴청을 피웠다.

"그럴 줄 알았어. 하딘이 네 전화번호 물어봤거든. 그러더니 쌩하고 볼링장을 나가버리더라. 그러고선 돌아오지 않았어."

그녀가 회심의 미소를 띠고 나를 바라봤다.

"아무한테도 말하지 말아줘. 앞으로 어떻게 될지 나도 잘 모르겠어."

스테프는 입을 다물기로 약속했다. 오후 내내 그녀와 트리스탄 얘기를 하며 보냈다. 트리스탄이 저녁 먹으러 스테프를 데리러 왔다. 그녀가 문을 열자마자 트리스탄은 키스를 퍼부었고, 가방을 챙기는 동안에도 내내 손을 꼭 잡고 있었다. 하딘이 트리스탄처럼 해주면 얼마나 좋을까?

몇 시간 동안 하딘에게서는 통 연락이 없었다. 그렇다고 먼저 연락을 할 순 없었다. 속 좁은 짓이란 건 알지만, 그냥 신경 쓰지 않을 테다. 스테프와 트리스탄이 나가고, 나는 하던 공부를 마저 끝냈다. 샤워를 하러 막 나서려는 순간 전화기가 울렸다. 하딘의 이름이 보이자마자 가슴이 쿵쾅거리기 시작했다.

오늘 밤 같이 있을래?

문자메시지였다. 몇 시간이나 아무 연락도 없더니 난데없이 같이 있고 싶다고? 또?

왜? 또 나한테 성질 부리려고?

나도 그가 보고 싶었다. 하지만 아직 마음이 풀리지 않았다.

지금 그쪽으로 가고 있어. 준비해.

어이가 없었다. 제멋대로 구는 건 여전하다. 그래도 그를 만난다니 가슴이 뛰는 건 어쩔 수가 없었다. 부리나케 샤워를 마쳤다. 또 클럽하우스에서 샤워를 할 순 없으니까. 샤워를 마치고 내일 입을 옷을 겨우 챙겼다. 반스 출판사까지 버스 타고 갈 생각을 하니 막막해졌다. 차로 가면 겨우 30분 거리인데…. 얼른 차를 사야겠다는 생각이 다시 들었다. 옷을 단정히 접어 가방에 넣자, 때마침 하딘이 방문을 열었다. 역시 노크 따윈 하지 않지.
"준비됐어?"
그가 내 핸드백을 쥐었다. 고개를 끄덕이고, 가방을 어깨에 메고 그를 따라나섰다. 한마디 말도 없이 차까지 걸어갔다. 남은 밤은 지금 같지 않기를, 기도하고 또 기도했다.

56

나는 멍하니 차창 밖을 바라보고 있었다. 먼저 말을 걸고 싶진 않았다. 몇 블록쯤 지나자 하딘은 라디오를 켰고 볼륨을 최고로 올렸다. 못 들은 척하고 싶었지만 참을 수가 없었다. 그의 음악 취향엔 도저히 동조할 수가 없다. 머리가 지끈거렸다. 묻지도 않고 볼륨을 낮춰버렸다. 하딘이 나를 쳐다보았다.

"왜? 뭐?"

내가 쏘아붙였다.

"워, 여기 어떤 분은 기분이 더러우시네."

"아니거든. 그 음악이 듣기 싫어서 그래. 기분 더러우신 분은 너잖아. 네가 먼저 못되게 굴었잖아. 그래놓고는 문자메시지 보내서 같이 있고 싶다 그러고. 정말 이해가 안 된다, 나는."

"결혼식 얘기를 꺼내는 바람에 기분이 확 잡쳐서 그랬어. 이제 우린 안 가기로 정했으니까 기분 나쁠 이유가 없지."

확신에 찬 목소리는 차분했다.

"안 가기로 정해? 우리 아직 얘기도 안 했거든."

"아니, 했잖아. 난 안 갈 거라고 말했잖아. 그러니까 그만하시지, 테레사."

"글쎄, 너는 안 갈지 모르겠지만, 난 갈 거거든. 그리고 이번 주말에 너희 아빠네 집에 가서 카렌한테 베이킹 레슨 받기로 했어."

그가 입을 꾹 다물고 나를 노려본다.

"넌 결혼식에 못 가. 그리고 뭐? 카렌이랑 절친이라도 되신 건가? 그 여자 잘 알지도 못하잖아."

"잘 모르면 어때? 난 너도 잘 모르는데."

그의 얼굴이 일그러졌다. 기분이 좋지 않았다. 하지만 사실이다.

"넌 뭐가 그렇게 어려운 거지?"

그가 이를 악물며 말했다.

"나더러 이래라 저래라 하지 마, 하딘. 네 맘대로 되진 않을 거야. 내가 결혼식에 가고 싶으면 갈 거야. 그리고 난 네가 같이 갔으면 좋겠어. 재미있을 거니까. 너도 즐거울 거고. 너희 아빠하고 카렌한텐 큰 의미가 있을 거고. 넌 신경도 안 쓰겠지만."

하딘은 더 이상 아무 말도 하지 않았다. 그는 한숨을 내쉬었고, 나는 다시 창밖을 바라보았다. 또 다시 침묵, 둘 다 감정이 격해져서 이야기를 이어갈 수가 없었다. 클럽하우스에 도착하자, 하딘은 뒷좌석에서 내 가방을 꺼내 어깨에 메었다.

"근데, 넌 왜 클럽하우스에서 살아?"

그의 방을 처음 봤을 때부터 묻고 싶었다. 계단을 오르면서 그가 숨을 깊게 몰아쉰다.

"여기 오기로 했을 때 기숙사에 자리가 없었어. 아빠와 함께 사는 건 지옥 같을 게 뻔했고. 고를 수 있는 선택지가 별로 없었어."

"그래도 계속 살고 있잖아."

"아빠와 같이 살고 싶진 않으니까. 게다가, 이 집을 좀 봐. 완전 좋은

데다가 내가 제일 큰 방을 차지하고 있잖아."

그가 싱긋 웃었다. 화가 좀 누그러진 것 같아 보여 다행이었다. 잠자코 방까지 따라가서, 그가 문을 여는 동안 기다렸다. 아무도 방에 들이지 않는 데 집착하는 이유는 뭘까?

"왜 아무도 네 방에 들어가지 못하게 하는 건데?"

쏟아지는 내 질문에 질리는 얼굴이었다. 그가 가방을 바닥에 놓았다.

"왜 그렇게 항상 질문이 많은 거지?"

그가 중얼거리며 의자에 앉았다.

"그러게, 나도 잘 모르겠네. 넌 왜 대답을 하지 않는 건데?"

역시나 그가 들은 척도 하지 않는다.

"내일 입을 옷들을 좀 걸어놔도 될까? 가방 안에 두면 구겨질 것 같아서."

잠깐 궁리하더니 그가 벽장에서 행거를 꺼내왔다. 스커트와 블라우스를 꺼내 행거에 걸었다. 내 옷들을 보고 찡그리는 그의 표정은 무시하기로 했다.

"내일은 평소보다 일찍 일어나야 해. 버스 정류장에 8시 45분까지 가야 하거든. 세 번째 정류장이 반스 출판사에서 두 블록 떨어진 곳이야."

그에게 알려주었다.

"뭐? 내일 거기에 갈 거라고? 왜 미리 말하지 않았어?"

"했지…, 네가 성질내는 바람에 제대로 못 들은 거지."

내가 맞받아쳤다.

"내가 데려다줄게. 한 시간씩이나 버스 타지 않아도 돼."

거절한다면 짜증 낼 게 뻔했다. 그러기로 했다. 나도 만원 버스보다 그의 차로 가는 게 훨씬 나으니까.

"얼른 차를 사야겠어. 차 없이 더 이상 못 버티겠어. 인턴십을 시작하면 일주일에 사흘씩은 버스 타야 하거든."

"내가 계속 데려다줄게."

속삭이는 목소리였다.

"내 차를 살 거야."

다짐하듯 그에게 말했다.

"네가 나한테 화나서 데리러 오지 않으면 낭패잖아."

"그럴 일은 없을 거야."

그의 목소리는 진지했다.

"아니, 그럴걸. 그럼 난 버스 시간 때문에 쩔쩔맬 거야. 고맙지만 사양하겠어."

농담 반, 진담 반이었다. 솔직히 그에게 의지하고 싶었다. 하지만 그러지 않기로 했다. 그는 너무 변덕쟁이니까.

하딘은 텔레비전을 켜고, 일어나서 옷을 갈아입었다. 나는 그가 하는 대로 지켜보고 있었다. 그에게 조금 짜증이 났더라도 그가 옷 벗는 장면을 놓칠 순 없었다. 티셔츠를 머리 위로 벗더니 꽉 끼는 블랙진의 단추를 풀고 아래로 끌어내렸다. 움직일 때마다 살갗 아래로 근육이 불끈불끈 하는 게 보였다. 서랍장에서 얇은 면 팬츠를 꺼내 입었다. 기쁘게도 셔츠는 입지 않았다.

"여기."

그가 막 벗은 티셔츠를 내게 건넸다. 셔츠를 받으며 웃음이 터졌다. 이건 우리만의 은밀한 습관이 되었다. 그도 분명 내가 자신의 셔츠를 입고 잠자리에 드는 게 좋았던 거다. 내가 셔츠에 남아 있는 그의 체취를 좋아하는 만큼. 하딘은 텔레비전을 보고 있었다. 나는 그의 셔츠와 요가 바지로 갈아입었다. 요가 바지는 레깅스랑 비슷하지만 훨씬 편안하다. 브래지어와 옷가지를 개놓고 나니 하딘이 나를 바라보고 있었다. 그는 헛기침을 몇 차례 하더니 내 몸을 훑어보았다.

"그 옷…, 정말 섹시하다."

얼굴이 붉어졌다.

"고마워."

"저번에 그 펑퍼짐한 잠옷 바지보단 훨씬 낫다."

나는 바닥에 앉으며 웃어버렸다. 그의 방에 있으면 이상하게 마음이 편안해진다. 책 때문인지 하딘 때문인지, 알 수가 없었다.

"아까 차 안에서 했던 말, 나를 잘 모른다는 거, 그 말 진심이야?"

그가 조용히 내게 물었다. 예상치 못했던 질문이었다.

"어떤 면에서는. 넌 쉽게 알 수 있는 사람은 아니잖아."

"난 널 알 것 같은데."

그가 나에게 시선을 고정했다.

"내가 그렇게 했으니까. 너한테 내 얘기를 많이 해줬잖아."

"나도 너한테 많이 해줬잖아. 그렇지 않다고 느낄 수도 있겠지만. 여하튼 너만큼 나를 많이 아는 사람은 없어."

그가 바닥을 내려다보다가 다시 내 눈을 바라보았다. 연약하고 슬퍼 보였다. 분노에 가득 찬 평소 모습과는 달랐지만 여전히 매력적이었다.

갑작스런 그의 고백에 할 말을 잃었다. 하딘의 깊숙한 속내를 누구보다 잘 안다. 사소하고 하찮은 취향이나 신변잡기보다는 우리 사이에 연결된 보이지 않는 그 무언가를 말이다. 하지만 그것만으로는 부족하다. 나는 그를 더 알고 싶다.

"너도 다른 사람보다 나를 더 많이 알고 있잖아."

그에게 말해주었다. 그는 나를 안다. 진짜 테사의 모습을. 엄마나 노아에게 보여줘야만 했던 '나'인 척하던 테사가 아니라. 나는 하딘에게 모든 걸 다 얘기했다. 아빠가 떠나버린 것, 엄마의 비난과 슬픔, 그리고 누구에게도 말할 수 없던 내 안의 공포까지. 하딘은 내가 얘기를 해준 게 기쁜 듯했다. 아름다운 얼굴에 시종일관 미소를 머금고 있었다. 그가 일어서더니 나에게 다가왔다. 그리고 손을 잡고 나를 일으켜 세웠다.

"뭘 알고 싶어, 테사?"

그의 물음에 마음이 따뜻해졌다. 하딘이 드디어 자기 얘기를 해주려나 보다. 우리는 이제 서로에 대해 모든 걸 알게 될 만큼 가까워졌다. 이 복잡하고 분노에 가득 찬, 하지만 가끔은 사랑스러운 남자에 대해.

하딘과 나는 나란히 천장을 바라보며 침대에 누웠다. 한 백 개쯤 물어본 것 같다. 그는 어릴 때 자란 동네인 햄스테드에 대해, 거기서 살 때가 얼마나 좋았는지 얘기해줬다. 처음으로 자전거를 배우다 넘어져 생긴 무릎 흉터 얘기도 해줬다. 피가 나는 걸 보고 엄마가 기절했고, 그날도 아빠는 하루 종일 술집에 있었다고 했다. 엄마가 모든 걸 가르쳐주는 유일한 사람이었다. 초등학교 때는 내내 책을 읽으면서 보냈다고 했다. 친구도 거의 없었단다. 자라면서 아빠는 술을 더 많이 마셨고, 부모님의 싸움은 점점 잦아졌다. 중학교 때 친구들과 싸워서 퇴학을 당했고, 엄마가 싹싹 빌어 다시 학교에 돌아갈 수 있었단다. 열여섯 살부터 타투를 시작했고, 친구네 집 지하실에서 친구가 해주었다고 한다. 첫 번째 타투는 별이었고, 하면 할수록 더 하고 싶었단다. 등에 타투가 없는 건 딱히 별 이유는 없다. 아직 거기까지 안 한 것일 뿐. 쇄골 위에 새 그림 타투가 있지만 새는 싫어한다. 그리고 클래식 자동차를 좋아한다. 가장 기뻤던 때는 운전을 배웠던 날이고, 가장 최악은 부모님이 이혼하던 날이었단다. 열네 살 때 아빠가 술을 끊었고, 형편없었던 지난날을 보상해주려고 애썼지만 그는 받아들이지 않았다는 얘기도 했다.

새로 입력된 정보들로 머릿속이 빙글빙글 돌았다. 하지만 이제야 그를 이해할 수 있을 것 같았다. 아직도 알고 싶은 게 많이 남았다. 여덟 살 때 엄마와 엄마 친구와 그가 함께 종이 상자로 만든 장난감 집 얘기를 하다가 그가 잠이 들어버렸다. 잠든 모습을 들여다보았다. 어린 시절을 알고 난 지금, 그가 더 아이처럼 보였다. 아빠가 알코올 중독이 되기 전까지, 그래서 지금의 분노에 찬 하딘이 되기 전까지는 행복한 시절을 보낸 것 같았다. 몸을 숙여 뺨에 살짝 입을 맞추었다.

그를 깨우고 싶지 않았다. 이불을 끌어당겨 덮었다. 그날 밤, 곱슬머리 소년이 자전거를 타다 넘어지는 꿈을 꿨다.

"그만!"

고통스러운 하딘의 목소리에 퍼뜩 잠이 깼다. 돌아보았지만 그는 옆에 없었다. 바닥에 누워 있었다. 얼른 침대에서 내려와 다가갔다. 부드럽게 어깨를 흔들어 깨웠다. 지난 번에도 깨우기 힘들었던 기억이 났다. 그의 어깨를 두 팔로 감싸 안았다. 그는 벗어나려는 듯 계속 허우적거렸다. 완벽해 보이는 입술에서 신음 소리가 새어나왔다. 그러다 갑자기 눈을 번쩍 떴다.

"테스."

그가 토하듯 이름을 부르고 나를 안았다. 숨을 헐떡거리면서 땀에 푹 젖어 있었다. 자꾸 꾸는 악몽에 대해 물어봤어야 했다. 한번에 모든 걸 채울 순 없다는 생각에 놔뒀는데. 안 그래도 기대했던 것보다 훨씬 많은 얘기를 나눈 뒤였으니까.

"나, 여기 있어. 여기."

그를 안심시켰다. 침대 위로 올라가자고 팔을 끌어당겼다. 나와 눈이 마주치고 나서야 혼란과 두려움이 천천히 사라지는 듯했다.

"네가 가버린 줄 알았어."

그가 속삭였다. 우리는 나란히 누웠고, 그가 나를 착 달라붙을 만큼 끌어당겨 안았다. 나는 축축하고 헝클어진 그의 머리카락을 손가락으로 빗어 넘겨주었다. 떨리던 그의 눈이 서서히 감겼다. 아무 말도 하지 않았다. 진정될 때까지 머리를 쓰다듬어줄 뿐이었다.

"절대 나를 떠나지 마, 테사."

그가 속삭이더니 다시 잠에 빠져들었다. 그의 애원에 심장이 터지는 것 같았다. 그가 원하는 한, 나는 언제나 그의 곁에 있을 거다.

57

다음 날 아침, 하딘보다 먼저 일어났다. 그가 깨지 않도록 조심해서 얽힌 다리를 풀고 몸을 굴렸다. 안도에 차서 내 이름을 부르고 마음 속 진심을 털어놓았던 그. 어젯밤을 생각하니 가슴이 뛰었다. 하딘은 모든 걸 내려놓고 마음을 활짝 열었다. 그를 더 좋아하게 됐다. 그에게 깊이 빠져 있는 내가 조금 두려웠다. 마음속에 어떤 감정들이 자리를 키워가고 있음을 느꼈다. 그러나 아직 그 감정들과 정면으로 마주볼 준비가 되지 않았다. 스테프에게 빌려온 화장 가방과 고데기를 들고 샤워실로 갔다.

복도는 텅 비어 있었다. 준비를 마칠 때까지 샤워실을 노크하는 사람은 없었다. 다행이었다. 하지만 거기까지였다. 방으로 돌아오던 복도에서 남자 셋과 정면으로 맞닥뜨렸다. 한 명은 로건이었다.

"테사, 안녕!"

그가 환하게 웃으며 인사를 건넸다.

"안녕. 잘 지냈어?"

일행 중 한 남자가 뚫어지게 바라보는 바람에 어색해졌다.

"그럼, 잘 지냈어. 우린 막 나가려던 참이야. 넌 여기로 이사라도 온 거야?"

모두 웃었다.

"절대 아니지. 그냥…, 음…, 방문한 거야."

뭐라고 말해야 할지 모르겠다. 키 큰 남자가 로건의 귀에 대고 뭔가 속닥거렸다. 뭐라는지 들리지는 않았다. 나는 딴청을 피우며 먼 데를 바라보았다.

"그래, 그럼 나중에 또 보자."

"오늘 밤 파티에서 보자."

로건이 인사를 건네고 멀어졌다.

파티? 하딘이 파티 얘기는 한마디도 안 했는데. 안 갈 생각인가? 아니면 내가 가는 게 싫었던 걸까?

마음의 소리가 보탠다. 근데 대체 누가 화요일에 파티를 여는 거야?

방 앞에 도착하자 손잡이를 잡기도 전에 방문이 열렸다.

"어디 갔었어?"

내가 들어올 만큼 문을 열어주며 그가 물었다.

"드라이하고 화장하러. 너 더 자게 하려고."

"내가 복도에서 혼자 돌아다니면 안 된다고 했지, 테사?"

그가 핀잔을 준다.

"내가 상사처럼 굴면 안 된다고 했지, 하딘?"

비꼬듯 덧붙였다. 그의 표정이 한결 누그러졌다.

"졌다."

그가 웃으며 가까이 다가왔다. 한 손은 내 허리를 감쌌고, 다른 손은 셔츠 안으로 들어왔다. 굳은살이 박힌 손가락을 거칠었지만, 내 살갗을 미끄러지듯 훑으며 위쪽으로 올라왔다.

"근데, 앞으로 남학생 클럽하우스를 배회할 때는 반드시 브래지어를 입을 것. 알겠지, 테레사?"

내 귀에 입을 바짝 대고 속삭이는 순간, 손은 정확하게 가슴에 안착했다. 그가 내 민감한 부분을 손가락으로 문질렀다. 그의 손길에 금세 젖꼭지가 꼿꼿해졌다. 그가 얕은 숨을 들이켰다. 나는 그 자리에 얼어붙었지만 가슴은 두방망이질 쳤다.

"복도에 변태들이 얼마나 많이 어슬렁거리는지 알아?"

그가 귓속에 대고 부드럽게 말했다. 엄지손가락으로 젖꼭지 주위에 원을 그리다가 젖꼭지를 살짝 꼬집었다. 고개가 그의 가슴으로 툭 떨어졌다. 그가 쉴 새 없이 손가락을 움직였고, 나는 터져나오는 신음소리를 막을 길이 없었다.

"이렇게도 널 절정에 오르게 할 자신 있어."

그가 강도를 조금 더 올렸다. 이게 이렇게… 좋을 줄은… 생각도 못 했다. 나는 고개를 끄덕였고, 하딘은 내 귀에 입을 갖다댔다.

"그렇게 해줄까?"

또 한 번 고개를 끄덕였다.

그걸 꼭 물어봐야겠어? 가쁜 숨과 떨리는 무릎이 대답이 되겠지.

"좋아, 그럼 이제 가볼까?"

그때였다. 내 휴대전화 알람이 울렸다. 퍼뜩 정신이 들었다.

"아, 어떡해! 우리 10분 안에 출발해야 해, 하딘. 근데 너 아직 옷도 안 입었잖아. 나도 아직 옷 안 입었고!"

나는 그에게서 떨어지려 했지만 그가 고개를 가로젓더니 다시 나를 끌어당겼다. 이번에는 바지와 팬티를 한꺼번에 내려 벗겼다. 팔을 뻗어 내 휴대전화를 꺼버렸다.

"2분이면 충분해. 그러면 옷 입을 시간이 8분이나 있잖아."

그가 나를 번쩍 들어 침대로 옮겼다. 나를 침대에 앉히고는 내 앞에 무릎을 꿇었다. 내 발목을 잡고 침대 모서리까지 끌어내렸다.

"다리 벌려봐, 베이비."

이건 오늘 아침 스케줄에 포함되어 있지 않았다. 하지만 하루를 시작하는 데 이보다 더 좋은 게 있을까? 그는 긴 손가락으로 내 허벅지를 더듬으며 올라왔고, 한 손으로는 엉덩이를 붙잡았다. 그는 머리를 내려 내 중심부를 아래 위로 핥았다. 그러다가 입술을 오므려 빨았다. 바로 그곳이다, 오 이런. 엉덩이가 침대 위에서 들썩거렸다. 그가 내 엉덩이를 움직이지 못하게 잡았다. 그러더니 손가락을 내 안에 삽입하고 전보다 더 빨리 펌핑을 했다. 손일까 아니면 입술일까, 어떤 게 더 좋은지 말할 수 없을 만큼 둘의 조화는 완벽했다. 불과 몇 초 만에 아랫배의 중심이 불타오르는 것 같은 느낌이 들었다. 그는 손가락을 더 빨리, 하지만 부드럽게 움직였다.

"하나 더 넣을 거야, 괜찮겠어?"

나는 더 크게 신음소리를 냈다. 낯설고 약간은 불편한 느낌이었다. 마치 처음 손가락을 넣었을 때와 비슷했다. 그가 다시 입술을 대고 빨기 시작하자 예민한 아픔이 사라졌다. 하딘이 또 다시 입을 떼자 나는 신음을 토했다.

"이런… 넌 정말 타이트해, 베이비."

그의 말을 들으며 나는 절정으로 치닫고 있었다.

"괜찮아?"

나는 그의 머리카락을 움켜잡고 그의 머리를 아래쪽으로 밀어내렸다. 그는 싱긋 웃으며 입술을 다시 갖다댔다. 나는 그의 이름을 부르며 머리카락을 잡아당겼다. 이런 강력한 절정감은 처음이었다. 내가 경험은 별로 없지만, 이번 건 확실히 가장 빠르고 가장 강렬했다. 하딘은 내 치골에 키스를 해주고 일어나 벽장으로 갔다. 숨을 고르며 머리를 뒤로 젖혔다. 그는 다시 돌아오더니 티셔츠로 나를 닦아주었다. 아마 제정신이었다면 더 창피했을 것이다.

"금방 돌아올게. 이 닦고 와야겠어."

그는 웃으며 방을 나갔다. 나는 일어나 옷을 입고 시간을 확인했다. 나가야 할 시간까지 딱 3분 남았다. 하딘이 돌아와 서둘러 옷을 갈아입고, 함께 나섰다.

"거기 어떻게 가는지 알아?"

차도로 접어들자 내가 그에게 물었다.

"그럼. 아빠 대학시절 절친이 크리스찬 반스 씨야. 몇 번 가봤어."

"아…."

켄 씨가 그 쪽에 연줄이 있다는 건 알았지만, CEO가 친구일 거라고는 생각도 못했다.

"걱정 마. 아주 좋은 분이야. 약간 꽉 막힌 면이 있긴 하지만. 너하고 잘 맞을 거야."

그의 미소는 전염성이 강하다.

"너 오늘 정말 사랑스럽다."

"고마워. 넌 오늘 아침 기분이 아주 좋아 보이네."

내가 짓궂게 말했다.

"맞아, 아침 일찍 네 다리 사이에 머리를 넣는 게 좋은 하루의 부적 같은 건가 봐."

그가 웃으며 내 손을 잡았다.

"하딘!"

내가 타박했지만 그는 웃기만 했다.

차는 빠르게 달렸고, 곧 미러 글라스로 덮여 있는 6층 건물 앞에 도착했다. 건물 중앙에는 커다랗게 V 자가 붙어 있었다.

"나, 떨려."

거울을 보며 화장을 다시 고쳤다.

"잘할 거야. 너 똑똑하잖아. 그 분도 널 알아볼 거야."

하딘이 호언장담했다. 오, 이럴 수가! 그가 이렇게 착할 땐 진짜 좋다.

"고마워."

나는 몸을 숙여 그에게 키스했다. 달콤하고 심플한 키스였다.

"차에서 기다리고 있을게."

그가 나에게 다시 키스를 해주었다.

건물 안은 외관만큼 우아했다. 안내 데스크에서 방문증을 받고 6층으로 올라갔다. 6층 데스크에 있는 젊은 남자에게 내 이름을 알려주었다. 남자는 하얀 치아를 드러내며 완벽에 가까운 미소로 나를 안내했다.

"반스 씨, 테레사 영 씨가 와 있습니다."

사무실 안에는 얼굴에 수염이 덮인 중년 남성이 앉아 있었다. 반스 씨는 손을 흔들며 나에게 다가와 악수를 청했다. 선명한 초록색 눈동자와 그의 미소가 긴장감을 풀어주었다. 그가 앉을 자리를 권했다.

"반가워요, 테레사 양. 와줘서 고마워요."

"테사라고 불러주세요. 시간 내주셔서 감사합니다."

미소를 머금고 인사했다.

"그래요, 테사. 영문학 전공 1학년이라고요?"

"네, 맞습니다."

"켄 스캇이 훌륭한 추천서를 써주었더군요. 당신에게 인턴십 자리를 주지 않으면 대어를 놓치는 거라고."

"켄 씨는 정말 자상한 분이세요."

그가 턱수염을 쓰다듬으며 고개를 끄덕였다.

그의 질문이 이어졌다. 가장 최근에 읽은 책은 무엇이며, 가장 좋아하는 작가와 가장 싫어하는 작가 등을 물어봤다. 그리고 왜 그렇게 생각하는지 설명해보라고 했다. 내가 이야기하는 내내 그는 고개를 끄덕이며 '흠흠' 소리를 냈다. 마침내 이야기가 끝나자 그가 미소 지었다.

"좋아요, 테사. 언제부터 일을 시작할 수 있죠? 켄에게 들었어요. 시간표를 조금 조정해서 일주일에 이틀은 출근하고 나머지 사흘은 학교에 다니면 될 것 같다고 하던데."

놀라서 입이 떡 벌어졌다.

"정말요?"

겨우 나온 말이었다. 기대를 훨씬 뛰어넘는다. 인턴십 자리를 얻으면 수업은 야간 강좌로 옮겨야겠다고 생각하던 참이었다.

"그럼요, 그리고 여기서 일한 만큼 학점으로 인정받게 될 거예요."

"정말 감사합니다. 저에겐 엄청나게 좋은 기회예요. 감사합니다, 정말 정말 감사합니다."

이런 행운이 나에게 오다니 믿어지지 않았다.

"첫 출근은 월요일에, 급여 얘기는 다시 합시다."

"급여요?"

무급 인턴십인 줄만 알았다.

"일한 만큼 급여를 받아야죠."

고개만 끄덕거렸다. 입을 열었다간 감사 인사를 무한 반복하게 될 것 같았다.

하딘의 차로 달려갔다. 내가 다가가자 하딘이 차에서 내렸다.

"어땠어?"

"나, 취직됐어! 급여도 주신대! 그리고 일주일에 이틀만 출근하고 사흘은 학교 다녀도 된대! 학점도 받을 수 있대! 또 사장님 엄청 좋으셔! 너희 아빠가 나한테 최고의 선물을 주셨어! 물론 너도 마찬가지고. 나, 지금 너무너무 흥분되고, 또…, 음…, 이제 끝났나 봐."

나는 활짝 웃었고, 그는 나를 꽉 끌어안고 번쩍 들어올렸다.

"정말 잘됐다."

손가락을 그의 머리카락 속에 파묻었다.

"고마워."

그가 나를 내려놓았다.

"진심으로 고마워. 여기까지 데려다주고, 기다려준 것도, 전부 다."

그는 별 것 아니라 했고, 우리는 함께 차에 올라탔다.

"그럼 남은 오후 시간에는 뭘 할까?"

"당연히 학교 가야지. 영문학 수업은 들을 수 있어."

"뭐? 훨씬 재밌는 걸 할 수도 있는데."

"안 돼, 이번 주에 벌써 수업 많이 빠졌어. 더 빠질 순 없어. 영문학 수업 갈 거야, 너랑 같이."

씨익 웃어보였다. 마지못해 그도 고개를 끄덕였다.

우리는 가까스로 수업 시간에 맞춰 들어갔고, 나는 랜던에게 인턴십 얘기를 폭풍처럼 쏟아냈다. 그는 축하하며 나를 꽉 껴안아주었다. 하딘이 뒤에서 입 틀어막는 소리를 냈고, 나는 뒷발질로 그의 다리를 걸어찼다.

수업 후에 셋이 같이 걸어 나왔다. 랜던과 나는 이번 주 금요일 본파이어 축제 약속을 정했다. 랜던의 집에서 5시에 저녁을 먹고, 7시에 다같이 본파이어 축제에 가기로 했다. 하딘은 얘기하는 내내 잠자코 있었다. 그도 같이 가려나, 궁금해졌다. 저번에 분명 가겠다고 했었다. 하지만 그건 제드와의 경쟁심 때문에 그랬을 거다. 주차장에서 랜던과 작별 인사를 했다. 랜던은 휘파람을 불며 걸어갔다.

"스캇!"

누가 부르는 소리가 들렸다. 동시에 뒤를 돌아보니 네이트와 몰리가 우리를 향해 걸어오고 있었다. 세상에, 몰리다. 그녀는 탱크톱과 빨간 가죽 스커트를 입고 있었다. 이제 겨우 화요일인데 일주일치 기분 나쁨을 다 써버린 것만 같다. 주말을 위해 좀 남겨놨어야 하는데.

"안녕, 얘들아."

하딘이 인사를 건네며 나에게서 한 발짝 떨어졌다.

"안녕, 테사."

몰리가 인사했다. 나도 마지못해 인사를 건네고, 하딘과 네이트가 인사하는 사이에 어정쩡하게 서 있었다.

"준비 다 됐지?"

네이트가 하딘에게 물었다. 오늘 여기서 만나기로 했던 게 확실하다. 우리가 다시 만나면 왜 매일 함께 시간을 보낼 거라 단정 지어 생각했는지 모르겠다. 그래도 미리 귀띔해줄 순 있었잖아.

"응, 준비됐어."

하딘이 그들에게 얘기하더니 나를 쳐다보았다.

"나중에 보자, 테사."

그가 아무렇지도 않게 나를 두고 그들과 함께 멀어졌다. 몰리가 나를 돌아보았다. 화장을 떡칠한 얼굴로 고소한 듯 웃어 보였다. 그러더니 하딘 차의 조수석에 냉큼 올라탔다. 네이트는 뒷자리에 탔다.

나는 길 위에 우두커니 서서 방금 일어난 거지같은 일은 대체 뭔가 생각하고 있었다.

58

방으로 돌아오는 동안 내가 얼마나 바보 같았는지 깨달았다. 하딘이 예전과는 달라질 거라 기대했다니. 이렇게 될 줄 알았어야 했는데. 모든 게 술술 잘 풀릴 리가 없다는 걸 알았어야 했다. 랜던 앞에서 내게 키스하고, 다정하게 굴고, 나를 더 원한다고 했던 하딘. 어린 시절 얘기까지 모두 해주던 그 하딘. 하지만 친구들과 어울리는 순간, 하딘은 원래의 하딘으로 돌아가고 만다는 걸 알았어야 했다. 불과 2주 전까지만 해도 경멸의 대상이었던 그 하딘으로.

"어이, 친구! 오늘 밤 너도 갈 거지?"

방에 들어서자 스테프가 다짜고짜 묻는다. 트리스탄은 그녀 침대에 앉아 있었다. 한없이 사랑스러운 눈길로 스테프를 바라보면서. 하딘이 나를 봐주길 바랐던 그 눈길이다.

"아니, 안 가. 나 공부할 거야."

모두 다 초대받았군, 아이 좋아라. 그런데도 하딘은 나에게 파티 얘기를 입도 벙긋 하지 않았구나. 걸리적거리는 거 없이 몰리와 놀아나야 할 테니까.

"왜 그래! 재밌을 거야. 하딘도 있을 텐데."

그녀가 미소 짓는 바람에 억지로 나도 웃어 보였다.

"정말이야, 괜찮아. 엄마한테도 전화해야 하고 다음 주 과제도 미리

해야 해."

"말도 안 돼!"

스테프는 나를 놀리며 핸드백을 쥐었다.

"좋을 대로. 난 나가서 밤새 놀 거야. 혹시 필요한 거 있으면 연락해."

나는 엄마에게 전화를 걸어 인턴십 이야기를 했다. 엄마는 뛸 듯이 기뻐했다. 켄 씨가 도와준 얘기를 하면서 하딘은 쏙 빼놓았다. 아, 물론 켄 씨는 곧 랜던의 새 아빠가 될 분이라고 얘기하긴 했다. 그건 사실이니까. 엄마가 노아와 내 얘기를 물어봤지만, 얼른 말을 돌렸다. 노아가 엄마한테 아무 소리도 안 했다니, 놀랍기도, 고맙기도 했다. 나에게 그럴 의무는 없었지만 어쨌든 입 다물어준 건 고맙다. 그 뒤론 한참 동안 엄마의 수다를 들어야 했다. 새로 입사한 동료와 상사와의 불륜 스토리였다. 결국 공부해야 한다며 전화를 끊었다. 끊자마자 내 마음은 늘 그랬듯 하딘에게로 돌아갔다. 하딘을 만나기 전까지 내 인생은 정말 단순했다. 하지만 그를 만난 지금은…, 복잡하고 스트레스가 충만해졌다. 날아갈 듯 행복하거나 속이 뒤집어지거나 둘 중 하나다. 몰리와 함께 있는 그를 떠올리는 지금은 명백한 후자다.

이대로 앉아 있다간 미쳐버릴 것만 같았다. 이제 겨우 6시인데, 나는 공부하기로 한 걸 그만두기로 했다. 나가서 산책이라도 할까? 다른 친구가 있어야겠다. 휴대전화를 들어 랜던에게 전화를 걸었다.

"테사!"

그의 목소리는 다정했고, 마음을 가라앉혀주었다.

"랜던, 지금 바빠?"

"아니, 풋볼 경기 보고 있었어. 무슨 일 있어?"

"혹시 너네 집에 가도 될까 싶어서…, 너네 엄마만 괜찮으시면 베이킹 레슨 받아도 되고."

나는 멋쩍게 웃었다.

"당연히 와도 되지. 엄마도 좋아하실 거야. 엄마한테 너 올 거라고 말씀드릴게."

"그래, 근데 다음 버스가 30분은 더 있어야 오겠네. 암튼 최대한 빨리 갈게."

"버스? 참, 너한테 차가 없다는 걸 깜빡했네. 내가 데리러 갈게."

"아냐, 괜찮아. 방해하기 싫어서 그래."

"30분도 안 걸릴 텐데, 뭘. 지금 출발할게."

결국은 그의 말에 승복했다. 나는 가방을 쥐고 마지막으로 휴대전화를 확인했다. 역시나 하딘은 문자메시지 한 통, 전화 한 통 없었다. 자꾸 그에게 휘둘리는 것 같은 이 느낌이 너무 싫었다. 특히나 그에게 기댈 수 없는 지금 같은 상황에선 더욱.

독립적인 인간이 되리라 결심하며, 휴대전화를 꺼버렸다. 갖고 있다간 몇 분마다 휴대전화를 체크하느라 안달이 날 것 같았다. 휴대전화를 방에 두고 가기로 했다. 서랍장 맨 위 칸에 넣어두고 랜던을 기다리러 나갔다.

몇 분 후, 랜던 차가 멈추더니 가볍게 경적을 울렸다. 나는 깜짝 놀라 길 위로 나갔다. 내가 차에 올라타자 둘이 동시에 웃음을 터뜨렸다.

"우리 엄마, 지금 제정신이 아냐. 완전 꼼꼼하게 베이킹 레슨을 해주겠다고 온갖 걸 다 준비하는 중이거든."

"정말? 나 꼼꼼하게 배우는 거 진짜 좋아하는데!"

"그럴 줄 알았지. 우린 그런 면이 비슷해."

그가 라디오를 켰다. 내가 좋아하는 노래의 익숙한 가락이 흘러나왔다.

"이거, 볼륨 좀 올려도 돼?"

그가 고개를 끄덕였다.

"너 '더 프레이' 좋아해?"

그의 목소리에는 놀라움이 담겨 있었다.

"어! 내가 제일 좋아하는 밴드야. 너도 이 밴드 좋아해?"

"물론이지! 누가 안 좋아하겠어?"

그가 웃었다. 무심코 하딘은 안 좋아한단 말이 튀어나올 뻔했다. 얼른 입을 꾹 다물었다.

집에 도착하자, 켄 씨가 웃으며 우리를 맞아주셨다. 하딘이 같이 오길 기대하셨던 걸까? 다행히 실망하는 눈치는 아니었다. 나도 웃어 보였다.

"카렌은 부엌에 있다. 지뢰밭으로 들어가보거라."

켄 씨가 짓궂게 말했다. 그 말은 농담이 아니었다. 부엌에는 프라이팬, 믹싱볼 등이 잔뜩 깔려 있는데다 알지도 못하는 조리 기구로 뒤덮인 거대한 섬이 생겼다.

"테사! 막 준비를 마쳤단다!"

그녀는 낯선 조리 기구들을 소개하는 과장된 동작을 하며 나를 맞았다. 얼굴에선 빛이 나는 듯했다.

"뭐 도와드릴 거 없어요?"

"아니, 지금은 없어. 이제 다 됐단다."

"제가 너무 늦은 시간에 온다고 한 건 아닌가 싶어요."

"아니야, 언제 와도 환영이란다."

확신에 찬 목소리다. 진심인 것 같았다. 그녀는 내게 앞치마를 건네주었고, 나는 머리를 위로 질끈 묶었다. 랜던은 의자에 앉아 한참을 같이 떠들었다. 카렌은 컵케이크 재료를 죄다 꺼내 보여주었다. 나는 재료를 믹서에 넣고 천천히 돌렸다.

"나 벌써 전문가가 된 것 같아."

랜던은 몸을 기울여 내 뺨을 손으로 닦아주었다.

"얼굴에 밀가루 묻었어."

그의 볼이 발그레해졌고, 나는 미소 지었다.

컵케이크 반죽을 팬에 부었다. 팬을 오븐에 집어넣고 나서 학교랑 집 얘기를 시작했다. 랜던은 '여자들의 수다'를 벗어나 다시 풋볼 경기를 보러 갔다.

컵케이크를 굽고 식히는 내내 카렌과 나는 수다에 빠져 있었다. 드디어 컵케이크를 장식하는 순간이 왔다. 내가 만든 컵케이크들을 보니 뿌듯하고 기분이 좋아졌다. 카렌은 컵케이크 하나를 가져다 L 자를 쓰면서 짤주머니 사용법을 알려줬다. 나는 랜던에게 주려고 그걸 한쪽으로 밀어놨다. 카렌은 능숙하게 꽃이며 잎을 그렸고, 나는 최선을 다해 내 컵케이크를 장식했다.

"다음엔 쿠키를 구울까 하는데."

그녀가 웃으며 컵케이크들을 상자에 넣었다.

"좋아요."

컵케이크를 집어 한입 베어물며 대답했다. 카렌이 컵케이크가 담긴 상자를 만지며 물었다.

"근데, 하딘은 오늘 밤에 어디 갔니?"

나는 컵케이크를 천천히 씹어 삼켰다. 그 말의 숨은 의도를 파악하려고 애쓰면서.

"집에 있어요."

짤막하게 대답했다. 그녀는 살짝 찡그렸지만 더 묻지는 않았다. 랜던이 어슬렁거리면서 부엌으로 들어왔다. 카렌은 켄 씨에게 가져다줄 컵케이크 몇 개를 챙겨 나갔다.

"이건 내 건가 봐?"

랜던이 삐뚤빼뚤 L 자가 써 있는 컵케이크를 집었다.

"응, 짤주머니 쓰는 연습을 좀 더 해야겠어."

그는 한입 크게 베어 물었다.

"중요한 건, 맛은 좋다는 거야."

그가 한입 가득 넣었다. 나는 키득거렸고, 그는 입을 쓰윽 문질렀다.

나는 컵케이크를 하나 더 먹었고, 랜던은 풋볼 경기 얘기를 했다. 사실 별 관심 없는 얘기였지만 들어주는 척했다. 랜던은 착하니까. 머릿속은 온통 하딘 생각으로 가득 차 있었다.

"너, 괜찮아?"

"아, 미안해. 듣고 있었어…, 처음에는."

멋쩍게 웃고 말았다.

"하딘 생각?"

"응…, 어떻게 알았어?"

"하딘은 지금 어디에 있는데?"

"클럽하우스. 오늘 거기서 파티가 있나 봐…."

머뭇거리다 랜던에게 털어놓기로 했다.

"나한텐 한마디도 없었거든. 자기 친구들을 만나더니 나한테, '나중에 봐, 테사.' 이러고 가버렸어. 난 진짜 이런 걸 반복하는 바본가 봐. 내가 얼마나 한심한지 나도 알겠는데, 미칠 것 같아. 몰리라고, 하딘과 전에 놀아나던 애가 있는데, 지금 개랑 같이 있어. 그리고 하딘은 애들한테 말하지도 않았어. 우리가…, 아무튼 우리가 이렇다는 걸."

나는 폭, 한숨을 쉬었다.

"너희 둘, 사귀고 있는 거 아니야?"

"응…, 글쎄, 그런 줄 알았는데, 지금 보니 아닌 거 같아."

"하딘한테 직접 물어보는 게 어때? 아님 파티엘 가든가."

나는 그를 쳐다보았다.

"파티에 갈 수가 없어."

"왜? 전에도 그 파티 갔었잖아. 그리고 너랑 하딘이랑 사귀는 거 비슷한, 어쨌든 그런 관계고, 네 룸메이트도 거기 있잖아. 내가 너라면 가겠다."

"정말? 스테프가 날 초대하긴 했는데…, 잘 모르겠어."

나도 가서 하딘과 몰리가 정말 같이 있는지 확인하고 싶었다. 근데 거기 나타난다는 게 어쩐지 바보처럼 느껴졌다.

"난, 네가 가야 한다고 봐."

"그럼 나랑 같이 가줄래?"

"아, 아니. 미안해, 테사. 우리는 친구지만, 그건 좀…."

안 간다고 할 줄은 알았지만 그냥 물어봤다.

"갈까 봐. 가서 얘기는 해봐야겠어."

"좋아, 먼저 얼굴에 묻은 밀가루는 닦자."

그가 웃었고, 나는 그의 팔을 슬쩍 밀었다. 랜던과 어울리며 조금 더 있었다. 파티에 가려고 내가 그를 이용한다고 생각하면 안 되니까. 물론 랜던이 그렇게 생각할 리는 없었다.

"잘 만나고 와. 혹시라도 내가 필요하면 연락해."

랜던이 클럽하우스 앞에 나를 내려줬다. 그가 가버리고 나서야, 하딘에게 신경 쓰기 싫어서 휴대전화를 방에 두고 왔다는 게 생각났다. 그래 놓고는 지금 그의 집 앞에 서 있다. 참으로 아이러니한 상황이다.

걸친 게 거의 없는 여자들 한 무리가 마당에 서 있었다. 여자들은 청바지에 카디건을 입은 나를 빤히 쳐다봤다. 화장도 거의 하지 않았고, 머리는 여전히 말아올린 채였다.

'내가 어쩌자고 여기 온 걸까?'

걱정을 꿀꺽 삼키고 안으로 들어갔다. 아는 얼굴이 없었다. 브래지어와 팬티만 입은 여자 몸에서 술을 핥고 있는 로건을 빼고는. 부엌으로 들어가자 모르는 사람이 술이 담긴 빨간 컵을 건넸다. 하딘과 대면하려면 술이 필요하다. 한 모금을 입 안에 머금었다. 사람들이 북적이는 거실 소파로 나갔다. 사람들 틈으로 몰리의 핑크색 머리가 슬쩍슬쩍 보였다.

속이 뒤집혔다. 몰리는 소파가 아니라 하딘의 다리 위에 앉아 있었다. 그의 손은 몰리 허벅지에 놓여 있었고, 그녀는 하딘에게 기대고 있었다. 그는 친구들 틈에서 웃고 있다. 세상에서 가장 편안한 모습으로.

나는 어쩌다 하딘과 이런 상황에 놓이게 된 걸까? 그에게서 떨어지려 했던 게 맞다. 나는 이미 알고 있었던 거다. 이제 내 뺨을 내가 때리게 생겼다. 얼른 여기서 나가야 한다. 나는 이곳에 속한 사람이 아니다. 그리고 이 사람들 앞에서 울고 싶지 않다. 하딘 앞에서 질질 짜는 것도 질려버렸다. 하딘은 아무리 바꾸려 해도 내 깜냥으론 도저히 바꿀 수 없는 사람이다. 매번 밑바닥까지 떨어진 느낌이 들 때면 그는 그것보다 더한 일을 저지른다. 답도 없는, 감정이 주는 고통을 여실히 깨닫게 만드는, 그런 일들을.

몰리가 하딘 손을 잡는 게 보였다. 하딘이 손을 빼더니 몰리의 엉덩이를 장난스럽게 쥐었다. 몰리가 깔깔 웃었다. 움직이려고, 뒤돌아서려고, 달려나려고, 이곳에서 빠져나가기 위해 뭐든 하려고 했다. 하지만 내 눈은 푹 빠져버린 남자에게 고정되어 있었다. 그 남자의 눈은 몰리에게 고정되어 있었다.

"테사!"

누군가 부르는 소리가 들렸다. 하딘이 고개를 번쩍 드는 바람에 그의 초록색 눈과 딱 마주쳤다. 충격을 받은 듯 눈이 커졌다. 몰리도 나를 보았다. 그러더니 하딘에게 더 찰싹 붙었다. 하딘은 무슨 말을 할 것처럼 입을 벌렸지만 아무 말도 하지 않았다.

제드가 내 옆으로 다가왔다. 비로소 하딘에게서 눈을 뗄 수 있었다. 웃어 보이려고 애썼지만, 이미 힘을 다 써버렸다. 눈물이 쏟아지는 걸 참는 데 다 쏟아부었다.

"술 마실래?"

제드가 나에게 물었고, 나는 아래를 내려다 봤다.

'맥주컵 들고 있지 않았나?'

컵이 발치에 떨어져 있었다. 맥주가 카펫에 쏟아져 엉망이 되었다. 나는 한 발짝 물러섰다. 평소 같았으면 얼른 사과하고 치웠을 거다. 지금은 내 것이 아닌 척하는 게 차라리 낫겠다. 여긴 너무 북적거린다. 아무도 모를 거다.

나에게 두 가지 선택지가 있다. 눈물 바람으로 이곳을 뛰쳐나가 하딘이 나의 우위에 있다는 걸 알게 해버리는 게 한 가지다. 나머지 하나는 씩씩한 척 하며 하딘과 그의 다리에 앉아 있는 몰리를 신경 쓰지 않는 척 하는 것이다.

나는 후자를 택하기로 했다.

"응, 마실래. 술 마시고 싶었거든."

내 목소리는 떨리고 있었다.

59

제드를 따라 부엌으로 갔다. 이 파티에서 버텨내야 한다. 그러려면 도저히 제정신으론 안 될 것 같았다. 나는 당장이라도 하딘에게 달려가고 싶었다. 가서 저주를 퍼붓고, 다시는 말 붙이지 말라면서 따귀를 한 대 올려붙이고 싶었다. 그리고 몰리의 핑크색 머리카락은 죄다 뜯어놓고 싶었다. 그래도 그는 능글맞게 웃기만 하겠지.

나는 제드가 만들어준 체리보드카 사워를 단숨에 마셔버렸다. 그리고 한 잔을 다시 부탁했다. 하딘은 수많은 나의 밤을 망쳤다. 이제 그런 여자가 되는 건 사양한다.

제드가 사워 한 잔을 더 만들어주었다. 몇 분 만에 내가 다 마신 컵을 들어올리자 그는 컵을 받아들었다.

"천천히 마셔, 이 술고래야. 너 벌써 두 잔이나 마셨어!"

"이거 정말 맛있는데?"

나는 입술에 묻은 체리향을 핥았다.

"알겠으니까, 이번 건 천천히 마셔."

그는 새 잔을 건네며 말했다.

"진실 게임을 할 거 같은데?"

'얘들은 짜증나는 '진실 게임' 같은 걸 왜 하는 걸까?'

이런 우스꽝스런 게임은 고등학교 때나 하는 줄 알았다. 가슴에 묵직한 통증이 밀려왔다. 하딘과 몰리가 오늘 밤 이미 했을 온갖 벌칙들이 머릿속에 떠올랐기 때문이다.

"마지막 게임에선 뭐 재밌는 거라도 있었어?"

최대한 헤프게 웃으며 그에게 물었다. 미친년처럼 보였을 거다. 그런데도 제드는 웃어 보였다. 효과가 있나 보다.

"뭐, 그냥. 술 취한 사람들이 얼굴을 빨아댔다는 정도?"

그가 어깨를 으쓱했다. 목으로 치밀어 오르는 덩어리를 술로 꿀떡 삼켜버렸다. 억지로 웃는 척하며 계속 술을 마셨다. 제드가 사람들이 모여 있는 곳으로 나를 데리고 갔다. 그는 하딘과 몰리가 있는 곳 대각선 방향 바닥에 앉았다. 나는 그의 옆자리에 보통 때보다 더 찰싹 붙어앉았다. 그게 내 전략이었다. 지금쯤이면 하딘이 몰리를 다리에서 내려오게 했을 거라 생각했다. 내 예상은 빗나갔다. 나는 제드에게 좀 더 가까이 몸을 기댔다.

사람들 틈으로 하딘의 눈이 보였지만, 무시했다. 몰리는 여전히 매춘부처럼 하딘의 다리에 앉아 있었다. 스테프가 안쓰러운 웃음을 지으며 하딘을 힐끔힐끔 쳐다봤다. 네이트 차례가 되자 술기운이 슬슬 올라오기 시작했다.

"진실 아니면 도전?"

스테프가 물었다.

"진실."

네이트가 대답하자 스테프는 어이없어 했다.

"이런 나쁜 년."

그녀의 다채로운 언어 세계는 늘 놀랍다.

"좋아…. 지난 주말에 트리스탄 옷장에다가 오줌 쌌다는 거 사실이야?"

그녀가 묻자 다들 웃음을 터뜨렸다. 나만 빼고. 무슨 얘기를 하는 건지 도통 알 길이 없었다.

"아니라고! 나 아니라고 얘기했잖아!"

그가 으르렁대자 사람들이 더 크게 웃었다. 소란스런 틈을 타 제드가 나를 보더니 윙크를 날렸다.

예전엔 미처 몰랐다. 세상에, 제드는 섹시했다, 정말 섹시했다.

"테사, 너도 할 거지?"

스테프가 물었고, 나는 고개를 끄덕였다. 나는 하딘을 올려다 보았고, 하딘은 나를 쳐다보고 있었다. 그에게 미소를 날려주고, 다시 제드를 바라보았다. 하딘이 찡그리는 걸 보니 가슴을 짓누르던 게 조금 편해진 느낌이었다. 그도 나만큼 기분 더러워 봐야 한다.

"좋아, 진실 아니면 도전?"

몰리가 내게 물었다. 역시 물어볼 사람은 너밖에 없겠지.

"도전."

나는 용감하게 말했다. 뭘 시킬지는 신만이 아시겠지.

"제드에게 키스해."

헉 소리와 키득거리는 소리가 동시에 들렸다.

"사람들한테 키스하는 걸 쟤가 어떻게 생각하는지 다들 잘 알잖아. 다른 걸 시켜."

하딘이 이를 악물고 말했다.

"뭐, 난 괜찮아."

그가 게임을 원한다면 우리도 게임할 수 있다.

"난 아니라고 봐⋯."

하딘이 말을 꺼냈다.

"닥쳐, 하딘."

스테프가 소리치고 나에게 응원의 미소를 보냈다.

내가 제드와 키스하겠다고 하다니 믿을 수가 없었다. 아무리 그가 지금껏 본 중 최고로 매력적인 사람 중 하나였다 해도. 진짜로 키스를 했던 건 노아와 하딘 뿐이었다. 아, 초등학교 때의 쟈니는 안 쳐주기로. 그 앤 풀 같은 이상한 맛이 났었다.

"너 진심이야?"

제드가 걱정하는 척했다. 하지만 나는 그의 완벽한 얼굴에 언뜻 비치는 기대와 흥분을 보았다.

"그럼, 진심이지."

나는 술 한 모금을 더 마셨다. 하딘을 쳐다보지 말아야 한다. 마음이 바뀔지도 모르니까. 모두의 이목이 우리에게 쏠려 있었다. 제드가 입술을 핥더니 나에게 다가와 키스를 했다. 그의 입술은 차가웠고, 혀에서는 체리 주스의 달콤한 맛이 났다. 그는 부드럽지만 강하게 입술을 밀어붙였다. 혀 놀림은 능숙했다. 아랫배에서 열이 오르는 게 느껴졌다. 하딘 만큼 뜨겁지는 않았지만, 제드의 손이 내 허리를 감싸는 느낌은 너무 좋았다. 우리는 서로 무릎을 세웠다.

"그만, 됐어…! 제길. 키스하라고 했지, 다 있는 데서 섹스하라고 한 건 아니잖아."

하딘이 말하자, 몰리가 닥치라고 했다.

하딘을 훔쳐봤다. 그는 화가 난 듯했다. 아니 화난 차원을 넘어선 듯했다. 근데 이건 모두 그가 자초한 상황이다.

나는 제드에게서 몸을 뗐다. 모두가 우리를 바라보고 있어서 얼굴이 붉어졌다. 스테프는 엄지손가락을 치켜들었지만, 나는 바닥을 내려다봤다. 제드는 기분이 최고인 듯 보였다. 나는 창피했지만 하딘의 반응을 보니 짜릿하기도 했다.

"테사, 네 차례야. 트리스탄에게 물어봐."

제드가 말했다. 트리스탄은 도전을 골랐다. 나는 제일 독창적이지 않은 벌칙인 술 한 잔을 마시게 했다.

"제드, 진실 아니면 도전?"

트리스탄이 술잔을 단숨에 비우고 제드에게 물었다. 나는 들고 있던 잔의 술을 다 마셔버렸다. 술을 마실수록 점점 더 감정이 무뎌졌다.

"도전."

스테프가 트리스탄의 귀에 대고 속닥거리자 그가 웃음을 터뜨렸다.

"너, 테사랑 10분 동안 위층에 올라갔다 와."

숨이 막혔다. 이건 너무 심하다.

"진짜 좋은 벌칙이다!"

몰리는 내가 치러야 할 대가를 비웃어댔다. 괜찮겠냐고 묻는 것처럼 제드가 나를 쳐다봤다. 생각할 것도 없이 나는 벌떡 일어나 제드의 손을 잡았다. 그도, 다른 사람들도, 깜짝 놀랐지만, 그는 나를 따라 일어섰다.

"이건 진실 게임 규칙이 아니잖아. 이건…, 그러니까…, 병신 같은 짓거리야."

하딘이 말했다.

"뭐 어때서? 둘 다 솔로고, 재밌을 텐데. 그리고 네가 무슨 상관인데?"

몰리가 하딘에게 쏘아붙였다.

"나…, 난, 상관없어. 그래도 이건 너무 한심한 것 같잖아."

하딘이 대답하자 가슴이 다시 아파왔다. 그는 우리가 사귀는…, 아니 사귀었던…, 아니 뭐든 간에 친구들한테 말할 계획이 없었음이 명백했다. 그는 내내 나를 이용했던 거다. 나는 그의 또 다른 여자였을 뿐이다. 내가 바보였다. 바보를 넘어섰다. 그렇게 생각할 수밖에 없었다.

"암튼, 이 모든 게 네가 상관할 바는 아니잖아, 하딘?"

나는 잘라 말하고 제드의 손을 잡아끌었다.

"죽이는데!"

"제길!"

제드와 나는 자리에서 빠져나왔다. 뒤로 웅성대는 소리와 하딘이 그들에게 욕하는 소리가 들렸다. 우리는 위층으로 올라가 마구잡이로 침실을 찾아 들어갔다. 제드가 문을 열고 불을 켰다.

이제 하딘에게서 벗어났다. 그리고 제드와 단둘이 있게 됐다. 새로운 긴장감이 밀려왔다. 아무리 화가 났다고 해도 제드와 엉겨 붙을 순 없는 노릇이다. 원하지 않는다고 얘기는 못하겠지. 하지만 그럴 순 없다. 나는 그런 류의 여자는 아니니까.

"제드, 그래서 넌 뭘 하고 싶어?"

목소리가 갈라져 나왔다. 그가 싱긋 웃더니 침대로 나를 데려갔다.

'아, 망했다.'

"그냥 얘기나 좀 하자, 어때?"

제드의 말에 나는 고개를 끄덕이며 마룻바닥을 내려다보았다.

"너랑 아무 것도 하고 싶지 않다는 건 아냐. 넌 지금 취했고, 난 그걸 이용하고 싶진 않아서 그래."

말문이 막혔다.

"놀랐어?"

그가 활짝 웃었고, 나도 따라 웃었다.

"약간은."

"왜? 난 하딘같이 나쁜 놈은 아냐."

나는 또 시선을 피했다.

"너랑 하딘이랑 뭔가 있는 것 같은데."

"아니야…, 우리는 그냥…, 그러니까, 우리는 친구였어. 이제 그것도 아니지만."

하딘의 거짓말을 믿었던 내가 얼마나 어리석었는지 스스로 인정하고 싶진 않았다.

"그럼 아직 그 고등학교 때 남자친구 만나는 거야?"

휴, 드디어 화제가 하딘을 벗어났구나. 안심이다.

"아냐, 우리 헤어졌어."

"아, 그건 안됐네. 그 남자는 행운아였는데."

그가 달콤하게 미소 지었다. 제드는 정말 매력적이다. 어느새 그의 갈색 눈동자를 바라보고 있었다. 그의 속눈썹은 나보다도 풍성했다.

"그럼, 너한테 데이트 신청해도 될까? 적당한 날, 클럽 파티에서 침실로 들어가는 것 말고 다른 걸로."

그가 초조한 듯 웃었다.

"음…."

뭐라고 해야 할지 모르겠다.

"내일 술 깨고 다시 물어보면 어떨까?"

생각했던 것보다 그는 훨씬 다정했다. 대개 제드처럼 매력적인 남자들은 재수가 없던데…, 하딘처럼.

"좋아."

그가 내 손을 잡았다.

"그럼 좋아! 아래층으로 내려가자."

우리는 아래층으로 내려갔다. 하딘과 몰리는 여전히 소파에 앉아 있었다. 하딘은 술을 마시고, 몰리는 그의 옆에 앉아 다리를 그에게 걸치고 있었다. 하딘의 시선이 얽혀 있는 제드와 나의 손에 꽂혔다. 생각할 틈도 없이 손을 잡아 뺐다가 얼른 다시 잡았다. 하딘은 어금니를 꽉 깨물었고, 나는 파티에 온 사람들에게로 시선을 돌렸다.

"어땠어?"

몰리가 히죽거렸다.

"재밌었어."

내가 대답하자 제드는 잠자코 있었다. 굳이 토 달지 않은 제드에게 나중에 고맙다고 인사해야지.

"이제 몰리 차례야."

우리가 바닥에 앉자 네이트가 알렸다.

"진실, 아니면 도전?"

하딘이 물었다.

"당근, 도전이지."

하딘은 내 눈을 똑바로 쳐다보더니 말했다.

"너, 나한테 키스해."

문자 그대로, 심장이 멈춰버렸다. 심장 박동이 멈춰버린 것 같았다. 내가 상상했던 것보다 그는 훨씬 더 개새끼다. 귓가는 멍멍해졌고, 심장은 쿵쾅거리기 시작했다. 몰리는 뻐기는 듯 나를 쓱 보더니 하딘에게 엉겨 붙었다. 하딘에게 일었던 분노는 사라져버리고, 그 자리에 형언할 수 없는 고통이 자리 잡았다. 뜨거운 눈물이 얼굴로 흘러내렸다. 더 이상 보고 있을 수 없었다. 그냥 그럴 수 없었다.

순식간에 나는 술 취한 군중들을 밀치며 나왔다. 제드와 스테프가 나를 부르는 소리가 들렸다. 방이 빙글빙글 도는 것 같았고, 눈을 감자 하딘과 몰리의 모습만이 뚜렷했다. 뒤도 돌아보지 않고 문을 열고 뛰쳐나왔다. 상쾌한 바깥 공기가 폐를 가득 채웠고, 나는 현실로 돌아왔다.

'어떻게 저렇게 잔인할 수 있지?'

계단을 뛰어 내려갔다. 이곳에서 벗어나야만 한다. 그를 만나지 말았어야 했고, 스테프가 아닌 다른 룸메이트여야 했고, 아예 WCU에 오지 말았어야 했다.

"테사!"

뒤를 돌아보았다. 상상 속에서 들리는 소리라 생각했다. 나를 뒤쫓아 오는 하딘의 모습을 보기 전까지는.

60

나는 운동 신경이 뛰어난 사람이 아니다. 그러나 지금은 아드레날린이 내 몸에서 최대 효과를 발휘하고 있다. 다리가 더 빨리 움직였다. 하지만 길 끝에 다다르자 점점 지치기 시작했다. 근데 난 어디로 가고 있는 걸까? 지난번 기숙사까지 걸어갔던 길이 기억나지 않았다. 게다가 바보같이 휴대전화도 방에 두고 왔다. 바로 그거다. 하딘에게서 벗어나려고. 하딘, 그런데 지금 그가 내 뒤를 쫓아오고 있다. 그리고 소리치고 있다.

"테사, 거기 서!"

결국 나는 멈췄다. 내 삶을 망치는 걸 멈춰야 했다.

'왜 내가 그에게서 달아나고 있는 거야?'

그가 설명해야 한다. 나를 갖고 논 이유를, 나에게 설명해야만 한다.

"제드가 너한테 무슨 소릴 한 거지?"

'뭐?'

그를 향해 돌아서자, 그는 겨우 몇 발짝 뒤에 있었다. 놀란 표정이었다. 내가 진짜 멈출 줄 몰랐던 거다.

"뭐야, 하딘! 대체 나한테 원하는 게 뭐냐고?"

나는 소리쳤다. 심장이 방망이질 치고 있었다. 한참을 달렸기 때문일까, 아니면 그가 나를 부숴버렸기 때문일까.

"나, 나는…."

하딘은 한동안 할 말을 잃은 듯했다.

"제드가 너한테 무슨 얘기했어?"

"아니…, 제드가 왜?"

나는 그의 얼굴을 똑바로 마주 보며 한 발짝 다가갔다. 분노가 성난 파도처럼 출렁였다.

"미안해, 됐어?"

그가 조용히 말했다. 그는 내 눈을 들여다보며 손을 뻗어 내 손을 잡으려 했다. 나는 그의 손을 세차게 뿌리쳤다. 그는 내가 제드 얘기를 물어본 것 따위는 무시해버렸다. 하지만 나도 그런 것까지 신경 쓰기에는 너무 화가 났다.

"미안? 미안하다고 했어?"

그가 한 말을 따라하는데 어이가 없어 웃음이 났다.

"응, 미안하다고."

"지옥으로 꺼져버려, 하딘."

나는 다시 걷기 시작했지만 그가 내 팔을 낚아채듯 잡았다. 화가 머리끝까지 치솟았다. 손을 뿌리치려 빼다가 그의 뺨을 때렸다. 아주 세게. 나에게도 하딘 같은 폭력성이 있었다니, 깜짝 놀랐다. 때린 걸 사과하려다 그만두었다. 그가 나에게 준 고통을 생각하면 이깟 따귀 한 대쯤은 아무 것도 아니다.

그는 손으로 얼굴을 천천히 쓰다듬었다. 뺨에는 선명한 붉은 손자국이 생겼다. 그가 나를 쳐다보았다. 눈빛에는 분노와 혼란이 뒤섞여 있었다.

"도대체 왜 이러는 거야? 제드한테 키스한 건 너잖아!"

그가 소리 질렀다. 지나치던 차에서 운전자가 우리를 쳐다봤지만 신경 쓰지 않았다. 드라마 같은 장면이겠지, 하지만 나도 지금 그딴 걸 신경 쓸 겨를이 없다.

"내 탓을 하려는 거야? 넌 나한테 거짓말을 했고, 나를 바보 취급하면서 갖고 놀았어, 하딘! 난 너를 믿었는데, 넌 나를 모욕했어! 몰리랑 같이 있고 싶었으면 나한테 널 놔두라고 했어야지! 날 더 원한다고, 나와 함께 밤을 보내고 싶다고 애원하는, 그런 허튼 수작 따위로 꼬드겨서 나를 이용해 먹었으면서! 넌 대체 뭔데? 대체 나한테 뭘 원해? 아, 그렇지. 그걸 얻었지, 오럴 섹스."

나는 소리쳤다. 내 입으로 뱉은 말이지만 괴상하게 들렸다.

"뭐? 내가 그랬다고 생각하는 거야? 널 이용했다고?"

하딘도 지지 않았다.

"아니, 그렇게 생각하지 않아, 하딘. 이제 그걸 내가 알고 있다는 거지. 이제 끝났어. 완전히! 기숙사 방도 바꿔버릴 거야. 다신 널 볼 필요가 없으니까!"

진심이다. 이런 인간들이 내 인생을 망치는 걸 더 이상 놔둘 순 없다.

"너, 이거 완전 과잉 반응인 거 알아?"

그의 목소리는 단호했다. 나는 한 대 더 올려붙이지 않으려 최선을 다해 참았다.

"과잉 반응? 넌 네 친구들한테 우리 사이에 대해 말하지도 않고, 나한테 파티 얘기는 하지도 않았잖아. 그 애들 앞에서 나를 주차장에 병신같이 세워두고 몰리랑 가버리고! 여기에서는 몰리가 네 다리에 앉아 있는 모습을 보여주더니, 개랑 키스나 하고. 그것도 내 코앞에서, 하던. 이런데도 내가 과잉 반응하는 거라고?"

목소리가 점점 작아지더니 나중에는 지쳐서 속삭이는 것처럼 들렸다. 다시 흐르는 눈물을 훔쳤고, 밤하늘을 올려다보며 눈을 깜빡였다.

"너야말로 내 코앞에서 제드랑 키스했잖아! 할 필요가 없어서 파티 얘긴 안 했어! 어차피 넌 안 올 거잖아. 공부하시느라, 그 빌어먹을 영화 감상 하시느라 바쁜 몸이니까."

눈물이 고여 그가 흐릿하게 보인다.

"그런데 왜 나랑 시간 낭비하고 있는 거야? 왜 여기까지 쫓아왔어, 하딘?"

그는 아무 말도 하지 않았지만 나는 답을 알고 있었다.

"내 생각을 말해줄까? 넌 여기까지 따라와서 미안하다는 한마디면 될 거라 생각했겠지. 그럼 내가 다 용서할 거라고. 그리고 네 볼품없는 숨겨진 여자친구로 남아 있어줄 거라 생각했겠지. 근데 틀렸어. 내 호의를 약점으로 여겼겠지만, 안타깝게도 네가 실수한 거야."

"여자친구? 넌, 네가 내 여자친구였다고 생각한 거야?"

그가 포효했다. 수천 배는 더 큰 통증이 가슴에 퍼져서 서 있기가 힘들었다.

"난…."

뭐라고 해야 할지 모르겠다.

"네가 그랬잖아, 아니야?"

"그래…, 내가 그랬어."

이제 갈 데까지 갔다. 더 이상 잃을 것도 없다.

"나를 더 원한다는 허튼 말로 꼬드기는 걸 난 믿었어. 네가 나한테 지껄였던 그 헛소리도 다 믿었어. 아무한테도 말한 적 없다는 것까지도 다 믿었어. 이젠 확실히 알겠어. 다 개수작이었다는 걸. 있지도 않은 헛소리였다는 걸."

나는 어깨를 으쓱했다. 이제 완전 포기다.

"근데 그거 알아? 너한테 화도 안 나. 그걸 믿은 나한테 화가 나. 네가 어떤 인간인지 뻔히 알면서 시작한 내 잘못이지. 네가 나한테 상처줄 걸 알았어. 네가 그랬었지? 나를 망가뜨린댔나? 아니다, 망쳐버리겠다고 했지? 그래, 축하해, 하딘. 네가 이겼어."

나는 소리 내어 엉엉 울었다. 그의 눈에 고통이 서려 있다…, 글쎄, 고통처럼 보였다. 장난이겠지만.

더 이상 이 소모적인 게임에서 이기고 지는 건 관심 없다. 나는 돌아서서 클럽하우스 쪽을 향해 걷기 시작했다. 거기 가면 휴대전화를 빌려 랜던에게 전화를 걸거나 기숙사까지 갈 방법을 알아낼 수 있을 거다.

그가 아무 말도 없었던 게, 어떤 변명도 하지 않은 게, 더 상처였다. 하딘이 확인시켜준 것은 오직 한 가지, 그가 냉혈한이라는 사실뿐이었다.

"어디 가는 거야?"

그를 무시하고 더 빨리 걸었다. 내 이름을 몇 번이나 부르면서 그가 뒤쫓아 왔다. 그의 목소리에 더 이상 홀리지 않을 거다.

클럽하우스 앞 계단에 도착하자, 역시나 몰리의 핑크색 머리가 보였다. 밖에 나와 있군.

"저거 봐. 몰리가 널 기다리고 있네. 너희 둘, 진짜 완벽한 한 쌍이야."

어깨 너머로 하딘에게 말했다.

"그게 아닌 거 너도 알잖아."

"난 아무 것도 몰라."

계단 두 칸을 한꺼번에 올라갔다. 제드가 현관에 나타났다. 그에게 달려갔다.

"제드, 휴대전화 좀 빌려줄래?"

"근데, 괜찮아? 따라가려고 나왔는데, 벌써 가버렸더라고."

나는 고개를 끄덕거렸다.

하딘이 제드와 내 앞에 버티고 섰다. 나는 랜던에게 전화해서 데리러 와달라고 부탁했다. 제드와 하딘은 서로를 노려보다가 내 입에서 랜던의 이름이 나오는 걸 동시에 들었다. 제드가 시선을 돌렸다가 다시 나를 보았다.

"랜던이 온대?"

제드 목소리에 걱정이 가득했다.

"금방 오겠대. 전화기 빌려줘서 고마워."

"별말씀을. 올 때까지 같이 있어줄까?"

"됐어, 내가 같이 있을 거야."

하딘이 끼어들었다. 목소리에 독기가 가득했다.

"같이 기다려주면 고맙지, 제드."

그와 함께 계단을 내려갔다. 하딘, 완전 나쁜놈, 하딘은 우리 뒤를 졸졸 따라와서 어정쩡하게 서 있었다. 스테프와 트리스탄, 몰리가 우르르 나왔다.

"테사, 괜찮아?"

스테프가 물었다.

"응."

고개를 끄덕이며 내가 대답했다.

"지금 가려고. 여기 오지 말았어야 했어."

스테프가 나를 안아주자 몰리가 구시렁대는 소리가 들렸다.

"제발 그러지 그랬어."

그녀의 목소리가 들리는 쪽으로 고개를 홱 돌렸다. 보통 때 같으면 상대도 안 했겠지만, 몰리가 너무 꼴 보기 싫었다.

"그래, 네 말이 맞아! 여기 오지 말아야 했어. 난 너처럼 능숙하지 못해. 술 마시는 것도, 여기 있는 남자들이랑 죄다 희희덕거리는 것도."

"너, 뭐라 그랬어?"

몰리가 눈을 치떴다.

"들었잖아."

"넌 뭐가 문젠데? 내가 하딘한테 키스해서 열 받았어? 근데, 그거 알아? 난 하딘이랑 만날 키스해."

그녀가 우쭐거렸다. 피가 거꾸로 솟는 느낌이었다. 나는 하딘을 쳐다보았다. 하딘은 아무 말도 하지 않았다. 그러니까, 허구한 날 몰리랑 놀아난다 이거지? 이제는 놀랍지도 않다. 그녀에게 대꾸도 하지 않았다. 뭐라도 쏘아붙이려고 열심히 생각했지만 허사였다. 자리를 피하자마자 하고픈 말이 열 개는 생각나겠지. 하지만 지금은 머릿속이 하얗다.

"안으로 들어가자…."

트리스탄이 몰리와 스테프의 팔을 잡아끌었다. 트리스탄에게 고맙다는 미소를 지어 보이려 애썼다.

"하딘, 너도 들어가. 나한테서 좀 떨어지라고."

나는 길 쪽에 시선을 고정시키고 말했다.

"걔랑 키스 안 했어. 내 말은, 요즘엔 안 했다고. 오늘 밤은 예외지만. 맹세할 수 있어."

'왜 저 애들 앞에서 이딴 소리를 하는 걸까?'

몰리가 뒤돌아섰다.

"네가 누구랑 키스를 하든 말든 관심 없어. 그니까 제발 좀 꺼져줘."

내가 되풀이해서 말했다. 랜던의 차가 멈추는 게 보이자 안도의 물결이 밀려왔다. 제드에게 인사했다.

"고마워."

"응, 우리가 했던 얘기 잊지 마. 데이트 말이야."

제드가 희망에 부풀어 다시 한 번 상기시켰다.

"테사…."

하딘이 불렀다. 나는 차로 걸어갔다. 내가 들은 척도 하지 않자, 그가 더 큰 소리로 불렀다.

"테사!"

"하고 싶은 말은 다 했어, 하딘. 너의 그 허튼 소리도 충분히 들었고. 그러니까, 이제, 좀, 제발, 꺼지라고!"

그를 향해 몸을 돌려 냅다 소리 질렀다. 모두의 눈이 우리를 향하고 있단 걸 알았지만, 됐다. 이걸로 충분하다.

"나…, 테사, 나는…."

"너, 뭐? 뭔데, 하딘?"

나는 더 크게 소리 질렀다.

"나…, 나, 너 사랑한다고!"

그가 외쳤다.

내 허파에 있는 공기가 한꺼번에 날아가버렸다.

그리고 몰리는 목에 졸린 것 같은 소리를 냈다. 스테프는 귀신이라도 본 것 같은 얼굴이었다. 그리고 한동안 모두 그 자리에 서 있었다. 외계인이 지나가면서 얼려버린 것 마냥. 결국 내가 먼저 입을 뗐다. 아주 나지막하게.

"구역질 난다, 하딘. 정말 구역질 나."

이것도 그가 벌이는 게임의 일종이라는 걸 뻔히 안다. 그래도 그의 입에서 나온 말을 들으니 내 안의 무언가가 깨어나는 듯했다. 차 문 손잡이를 잡았지만 하딘이 내 손을 낚아챘다.

"정말이야, 정말 너를 사랑해. 네가 믿지 않을 거라는 거 알아. 그래도 난 널 사랑해."

그의 눈에 눈물이 가득 고였다. 그는 이를 악물더니 손으로 얼굴을 가렸다. 그리고 한 걸음 물러섰다가 다시 앞으로 나왔다. 얼굴을 가린 손을 치웠다. 그의 초록색 눈동자에는 진지함과 공포가 가득했다.

하딘…, 생각했던 것보다 훨씬 연기를 잘한다. 모두가 보는 앞에서 이런 짓을 벌이다니 믿을 수가 없었다.

나는 그를 밀치고 차에 올라탔다. 그가 비틀거리는 사이에 차문을 잠가버렸다. 랜던이 차를 움직이자 하딘은 창문을 두들겨댔다. 나는 얼굴을 손으로 가렸다. 그는 내가 우는 모습을 보지 못했다.

〈2권〉으로 이어집니다.

세상 모든 이야기가 살고 있는 곳

전 세계의 다양한 작가들이 쓴
수백만 개의 이야기를
만나보세요.

앱을 다운로드하거나 아래 사이트에 접속하세요.
www.wattpad.com